JUL

Juliette Benzoni es
d'Alexandre Duma
passion pour l'histo
carrière de romanci
traduite en plus de
la voie d'un succès jamais démenti jusqu'à ce jour. Elle a écrit depuis une soixantaine de romans, recueillis notamment dans les séries intitulées *La Florentine* (1988-1989), *Le boiteux de Varsovie* (1994-1996), *Secret d'État* (1997-1998) ainsi que *Les Chevaliers* (2002-2003). Outre la série des *Catherine* et *La Florentine*, *Le Gerfaut des brumes* et *Marianne* ont fait l'objet d'une adaptation télévisuelle.

Du Moyen Âge aux années 30, les reconstitutions historiques de Juliette Benzoni s'appuient sur une documentation minutieuse. Vue à travers les yeux de ses héroïnes, l'Histoire, ressuscitée par leurs palpitantes aventures, bat au rythme de la passion. Figurant au palmarès des écrivains les plus lus des Français, elle a su conquérir 50 millions de lecteurs dans plus de 20 pays.

J. B.

Riec sur Belon
mai 99

MARIE
DES PASSIONS

**

DU MÊME AUTEUR
CHEZ POCKET

Romans :

SEIGNEURS DE LA NUIT
SUITE ITALIENNE

Séries :

LES ENQUETES D'ALDO MOROSINI

LE BOITEUX DE VARSOVIE

L'ETOILE BLEUE
LA ROSE D'YORK
L'OPALE DE SISSI
LE RUBIS DE JEANNE LA FOLLE
LA PERLE DE L'EMPEREUR

LES JOYAUX DE LA SORCIERE
LES LARMES DE MARIE-ANTOINETTE
LE COLLIER SACRE DE MONTEZUMA

SECRET D'ÉTAT

LA CHAMBRE DE LA REINE
LE ROI DES HALLES
LE PRISONNIER MASQUE

MARIE

MARIE DES INTRIGUES
MARIE DES PASSIONS

LE SANG DES KŒNIGSMARK

AURORE
FILS DE L'AURORE

LE TEMPS DES POISONS

ON A TUE LA REINE
LA CHAMBRE DU ROI

JULIETTE BENZONI

MARIE DES PASSIONS

**

PLON

Le papier de cet ouvrage est composé de fibres naturelles, renouvelables, recyclables et fabriquées à partir de bois provenant de forêts plantées et cultivées durablement pour la fabrication du papier.

ISBN : 978-2-266-15684-4

PREMIÈRE PARTIE

MARIE ET LE CARDINAL

CHAPITRE I

REVOIR DAMPIERRE !

Chaque fois que Marie pensait à cet horrible jour où, sur la route du Verger, elle avait cru sa dernière heure sur le point de sonner, elle s'interrogeait et, jusqu'à cet instant, ne s'était pas répondu. Que lui était-il arrivé alors ? Elle lui ressemblait si peu, cette soudaine soumission à une volonté divine qu'elle n'avait cessé de combattre au long de ses vingt-six ans d'existence ! Lassitude d'un épuisant combat où pendant des semaines, des mois, elle avait tenu à bout de bras les fils d'une conspiration si vaste que les limites lui en étaient inconnues et qu'elle avait vues se dissoudre par morceaux, comme un glacier au moment de la fonte des neiges, sans même qu'elle s'en rendît compte ? Remords d'avoir poussé à la chute le pauvre Chalais dont la mort affreuse hantait encore ses mauvais rêves ? Déception devant l'attitude si nouvelle d'un époux qu'elle pensait pouvoir mener à sa guise à la façon d'une marionnette ? Ou bien ultime comédie jouée avec brio : celle de la belle pécheresse qui s'en remet à Dieu et qui affronte son destin tragique dans la dignité et la prière ? Encore le rôle nécessitait-il un vrai courage : celui de refouler sa peur de la mort et sa rage d'en finir avec la vie sans en avoir exprimé tous les sucs au profit d'une image ultime d'orgueil et de crânerie...

Chose étrange, le beau vernis avait bien failli craquer lorsque, dans les deux cavaliers qui fondaient sur elle au triple galop puis l'évitèrent pour se ruer sur ses agresseurs, elle avait reconnu Gabriel de Malleville, son ancien écuyer passé depuis trois ans aux Mousquetaires, et son ami Henri d'Aramitz. L'affaire fut vite réglée. Même à six ou sept, les malandrins ne pouvaient pas grand-chose contre deux épées qui devaient compter parmi les meilleures du royaume. Il est vrai que Peran, le cocher, d'abord tenu en joue, ne laissa pas sa part aux chiens après s'être débarrassé de son adversaire d'un coup de poing à assommer un bœuf.

Relevée en hâte par sa fidèle Anna, Marie se sentait les jambes un peu molles en remerciant ses sauveurs.

— Comment avez-vous su que l'on allait me faire un mauvais parti ? demanda-t-elle.

— Ce n'était pas difficile à deviner, répondit Gabriel. La mort du jeune Chalais a dressé contre vous toute sa parentèle et les bruits courent vite dans une ville en émoi. Monsieur d'Aramitz et moi avons demandé et obtenu sans peine un congé de Monsieur de Tréville. Soit dit en passant, vous avez là un admirateur !

— A quoi bon le préciser ? soupira Aramitz avec un fin sourire à belles dents blanches. Quand il s'agit de Madame de Chevreuse, cela est naturel.

Le jeune Mousquetaire était élégant, séduisant et de fière allure. Même offert en pleins champs et au milieu d'un chemin poudreux, son compliment restitua aussitôt à la Duchesse sa coquetterie intacte :

— En seriez-vous, Monsieur ?

— Certes, Madame et des plus fervents !...

Malleville, lui, n'apprécia pas :

— Nous ne sommes guère en situation de tourner le madrigal ! protesta-t-il.

— C'est vous qui avez commencé, Gabriel ! dit Marie en riant. Que faisons-nous à présent ?

— Nous allons vous escorter jusqu'au château du Verger où vous serez en sûreté puisque remise à la garde de Monsieur le prince de Guéménée, votre frère, à qui l'arrêt du Roi vous confie. C'est d'ailleurs afin que vous y parveniez saine et sauve que nous vous avons suivie. Nous aurons ainsi accompli notre... mission sans contrevenir aux ordres de Sa Majesté !

Marie fit la grimace :

— J'espérais mieux de vous, Malleville ! J'adore mon frère et j'aime beaucoup ma belle-sœur mais outre que j'ignore s'ils sont au Verger, je me demande ce qu'il en est, à cette heure, des sentiments familiaux. J'en veux pour exemple mon époux qui m'a plantée là sans sourciller en sachant pertinemment que j'allais droit dans un traquenard d'où je ne devais pas sortir vivante !

— Ne l'accusez pas, protesta Gabriel. Monseigneur est incapable d'une telle vilenie ! Il ignorait tout de l'embuscade et n'a fait que tenir la parole donnée...

— A qui ? Au Roi ?

— Cela va de soi. En lui accordant la faveur de vous faire quitter Nantes, lorsqu'il est venu plaider votre cause, le Roi y a mis une condition : il ne vous accompagnerait que jusqu'à la limite des terres Rohan-Guéménée qui devenaient pour vous terres d'exil... Une façon de l'assurer que l'ordre de mise à résidence ne le concerne en rien.

— Vraiment ? Mais dites-moi un peu comment vous pouvez être au fait de ces choses ? Les Mousquetaires ne gardent pas les portes des appartements...

— ... et le feraient-ils qu'ils n'y écouteraient pas, Madame la Duchesse ! rétorqua Gabriel. Il se trouve seulement qu'Aramitz, ici présent, est en coquetterie avec une... dame de la Cour qui lui porte intérêt... et qui se montre fort entreprenante lorsqu'il s'agit de satisfaire une curiosité si féminine !

— Et aussi de rendre service à ses amis, compléta l'intéressé d'un air de modestie parfaitement jouée. Il n'est rien qu'elle ne soit prête à accomplir pour aider autrui ou simplement lui être agréable.

— En ce cas je lui rends grâces, et à vous aussi, Monsieur ! remercia Marie.

Elle mourait d'envie de demander le nom mais s'en abstint sachant qu'on ne le lui livrerait pas. Elle se promit toutefois d'y réfléchir quand elle aurait un peu de tranquillité : une dame – de la Reine Mère peut-être ? Assez introduite pour savoir ce qu'il se passait chez le Roi, assez belle pour séduire un homme de goût comme cet Aramitz, il ne devait pas en exister beaucoup... La question n'étant pas à l'ordre du jour, elle préféra répondre à celle que posait son ancien écuyer : si elle refusait de se rendre chez son frère, où comptait-elle aller ?

— Il est temps d'y réfléchir en effet. Voyons ! Dampierre m'est interdit et aussi Lésigny puisque je ne dois pas approcher Paris à moins de dix lieues. Ce qui exclut aussi les châteaux de mon père : Montbazon, Couzières et Rochefort en Yvelines ! D'ailleurs, il refuserait de me recevoir. Il ne me reste donc qu'une solution : l'étranger, sauf l'Angleterre si j'ai bien compris, et je crois que je vais choisir la Lorraine ! A défaut des terres de mon père, celles où ma mère, Madeleine de Lénoncourt, a vu le jour. J'y serai doublement en famille puisque mon mariage m'a faite princesse de Lorraine. Oui, je pense que c'est la meilleure solution... M'accompagnez-vous, Messieurs ?

ajouta-t-elle avec l'un de ces sourires dont elle connaissait le pouvoir.

Aramitz jeta un coup d'œil à son compagnon et poussa un soupir à fendre un cœur de chêne :

— Ce serait une joie infinie pour moi, Madame...

— ... mais vous manqueriez à votre devoir, et Malleville ne le permettrait pas ? Rassurez-vous, je souhaitais seulement vous éprouver. Demander votre escorte serait très mal reconnaître ce que vous venez d'accomplir pour moi. Et que je n'oublierai jamais puisque dès à présent je vous dois la vie. Adieu donc, Messieurs mes sauveurs, et encore merci !

— Un « au revoir » serait plus doux à entendre reprocha Aramitz en baisant la main qu'elle lui tendait.

— S'il ne tient qu'à moi, soyez certain que je mettrai tout en œuvre pour que nous partagions un jour ce plaisir. Ce sera à la volonté de Dieu !

A la surprise de Marie, le Mousquetaire se signa en marmottant :

— Que Son saint nom soit béni !

Ce qui fit rire Malleville :

— Ne vous étonnez pas, Madame, mon ami Aramitz est ce que j'appellerai un Mousquetaire d'impulsion. Comme moi-même, il a été séduit par le prestige, la tunique et le panache. Sans cela il serait peut-être déjà évêque !

— L'Eglise vous attire, Baron ? demanda la Duchesse.

— Depuis toujours et j'y reviendrai sans doute plus tard, mais pour le moment je me sens pleinement à l'aise chez les Mousquetaires ! L'existence y est... exaltante !

— Et l'uniforme vous sied tellement ! Eh bien, disons : à nous revoir !

— Ce sera un vrai et grand bonheur.

Sous l'œil légèrement goguenard de Malleville, il accompagna la Duchesse à sa voiture, l'aida à y reprendre place mais retint la main qu'il tenait encore pour y poser un baiser :

— Revenez-nous vite ! Le temps commence déjà à me durer !

Il était si charmant que Marie, un instant, partagea son regret : après tant d'horreurs, une histoire d'amour serait tellement rafraîchissante ! Gabriel, cependant, venait la saluer à son tour :

— Pas trop vite, soyez sage ! fit-il gravement. Ceux qui ont monté le traquenard qui vient d'échouer n'en resteront pas là ! Nous aviserons Monseigneur le Duc, votre époux, de ce qui vient de se passer mais il faut partir... loin, vous y tenir et prendre garde à votre entourage !

— Soyez sans crainte ! Je veillerai. Un mot encore ! Savez-vous quel chemin a pris mon époux ? Retourne-t-il à Nantes afin de « rendre compte », ou bien...

— Il rentre à Dampierre, où il attendra le bon vouloir de Sa Majesté. De toute façon, le Roi quittera Nantes demain. L'itinéraire prévu passe par Châteaubriant, Vitré, Laval, Le Mans, Chartres et Rambouillet : nous devons rejoindre en cours de route. Au moins trois semaines de voyage.

— En ce cas, je vais passer par Paris afin d'y prendre mes bijoux et ce dont je pourrais avoir besoin mais je ne ferai que toucher terre avant de me diriger vers l'est ! Dieu vous garde tous deux ! Et encore merci !

Et elle était partie, fière et digne sous le chaud soleil de ces derniers jours du mois d'août 1626 bourdonnant d'abeilles, de criquets et de guêpes qui allumaient de minuscules brillances dans la poussière soulevée par le galop des chevaux...

A présent, elle revenait par des routes enneigées sous un ciel bas mais calme et un temps relativement doux. Deux ans s'étaient écoulés sans qu'elle les vît vraiment passer, un peu comme dans un rêve parce que la Lorraine lui avait été aimable et accueillante !

Elle retrouvait intacte son impression d'agréable surprise en franchissant la frontière du duché souverain : c'était presque un autre monde tant la vie dans ce pays semblait facile. La rude splendeur de la Bretagne que Marie aimait tant semblait aux antipodes de cette contrée souriante. De vignes en champs de blé ou autres céréales, la Lorraine étalait une étonnante prospérité. L'air sentait bon la mirabelle mûre, et dans les villages dont presque toutes les maisons montraient des carreaux aux fenêtres, on ne voyait guère de misère.

Ce fut mieux encore à Nancy, grande cité riche et commerçante où l'imposant palais ducal s'ouvrit largement pour elle et où le duc Charles IV et la duchesse Nicole la reçurent en parente privilégiée. Ce qu'elle était, son mariage avec Chevreuse, prince lorrain issu de la maison de Guise, ayant fait d'elle leur cousine.

A dire vrai le plaisir – au moins apparent – montré par la duchesse Nicole en l'accueillant se nuança rapidement d'une certaine méfiance quand elle s'aperçut que son époux tombait amoureux de la nouvelle venue et que son mariage plutôt harmonieux jusqu'à l'arrivée de la sirène s'en allait tranquillement à vau-l'eau... Car Marie, sevrée d'amour depuis trop longtemps, n'eut aucune peine à faire de Charles son amant.

Loin d'être déplaisant, d'ailleurs ! A vingt et un ans – cinq de moins qu'elle et quatre de moins que sa femme –, c'était un beau garçon blond, grand, maigre mais bien musclé, doté d'une figure osseuse animée par des yeux bleus assez vifs et ornée d'un long nez. Aimable, bavard, peu fiable, volontiers brouillon au point qu'en lui donnant sa fille Nicole en mariage, le duc Henri son oncle – en fait, Charles n'était à tout prendre que prince consort, Nicole étant la Duchesse en titre – avait soupiré sans la moindre illusion : « Vous verrez que cet étourdi perdra tout !... » Charles, amoureux ardent, avait ce qu'il fallait pour séduire sa belle cousine et non seulement elle ne fit rien pour le décourager mais, au contraire déploya amplement ses grâces et se retrouva bientôt plus souveraine que la Duchesse.

Ce furent alors des fêtes, des joutes, des bals, des concerts, des ballets, des comédies, des chasses à n'en plus finir : « En moins de rien, elle brouilla toute la Cour et c'est elle qui donna commencement au mauvais ménage du duc Charles et de la duchesse sa femme car le duc était devenu amoureux d'elle et, lui ayant donné un diamant qui venait de sa femme et que sa femme connaissait fort bien, elle l'envoya le lendemain à la duchesse [1]. » Son orgueil, en effet, ne supporta pas qu'on lui offre les dépouilles de celle dont elle prenait le mari. Quoi qu'il en soit, si la pauvre Nicole conservait encore l'ombre d'une illusion, celle-ci se dissipa aussitôt. Quant à Marie, on ne put éviter de la taxer d'un brin de cruauté : il eût été plus simple de refuser le diamant...

Quasiment intronisée favorite officielle, la duchesse de Chevreuse savourait avec volupté cette atmosphère de fête perpétuelle dont elle était la reine. Cette bouffée d'encens, même pas toujours sincère, lui montait à la tête, elle était délicieuse à respirer mais ne lui faisait pas oublier la cour de France et la place éminente qu'elle occupait naguère auprès de la Reine. Naturellement, elle en voulait à mort au roi Louis et au cardinal de Richelieu, et, une fois bien assurée de son emprise sur le duc de

1. Tallemant des Réaux.

Lorraine, elle se hâta de se réintroduire dans le jeu passionnant de la politique.

D'Anne d'Autriche, inconsolable du départ de son amie, elle recevait de longues lettres tristes. Marie lui manquait et elle ne le cachait pas. En outre, la jeune duchesse d'Orléans était enceinte alors qu'elle-même ne voyait toujours pas se dessiner le moindre espoir d'un enfant. Cela entraînait une angoisse permanente qui allait croissant à mesure que le temps passait : que l'épouse de Monsieur [1] mît au monde un fils et la répudiation se profilerait à l'horizon ! Le courage de Marie, la vivacité de Marie lui faisaient si cruellement défaut qu'elle avait à plusieurs reprises demandé sa grâce au Roi. Sans le moindre succès bien sûr.

De son côté, Claude de Chevreuse s'était livré à quelques timides tentatives dans ce sens, proposant même que sa femme se retire en Auvergne ou dans le Bourbonnais où il s'engageait à veiller sur elle. Le danger de mort qu'elle avait couru et la crainte qu'elle pût l'en croire l'auteur l'avaient bouleversé. Le Roi ayant plus ou moins accepté sa proposition, il fit même le voyage à Nancy pour porter la nouvelle à Marie et conclure avec elle une sorte de paix conjugale. Qu'on lui accorda : l'occasion était trop belle pour la jeune femme de reprendre son ascendant sur son mari. Marie ouvrit ses bras et son lit à des retrouvailles, passionnées de la part de Claude : il y avait si longtemps qu'il n'avait goûté aux charmes de l'enchanteresse qu'il retomba en son pouvoir comme par le passé. Mais quand il voulut la ramener, ce fut une autre chanson, les plaisirs rustiques de la France profonde ne la tentaient absolument pas. Ce qu'elle voulait, c'était rentrer au moins dans son cher Dampierre. Hors de cela rien n'était possible, et si Chevreuse désirait retrouver avec elle les joies de l'existence

1. Gaston d'Orléans, frère de Louis XIII.

à deux, il lui fallait agir dans ce sens-là. Qu'il prenne langue avec la Reine et qu'ils joignent leurs efforts ! Elle-même ne quitterait la Lorraine qu'une fois certaine de son avenir...

Et Claude était reparti l'oreille basse, avec pour seule consolation d'être accompagné un bout de chemin par Marie qui avait décidé de quitter Nancy où sa position devenait inconfortable : son ménage à trois commençait à indisposer des gens plus attachés à leur Duchesse qu'elle ne l'avait supposé. Aussi choisit-elle de s'installer à une vingtaine de lieues de la capitale, à Bar-le-Duc, fief nominal de la duchesse Nicole pour lequel l'hommage était dû au roi de France : une question encore en suspens. Au printemps 1627, Charles de Lorraine se rendit d'ailleurs à Paris pour en discuter et, en même temps, essayer de plaider la cause de sa maîtresse. Sans plus de succès que les autres et au retour, il vint chercher des consolations dans les bras de Marie pour laquelle on avait choisi l'une des plus belles demeures de la ville haute, pourvue d'un jardin d'où l'on découvrait les méandres de la rivière Onzain. L'endroit était charmant, discret et infiniment plus agréable que l'appartement en plein palais ducal où l'on risquait toujours d'entrer en collision avec la duchesse Nicole au détour d'un couloir.

L'échec de ses deux négociateurs rendit Marie furieuse. Elle décida qu'il était temps pour elle de prendre en main ses propres intérêts et de préparer une nouvelle coalition contre la France de Richelieu. Les circonstances étaient favorables à une belle intrigue : à Paris d'abord, où la Reine pouvait respirer plus à l'aise, car, après dix mois de mariage, Madame, duchesse d'Orléans, était morte en donnant naissance à une vigoureuse petite fille, Anne-Marie-Louise d'Orléans que l'on appellera un jour la Grande Mademoiselle. Mais personne ne l'eût alors imaginé et ce qui comptait, c'est qu'elle n'était qu'une fille : Anne d'Autriche était sûre de rester sur le trône sans trop de soucis, Monsieur n'ayant aucune envie de s'encombrer d'une nouvelle épouse avant un bon moment.

Dans la haute noblesse, les ferments de révolte étaient à l'œuvre : on avait appris en septembre la mort bizarre du maréchal d'Ornano au donjon de Vincennes. La version officielle était une crise d'urémie, mais dans sa « chambre bleue » la marquise de Rambouillet, reine des beaux esprits et des précieuses, déclarait sans se gêner que le cachot qu'on lui avait donné « valait son pesant d'arsenic ». Autre tragédie, survenue au lendemain de la mort de Madame, l'incorrigible duelliste, Montmorency-Bouteville, avait porté au bourreau sa tête obstinée : il s'était battu contre le marquis de Beuvron en pleine place Royale, à deux heures de l'après-midi et devant le texte de l'édit interdisant le duel. Le Cardinal s'était montré impitoyable et le jeune fou avait été exécuté, à la consternation indignée des Montmorency et d'une bonne partie de la noblesse. Madame de Chevreuse s'ingénia alors à réveiller la cabale aristocratique assoupie depuis la mort de Chalais. Elle écrivit beaucoup, assistée du duc de Lorraine, et de nombreux messagers coururent les grands chemins ranimant le feu qui couvait aux quatre coins du royaume. Un plan prit forme : tandis que Charles de Lorraine marcherait sur Paris avec ses troupes, le comte de Soissons et le duc de Savoie envahiraient la Provence et le Dauphiné. Quant aux chefs protestants, Rohan et Soubise, ils s'empareraient du Languedoc, au mépris des traités, en réveillant la guerre de religion.

Mais pour cette dernière partie du programme l'aide de l'Angleterre était nécessaire et Marie reprit sa correspondance avec le duc de Buckingham toujours aussi enragé d'avoir été exclu de France et empêché d'y poursuivre ses amours avec la reine Anne si maladroitement compromises dans le jardin d'Amiens [1]. Le beau George poussa l'armement des navires qu'il voulait lancer sur les côtes de France tandis que de toute part le bruit des armes se faisait entendre. En résumé, la duchesse de Chevreuse était prête à précipiter la moitié de l'Europe sur le royaume de Louis XIII afin de pouvoir revenir au Louvre en triomphatrice, fût-ce dans les bagages de l'ennemi. La Reine, tenue au courant par leur correspondance, ne demandait pas mieux que d'applaudir. Et le mauvais coup faillit bien réussir.

Afin de conforter le Prince lorrain dans les bonnes dispositions où l'avait mis sa maîtresse et de faciliter leurs relations, Buckingham envoya à Nancy l'un de ses proches, Lord Montaigu, dont Marie avait fait la connaissance en Angleterre à l'occasion du mariage de Charles Ier avec Henriette-Marie de France. Elle en avait fait un ami. Sans plus. Il ne manquait pas de charme mais, passionnément éprise alors de Henry Holland et essentiellement occupée à entretenir son amitié avec Buckingham, elle ne pouvait s'intéresser à aucun autre homme.

Ce fut une autre histoire lorsqu'il vint la saluer dans sa maison de Bar et développer devant elle les plans ourdis par Buckingham pour réduire la France. Marie fut enchantée d'apprendre que le Duc était en train d'armer trois flottes de dix mille hommes, dans le but d'aller attaquer l'île de Ré et de prêter main-forte aux protestants de La Rochelle, mais si elle écouta beaucoup, elle regarda aussi l'arrivant d'un œil neuf. C'était un Anglais, blond, froid, distingué, élégant qui s'exprimait aisément en deux ou trois langues et qui, en outre, offrait une vague ressemblance avec le tant regretté Holland. Tandis qu'il lui expliquait que si la première flotte était

1. Voir tome I, *Marie des intrigues*.

destinée à La Rochelle, les deux autres devaient bloquer les vallées de la Loire et de la Seine, elle lui sourit beaucoup et Walter Montaigu, oubliant son magnifique self-control britannique, prit feu comme une torche approchée d'une flamme. Ce furent des amours d'autant plus excitantes qu'un parfum de conspiration s'y mêlait, mais des amours écourtées par la force des choses. Présenté au duc Charles avec un plein succès – le Lorrain avait cependant spécifié qu'il mettrait ses troupes en marche seulement quand les Anglais auraient débarqué –, Montaigu devait se rendre aussi en Savoie, en Suisse, en Hollande, à Venise et en Bretagne chez les Rohan, parents de Marie. Il partit donc tandis qu'elle se précipitait sur son écritoire pour exciter l'ardeur des divers souverains dont on espérait l'aide. On s'agita un peu partout, levant ou promettant des troupes destinées à récupérer pour leurs maîtres un morceau du gâteau France. Cela semblait marcher pour le mieux. De toute part on attendait que Buckingham mît ses troupes à terre pour lancer les autres invasions. Et, il faut le dire, Anne d'Autriche faisant fi de ses devoirs de Reine participait à la même espérance. Marie et ses amis n'oubliaient qu'une chose : la redoutable paire que formaient le roi Louis XIII et son ministre, le cardinal de Richelieu...

Tout commença bien : le 22 juillet 1628 Buckingham prenait pied sur l'île de Ré : cent navires, cinq mille hommes et cent chevaux débarquèrent. Impressionnant mais insuffisant pour réduire l'héroïque Toiras qui s'enfermait dans le fort Saint-Martin où il tiendra bon ! Le Roi et le Cardinal de leur côté se mirent en marche afin de le ravitailler et d'assiéger La Rochelle. Dans la nuit du 30 octobre, des troupes d'élite débarquèrent dans l'île de Ré. Toiras repoussa l'assaut des Anglais. Quelques jours plus tard, Ré était reprise par le maréchal de Schomberg. Poursuivis, Buckingham et Soubise rembarquèrent, laissant plus de quinze cents morts derrière eux. Ce qui restait de leurs troupes manqua alors d'approvisionnements et se vit décimé par la maladie sur une flotte qui avait grand besoin de réparations.

Les laissant à leurs problèmes, Richelieu, qui avait construit la fameuse digue, assiégea la ville qu'il réduisit par la famine. A la fin d'août 1628, Charles d'Angleterre et Buckingham s'apprêtèrent à lancer une nouvelle flotte, rassemblée plus mal que bien en raison de la haine que le peuple anglais portait au favori.

Le 2 septembre, à Portsmouth, John Felton, un officier poussé à bout par la misère et les injustices, assassinait le duc de Buckingham d'un coup de poignard en plein cœur...

Près de trois mois s'étaient écoulés depuis que Marie avait appris l'affreuse nouvelle de la bouche de Charles de Lorraine, mais le temps n'atténuait pas encore l'impression horrible qu'elle avait ressentie : c'était aussi déchirant que si elle avait perdu un frère follement admiré. Son amour pour Holland l'avait gardée de s'éprendre de lui mais à la souffrance qu'elle éprouva elle se rendit compte qu'elle aimait peut-être « Steenie » plus qu'elle ne le croyait... A peine Charles avait-il achevé son faire-part sans nuances qu'elle était tombée évanouie à ses pieds. Ce qui avait fort étonné le duc sans pour autant le bouleverser : les femmes pouvaient se montrer tellement imprévisibles ! Il avait appelé, on avait secouru la Duchesse et, non sans peine et après plusieurs saignées, elle avait repris connaissance. Mais, dès lors, la donne avait changé : « Steenie » était la pièce maîtresse du dangereux jeu d'échecs qu'elle avait entamé contre Louis XIII et Richelieu. Il n'était pas difficile de deviner ce qui allait se passer : Buckingham mort, l'expédition anglaise ne reprendrait jamais l'île de

Ré et les princes conjurés qui, tous, attendaient ce succès de l'Angleterre pour lancer leurs troupes sur la France, ne bougeraient plus... Surtout si La Rochelle affamée faisait sa soumission ! Le 1er novembre, c'était chose acquise. La ténacité de Richelieu l'emportait sur toute la ligne et le grand vainqueur c'était lui !

Jamais Marie ne l'avait autant haï. Il lui avait tout pris : son avenir, son espoir de revanche et jusqu'à son dernier amant ! Walter Montaigu, au moment où le couteau de Felton abattait Buckingham, était déjà emprisonné à la Bastille !

Trop sûr de lui, le diplomate anglais ne s'était pas méfié du réseau d'agents que le Cardinal tissait sur le royaume : deux Basques le suivaient à la trace à travers l'Europe et un soir, où justement il s'apprêtait à rejoindre Marie à Bar-le-Duc, ceux-ci avaient alerté M. de Bourbonne qui commandait le dernier poste avant la frontière lorraine. Celui-ci avec une poignée d'hommes franchit ladite frontière – le duché de Bar, il est vrai, était encore feudataire du roi de France – juste ce qu'il fallait pour s'emparer de Montaigu, de son valet et de sa valise bourrée de papiers dont nul ne savait au juste ce qu'ils contenaient mais que l'on pouvait supposer compromettants pour une foule de gens : les princes coalisés sans doute, Madame de Chevreuse à coup sûr et la Reine probablement...

Pendant des jours et des jours, des courriers sillonnèrent les routes. Le duc de Lorraine protestait contre la violation de son territoire par Bourbonne. Lui et le roi d'Angleterre réclamaient la libération de Montaigu dont les papiers par extraordinaire ne comportaient rien qui pût compromettre la Reine. L'un comme l'autre demandaient avec insistance le retour de Madame de Chevreuse, leur « amie très chère ». La Reine aussi soupirait après elle et, enfin, le duc Claude pria qu'on voulût bien la lui rendre. Ce fut lui qui l'emporta. Durant l'absence prolongée de sa femme, il n'avait cessé de servir loyalement le Roi qui l'en avait récompensé en le nommant Premier Gentilhomme de la Chambre et Pair de France. Après mûre réflexion, Richelieu finit non seulement par accepter ce retour mais encore par le conseiller :

— Mieux vaut avoir la Duchesse en France où il sera facile de la surveiller, ce qui n'est pas le cas chez le duc de Lorraine dont elle fait ce qu'elle veut !

Louis XIII avait froncé le sourcil :

— Vous ne pensez quand même pas l'inclure dans les clauses du traité de paix comme veut le faire Charles d'Angleterre ?

— Ce serait lui faire trop d'honneur ! Puisque le traité sera signé au printemps, faisons-la rentrer avant la fin de l'année mais, naturellement, il ne peut être question qu'elle revienne à la Cour. Elle devra gagner Dampierre discrètement, y retourner sans éclats et s'y tenir tranquille. Proposons-lui cela !

— Elle acceptera ce que l'on voudra pour revenir en France, fit le Roi avec un haussement d'épaules. Elle promettra ! Mais quant à se tenir tranquille... Cette femme a l'intrigue dans le sang !

— Nous le savons l'un et l'autre, Sire, mais encore une fois elle sera plus facile à contrôler ici. En outre il se peut que la famille du défunt Chalais n'ait pas encore renoncé à le venger. Même Chevreuse devra se tenir sur ses gardes et agir comme nous l'entendons... si elle veut être protégée ! Il faudra l'en faire souvenir...

— Qu'il en soit donc ainsi que vous le voulez ! conclut Louis XIII avec un soupir.

Ainsi réglé, Madame de Chevreuse reprit le chemin de Dampierre, ramenant avec elle l'un de ces souvenirs de voyage dont elle semblait avoir le secret : quelques mois plus tôt, elle avait mis au monde une nouvelle petite fille, Charlotte-Marie, dont Chevreuse allait être obligé d'endosser la paternité et dont le duc Charles était parrain, sans qu'aucun d'entre eux pût démêler avec certitude de qui elle pouvait être l'enfant. Trois candidats étaient en lice en effet : le Prince lorrain, Claude lui-même qui avait naturellement pu l'engendrer lors de son voyage à Nancy, et enfin Lord Montaigu. Marie étant elle-même incapable de se prononcer et la petite ne ressemblant qu'à elle seule – une chance pour elle ! – le mystère restait entier.

Bien que l'on fût au 20 décembre lorsqu'on approcha de Dampierre, le temps sec et frais était agréable pour la saison et changeait des rafales glacées que l'on avait essuyées en quittant Bar-le-Duc. Grâce à Dieu, celles-ci abandonnèrent la partie quand on fut à Vitry-le-François et le carrosse de voyage à six chevaux, lourdement chargé, put poursuivre son long parcours d'environ soixante-quinze lieues dans des conditions plus acceptables, les routes séchées n'étant plus réduites à l'état de fondrières boueuses auxquelles il fallait parfois arracher les roues au moyen de planches ou de paille quand il ne s'agissait pas de mettre pied à terre dans les côtes pour alléger le véhicule. La Duchesse en effet rentrait sans faste et sans tapage ainsi qu'il le lui avait été prescrit.

Aussi l'intérieur de la voiture dont le toit et les ressorts arrière étaient encombrés de bagages ressemblait-il un peu à une roulotte de bohémiens. Là où Marie, à son arrivée en Lorraine, régnait seule avec Anna, sa camériste bretonne, elle partageait à présent l'espace avec Simplicie, la nourrice de Charlotte-Marie, berçant à longueur d'étapes le bébé qui, heureusement, montrait un flegme tout britannique, ne se faisant entendre que dans les moments d'urgence extrême. Quand elle ne dormait pas, Charlotte souriait béatement, montrait un si bon caractère que Marie, peu maternelle cependant, prenait plaisir à la prendre de temps en temps dans ses bras pour l'entendre rire et gazouilller. Il y avait aussi une petite cousine pauvre, Herminie de Lénoncourt, issue de la famille maternelle de Marie, qui, à seize ans, avait déjà réussi l'exploit de se faire chasser de trois couvents pour dissipation chronique. Quand elle ne versait pas de l'encre dans les bénitiers, la jeune Herminie volait des confitures dans les réserves, prenait un malin plaisir à chanter faux durant les offices et cachait des grenouilles dans les lits des religieuses. Entre autres inventions mirobolantes qu'aucune punition, aucun séjour à la cave ou dans les placards terriblement noirs, aucune « discipline » n'avait réussi à décourager... Ne sachant plus qu'en faire, sa mère Madeleine de Lénoncourt, veuve et chargée de famille, avait supplié sa cousine Marie d'essayer de la transformer en une suivante à peu près convenable pour elle-même ou pour ses filles. Dans une atmosphère plus amusante que celle des maisons religieuses qu'Herminie abhorrait, il serait peut-être possible d'en tirer quelque chose. Et Marie avait accepté. D'abord parce qu'elle avait de l'amitié pour Madeleine, la créature la plus douce et la plus désarmée qui fût au monde. Ensuite parce que l'œil frondeur – noisette et pétillant ! – de la gamine, son franc-parler et sa redoutable franchise lui plaisaient et même l'amusaient. Enfin parce que Herminie ne rappelait en rien Elen du Latz, son ancienne fille d'honneur qui s'était follement éprise de Holland et, après la mort du pauvre Chalais, avait choisi justement de se retirer dans un couvent nantais. Elen était assez belle pour être une rivale, ce qui ne risquait pas d'arriver avec Herminie, sa grande bouche, ses innombrables taches de rousseur et son nez retroussé. Plutôt ronde –

son amour des sucreries y était sans doute pour quelque chose –, elle n'en portait pas moins avec une désinvolture proche de l'élégance les vêtements de tissus solides qui avaient habillé ses deux sœurs aînées avant elle. Sa nouvelle maîtresse en augurait que, convenablement vêtue, la jouvencelle serait tout à fait présentable dans son nouveau rôle. Par chance, elle était propre et soigneuse. En outre elle savait se taire, contrairement à l'une de ses sœurs qui était un véritable torrent de paroles, et c'était une qualité que Marie appréciait. Ainsi, pendant la durée du voyage, Herminie avait beaucoup regardé par la portière, passionnée par ce qu'elle découvrait de nouveautés et par les moindres incidents. Elle s'intéressait aussi à Charlotte qu'elle prenait souvent quand la nourrice faisait un somme. Elle devenait bavarde alors, entretenant avec le bébé des dialogues chuchotés dans cette langue incompréhensible qui est celle des tout-petits et qu'elle semblait posséder à fond.

— Comment fais-tu ? demanda Marie intriguée. Charlotte a l'air de te comprendre ?

— Comme vous le savez, ma cousine, j'ai trois jeunes frères et sœur. Et puis j'aime les bambins. Alors on se comprend sans peine.

— En ce cas tu ne seras pas dépaysée à Dampierre où nous allons retrouver mes enfants. Je ne saurais trop te dire à quoi ils ressemblent : je les voyais peu avant de me rendre en Lorraine et pas du tout depuis deux ans.

— Quel âge ont-ils ?

— Ma fille aînée doit avoir dix ans, mon gentil duc de Luynes en a huit, Anne-Marie six, Marie-Anne deux. Elle est la sœur aînée de Charlotte puisqu'elle est une Chevreuse.

— Une belle famille en vérité ! Et ils ne vous manquent pas ?

Une odeur fade, légèrement fétide, envahit l'étroit espace tapissé de velours vert. Charlotte devait avoir besoin d'être changée, ce dont la nourrice s'acquitta tandis que Madame de Chevreuse promenait délicatement sous son nez un mouchoir parfumé au jasmin.

— Ma foi non ! Certes, j'accourrais du bout de la terre si un danger les menaçait, mais dès l'instant où je les sais en de bonnes mains et où rien ne leur manque...

— Alors vous ne les aimez pas ! décréta Herminie en revenant au paysage pour s'absorber dans sa contemplation, indiquant ainsi à la Duchesse que pour elle l'affaire était entendue et l'entretien clos.

Assez surprise, celle-ci ouvrit la bouche pour remettre l'insolente à sa place puis y renonça. Elle n'avait pas acheté chat en poche et n'ignorait rien des manières de sa nouvelle suivante. Il faudrait songer à y remédier mais pour l'instant, fatiguée par le voyage, elle n'avait aucune envie d'entamer une polémique. Ne lui fallait-il pas garder quelques forces pour son premier contact avec un époux disparu de son horizon depuis des mois ?

D'ailleurs on arrivait : un « Oh ! que c'est joli ! » émis par Herminie le lui confirma. Dampierre, en effet, était en vue et Marie eut un frisson de plaisir à retrouver son beau château toujours aussi charmant, aussi pimpant avec ses briques roses, ses chaînages de pierre blanche, ses toits d'ardoise bleutée, ses jardins à demi dépouillés par l'hiver mais où les eaux courantes mettaient une vie, une chanson. La bannière de Chevreuse flottant mollement sur le pavillon d'entrée annonçait la présence du maître, mais déjà l'arrivée de la maîtresse était signalée : des villageois accouraient avec des cris de joie. Les gens de Dampierre comme ceux du duché aimaient Marie, peut-être parce qu'elle savait se montrer généreuse et accueillante envers eux. Aussi, quand le carrosse s'engagea sur le pont lancé au-dessus des douves, Peran le cocher dut faire appel à toute son habileté pour ne blesser personne : c'est tout juste si l'on n'essayait pas de porter ses chevaux en triomphe. Marie répondait par des sourires et des gestes de la main à cet enthousiasme qui plongea Herminie dans un abîme de réflexion : il était rare qu'un seigneur soit à ce point populaire et son jugement sur sa nouvelle maîtresse se trouva révisé à la hausse.

La voûte d'entrée franchie, on trouva Boispillé, l'intendant, devant le front des domestiques réunis dont les hommes s'inclinèrent d'un même mouvement tandis que les femmes faisaient une petite révérence au moment où un laquais ouvrait la portière du carrosse. Enfin, Claude de Chevreuse parut sur le perron du grand logis et vint au-devant de sa femme :

— Chacun ici est heureux de vous revoir, Madame ! clama-t-il de sa plus belle voix de commandement. Avez-vous fait bon voyage ?

— Excellent quoique un peu à l'étroit ! Vous portez-vous bien ?

Il avait pris sa main pour l'aider à descendre et l'embrassa sur les deux joues à la mode paysanne :

— Le mieux du monde puisque je vous vois ! répondit-il sincère. Mais que nous apportez-vous là ? ajouta-t-il, un peu surpris de découvrir un bébé dans les bras de Simplicie.

Marie joua l'étonnement avec énormément de naturel :

— Mais Charlotte-Marie, notre dernière fille, dont je vous ai annoncé l'arrivée en mars dernier. N'avez-vous pas reçu ma lettre ? demanda-t-elle en sachant pertinemment qu'il n'y avait aucune chance pour cela puisqu'elle ne l'avait jamais écrite.

— Ma foi non, mais l'incertitude des chemins est telle ces temps derniers que ce n'est guère étonnant ! Ainsi vous m'apportez une nouvelle fille ? dit-il en se penchant sur la frimousse encadrée d'un béguin de fine toile blanche garnie de dentelles.

— Eh oui ! Encore une, mais si je ne vous ai pas encore donné de fils, je ne suis pas la seule fautive...

— Je sais, je sais... Elle n'en est pas moins la bienvenue... et nous essaierons de faire mieux une prochaine fois !

Herminie fut présentée à son tour. Etant une cousine elle eut droit à un baiser sur le front. Après quoi tout le monde rentra dans la maison. C'est là, dans le grand vestibule, qu'attendaient les enfants avec ceux qui leur étaient attachés. Louise, l'aînée, longue fillette brune aux yeux bleus douée d'une précoce gravité, accompagnée de Madame de la Tour, la gouvernante qu'elle partageait avec sa cadette, Anne-Marie, modèle réduit en plus turbulent de son aînée. Elles se tenaient un peu en retrait de leur frère, le petit duc Louis-Charles de Luynes, flanqué de son « gouverneur », Monsieur de Fevres. C'était un enfant charmant, brun comme une châtaigne avec de beaux yeux sombres, et Marie sentit son cœur trembler quand il s'avança vers elle à pas comptés pour baiser sa main en l'appelant « Madame ma mère ». Elle n'y résista pas et se pencha pour l'embrasser :

— Dieu, que vous avez grandi, Monsieur mon fils ! Vous voilà presque en âge de porter l'épée !

— Je prie Dieu pour que ce soit bientôt ! J'ai tellement envie de servir le Roi !

— Vous aussi ? soupira la jeune femme. Vous n'êtes cependant pas un Chevreuse pour avoir contracté si tôt cette maladie ?

— Mon père ne l'avait-il pas ?

— Bien sûr que si... hélas !

— Pourquoi, hélas ?

— Je vous expliquerai plus tard ! Pour le moment laissez-moi embrasser vos sœurs ! Et à ce propos, je vous en apporte une toute neuve ! Charlotte-Marie que voici !

— Encore une fille ! Oh ! ma mère, quand donc verrai-je autour de moi autre chose que des jupons ?

— Quand il plaira au Seigneur, Louis ! Quand il plaira au Seigneur !

Marie embrassa ses filles et garda un instant dans ses bras Marie-Anne, née à Hampton Court, scrutant le petit visage blond dans l'espoir... ou la crainte d'y trouver une ressemblance, mais la Nature gardait jalousement ses secrets et si Marie-Anne ressemblait à quelqu'un, c'était plutôt à sa grand-mère maternelle, Madeleine de Lénoncourt, morte peu après la venue au monde de sa fille Marie... Si la fillette avait été engendrée par Henry Holland, cela ne se voyait pas... ou pas encore ! Soulagée, elle la remit à sa nourrice en lui faisant compliment sur sa bonne mine. Tous d'ailleurs semblaient en excellente santé et, apparemment, les absences de leur mère ne semblaient pas les affecter outre mesure. Elle en fut satisfaite : quoi de plus irritant qu'une marmaille qui ne cesse de geindre en réclamant sa maman ? Ceux-là au moins ne se mettraient pas à la traverse des projets faramineux qu'elle échafaudait déjà et dont le principe était une fois de plus de reprendre sa place auprès de la Reine !

Ayant confié Charlotte et Simplicie à Madame de la Tour – une veuve d'une quarantaine d'années, aimable, compétente, un peu trop pieuse peut-être mais juste assez ferme pour n'être pas taxée de sévérité – afin qu'elle veillât à leur installation, Marie gagna son appartement accompagnée d'Anna et d'une Herminie qu'elle eut du mal à convaincre de la suivre plutôt que d'emboîter le pas aux enfants.

— Il est temps de commencer ton apprentissage, lui déclara-t-elle. C'est à moi que tu es attachée ! Pas à mes filles !

— J'essaierai de m'en souvenir ! soupira l'adolescente.

Marie remit à plus tard la première leçon de choses : elle était trop heureuse de se retrouver chez elle, dans ce cadre dont chaque tenture avait été choisie à son goût. Quelle joie de revoir sa jolie chambre tendue de damas d'un joyeux rouge corail avec son grand lit couronné de plumes d'autruche blanches, ses tapis d'orient moelleux et ses meubles précieux ! Un bon feu flambait dans la cheminée et elle se dépêcha d'aller s'y réchauffer les mains, et les jambes, en relevant ses lourdes jupes comme elle le faisait presque spontanément lorsque venait l'hiver. Certes, elle était loin d'être mal logée au palais ducal de Nancy ou même dans son hôtel de Bar où elle avait tout arrangé à sa convenance, mais les meubles lorrains, souvent fort riches, étaient plus massifs, moins gracieux que ces cabinets italiens qu'elle avait appris à apprécier auprès de Marie de Médicis quand elle était de ses filles d'honneur. A présent, elle éprouvait un vrai bonheur en réintégrant ce cadre qu'elle préférait aux autres... hormis un seul pourtant : celui des palais royaux auxquels il lui semblait qu'elle avait été destinée.

Tandis qu'en l'aidant à changer ses vêtements de voyage avant d'aller souper avec son époux, Anna donnait à Herminie sa première leçon en lui révélant les splendeurs d'une garde-robe et surtout des écrins d'une princesse – au moment de la fuite il avait fallu renoncer aux trésors que contenaient les résidences Chevreuse ! – Marie réfléchissait aux jours à venir. Son miroir lui renvoyait toujours une image splendide, une beauté non seulement intacte mais rendue plus suave par les épreuves subies : l'affreuse mort de Chalais, le danger côtoyé de si près, l'exil enfin même s'il avait été doré. Ses tribulations lui conféraient cette impalpable auréole de mystère des grandes aventurières. S'en rendre compte la mit d'une humeur charmante et, parée d'un velours noir sans autre ornement que le profond décolleté dévoilant généreusement sa gorge et ses épaules nues, des girandoles en diamant tremblant le long de son cou, elle rejoignit son mari pour leur premier repas en tête à tête depuis des mois. Claude avait désiré qu'il en soit ainsi pour le soir de son arrivée.

Il l'attendait en faisant les cent pas au bas de l'escalier mais se fixa pour la regarder descendre vers lui. Il s'était changé lui aussi et dans ses vêtements de velours vert sombre brodé d'or, il ne manquait pas d'allure. Marie le vit mieux que tout à l'heure, remarquant qu'il portait allègrement sa vigoureuse cinquantaine, qu'il avait maigri et que, dans ses yeux bleu pâle, l'ancienne flamme revenait. Ce qui la fit sourire.

Il gravit les derniers degrés pour lui offrir sa main et la conduisit à table :

— Vous êtes belle à miracle ce soir, Madame ! remarqua-t-il d'une voix qui s'enrouait légèrement. Il semble que le temps n'ait prise sur vous que pour vous magnifier toujours un peu plus. Les années ne font que vous caresser...

— J'en compte vingt-huit jusqu'à présent. Ce n'est pas un âge canonique, il me semble ?

— J'en connais chez qui elles annoncent déjà l'automne quand vous évoquez le plus glorieux des printemps...

— Seriez-vous d'humeur à me faire la cour ? dit-elle en riant.

— N'en doutez pas ! Noël approche : c'est le temps

béni où les hommes doivent retrouver la paix et la douceur d'aimer. C'est le temps aussi de tourner les plus sombres pages. Vous voici chez nous, chez vous plus que partout ailleurs. Ce château comme moi-même ne songeons qu'à vous reprendre.

Il la fit asseoir à la table somptueuse – cristaux et vermeil – dressée pour eux près des flammes claires de la cheminée mais conserva un instant dans la sienne sa main dont il baisa la paume :

— N'y comptez pas, Marie ! Vous savez qu'en ce qui vous concerne je n'ai jamais eu de patience. Cette nuit vous serez mienne...

— Ne l'ai-je pas été quand vous vîntes à Nancy ?

— Pas autant que je l'aurais voulu. Il y avait encore trop d'ombre entre nous. Aujourd'hui je veux recommencer depuis le début...

— Ainsi soit-il ! Mais pour l'heure je meurs de faim, de soif...

Composé de terrines de gibier, d'anguilles au vert, de perdrix fourrées de truffes à l'huile, de douceurs variées, et arrosé de vins de Beaune et de la Champagne, le repas était appétissant et les deux convives y firent honneur. Claude dévora et Marie elle-même, après des jours de cuisine d'auberge plus ou moins réussie, prenait un vif plaisir à retrouver celle à l'accoutumée parfaite de sa maison. On n'échangea guère que des propos sans importance et ce fut seulement quand les valets eurent disposé les desserts avant de se retirer que Marie, un verre à la main, se laissa aller dans son fauteuil et demanda :

— Si vous me donniez des nouvelles ? Je ne sais plus rien de la Cour ni de la Ville et il me semble venir du bout du monde.

— Allons ! Nancy n'est pas si loin et je ne doute pas

que notre cousin Charles ne soit au fait des développements politiques. Vous savez déjà que l'on discute les termes du traité de paix avec l'Angleterre...

— Ce n'est pas cela qui m'intéresse, mais ce que fait ou dit ce démon de Richelieu ?

— Que vous dirai-je ? Que la confiance du Roi paraît augmenter chaque jour. Il est vrai que l'activité et les vastes desseins de cet homme sont hors du commun ! Tout en menant la guerre contre les protestants et les Anglais, il a fondé l'an passé une Compagnie de la Nouvelle France pour commercer avec ceux de cette lointaine contrée et j'ai appris du duc de Longueville qu'il bâtit au Havre un port d'un genre nouveau : avec des écluses. En revanche...

— En vérité, Claude, vous le faites exprès ! Ce que construit ou ne construit pas ce maudit Cardinal m'importe peu !

— ... en revanche ses relations avec la Reine Mère ne sont plus aussi bonnes que par le passé. Vous savez qu'elle l'avait poussé au Conseil dans l'espoir de régner à travers lui ? On lui refuse de plus en plus de suivre les directives qu'elle prétend lui donner et cela indispose...

— Ah ? Voilà qui est mieux ! Et qui me donne fort envie de rencontrer très vite ma chère marraine.

— Le malheur est qu'il ne vous est pas possible de vous éloigner de notre duché sauf dans la direction opposée à Paris et aux autres demeures royales.

— Je sais, je sais, c'est terriblement agaçant !

— Allons, Marie, un peu de patience ! Vous venez seulement d'arriver ici, ce qui est déjà un énorme progrès ! Il faut laisser au Roi le temps de s'habituer à ce rapprochement et laisser faire vos amis.

— Le Roi, le Roi ! Mille tonnerres, Claude, quand donc cesserez-vous de le brandir à tout bout de champ dans la conversation à la manière d'une bannière ? Vous savez que je le déteste ?

— Peut-être mais il n'en est pas moins le pilier du monde où nous vivons et celui dont dépendent nos vies ! Ma sœur Conti vous le dira pareillement quand elle viendra vous voir un prochain jour. Elle est enchantée de votre retour et m'a chargé de vous transmettre son entière affection.

La pensée de sa belle-sœur, Louise-Marguerite de Lorraine, princesse de Conti, qui était aussi sa meilleure amie, détendit Marie.

— Elle va bien ? Toujours heureuse avec Bassompierre ?

— Plus que jamais, j'ai l'impression. Cela tient peut-être à ce que, depuis leur mariage secret, ils n'ont pas passé beaucoup de temps ensemble. Bassompierre a d'abord été envoyé comme ambassadeur en Angleterre, ensuite il n'a guère quitté l'armée. Mais j'ai rarement vu couple plus tendrement uni. Leur amour semble se renforcer à mesure qu'ils avancent en âge.

— C'est sans doute justement parce qu'ils ne sont plus jeunes ? Les amours d'automne sont peut-être plus précieuses que les autres, fit Marie songeuse.

— Peut-être ! Et à ce propos, savez-vous que votre père vient de se remarier ?

La surprise coupa le souffle de la jeune femme :

— Mon père ? Remarié ? A son âge ? Il doit avoir dépassé la soixantaine à présent ?

— Exact ! Et vient d'épouser un tendron de dix-sept ans !

— Vous vous moquez ? J'aurais une belle-mère de dix ans plus jeune que moi ? Et qui en aurait... – elle compta un instant sur ses doigts – ... quarante-deux de moins que son époux ? C'est à n'y pas croire ! Et... où l'a-t-il trouvée ?

— Dans un couvent de Dinan. Elle s'appelle Marie d'Avaugour de Dinan et elle est très belle !

— Dans quel genre ?

— Comment vous dire ? C'est une grande fille brune avec un teint de fleur et de magnifiques yeux bleus, un port de déesse et des appas fort évidents. La nouvelle duchesse de Montbazon sort peut-être d'un couvent, elle n'en affiche pas moins une extrême envie de plaire. Et elle plaît énormément !

Les beaux sourcils de Marie remontèrent jusqu'au milieu de son front :

— Seriez-vous en train de me dire que mon père est déjà cornard ?

— S'il ne l'est pas il le sera. Le bruit court qu'il l'a été.

— Alors qu'elle vivait au milieu des nonnes ? Peste, quelle luronne !

— Quand même pas. On dit seulement qu'à quinze ans, elle aurait perdu sa virginité avec son frère le comte de Vertus...

Du coup, Marie éclata de rire et tendit son verre pour que Claude l'emplît de nouveau :

— C'est vraiment trop drôle ! Perdre sa vertu avec un comte de Vertus, cela n'arrive que chez nous ! J'espère au moins qu'il est beau, ce garçon, et que la pauvrette a puisé dans cet amour le courage d'entrer dans le lit d'Hercule.

— Votre passion pour votre père est touchante, Marie !

— Vous n'allez pas me demander de le plaindre ? C'est un balourd, presque un rustre qui, si j'en crois ce que j'ai pu apprendre, n'a pas rendu ma mère particulièrement heureuse ! Si cette Marie d'Avaugour la venge, j'applaudirai de tout mon cœur ! J'ajoute que j'aimerais la connaître !

— Cela ne devrait pas tarder. La nouvelle Duchesse entretient une grande amitié avec la princesse de Guéménée, l'épouse de votre frère dont nous allons recevoir la visite ces jours prochains puisque je les ai invités à fêter avec nous la Nativité. Je peux envoyer un courrier au château de Rochefort en Yvelines où sont les Montbazon pour les prier de se joindre à nous ?

— Une réunion de famille ? C'est gentil d'y avoir songé. Après tout, je suis contente de revoir ce vieux grognon. Il va m'accabler de reproches selon son habitude et déverser sur moi sa bile en même temps qu'une avalanche de prédictions désastreuses mais cela sera amusant. Vous auriez dû inviter aussi votre sœur.

— Ne vous ai-je pas dit qu'elle allait venir ? J'espère seulement que Bassompierre ne sera pas retenu au Louvre. A présent, Marie, ajouta-t-il en se levant après avoir vidé son verre d'un seul coup, l'heure est venue, je crois, de nous retirer...

— Croyez-vous ? fit-elle coquette.

— J'en suis plus que sûr.

Il vint prendre sa main et sa taille comme pour un pas de danse et, se penchant, posa ses lèvres au défaut de l'épaule de sa femme pour remonter le long de son cou. En même temps, sa main remontait de la taille à un sein qu'elle emprisonna. Marie comprit qu'il ne pourrait contenir davantage le désir qu'il avait d'elle, et de son côté, elle sentait son corps s'émouvoir. Un frisson parcourut son dos, prélude à l'appel toujours exigeant de ses sens. Claude était un bon amant et le plaisir avec lui était une affaire certaine. Elle glissa de ses bras mais retint une main pour l'entraîner avec elle :

— Il est grand temps en effet si nous ne voulons pas nous donner en spectacle à nos gens !

Ils partirent en courant comme deux jeunes amoureux qui vont chercher refuge dans une meule de paille.

CHAPITRE II

UNE CAVALIÈRE DANS LA NUIT

La fête de Noël à Dampierre fut, cette année-là, pour Marie une sorte de bain de jouvence. Pendant quelques jours elle oublia ses menées politiques, ses projets, ses rancunes et sa soif de revanche pour n'être plus qu'une jeune femme heureuse de se retrouver en famille et une maîtresse de maison soucieuse du bien-être de ses hôtes ainsi que de l'éclat de sa demeure.

Au matin de leur nuit de retrouvailles, elle découvrit qu'en réalité elle aimait encore son mari. Ce n'était pas de la passion – elle ne l'avait éprouvée et ne l'éprouverait que pour le seul Holland dont il lui suffisait d'évoquer l'image pour se sentir bouleversée –, loin de là, mais en mesurant l'étendue de l'amour de Claude, capable d'accepter n'importe quoi pour la garder, d'oublier ce qu'il avait enduré de son fait, et simplement heureux de l'avoir tenue dans ses bras durant quelques heures, elle se renouvela à elle-même la promesse qu'elle s'était faite au lendemain de leur mariage quand en l'épousant il en avait fait une princesse lorraine en la sauvant de la disgrâce : essayer de lui donner autant de bonheur que possible et peut-être le protéger des conséquences de ses actions à venir. Car, naturellement, elle se savait incapable de lui rester fidèle et certainement plus encore de renoncer aux intrigues dont elle portait en elle les germes irrésistibles. C'était pour elle le sel de la terre.

Elle était heureuse aussi de retrouver ses enfants : surtout son fils dont elle était assez fière alors qu'elle tenait ses filles pour quantité négligeable ne pouvant attendre d'illustrations que par un mariage : Louis, prématurément duc, portait de grandes espérances...

Quant à ceux qui vinrent à Dampierre célébrer auprès d'elle la naissance du Christ, elle les reçut avec une véritable joie : ils apportaient avec eux les parfums de cette Cour qui lui était interdite. Les Lorrains d'abord : sa plus fidèle amie Louise de Conti, sœur du duc de Guise, et son époux secret, François de Bassompierre, un couple déjà âgé mais la beauté de Louise était de celles qui résistent au temps et François, qui avait été un séducteur redoutable, conservait un charme, une silhouette et un appétit de vivre que beaucoup pouvaient lui envier. Enfin, ils s'aimaient et cela se voyait.

Un peu moins d'amour chez le deuxième couple : Louis de Rohan-Montbazon, prince de Guéménée, frère de Marie, et son épouse Anne de Rohan, fille du chef protestant éternellement rebelle. Un couple harmonieusement assorti cependant : elle avait l'âge de Marie, lui deux ans de plus ; elle était belle, il n'était pas laid mais la passion des premiers temps s'était estompée : Anne était pétulante, vive, bavarde, intrigante même, lui le calme – on pourrait presque dire la placidité – incarné. Ils ne s'entendaient pas toujours mais le vernis mondain y suppléait.

Enfin, les « jeunes mariés » venus en voisins de leur château de Rochefort présentaient un aspect aussi disparate que possible. Lui, un barbon grisonnant, ronchonnant et d'une intelligence si moyenne qu'on pouvait le croire à certains moments idiot. Elle, ravissante dans l'éclat de ses dix-huit ans, coquette, visiblement sensuelle mais charmante, menant son vieil époux en laisse comme un toutou. Elle séduisit Marie, fut séduite de son côté et les quatre dames luttèrent d'éclat au cours de cette fête familiale.

Fidèle à la vieille tradition allemande souvent respectée en Lorraine, Bassompierre [1] s'était fait précéder d'un immense sapin que l'on planta dans la cour du château et que l'on décora de bougies, de rubans, d'étoiles d'argent, de noix dorées. On plaça solennellement dans la cheminée de la salle principale la bûche de Noël – fragment d'un vieil orme que le maître de maison arrosa de sel et d'eau bénite puis alluma avant que l'on ne se rende tous ensemble à la messe de minuit dans l'église du village où maîtres, serviteurs et paysans chantèrent à l'unisson les anciens chants venus du fond des âges. Après quoi on revint avec le vieux curé dévorer le repas pantagruélique préparé dans les cuisines du château, suffisamment abondant pour nourrir un régiment et dont, à l'habitude, les pauvres eurent leur part. Après quoi on échangea des cadeaux... Ce fut en vérité une bien belle fête, sous un ciel froid mais pur et plein d'étoiles, dont chacun profita sans arrière-pensée et dans une atmosphère à la fois conviviale et bon enfant.

Pour la jeune Herminie, ce fut une révélation. Certes, on fêtait Noël chez les siens, mais elle n'avait jamais rien vécu de comparable. Vêtue avec élégance pour la première fois de sa vie, elle portait du velours, du satin, de la dentelle et jusqu'à une cape de beau drap vert doublé de fourrure rousse de la même teinte

1. On se souvient qu'il était baron de Beckstein et que c'est Henri IV qui avait traduit son nom en Bassompierre.

que ses cheveux. En outre, elle reçut en cadeau de la Duchesse une agrafe de chapeau ornée de perles et de petites émeraudes et du Duc une chaîne d'or et de perles. Un véritable trésor dont elle se montra ravie et très fière.

La vie qu'elle menait à Dampierre lui convenait en tous points. Intelligente et pas maladroite, elle apprit vite de Marie et Anna les attributions et devoirs de la suivante d'une grande dame. Elle prit plaisir à manier les étoffes précieuses, les bijoux, et à accompagner Marie partout où elle se rendait. Enfin, presque ! En outre, celle-ci ayant découvert qu'elle lisait bien et possédait même une belle écriture, Herminie se trouva promue au rôle de secrétaire dont elle n'allait pas tarder à s'apercevoir que ce n'était pas une sinécure. Enfin elle s'attacha rapidement aux enfants : au petit Duc dont la gravité précoce l'amusait et aux plus petites, Marie-Anne et Charlotte. Les deux filles de feu Luynes étant déjà reparties pour l'abbaye de Jouarre, dont l'abbesse était Jeanne de Lorraine, la sœur de Chevreuse, où leur éducation devait se poursuivre. En résumé, la jeune Lénoncourt s'estimant satisfaite de son sort renonça aux activités qui lui avaient valu l'expulsion de ses divers couvents. Elle pressentait que la vie à Dampierre pouvait être fort intéressante pour une jeune personne curieuse de toutes choses et douée d'un esprit vif.

Les invités de Noël quittèrent le château pour se rendre à la Cour et présenter au Roi leurs vœux à l'occasion de la nouvelle année. Claude de Chevreuse se joignit à eux dans l'intention de remercier Louis XIII de lui avoir rendu son épouse et de tenter peut-être un plaidoyer pour obtenir son entier retour en grâce. Seule Louise de Conti resta auprès de sa belle-sœur. Marie l'en avait suppliée afin de faire, avec elle, le point de sa situation et d'apprendre ce qui se préparait ou ce que l'on disait dans l'entourage de la Reine, questions qu'elle s'était interdites durant la trêve sacrée.

— Bar-le-Duc n'est pas au bout du monde, dit-elle, pourtant j'ai l'impression de revenir de chez le Grand Khan. Parle-t-on de moi ou m'a-t-on oubliée ?

— Vous oublier ? Vous voulez rire ! Lorsque j'ai quitté Paris ces jours derniers, vous étiez au centre de toutes les conversations. C'est juste si l'on n'engageait pas des paris sur le temps que vous alliez mettre à revenir auprès de la Reine ! Celle-ci ne désire que cela, vous le pensez bien, et elle m'a chargée de vous embrasser avec la chaleur de son amitié.

— Mais ni le Roi ni son cher Richelieu ne veulent seulement me revoir ?

— Ils n'y paraissent guère disposés.

— Et que dit Monsieur ?

— Toujours égal à lui-même, il se range du côté de vos adversaires. Il aurait même dit à Monsieur de Marcheville qui s'est hâté de le répéter qu'on vous faisait revenir dans le but de donner plus de moyens à la Reine de faire un enfant...

— Le petit misérable ! Après le mal que je me suis donné pour le porter au trône et lui faire épouser sa belle-sœur ! Ce pauvre Chalais est vraiment mort pour rien !

— Cela ne vous surprend pas, j'espère ? Ou le charme de Gaston vous aveuglait-il au point de le prendre pour ce qu'il ne sera jamais : un homme de cœur, franc et loyal ? Placer en lui le moindre espoir est jouer à fonds perdus. Il sera toujours prêt à entrer dans n'importe quelle conspiration où il verrait un quelconque intérêt mais en cas d'échec il abandonnera ses complices pour tirer son épingle du jeu et négocier au mieux son absolution !

Marie regarda son amie avec curiosité :

— Voilà un jugement sévère ! Vous l'aimiez bien, pourtant, quand nous endoctrinions d'Ornano pour qu'il accepte d'être le fer de lance de notre parti de l'Aversion ?

— Cela vient peut-être de ce que je ne le connaissais pas suffisamment. Cependant, ne vous souciez pas trop de son avis. Il est pour l'instant assez mal en cour parce qu'il voudrait se remarier.

— ... et que le Roi trouve mauvais qu'il mette tant d'empressement à vouloir se donner un héritier alors que notre Reine n'en donne toujours pas ? L'énorme dot de la pauvre petite Montpensier, sa défunte épouse, devrait l'inciter à la patience.

— Oh ! ce n'est pas la raison ! Figurez-vous qu'il est amoureux !

Marie éclata de rire :

— Amoureux, cet égoïste forcené ? A qui le ferez-vous croire ?

— Mais... à n'importe qui car il semble décidé à rompre les lances contre tout-venant pour les yeux de sa belle !

— Qui est ?

— La ravissante Marie-Louise de Gonzague, fille du duc de Nevers et héritière de Mantoue. Cette fois, il réunit l'unanimité : le Roi, la Reine, la Reine Mère, Richelieu, le reste de la Cour sont contre !

— La Reine Mère aussi ? Mais pourquoi ?

— D'abord parce qu'elle voulait lui faire épouser une princesse florentine, une de ses cousines Médicis, ensuite parce que le duc de Nevers a été l'un de ses adversaires acharnés au temps de sa régence après la mort du roi Henri. Son adversaire et celui de Concini forcément, et vous savez qu'elle ne pardonne jamais rien... Enfin – mais vous avez dû certainement l'apprendre dans votre thébaïde lorraine ! – nous sommes à la veille d'une guerre contre ses chers Espagnols pour établir les droits du duc de Nevers sur la succession de Mantoue.

Difficile, en effet, de ne pas être au courant d'une affaire qui depuis la mort du duc de Mantoue, Vincent II de Gonzague, survenue un an plus tôt, le 26 décembre 1627, agitait une partie de l'Europe.

Par testament le mourant avait désigné pour successeur son plus proche parent, le Français Charles de Gonzague de Clèves, chef de la branche cadette des Gonzague, et celui-ci était venu prendre possession de son héritage, composé du duché de Mantoue et du marquisat de Montferrat dont la capitale était Casal, une puissante forteresse du Pô.

Or, seize ans plus tôt, la France avait empêché le duc de Savoie de s'emparer de Casal et donc du Montferrat au nom de sa petite-fille, Marguerite, elle-même fille du prédécesseur de feu Vincent II. Le Savoyard réitéra ses prétentions, réclamant le Montferrat pour Marguerite. S'en mêla alors l'Espagne toujours prête à profiter des situations difficiles et d'autant plus que la région en question avoisinait ses terres du Milanais. En outre le Mantouan dépendait de l'Empereur, le bon cousin Habsbourg, et celui-ci, à la mort du duc Vincent, se hâta de refuser l'investiture à Nevers. En outre, profitant de ce que l'armée française était retenue à La Rochelle, l'Espagne et la Savoie envahirent Montferrat. Seulement l'éclatante victoire de Richelieu contre les Anglais et les Rochelais venait de libérer les armes de la France et c'était, pour le Roi comme pour le Cardinal, une question d'honneur de ne pas abandonner le duc de Nevers.

On en était là au moment où Madame de Chevreuse rentrait à Dampierre pour y retrouver les siens. Et Madame de Conti venait de retracer pour son amie les grandes lignes du problème. Celle-ci l'avait écoutée avec d'autant plus d'attention qu'il s'agissait d'une situation comme elle les aimait parce qu'elle pensait toujours, et avant tout, qu'il serait peut-être possible pour elle d'en tirer un avantage personnel... De plus, si la France de Louis XIII et de Richelieu entrait en guerre contre l'Espagne, patrie de sa reine, elle était entièrement disposée à se dévouer sans compter pour servir une cause si chère à Anne d'Autriche. Enfin, quand un conflit éclatait, on ne pouvait jamais savoir qui en sortirait vivant. Que Louis disparût, et l'on pourrait reprendre joyeusement le dessein d'unir Anne d'Autriche à Gaston d'Orléans puisque la chance voulait qu'il fût veuf. Et le fait que tous ces beaux projets relevassent de la haute trahison n'allait pas empêcher Madame de Chevreuse de dormir...

Avec sa vivacité habituelle, celle-ci fit aussitôt part à son amie Louise des idées que venait de faire naître son récit et des merveilleuses perspectives qu'elle entrevoyait, mais, à sa surprise Madame de Conti – étant mariée secrètement elle portait toujours ce nom – non seulement ne la suivit pas mais s'efforça de modérer son enthousiasme.

— Marie, Marie, ne mettez pas la charrue avant les bœufs, n'allez pas plus vite que les violons et ne vendez pas la peau de l'ours avant de l'avoir tué !

— Vous vous exprimez en proverbes maintenant ? C'est nouveau, cela. Tourneriez-vous au bel esprit ?

— Dieu m'en préserve ! Je veux dire seulement : primo que nous n'avons pas encore déclaré la guerre à l'Espagne. Secundo qu'un roi qui part en guerre a de grandes chances d'en revenir vivant, même le nôtre dont on ne peut nier qu'il soit d'une bravoure hors du commun et, tertio, qu'on ne vous a rappelée que du bout des lèvres et que votre retour en grâce étant loin d'être acquis, vous devriez garder raison et vous tenir tranquille pendant... quelque temps ?

— Oh ! ce n'est qu'une question de semaines... ou de jours ! fit la Duchesse avec insouciance. Avant de quitter la Lorraine j'ai acquis la certitude que le roi d'Angleterre comme le duc Charles s'employaient activement à ce que l'on me rappelle sans barguigner auprès de la Reine. Elle m'a même écrit qu'elle y mettrait tous ses efforts...

— Beaux avocats que avez là ! Charles Ier, qui vient d'être vaincu, en est aux pourparlers d'un traité de paix et n'est guère en position de réclamer quoi que ce soit. Notre cousin lorrain est sans doute un peu mieux placé puisqu'il a obtenu que l'on relâche Lord Montaigu, mais il n'inspire guère confiance. Quant à la Reine, elle est carrément tenue en suspicion depuis l'affaire Chalais ! Le Roi demeure persuadé qu'elle a comploté sa mort – avec vous, entre parenthèses ! – et lui pardonne d'autant moins qu'elle vient de nouveau de faire une fausse couche...

— Il arrive donc à son époux de la visiter ?

— Le plus rarement possible mais il s'y astreint dans l'espoir d'un Dauphin, espoir déçu jusqu'ici !

— Ce perpétuel malade ? Il n'y arrivera jamais ! Quel dommage que ce pauvre Buckingham soit mort !

— Qu'il n'ait pas pris La Rochelle, destitué ou fait assassiner Richelieu et le Roi ? Ne rêvez pas, Marie ! Votre beau piège n'est plus et vous n'êtes pas près d'en retrouver un aussi séduisant pour attaquer la Reine. Je sais qu'elle continue à le pleurer...

— Et moi aussi ! C'était un merveilleux ami ! Mais, dites-moi Louise, j'ai l'impression que nous ne sommes plus, vous et moi, du même côté de la barrière ?

— Comment l'entendez-vous ?

— En ce que vous ne me semblez plus aussi acharnée contre notre Sire et son abominable ministre. Vous rendez hommage à la vaillance de l'un et n'avez pas égratigné une seule fois le second. Est-ce l'influence de Bassompierre ?

La Princesse s'accorda un temps de silence. Appuyant son visage sur sa main où s'allumaient par instant les flammes pourpres d'un énorme rubis, elle laissa son regard doré se perdre dans les lointains brumeux des jardins que l'on apercevait à travers les fenêtres :

— Je ne sais !... Vous connaissez sa fidélité au Roi même s'il n'aime guère le Cardinal – qui l'aimerait ? Et pour rien au monde je ne pourrais agir à son contraire. Nous ne sommes plus jeunes et cet amour tissé depuis des années que nous venons de consacrer nous est infiniment précieux. Cela ne veut pas dire que je renonce à l'amitié de la pauvre Reine. Au contraire, je suis toujours prête à me dévouer pour elle, mais pas au point de soutenir le parti de l'Espagne si la guerre éclatait et vous devriez m'imiter parce que, songez-y, Bassompierre ira se battre... et votre époux aussi !

Un instant, Marie ne sut que répondre. Habituée à ne considérer les événements que d'un point de vue strictement personnel, l'idée de pratiquer ce genre de fidélité ne lui était jamais venue à l'esprit. Il est vrai que Louise, épouse du premier et sœur du second, ne pouvait user d'un langage différent. Elle choisit de s'en tirer par une pirouette comme elle s'entendait si bien à le faire.

— N'en parlons plus ! s'écria-t-elle. De toute façon, nous n'en sommes pas là puisque cette guerre n'aura peut-être pas lieu ! Vous savez à quel point Marie de Médicis est entichée des Espagnols qu'elle considère comme les seuls vrais soldats de Dieu et, au Conseil, sa voix pèse son poids !

— Moins que vous ne le pensez. Depuis quelque

temps des divergences se sont élevées entre elle et Richelieu. Le Roi écoute de moins en moins sa mère...

— Ce qui ne doit pas arranger son humeur mais encore une fois nous verrons bien... et n'oubliez pas que l'on ne fait pas la guerre en hiver.

On la vit beaucoup plus tôt que Marie ne se l'imaginait : deux jours plus tard, Claude revenait à Dampierre avec une lettre de Bassompierre pour Louise lui demandant de rentrer au plus vite et une moisson de nouvelles dont la plus grave était celle-ci : le Roi partait la semaine suivante pour le Montferrat dans le but de faire lever le siège de Casal.

— Quoi ? s'exclama Marie. En janvier et en pays de montagnes ?

— Eh oui ! Quand une ville est assiégée, il n'y a ni été ni hiver. Monsieur de Nevers a besoin de secours et nous y allons !

— Et vous ?

— Naturellement ! En outre, c'est le meilleur moyen d'obtenir votre entière rentrée en grâce. Bassompierre part aussi, forcément ! C'est même à lui que le Roi a annoncé la nouvelle...

— Mais enfin, n'y a-t-il pas assez de maréchaux pour aller au secours de cette taupinière ? La santé du Roi...

Chevreuse eut pour sa femme un regard stupéfait :

— Vous vous souciez de sa santé ? C'est nouveau ça ! Quant à Casal, c'est loin d'être une taupinière.

— Et qui l'assiège ?

— Don Gonzales de Cordova, Gouverneur du Milanais.

— Ce qui veut dire que c'est la guerre avec l'Espagne, conclut Louise qui venait faire ses adieux à ses hôtes avant de regagner Paris. Les échos du Louvre doivent retentir des fureurs de la Reine Mère. Quand elle est en colère elle n'a pas pour habitude de tenir sa lumière sous le boisseau !

— Je n'ai rien entendu. Il est vrai que je n'ai pas eu l'honneur de la rencontrer mais elle reçoit malgré tout quelques consolations. D'abord, c'est à elle que le Roi remet la régence...

— Oh ! c'est indigne ! protesta Marie : la régence appartient de droit à la reine Anne !

— Pendant une guerre contre l'Espagne, ce ne serait sans doute pas une brillante idée. Marie de Médicis n'a jamais été une infante, même si ses sympathies vont de ce côté des Pyrénées. En outre, elle a la satisfaction de garder Gaston d'Orléans auprès d'elle...

— Que vient-il faire dans cette histoire ? demanda Louise.

Chevreuse se frappa le front du plat de la main :

— C'est vrai, j'oubliais que vous n'avez pas connaissance des derniers développements des amours de Monsieur. Tandis que nous fêtions Noël ici, Monsieur annonçait qu'il consentait à renoncer à Marie-Louise de Gonzague si on lui donnait le commandement suprême de l'armée... plus cinquante mille écus pour ses équipages...

Les deux femmes partirent d'un même éclat de rire :

— Celui-là ne perdra jamais une occasion de s'enrichir ! fit la Princesse. Mais de là à se faire payer pour commander en chef, ce dont il est incapable...

— C'est une des raisons pour lesquelles le Roi va assumer lui-même le commandement avec le maréchal de Créqui et Bassompierre. Il était délicat de refuser son propre frère, mais dès l'instant où c'est lui qui part, Monsieur n'a plus rien à dire...

— Sinon qu'il ne renonce plus à Marie de Gonzague, affirma la Duchesse sans crainte de se tromper. Il a l'amour tellement accommodant ! Au fait, vous ne nous parlez pas de ce cher Cardinal ? Il ne part pas, j'imagine ?

— Mais si. Sa Majesté est allée s'en assurer chez Son Eminence dans son domaine de Chaillot qu'il préfère pour raison de santé au Petit-Luxembourg...

— ... où il doit se sentir moins à son aise depuis que le torchon commence à brûler entre lui et la Reine Mère ! ironisa Louise. Peut-être respirera-t-il mieux sur les grands chemins, même à la mauvaise saison...

— Quel dommage ! Ils formaient un si beau couple ! grinça Marie. Et il accepte qu'elle soit régente ?

— Seulement des provinces en deçà des pays de la Loire ! rectifia Chevreuse. Elle n'a aucun droit sur le Midi où les protestants échaudés à La Rochelle se regroupent. Elle serait capable d'ordonner leur massacre...

Louise de Conti repartie, Claude annonça qu'il la suivrait le lendemain pour faire préparer ses équipages. Ce qui lui laissait une dernière nuit avec sa femme.

— N'allez-vous pas être trop seule ici, mon cœur ? Voulez-vous que je vous laisse l'un de mes écuyers ?

Il en avait deux : La Ferrière et Loyancourt que Marie n'appréciait que modérément. Le premier était assez beau mais elle avait surpris le sourire, fat et déplaisant, qu'il avait souvent en la regardant et qui lui donnait régulièrement envie de lui taper dessus. L'autre était plus sympathique mais c'est tout ce qu'on pouvait en dire : un bon garçon placide sans aucun signe distinctif, sans aucun relief pour le signaler à l'attention d'une femme. Il n'avait même pas la chance d'être vilain ! Certaines laideurs sont parfois plus attractives qu'une beauté régulière et Gabriel de Malleville en était un exemple, mais aucune épice ne relevait le physique passe-partout de ce brave Loyancourt. Aussi Marie déclina-t-elle avec grâce la proposition de son époux :

— Puisque vous partez en guerre, je préfère vous savoir entouré au mieux. L'un comme l'autre vous sont dévoués. En outre, ici ils s'ennuieraient et je ne saurais qu'en faire...

Cependant, vous laisser seule... Je ne peux oublier l'épreuve que vous avez subie sur la route du verger.

— Je vous rappelle que j'ai passé près de deux années en Lorraine sans qu'il m'advienne quoi que ce soit ! Et à Dampierre je ne crains rien. Il y a Boispillé, nos serviteurs sont en nombre et j'ai Peran, une force de la nature, un vrai chien de garde !

En parlant, s'efforçait-elle de se rassurer ? Elle était loin en effet d'oublier l'attentat dont elle avait failli périr et même si rien ne s'était passé durant son séjour chez le duc Charles, il n'était pas exclu que ce danger-là puisse renaître. Quelques poignées de mois ne pouvaient être suffisantes pour éteindre la haine chez les parents du malheureux Chalais... Comme elle gardait le silence, Claude qui l'observait dut saisir sa pensée contrairement à son habitude car il remarqua :

— Quelque chose me dit que vous n'auriez pas refusé Malleville. Il y a des moments où je regrette de l'avoir aidé à rejoindre la troupe de Monsieur de Tréville.

— Vous avez tort ! Gabriel est entré aux Mousquetaires comme on entre en religion... Au fait : je suppose qu'ils partent, eux aussi ?

— Evidemment. Le Roi ne saurait s'en passer. Permettez-moi de vous laisser quelqu'un ?

— Merci, Claude mais c'est non !

Il n'insista pas afin de ne pas entamer par une querelle cette nuit dont il voulait goûter chaque minute pour en rêver lorsqu'il serait loin d'elle. De son côté, Marie, pour atténuer l'effet de son refus, fit en sorte de le combler puisque c'était peut-être leur dernière nuit. Nul ne savait jamais qui reviendrait de guerre ou n'en reviendrait pas...

Au matin, ils se quittèrent avec l'élégance et la dignité qui conviennent à des adieux devant les gens du château et du village.

Lorsque les cavaliers eurent disparu dans la lumière froide de ce jour hivernal, le jeune Louis, venu saluer lui aussi son beau-père, alla prendre sa mère par la main pour la ramener à l'intérieur.

— Je suis heureux que vous me l'ayez donné comme second père, ma mère ! soupira-t-il. C'est un homme aussi vaillant que bon.

— Certes, Louis, et j'aime à vous l'entendre dire.

— Alors voulez-vous que nous allions ensemble prier pour lui à l'église du village ? Ses paysans en seront heureux...

— Allons ! Vous avez entièrement raison...

A vrai dire, l'oraison de Marie fut un peu distraite. Sa piété, un rien superstitieuse, était toujours aussi tiède. Elle songeait déjà aux lettres qu'elle allait écrire, dès son retour au château, au roi d'Angleterre et au duc de Lorraine pour qu'ils ne cessent pas leurs efforts en vue de son retour à la Cour. Etre si près de Paris et n'y pouvoir aller alors que ses deux bête noires – le Roi et le Cardinal – s'en éloignaient était vraiment insupportable !

Ces lettres écrites, elle tenta de s'armer de patience pour attendre les réponses et en était à concocter une belle épître destinée à la Reine qu'elle essaierait de faire porter par Peran, mais remettre par qui ? Ce qui était facile depuis la Lorraine où elle pouvait user des courriers ducaux ne l'était plus depuis Dampierre. Si encore Louise de Conti était restée à Paris, la chose serait simple puisqu'elle conservait à la Cour son crédit et ses entrées, mais un mot d'elle venait d'ôter cet espoir à Marie : craignant par-dessus tout de ne plus revoir son cher Bassompierre, la Princesse avait tranquillement décidé de suivre les mouvements de la Maison du Roi : « A nos âges, écrivait-elle, les jours de bonheur peuvent nous être comptés chichement : je ne veux plus en perdre aucun... » Marie bien sûr avait compris, même si elle en voulait un peu à son amie de la délaisser sitôt après leurs retrouvailles mais Louise parlait le langage de l'amour et c'était le seul qui pût toucher Madame de Chevreuse.

Elle commençait à tourner en rond dans son beau Dampierre, échafaudant l'un après l'autre une quantité de projets plus insensés les uns que les autres quand, un soir, un cavalier franchit l'entrée du château et demanda à être reçu.

— Au nom de la Reine ! annonça-t-il sans révéler le sien et Marie eut besoin de son empire sur elle-même pour ne pas crier de joie en reconnaissant Pierre de La Porte, ce jeune « portemanteau » d'Anne d'Autriche qui avait été chassé de la Cour à la suite de l'aventure du jardin d'Amiens [1]. Elle le reçut dans le cabinet d'angle faisant suite à la chambre où elle se tenait la plupart du temps pour écrire ou rêver. Les tentures de velours jaune soleil et le grand feu brûlant en permanence dans la cheminée de marbre blanc y entretenaient une douce chaleur transformant en cocon cette petite pièce intime.

Elle était si heureuse de le voir qu'oubliant les distances elle alla au-devant de lui, les mains tendues, dès qu'il eut franchi la porte.

— Vous ? Et de la part de la Reine ? Mais par quel miracle ? Vous voilà donc rentré en grâce ?

— Euh ! Pas vraiment ! Si Madame la Duchesse pense que j'ai repris mes fonctions auprès de Sa Majesté, elle se trompe. Il n'en demeure pas moins que je suis toujours à son service... mais de façon plus discrète !

— Vous êtes entré dans la clandestinité vous aussi ? fit Marie en riant. Bienvenue en ce cas au pays des conciliabules secrets, des manteaux couleur de muraille, des

1. Voir tome I, *Marie des intrigues*.

chapeaux enfoncés jusqu'aux yeux et des masques... Mais comment en êtes-vous arrivé là ?

— Oh ! c'est simple, Madame la Duchesse : lorsque j'ai dû quitter mon service de « portemanteau », Sa Majesté ne m'a pas abandonné. Elle m'a d'abord donné quelque argent puis m'a fait entrer dans sa compagnie de gendarmes. Nous avons même fait partie de l'escorte chargée de conduire Lord Montaigu à la Bastille. La Reine l'a su et m'a dépêché l'un de ses domestiques les plus dévoués, Monsieur de Lavau, pour arranger une entrevue avec elle. C'est ainsi qu'un soir, à minuit, Lavau m'a introduit chez la Reine, fort inquiète de ce que les gens du Cardinal pourraient trouver de compromettant pour elle dans les papiers saisis chez l'Anglais...

— Je connais trop Lord Montaigu pour l'imaginer capable de laisser traîner dans ses écrits la moindre allusion à sa personne.

— Sans doute, mais elle n'en savait rien. En outre, vous devez vous douter que le courrier de Lorraine a été fort surveillé après l'arrestation. Toujours est-il que l'on a fait appel à moi...

— Vous n'aviez aucun moyen d'avoir accès à ces documents et encore moins d'entrer à la Bastille ?

— C'est pourtant ce que j'ai fait toujours grâce à Lavau : il a des intelligences dans la forteresse, un parent qui partage entièrement ses opinions mais dont, par prudence, je tairai le nom. Déguisé en valet de prison, j'ai pu pénétrer jusqu'au captif et recevoir de sa bouche l'assurance que la Reine n'avait rien à redouter, ce qui l'a grandement soulagée. Reste à présent son autre souci...

— Qui est ?

— Vous-même, Madame la Duchesse ! Les choses sont ainsi faites qu'en revenant ici, tout près de Paris, vous êtes beaucoup plus inaccessible que lorsque vous résidiez à Bar-le-Duc ou à Nancy. Le Cardinal est sans doute parti avec le Roi, mais soyez certaine qu'il n'en a resserré que plus étroitement son réseau d'espions. Et c'est pourquoi je suis là !

— Vous m'apportez un message ?

Verbal. Un écrit présente un danger car le messager risque d'être pris : en un mot, elle voudrait pouvoir s'entretenir un moment avec vous. A part que vous lui manquez beaucoup, elle pense avec justesse qu'on fait meilleur ouvrage avec un court dialogue qu'avec une longue épître.

— C'est une évidence, mais me croit-elle capable de me changer en oiseau ou en papillon ? Mille tonnerres, La Porte ! Vous venez de me dire que la surveillance est resserrée et que je n'ai aucun moyen de franchir les portes de Paris !

— Aussi ne les franchirez-vous pas ! Avez-vous oublié le Val-de-Grâce, Madame ? La Reine s'y rend deux fois la semaine, le mardi et le vendredi, pour s'y mêler à la vie des religieuses et y passer la nuit...

Marie avait été trop proche d'Anne d'Autriche pour ignorer que cinq ans plus tôt elle avait fait construire un couvent au Faubourg Saint-Jacques, sur des terrains achetés en 1621 et qu'elle avait confié aux Bénédictines de l'abbaye du Val-de-Grâce, Notre-Dame-de-la-Crèche, sise près de Bièvre-le-Châtel, qui avaient apporté avec elles le vocable de leur maison. Mais si elle avait compris que la Reine souhaitait pour elle-même une retraite à l'écart de la Cour, elle n'y avait pas attaché autrement d'importance et surtout ne l'y avait accompagnée qu'une fois ou deux pour suivre les progrès des travaux. De religion plutôt tiède, Madame de Chevreuse trouvait profondément ennuyeux les exercices de piété et, le sachant tout en le déplorant, Anne n'avait jamais insisté pour l'y emmener. Cependant, en écoutant La Porte Marie découvrait un intérêt nouveau à cette fondation royale qui à la réflexion dessinait peu à peu les contours d'un symbole... Le Val était en effet situé hors les murs de la ville, au bord de cette route du sud que suivaient les pèlerins en route vers Saint-Jacques-de-Compostelle, cette route qui était par conséquent celle de l'Espagne. La Reine s'y était fait bâtir un logis cependant qu'elle confiait la direction du couvent à une femme exceptionnelle dont la réputation proche de la sainteté était connue : la Mère Marguerite de Veni d'Arbouze. Autrement dit, elle en avait fait un asile que même un homme aussi méfiant que Richelieu ne pouvait soupçonner d'être utilisé dans un autre but que servir Dieu, chanter ses louanges et pratiquer la charité...

La Porte, qui suivait sur le visage mobile de la Duchesse le cheminement de sa pensée, continua doucement :

— Le pavillon de la Reine donne sur un jardin du couvent fermé par un mur élevé mais dans lequel on a aménagé une porte basse que des retombées de lierre dissimulent en partie. J'ajouterai que la sainte Mère Marguerite est retournée à Dieu il y a six mois. Mère de Saint-Etienne qui la remplace est, elle aussi, de grand mérite mais, née Louise de Milly en Comté Franche, elle a des attaches espagnoles et voue à Sa Majesté une véritable amitié.

— Autrement dit, elle y est plus que jamais chez elle ! Vous venez d'ouvrir devant moi, mon cher La Porte, de bien séduisants horizons... La Reine y sera-t-elle vendredi prochain ?

— Sans aucun doute, Madame la Duchesse, et ne rentrera au Louvre que samedi...

Marie se mit alors à réfléchir à haute voix :

— Nous sommes à dix lieues de Paris environ... cela en fait vingt aller et retour avec un bon cheval, et j'en ai d'excellents. S'il est possible de l'abriter pendant que je serai chez...

— Soyez tranquille, je m'en chargerai.

— En ce cas j'y serais vers minuit ? Sauf évidemment s'il gelait...

— Nous remettrions alors au vendredi suivant. Pour ma part, j'attendrai Madame la Duchesse sous les arbres qui marquent l'entrée du couvent et je la guiderai jusqu'au jardin. Peut-être serait-il plus prudent... et plus pratique d'user d'un déguisement masculin ?

— J'y songeais justement en me demandant à qui je pourrais emprunter des vêtements. Ceux de mon époux sont beaucoup trop larges pour me convenir...

— La Reine y a pensé et elle vous envoie ceci, fit La Porte en allant chercher un assez gros paquet enveloppé de toile qu'il avait posé sur un fauteuil en arrivant. Elle connaît parfaitement les mensurations de Madame la Duchesse puisque à peu de chose près ce sont les mêmes que les siennes...

Tout en parlant, il tirait de la toile des chausses, un pourpoint, une chemise à grand col de guipure, de hautes bottes souples, un feutre gris à plume rouge... et une casaque de Mousquetaire que Marie considéra avec stupeur :

— N'est-ce pas une imprudence ? On sait que la compagnie de Monsieur de Tréville est partie en campagne à la suite du Roi !

— Pas entièrement. Il en reste toujours, les malades, les blessés et les quelques hommes chargés de garder le quartier général et de prêter main-forte si d'aventure les Reines pouvaient en avoir besoin. En outre, c'est une garantie contre les mauvaises rencontres. On sait ces messieurs chatouilleux et redoutables en conséquence. Sans compter que la prédilection dont le Roi fait preuve envers eux donne à réfléchir aux pires malandrins. Les seuls qui n'en ont pas peur sont les gardes du Cardinal... mais eux sont tous sans exception avec Son Eminence !

— Ce que c'est que d'arriver de province ! fit Marie en riant. On ignore une foule de choses... Eh bien, merci, Monsieur de La Porte, et à nous revoir vendredi.

Restée seule, elle remballa les présents de la Reine, chercha où les mettre, ne trouva pas et finalement fit appeler Peran. Il était à peu près le seul de la maisonnée – avec Anna – en qui elle avait une confiance absolue. Les autres étaient trop nombreux pour que Richelieu ait résisté à l'envie de glisser au moins l'un de ses espions parmi eux...

Quand il fut devant elle, massif et silencieux à son habitude, elle lui commanda d'emporter le ballot dans le petit pavillon de l'île, où elle avait décidé de « passer la nuit de vendredi prochain », et de l'y déposer dans un coffre de bois sculpté qui se trouvait près de l'entrée, après quoi il fermerait à clé et lui rapporterait celle-ci discrètement dans la journée du lendemain.

— Et, ajouta-t-elle, tu auras soin vendredi soir de harnacher un cheval – Lancelot ou Priam – et de le mener à la grille nord du parc où tu m'attendras...

La première partie du programme n'avait suscité aucune réaction de la part du Breton. La deuxième alluma une lueur dans son œil de granit :

— Je vais avec vous ?

— Non. Peu avant l'aube, tu iras rechercher le cheval au même endroit. Ah ! j'allais oublier : pas de selle d'amazone et des pistolets armés dans les fontes.

Cette fois, Peran fronça un sourcil :

— Quelque chose me dit que vous feriez mieux de m'emmener !

— Eh bien, ce quelque chose te trompe. Tu me seras beaucoup plus utile ici où personne – tu entends ? Personne – ne doit savoir que je serai absente cette nuit-là ! Seule Anne saura... Tu as compris ?

Il hocha la tête affirmativement mais il n'était pas difficile de deviner à sa mine qu'il n'était pas content :

chaque pouce de son épaisse personne proclamait sa réprobation. Elle finit par sortir :

— Vous êtes sûre que vous n'allez pas faire une bêtise ?

Le ton était raide mais Marie ne se fâcha pas. Au contraire, elle sourit en posant une main rassurante sur l'épaule solide :

— Je ne suis sûre de rien mais il faut que je voie la Reine. Elle m'appelle, tu comprends ? Elle a besoin de moi. Mais tout se passera bien, j'en suis certaine...

— Si vous le dites... N'empêche que...

— Tout ira bien, tu verras...

Le vendredi venu, Madame de Chevreuse qui, pour d'obscures raisons, s'était levée du mauvais pied après une nuit « détestable en tous points » annonça à ses femmes qu'elle irait dormir la nuit suivante dans le pavillon de l'île pour y être plus au calme. Il fallait donc y faire du feu et préparer le lit. Herminie demanda alors si elle devait y suivre la Duchesse :

— Ce serait peut-être plus convenable, susurra-t-elle, un rien acide. Madame la Duchesse, toute seule au milieu de l'étang !

— C'est justement de cela que j'ai besoin, m'entends-tu ?

— Ouuuu... i ! Comptez-vous y passer l'hiver, ma cousine ?

La moutarde monta au nez de Marie. Au diable, la curieuse !

— Je compte y rester jusqu'à ce que l'on ait fait disparaître du grenier les rats qui ont mené cette nuit la sarabande au-dessus de ma tête. Tu as d'autres objections à formuler ?

— Oh non ! Ce que j'en disais...

L'œil bleu de Marie noircit d'un seul coup. Cette

gamine n'allait pas se mettre en tête de veiller sur elle... donc de la surveiller ? Auquel cas il faudrait aviser. En attendant, elle prit quelques précautions, s'accordant une sieste dans la chaise longue du salon de musique en vue de la nuit blanche passée à cheval qui l'attendait, soupa confortablement mais sans s'alourdir et finalement quitta le château, précédée de deux laquais porteurs de flambeaux qui l'accompagnèrent jusqu'au pont de bois reliant l'île au parc. A cet endroit elle les renvoya, gardant seulement l'un des luminaires, et alla s'enfermer dans son refuge dont elle commença par tirer soigneusement les rideaux des trois fenêtres donnant sur l'eau où un rayon de lune se brisait en éclats sous le souffle d'un vent léger. Le reste du bâtiment était entouré d'arbres qui l'isolaient davantage encore de la rive.

Changer de vêtements lui prit peu de temps. Ce fut plus long d'emprisonner ses cheveux dans une résille à larges mailles pour les fixer au sommet de la tête sous le feutre gris qu'elle coiffa de façon fort cavalière avant de jeter sur ses épaules le manteau d'uniforme. La veille, elle avait pris soin de venir cacher là une épée et une dague qu'elle attacha au baudrier et finalement, après un coup d'œil au miroir qui lui renvoya le reflet d'un joli petit mousquetaire un peu jeune sans doute en dépit de l'ombre de moustache naissante qu'elle s'était dessinée, elle s'adressa un sourire radieux et sortit du pavillon, le ferma avec précaution et déposa la clé sur l'entablement de la porte.

La nuit était belle, assez froide mais dépourvue d'humidité. Elle emplit ses poumons de son air vif puis courut en direction de la grille du parc où elle trouva Peran qui l'attendait, tenant en bride un puissant cheval à la robe sombre qui hennit à son approche : elle reconnut Lancelot.

— Tu n'as rien oublié ? demanda-t-elle tandis que Peran se remettait de sa surprise devant sa transformation.

— Non. Rien. Les pistolets sont chargés et vous avez un sac de munitions. Quand pensez-vous être de retour ?

— Vers quatre heures du matin si mon expédition réussit. Tu as l'intention de m'attendre ?

— Pas vous mais Lancelot : il sera sûrement en nage et il faudra lui éviter le froid du petit matin...

— Je sais combien tu aimes tes chevaux, fit Marie en riant, mais tu pourrais penser à moi aussi ?

— J'y ai pensé : il y a un flacon d'eau-de-vie dans la sacoche !

— Je devrais pourtant savoir qu'on ne peut jamais te prendre en défaut, admit Marie attendrie. A plus tard !

Sautant en selle avec autant d'aisance qu'un garçon, elle fit volter Lancelot puis le lança à fond de train sur le chemin qui, par « la vallée de l'Yvette, Saclay, Jouy-en-Josas, Vanves et Montrouge gagnait le faubourg Saint-Jacques », une route campagnarde peuplée de maisons paysannes et de quelques couvents dont le plus important était le Val-de-Grâce.

Quand trois heures plus tard Marie arriva devant l'entrée principale donnant sur une demi-lune plantée d'ormes, elle vit La Porte sortir de derrière un tronc et venir prendre son cheval par la bride.

— Pas trop fatiguée ?

— Non, le duc de Lorraine est un forcené de cheval. J'ai beaucoup galopé en sa compagnie.

Elle sauta en effet à terre avec aisance. Gardant Lancelot en main, le serviteur de la Reine la guida vers le grand mur de clôture coiffé d'une épaisse fourrure de lierre jusqu'à une porte basse que l'on distinguait à peine et dont la hauteur permettait de justesse le passage d'un cheval non monté, souleva le heurtoir de bronze pour frapper trois coups rapides et deux lents. La porte s'ouvrit aussitôt sur une forme féminine enveloppée d'une vaste mante noire qui ne pouvait être une moniale : des barrettes de diamants brillaient dans ses cheveux sombres. A la vue du faux mousquetaire, elle eut une exclamation de joie :

— Dieu soit loué, Duchesse, vous êtes venue !

Marie reconnut la marquise du Fargis, dame d'atour, avec qui elle s'était liée d'amitié depuis ce que l'on appelait à présent la conspiration de Chalais. Epouse du dernier ambassadeur de France en Espagne, cette jeune et jolie femme pleine d'entregent, facilement intrigante et qui entretenait des relations avec tous les milieux de la Cour, constituait à elle seule une sorte de service de renseignements précieux. Dans les débuts Marie s'en méfiait et même redoutait qu'elle ne prît sa place auprès de la Reine, mais cette mauvaise impression s'était dissipée et elle l'appréciait d'autant plus à présent que depuis le départ de Madame de Chevreuse – celle-ci l'avait appris à Nancy ! – elle assumait seule les escarmouches avec Madame de Lannoy, la revêche dame d'honneur.

On s'embrassa et, tandis que La Porte emmenait Lancelot se réconforter à l'écurie, Madame du Fargis conduisit Marie à travers le jardin dépouillé par l'hiver au fond duquel se silhouettait une masse de bâtiments où ne brillait aucune lumière. En revanche, les flammes d'un chandelier se montraient entre les plis mal tirés des rideaux d'un pavillon avançant sur le jardin et composé seulement de deux pièces : un salon au rez-de-chaussée et, à l'étage, une chambre prolongée d'une petite terrasse. C'était le logis que la Reine s'était fait construire. On y accédait par une porte-fenêtre qui s'ouvrit devant la visiteuse.

Anne d'Autriche était là. Assise dans un imposant fauteuil auprès de la cheminée, la tête appuyée au dossier, elle avait laissé échapper de ses mains le livre qu'elle avait dû prendre pour l'aider à patienter et regardait les flammes d'un air absent, mais elle se redressa instantanément quand le courant d'air libéré par l'ouverture vint jusqu'à elle.

— Aux ordres de Votre Majesté ! fit Marie en la saluant du chapeau dont les plumes balayèrent le tapis dans le meilleur style masculin.

La Reine se mit à rire et vint vers elle les bras tendus :

— Marie ! Le Ciel seul sait à quel point vous me manquiez ! Ces derniers temps vos lettres se faisaient si rares !

— Depuis l'arrestation de Lord Montaigu la prudence l'exigeait, Madame, mais le temps me durait à moi aussi !

Le deux femmes s'embrassèrent puis Anne tint, un instant, son amie à bout de bras pour l'examiner :

— Quel charmant mousquetaire vous faites ! Non seulement vous n'avez pas changé mais je vous trouve embellie !

Marie répondit que la réciproque était vraie bien qu'elle ne le fût pas tout à fait. Certes, la Reine possédait toujours ses magnifiques yeux verts, son teint si clair qu'il ne prenait pas les ombres et cette grâce majestueuse qui signait en elle l'infante élevée dans le hiératisme, mais cet éclat semblait estompé par un voile de tristesse. Elle en conclut qu'il était urgent de remettre les choses en ordre.

Sans plus de façon, elle s'installa devant l'en-cas préparé pour elle – quelques tranches de pâté de volaille, des confitures et du vin – cependant qu'Anne venait s'asseoir en face d'elle pour attendre, un verre en main, qu'elle se fût restaurée. Ce qui ne prit pas beaucoup de temps, justement parce que Marie n'en avait pas de reste...

— Eh bien, dit-elle enfin, où en sommes-nous ?

— A ceci : Monsieur vient de rentrer à Paris.

— Il a quitté l'armée ?

— Dès l'instant où on lui refusait le commandement, il estimait n'avoir rien à y faire. Sur la route de Lyon que le Roi voulait éviter à cause d'une épidémie de peste, il s'en est détaché pour rester dans sa principauté de la Dombes. Quand Louis atteignit Grenoble et lui envoya un messager pour le rappeler, il prit le chemin du retour en disant qu'il était plus décidé que jamais à épouser la petite Gonzague !

— Il fallait s'y attendre ! Sans l'autorisation du Roi, le père de Marie-Louise refusera son approbation. Le père en question est pour le moment enfermé dans Casal, attendant que le Roi vienne briser le siège. Il n'aura guère envie de le contrarier.

— En admettant qu'il en ait seulement la possibilité... Reste notre Régente ! Si la Reine Mère donne son accord, il pourra toujours dire qu'on lui a forcé la main. Voir sa fille devenir la seconde dame du royaume ne devrait pas le chagriner.

La Reine eut une crispation des lèvres comme chaque fois qu'il était fait une allusion, même détournée, à son apparente incapacité à donner un Dauphin à la France.

— Mais la Reine Mère ne donnera pas son accord : elle est, elle aussi, farouchement opposée à ce mariage...

— Si Gaston d'Orléans est revenu, cela ne durera pas. Des cajoleries et...

— On dirait que vous ne la connaissez pas ? fit Anne avec un haussement d'épaules. Elle vient de faire arrêter Mademoiselle de Gonzague et sa tante Madame de Longueville : on les a conduites à Vincennes !

— Quoi ?

Marie n'était pas facile à surprendre et elle savait la Médicis capable de tout et de n'importe quoi, mais la nouvelle était à n'y pas croire. Elle eut un bref éclat de rire à la pensée de ce qui se passerait quand le Roi serait informé de cet exploit. En outre, les échos des hurlements de son frère, même à distance, ne tarderaient guère à lui parvenir – mais elle reprit vite son sérieux :

— C'est insensé ! On n'arrête pas les gens sans raison ?

— Oh ! elle en avait une excellente, intervint Madame du Fargis, elle craignait un mariage secret et comme ces dames partaient pour le château de Coulommiers qui est aux Longueville, elle était persuadée que cette union était imminente. Le bruit lui était venu que Monsieur devait s'y rendre de son côté.

— Qu'en pensez-vous, Marie ? demanda la Reine.

Celle-ci s'accorda un délai pour répondre : elle réfléchissait.

— Dans un sens, dit-elle au bout d'un moment, cela fait notre affaire puisque nous ne voulons à aucun prix que Gaston se remarie. Nous nous retrouverions là où nous en étions il y a deux ans, quand nous nous efforcions d'empêcher le Prince d'épouser Mademoiselle de Montpensier. Et la nouvelle duchesse d'Orléans n'aurait sans doute pas le bon esprit de mourir au bout de peu de mois en ne laissant qu'une fille. Ce qu'il faut, c'est profiter de ce que la belle est prisonnière pour convaincre son amoureux de filer aux Pays-Bas...

— Sans elle il n'acceptera jamais !

— Si je ne me trompe pas, elle sera vite libérée. Avec l'assurance que nous ferons en sorte qu'elle le rejoigne, il devrait se laisser convaincre sans trop de peine. Jusqu'ici il a eu l'amour assez accommodant dès l'instant où son intérêt venait en balance. Est-ce que Marie-Louise de Gonzague est amoureuse de lui ?

— Il y paraît.

— Alors c'est parfait ! On les réunit à Bruxelles ou ailleurs, ils se marient avec la bénédiction de l'infante Claire-Eugénie qui pourrait promettre en cadeau de mariage d'obtenir des arrangements pour délivrer le père enfermé dans Casal ? De ce fait, le jeune couple, placé sous la protection de l'Espagne constituerait une sorte d'otage bienvenu qui pourrait peser d'un poids singulier sur la politique délirante de Richelieu... et le convaincre que c'est un crime de combattre ses coreligionnaires quand il y a encore tant à faire avec les parpaillots ?

— Au besoin, reprit Madeleine du Fargis enthousiasmée, nous pourrions, dans la foulée, revenir à notre ancienne idée : débarrasser définitivement le Roi d'un ministre aussi envahissant ?

— Pourquoi pas ? renchérit Marie.

— Vous n'oubliez qu'une chose, coupa la Reine sèchement. C'est que vous êtes en train de concocter ce que nous refusions il y a un instant : marier Monsieur !

Ces quelques mots douchèrent l'entrain des deux autres qui, à l'évidence, s'étaient laissé emporter par le mirifique projet qu'elles échafaudaient.

— C'est vrai, admit Madame de Chevreuse. Il y a là un point qu'il faut étudier mais si nous avions un moyen d'agir sur l'infante à Bruxelles, une fois les tourtereaux réunis sous son aile, il ne serait pas difficile de retarder, d'éluder le mariage jusqu'à ce que nous ayons obtenu le résultat que nous venons d'évoquer, c'est-à-dire la fin du conflit contre l'Espagne, ce maudit Cardinal et peut-être le Roi ! L'infante verrait certainement d'un bon œil un mariage entre Monsieur, devenu Gaston Ier et Votre Majesté ! Reste à trouver ce moyen...

— Mais nous l'avons, ce moyen, s'écria Madame du Fargis. Le marquis de Mirabel, l'ambassadeur d'Espagne à Paris, est aussi dévoué à notre reine qu'à une entente harmonieuse entre son pays et le nôtre... Vous devriez le voir, Duchesse !

— Je ne demande pas mieux, mais je ne peux pas venir au Val-de-Grâce toutes les deux minutes. Et à moins qu'il ne vienne à Dampierre... sous un déguisement quelconque, il s'entend !

— Cela devrait être possible...

L'horloge du couvent sonnait deux heures. Marie se leva pour partir, non sans regrets : retrouver la Reine et sa dame d'atour c'était respirer un peu, même dans la dépendance d'un couvent, l'odeur de cette Cour qui lui manquait tant parce que c'était son élément naturel. Elle ne put retenir un soupir :

— Il faut que je retourne dans ma campagne...

Anne d'Autriche comprit la tristesse ainsi exprimée. Elle prit la jeune femme dans ses bras et la tint un moment contre elle :

— Soyez certaine que je ferai mon possible pour que votre exil prenne fin et que vous reveniez auprès de moi. Le cœur me fend de vous voir partir. Je vais dire à La Porte de vous escorter...

— Non, c'est inutile...

Elle chercha un miroir pour recoiffer crânement son feutre en lui donnant une allure cavalière et sourit :

— Qui donc oserait s'en prendre à un Mousquetaire du Roi ?

Un moment plus tard, on lui ramenait Lancelot dont on avait pris le plus grand soin et l'on ressortit de la même manière que l'on était entré. Hors les murs, Marie se remit en selle. Moins lestement qu'au départ et, du coup, elle sentit de l'inquiétude : aurait-elle préjugé de ses forces ?

— Tout va bien ? demanda La Porte à qui rien n'échappait jamais. Peut-être vaudrait-il mieux que Madame la Duchesse prenne du repos et ne reparte qu'au jour ?

— Pour que mes gens s'imaginent que je me suis enfuie et crient au secours ? Il n'en est pas question ! Je dois rentrer à Dampierre où j'aurai largement le loisir de me reposer. Dites à Sa Majesté que je reviendrai aussi souvent qu'il sera nécessaire ou simplement quand elle aura envie de me voir...

Un instant encore, et elle avait disparu dans les obscurités du faubourg. Elle n'avait pas eu besoin de solliciter son cheval pour qu'il prît le galop. L'intelligent animal savait que l'on rentrait à l'écurie. Il fallait seulement, pour Marie, éviter de penser à la longueur du chemin qu'il restait à parcourir. Mais la Reine lui avait donné du grain à moudre et la jeune femme s'occupa à réfléchir aux meilleurs moyens de réussir la belle intrigue fraîchement découverte que l'on allait entreprendre. Rien de plus stimulant pour l'esprit et quand l'esprit est en ébullition, le corps suit sans même s'en rendre compte.

Cependant la fatigue était présente et, en remettant pied à terre à la grille du château, Marie dut s'accrocher à Peran pour ne pas tomber.

— Vous êtes épuisée, gronda celui-ci. Cette chevauchée nocturne était de la folie pure !

— Penses-tu ? Eh bien, je vais pourtant te dire que je suis prête à recommencer sinon demain, du moins un jour prochain...

— En ce cas, j'irai avec vous.

— Tu m'es davantage utile ici à préparer mon départ et à attendre mon retour.

— Et à me ronger les sangs en imaginant ce qui pourrait vous arriver en route ?

Cher Peran ! Il y avait beau temps que Marie savait à quel point il lui était attaché puisque cela datait de son enfance, mais comme c'était le personnage le plus silencieux, le plus taciturne qui soit, c'était bonne chose de se l'entendre dire. En récompense, elle posa un baiser léger sur sa joue râpeuse :

— Nous verrons plus tard ! En attendant je meurs de sommeil et n'ai d'autre envie que de retrouver un lit... et vite ! Lancelot aussi a besoin de repos.

— Je connais mon métier ! Vous n'aurez pas froid au pavillon...

— Tu es allé ranimer le feu ?

— Oui, mais c'était déjà fait. Quelqu'un vous y attend.

— Qui donc ?

— Vous verrez bien !

C'était l'heure sombre qui précède l'aube et il faisait trop noir pour pouvoir distinguer l'expression d'un visage. Pourtant, à la note narquoise qu'elle décela dans la voix du Breton, Marie aurait juré qu'il esquissait un sourire. Du coup, galvanisée par la curiosité et oubliant sa lassitude, elle prit sa course vers l'étang. Les planches du petit pont résonnèrent sous ses pieds bottés et la porte parut s'ouvrir d'elle-même. Deux secondes plus tard, elle était dans les bras de Henry Holland...

CHAPITRE III

LE TENTATEUR

La surprise fut telle que Marie, épuisée, perdit connaissance.

Quand elle revint à la conscience avec, dans la bouche, la brûlure parfumée de l'eau-de-vie, elle se serait crue dans un rêve si, justement, il n'y avait eu cette brûlure. Et quel rêve ! Celui-là même qu'elle faisait depuis des mois et des mois sans jamais en obtenir l'accomplissement et qui la laissait au matin haletante, frustrée, sans que ses amants – le duc Charles ou Montaigu – réussissent jamais à l'effacer. Et cette fois, elle découvrait avec un immense bonheur que tout était réel : elle était nue dans les bras d'Henry nu lui aussi et, avant qu'elle eût ouvert les yeux, il reprenait possession de son corps avec une violence égale à celle du premier soir. Il la dévorait littéralement mais elle ne fit rien pour se défendre, au contraire, parce que en dépit de sa fatigue cet ouragan de passion faisait naître en elle des sensations à la limite de la douleur mais ô combien délectables... dont le point d'orgue qu'ils atteignirent ensemble leur arracha à elle un cri, à lui un râle avant de les abandonner, haletants, dans le lit dévasté.

Ils n'avaient pas échangé une seule parole.

Le silence les enveloppa, troublé seulement par l'éclatement d'une bûche dans la cheminée. C'était le moment divin où les sens apaisés mènent doucement au sommeil dans lequel Marie, au moins, aurait dû s'enfoncer, mais par extraordinaire elle n'en avait plus envie. Etendue contre le flanc de son amant, la tête au creux de son épaule, elle laissait sa main errer lentement sur les muscles puissants d'un torse digne du ciseau d'un sculpteur, s'émerveillant de le trouver plus beau encore que dans son souvenir. Il avait dix ans de plus qu'elle mais aux approches de la quarantaine Lord Holland demeurait un splendide spécimen d'humanité, même si les traits de son visage se creusaient davantage, ce qui en accentuait l'énergie.

— Comment ai-je pu vivre si longtemps sans toi ? murmura-t-elle en se haussant jusqu'à sa bouche où elle posa un baiser plein de douceur.

Il se redressa, emprisonna le menton de la jeune femme entre ses doigts durs pour plaquer sa tête sur l'oreiller :

— C'est à moi que tu poses cette question ? Après bientôt trois ans ? Si je te manquais à ce point pourquoi n'es-tu pas venue à moi ?

— Parce que c'était impossible. Je devais sauver ma vie et fuir vers l'est, c'était la dernière possibilité qu'il me restât...

Il eut un rire bref et sec tandis que sa main resserrait sa pression autour du visage et que ses yeux bleus devenaient froids comme glace :

— Menteuse ! Quand tu as quitté Nantes, il t'était cent fois plus facile de chercher sur la côte un bateau pour gagner l'Angleterre que de traverser toute la largeur de la France !

Elle eut un sursaut, tenta de lui échapper, mais il la tenait solidement :

— Tu ne me crois pas ?

— Non parce que je te connais trop bien ! Tu savais que Charles de Lorraine était amoureux de toi. Tu as simplement voulu savoir s'il te baiserait selon ton goût. Alors dis-moi, ma belle putain ? C'était bon avec lui ? Meilleur qu'avec moi...

Il eut un cri de douleur. Comme il lâchait le menton de Marie pour immobiliser ses bras et la chevaucher de nouveau, elle leva brusquement la tête et lui mordit assez cruellement les lèvres pour qu'il relâchât sa prise. Glissant sur le lit comme une couleuvre elle lui échappa, sauta sur son ceinturon, dont elle tira la dague :

— Comment as-tu osé m'appeler ? gronda-t-elle d'une voix furieuse. Putain ? J'ai bien entendu ? Si j'en suis une, qu'es-tu donc toi-même ? Moi au moins, je n'ai jamais couché avec une femme alors que tu as été jadis, m'a-t-on dit, le mignon du vieux roi Jacques pour en obtenir titres, charges et argent. Je ne me suis jamais cachée d'aimer les hommes et qu'il m'était nécessaire de faire l'amour mais je ne me suis jamais fait payer...

— Non ? Et quand tu as obtenu de Chevreuse qu'il t'épouse au risque de partager ta disgrâce, c'était quoi ?

— Il était mon amant. C'était normal qu'il m'épouse...

— Vraiment ? Tu oublies que par Elen du Latz, ton ancienne suivante, j'ai pu en apprendre des choses ! Tu as allumé ce benêt comme une fille.

— Tu ne répéteras pas ça deux fois...

Emportée par la colère et oubliant toute prudence elle bondit sur lui, l'arme haute. Il para l'attaque et un instant ils luttèrent, corps à corps. La rage décuplait les forces de la jeune femme mais elle n'était pas de taille. D'un croche-pied, Henry la déstabilisa, la fit tomber sur le tapis, accompagna sa chute de tout son poids et, couché sur elle, n'eut aucune peine à la fixer et à la désarmer en dépit de ses efforts pour se libérer. Comme une chatte en colère, elle lui cracha des injures au visage mais il ne fit qu'en rire. Il riait, il riait... et peu à peu les vociférations de Marie s'espaçaient, se changeaient en soupirs rythmés par la danse d'amour qu'il lui imposait et à laquelle elle s'accorda... mais en pleurant de rage. Alors, faisant trêve un instant à son désir, il embrassa doucement son visage inondé de larmes, sur les yeux, sur la bouche.

— Marie, chuchota-t-il, pardonne-moi ! Nous sommes fous tous les deux... moi surtout mais, vois-tu, c'est parce que je t'aime et que je n'en pouvais plus de t'espérer, de te désirer, de vivre sans toi... Mon amour... J'avais tellement faim de toi !

Alors elle lui sourit et se redressa pour glisser ses bras autour du cou d'Henry.

— Dans ce cas, il faut apaiser cette horrible faim... et achever ce que tu commençais...

Quand enfin ils se déprirent l'un de l'autre, un soleil pâle filtrait à travers les rideaux de velours vert. Cette vue dégrisa Marie.

— Mon Dieu ! Il fait grand jour ! Il faut que tu partes avant que l'on ne s'aperçoive de ta présence. J'ai ordonné, hier, que l'on me laisse dormir mais il serait étonnant qu'Anna ne vienne pas voir si j'ai besoin d'elle. Au fait ! Comment es-tu ici ?

— Lorsque j'ai su ton retour en France je me suis souvenu d'un ami qui habite un manoir non loin de celui-ci. Ton époux ayant suivi le Roi, l'occasion était trop belle de te rejoindre enfin. Je n'y ai pas résisté et je suis venu rôder autour de ta maison. Ma chance a été de rencontrer le brave Peran. Il m'a dit que tu étais absente et j'ai eu un mal fou à lui tirer quelques paroles mais à force de persuasion il a capitulé en me disant de t'attendre. Et je t'ai attendue... la nuit entière ! Où étais-tu, ainsi harnachée ? ajouta-t-il en montrant la tunique abandonnée sur un siège.

— Dans certain couvent du faubourg Saint-Jacques pour y rencontrer la Reine. C'est elle qui m'a fait porter ces vêtements. Qui est cet ami providentiel ?

— Louis de Montmort. Nous nous sommes connus lorsque je vins en ambassade pour le mariage de mon roi et de ta princesse.

Le visage soucieux de Marie s'éclaira :

— Le châtelain de Maincourt ? Mais tu es à deux pas ! Où as-tu mis ton cheval ?

— Pour une demi-lieue ? Je suis venu à pied... et je vais repartir de même !

— Non. Pas si vite ! Nous avons eu si peu de temps ! Pourquoi ne pas rester ? Moi je vais rentrer au château afin que personne ne se pose de questions, mais je t'enverrai Peran avec de quoi te nourrir et dès la tombée du jour je te rejoindrai. Toi tu t'enfermeras. A aucun prix on ne doit te surprendre. Quand ce sera Peran... ou moi, nous frapperons à une vitre comme ceci...

Et, joignant le geste à la parole, elle frappa cinq coups : trois rapides et deux lents.

Le programme convenait trop à Holland pour qu'il objectât quoi que ce soit. Pourtant, elle était si belle ainsi agenouillée sur le lit avec la masse fauve de ses cheveux enveloppant à moitié sa nudité et ses beaux yeux cernés pleins d'amour, qu'il fit durer le plaisir :

— Est-ce bien prudent ? S'il prenait envie à l'un de tes enfants de vouloir entrer, ou encore un serviteur curieux ?

— Mon fils est parti pour Luynes avec son gouverneur : il est bon que ses gens le voient plusieurs fois l'an. Mes filles aînées sont à l'abbaye de Jouarre et les deux plus jeunes pas encore en âge d'avoir l'esprit de s'aventurer jusqu'ici. Il n'y a rien à craindre et cette nuit...

A évoquer leurs voluptés à venir, son regard se troubla et un frisson la parcourût. Henry l'attira dans ses bras...

— Cela va être une éternité à vivre, murmura-t-il contre ses lèvres. Je veux un acompte !

— Est-ce bien prudent ? lui renvoya-t-elle avec un léger rire de gorge qui la livrait déjà.

— T'aimer ne l'a jamais été, pourtant...

Il n'acheva pas. Il était repris par le jeu ardent de l'amour dont le corps de Marie était le plus bel instrument.

Ce fut elle qui s'arracha. Des voix se faisaient entendre à quelque distance : celle d'Anna causant avec un forestier. Elle se hâta de se lever, de s'habiller, donna un dernier baiser à son amant en lui recommandant de fermer soigneusement derrière elle :

— N'oublie pas ! Trois coups rapides et deux lents ! Que vas-tu faire de ta journée ?

Il eut pour elle un sourire plein de malice qui ramenait l'adolescent qu'il avait été :

— Reprendre des forces et surtout dormir, ma belle, afin de te faire mourir d'amour toute la nuit qui va venir. Je te sais capable de réveiller un mort mais la moindre faiblesse me ferait horreur !

En sortant dans la lumière glorieuse du matin, Marie s'étira longuement comme si elle sortait du sommeil, puis alla à la rencontre d'Anna qui, en effet, venait voir où elle en était.

— J'ai passé une nuit merveilleuse, soupira-t-elle, sincère, en lui prenant le bras, mais à présent je meurs de faim ! Rentrons vite !

— Quelle idée d'aller dormir là-dedans alors que vous avez une chambre si agréable ! bougonna la vieille Bretonne.

— Sans doute mais on y entend souvent du bruit. Ce qui n'est pas le cas dans l'île. Tu ne peux imaginer comme je m'y sens à l'aise. Alors, au risque de te faire une grosse peine, j'ai fermement l'intention d'y retourner ce soir !

Quand elle employait un certain ton, Anna savait qu'à discuter elle perdrait son temps et risquerait de l'irriter :

— Encore une lubie ?... Après tout, c'est vous la maîtresse !

Elle eut du mal, quand même, à comprendre que la Duchesse, après s'être restaurée et avoir appelé son cocher pour lui donner des ordres, choisisse d'aller se coucher au lieu de faire une promenade dans les jardins ensoleillés où le petit printemps s'annonçait. Pour quelqu'un qui avait si bien dormi, c'était un peu bizarre, mais elle se garda d'en émettre la remarque.

Herminie de Lénoncourt, pour sa part, se faisait la même réflexion, à ceci près qu'ayant des yeux plus jeunes et surtout plus observateurs elle avait remarqué les larges cernes bleuâtres et cet air heureux, à la limite de la béatitude, qu'avait la Duchesse ainsi que son humeur charmante. Elle avait dû faire des rêves splendides dans son pavillon ! Aussi la curieuse décida-t-elle de porter ses pas de ce côté quand, après le dîner de midi, les gens du château prendraient du repos.

Elle-même se jugeant trop jeune pour s'abandonner à la sieste, elle s'échappa discrètement et, à l'allure de promenade, gagna les abords de l'étang qu'elle entreprit de contourner. Tout y était, en effet, merveilleusement calme et le pavillon du bord de l'eau, dans son écrin d'aulnes et de bouleaux, avait quelque chose de magique, hors du temps. Herminie s'en approcha à pas de loup, prenant soin surtout de ne pas faire crier les planches du pont. Elle était légère et rien ne bougea.

Quand elle essaya d'entrer, la porte était hermétiquement fermée. Aussi entreprit-elle le tour du bâtiment pour atteindre une fenêtre et tenter de voir à l'intérieur. Soudain, un son inattendu l'immobilisa, un pied en l'air : celui de vigoureux ronflements que seules des fosses nasales masculines pouvaient produire... Ça, c'était du nouveau ! Avec un rire intérieur, elle posa son pied afin de revenir à sa première intention de chercher une fenêtre, mais elle y renonça aussitôt pour se cacher derrière un tronc d'arbre d'où elle put voir Peran, armé d'un panier, en train de traverser le pont. Quand il eut disparu de son champ de vision et qu'elle l'entendit frapper à la porte, elle s'approcha pour essayer d'en savoir davantage, sa curiosité éveillée au plus haut point.

Le cocher dut frapper fort sur un rythme particulier et pendant un moment avant que ne cessent les ronflements et qu'Herminie entende la porte s'ouvrir puis une voix inconnue, légèrement enrouée comme il arrive au réveil, demanda qui venait :

— Moi, Peran ! J'apporte le repas de Votre Seigneurie, Mylord ! Mais je crains de l'avoir réveillée !

— Aucune importance ! Je meurs de faim ! Merci, l'ami !

Le dialogue s'arrêta là. Le Breton repartit sans son panier et la porte se referma sans qu'Herminie ait pu seulement apercevoir le visage de l'inconnu. Un Anglais, évidemment. Quant à savoir qui cela pouvait être, c'était hors de portée de la suivante novice mais il y avait de fortes chances pour que ce soit un ami cher de la Duchesse. Sans doute même son amant, ce qui expliquerait sa grande fatigue et les cernes de ses yeux. L'adolescente n'ignorait rien de la réputation galante de sa cousine dont les échos devaient bourdonner encore aux oreilles des gens de Lorraine, mais elle ne s'en offusquait pas. C'était même assez amusant et la vie auprès de Madame de Chevreuse ne risquait pas de s'enliser dans le train-train quotidien des dévotions, des bonnes œuvres, des relations mondaines compassées et du gouvernement de la maison. Ce qu'il fallait à présent, conclut-elle en rentrant au château, c'était gagner sa confiance, devenir sa confidente. Pas pour en abuser, au contraire, pour donner à sa vie le piment qui lui manquait depuis qu'il lui avait fallu renoncer à pourrir celle des religieuses chargées de son éducation. En foi de quoi, Herminie se promit d'épier les faits et gestes de Marie et de revenir la nuit suivante...

La fin de la journée parut interminable à Marie, incapable une fois réveillée de s'intéresser à quoi que ce soit... sinon son apparence. Pour tuer le temps elle prit un bain parfumé où elle s'attarda voluptueusement puis se remit aux mains d'Anna qui peigna et brossa longuement ses cheveux qu'elle ne fit cependant pas coiffer mais laissa retomber librement sur ses épaules, simplement retenus par un ruban – du même bleu que ses yeux –, en alléguant la nécessité de les laisser se reposer et se détendre. Amusée et certaine à présent que l'inconnu du pavillon était un amant, Herminie renchérit sur les soins en s'occupant des mains et des pieds dont elle polit les ongles avec un talent qui lui valut toute la bienveillance de Marie.

Après avoir passé un moment avec ses filles, la Duchesse soupa légèrement, en « négligé » c'est-à-dire vêtue d'une chemise de nuit arachnéenne sous une robe de chambre de velours blanc brodé de feuillages d'argent, elle se déclara fatiguée, s'enveloppa d'un ample manteau noir chaudement fourré et, après avoir souhaité la bonne nuit à sa maisonnée, elle suivit les deux valets porte-flambeaux qui devaient l'accompagner jusqu'au pont. Elle aurait pu s'en passer d'ailleurs : la nuit était froide mais claire, sans nuages, sans lune, constellée d'étoiles. Elle se fût dirigée seule sans peine mais il fallait respecter les apparences...

Elle était heureuse, ce soir, comme elle ne l'avait jamais été. Les doutes qu'elle avait pu concevoir sur la qualité de l'amour d'Henry avaient été emportés par le vent de la passion jalouse qu'il lui montrait. Ils allaient être l'un à l'autre sans entraves, sans réticences, sans l'ombre d'une crainte, et son corps anticipant de sublimes accomplissements chantait déjà d'amour et d'impatience...

Dès la porte franchie, elle sut que son attente était partagée. Quand il vint lui ouvrir, seulement vêtu de ses chausses, il l'attira dans ses bras sans un mot et s'empara de ses lèvres pour un baiser qui la fit pâmer. Elle vacillait sur ses jambes quand il l'amena devant le feu pour la déshabiller lentement, la couvrant de caresses à mesure qu'il la dénudait, ce qui porta leur désir mutuel à son paroxysme. Alors seulement il l'emporta sur le lit...

Sûrs d'avoir la nuit à eux, ils s'aimèrent comme jamais encore ils ne s'étaient aimés. C'était comme s'ils ne pouvaient se rassasier l'un de l'autre. Quand l'accalmie vint enfin, Marie se mit à pleurer. Henry s'inquiéta :

— Pourquoi ces larmes ? Ai-je perdu le pouvoir de te rendre heureuse ?

— Oh ! non ! Et c'est, au contraire, parce que je suis au-delà de toute espérance que je pleure... Tu vas repartir bientôt et comment, moi, vais-je pouvoir vivre sans toi ?

Il se mit à rire et, se penchant sur elle, lécha une larme :

— Tu ne pourras pas. Moi non plus et c'est pourquoi je suis venu te chercher. Demain nous partirons ensemble...

— Partir ensemble ?

Les mots cherchaient leur signification dans l'esprit un peu engourdi de la jeune femme. Mais sa vivacité coutumière reprit vite le dessus, elle passa une main caressante sur les lèvres de son amant :

— Aller vivre avec toi en Angleterre ? Tu sais que c'est impossible ! fit-elle tristement. Tu as une femme, des enfants, le scandale serait énorme...

— Sans doute... mais si nous ne sommes plus là pour en subir les effets ?

— Que veux-tu dire ?

— Que je viens d'être nommé Gouverneur de la Providence Company et que je veux t'emmener avec moi sur les mers ! Nous irons en Amérique...

— En... cela veut dire que tu es en disgrâce ?

— Oh ! non ! Je suis Capitaine de Harwich et de Landguard Point, Constable de Windsor, Chancelier de l'université de Cambridge et administrateur de la maison de la Reine, qui je crois m'a en sympathie. Grâce à elle je possède une partie de Terre-Neuve et la flotte de course que vient d'armer mon frère Warwick peut faciliter ma fortune dans ces terres lointaines. Alors je veux partir pour m'en occuper moi-même...

Abasourdie, Marie essayait de comprendre. Que son amant veuille quitter son opulence londonienne pour l'aventure par-delà l'océan lui semblait ahurissant :

— Tu es au mieux avec la Reine mais... comment es-tu avec le Roi ?

Brusquement il se leva, alla jusqu'à la cheminée où il s'accroupit pour tisonner le feu et remettre des bûches. Marie comprit qu'elle avait touché un point sensible :

— Réponds-moi, Henry ? Tes relations avec le Roi se seraient-elles dégradées ?

— De son côté je ne le pense pas, mais on peut le dire ainsi parce que moi, à présent, je le hais !

Le cœur de Marie manqua un battement :

— Il est ton ami pourtant...

— Peut-être mais moi je ne suis plus le sien ! Comprends donc, Marie ! Si nous avons perdu l'île de Ré et bien entendu La Rochelle, si les protestants de France voient se réduire leur territoire... et peut-être même si Buckingham est mort, c'est sa faute !

— Comment peux-tu dire pareille chose ?

— Parce que c'est la vérité ! Je commandais les troupes embarquées destinées à secourir nos forces navales sur la côte atlantique mais nous manquions de tout et surtout d'argent ! Nous ne cessions de réclamer, « Steenie » et moi, ce qui nous était nécessaire pour nourrir, habiller, payer nos marins et nos soldats. Or, on nous distribuait de bonnes paroles mais on nous demandait de faire la guerre avec ce que nous avions, c'est-à-dire rien pour la raison que le Roi manquait d'argent.

— Cela peut arriver, hasarda Marie dans l'espoir de le calmer, ce qui produisit l'effet contraire.

Tournant vers elle un regard flamboyant de rage, Holland gronda :

— Certes et j'ai appris qu'à ce moment-là, Charles n'en avait plus, mais sais-tu pourquoi ? Parce qu'il venait d'acheter la fabuleuse collection de peintures qu'avait rassemblée le duc de Mantoue et qui est célèbre dans l'Europe entière. Pour l'orgueil de posséder les *Douze Césars* de Titien, la *Sainte Famille* de

Raphaël et je ne sais combien de toiles du Caravage, du Corrège, d'Andrea del Sarto et autres : il nous a laissés nous morfondre à Plymouth dans l'attente de ce qui ne viendrait pas. Nous avons fini par partir quand même, tels que nous étions et tu sais la suite... Si Buckingham et moi ne nous étions pas attardés indéfiniment à Portsmouth, il aurait échappé au couteau de Felton. Moi on ne m'a pas assassiné mais j'ai été blâmé pour avoir trop tardé. Ce qui est un comble !

— On t'a fait des reproches ? Cela n'a pas de sens...

— Pis encore : c'est criminel ! Sans la reine Henriette-Marie, j'aurais risqué d'y laisser ma tête...

— Au fait, comment va-t-elle ?

Il la regarda avec un tel concentré de fureur qu'elle put croire un instant qu'il allait exploser :

— Je te parle du drame que je viens de vivre et tu me demandes des nouvelles de la Reine aussi gracieusement qu'au cours d'une conversation de salon ?

A son tour elle prit feu :

— Mille tonnerres, Henry ! Tu viens de me dire qu'elle t'a sauvé ! Cela mérite bien qu'on s'inquiète d'elle ! Les débuts de son mariage n'ont pas été si heureux !

— Assurément mais les choses semblent s'arranger au mieux pour elle. Charles lui montre maints égards et de la tendresse. Ce qui est étrange, c'est que l'on dirait que la mort de Buckingham a établi la paix dans le ménage royal.

— Sois juste ! Si elle a tant souffert, c'était parce que notre ami soufflait la tempête dans l'oreille du Roi !

— Il se peut mais le pire est que le sort des papistes va s'améliorant de jour en jour et je ne l'accepte pas. Ils sont la plaie de l'Angleterre.

— Et tu oses en aimer une ?

Brusquement, la colère de Holland tomba. Il se mit à rire, se pencha sur sa maîtresse et la scruta au fond des yeux :

— Tu n'as d'autre religion que l'amour, ma belle païenne, et j'entends que tu ne la renies jamais ! Parce que moi, je suis prêt à tout rejeter, tout abandonner pour ta seule possession et c'est pourquoi je veux t'emporter avec moi ! Notre vie ne sera qu'aventure et passion ! Je bâtirai un royaume dont tu seras reine ! Je te couvrirai de fourrures rares et de l'or des Amériques. Les peuples sauvages de là-bas se prosterneront à tes pieds et parce que nous serons enfin libres, tu ne seras plus jamais qu'à moi ! Plus jamais, Marie...

Il avait chuchoté les derniers mots contre ses lèvres et à nouveau s'emparait d'elle avec cette ardeur proche de la violence qu'elle aimait tant. Elle se laissa emporter par la brûlante tempête, pourtant son esprit ne s'y noya pas comme les fois précédentes. Une part d'elle demeura sinon froide, du moins lucide. Même à l'instant suprême qui la fit crier... La vague la submergea mais, quand elle se retira, Marie se sentit envahie par une étrange tristesse.

Lui avait réussi à conserver assez d'empire sur lui-même pour épier chaque frisson de ce beau corps dont il savait si bien jouer. Désormais sûr de lui, quand il s'en écarta il murmura :

— Il vaut mieux que je parte maintenant, mon cœur, afin d'organiser notre départ. La nuit prochaine je viendrai te chercher...

Comme au fond d'un rêve, elle s'entendit répondre :

— Non !

Il y eut un soudain silence, mais qui dura peu. Croyant avoir mal entendu, Henry interrogea :

— As-tu vraiment dit... non ?

Sentant venir le combat, Marie glissa du lit où, captive de son amour et des faiblesses de sa chair, elle se savait en état d'infériorité, ramassa sa robe de chambre et s'y réfugia sans oser regarder son amant... Celui-ci n'avait pas bougé mais s'impatientait :

— Allons, Marie, réponds-moi ! Tu refuses de me suivre ?

A son tour elle s'accroupit devant l'âtre pour tisonner le feu, ce qui lui permit de garder son visage détourné.

— C'est vrai, Henry, je refuse. Je ne peux pas partir. Pas maintenant !

— Et pourquoi pas maintenant ? Tu es chez toi mais tu n'en es pas moins exilée. Je ne vois pas ce qui peut te retenir.

Oh ! la froideur de cette voix devenue métallique ! Elle se releva, s'assit dans un fauteuil sans quitter des yeux les flammes qui repartaient de plus belle et frotta ses mains l'une contre l'autre :

— Le mot que je vais employer va sans doute te surprendre mais c'est pour moi une question de... décence !

— Tu as raison, fit-il sarcastique. Ce mot-là te va fort mal !

— Parce que tu confonds celle du corps et celle de l'âme. Même si, de cette dernière et tu le sais bien, il m'arrive de ne me soucier guère ! Mais mon époux a suivi le Roi au combat et compte, à force de bravoure, obtenir mon retour sans conditions. Je suis seule maîtresse ici où sont mes enfants. Enfin... il y a la Reine ! Nos relations sont plus étroites, encore plus confiantes qu'auparavant. Elle a besoin de moi...

— Tu sembles oublier que j'ai, moi aussi, besoin de toi ? Besoin à en crier parfois, gronda-t-il avec amertume. Partir sans toi n'aurait aucune signification. Toi seule peux m'insuffler le courage de courir une aventure, exaltante sans doute, mais dangereuse aussi ! Tu es l'inspiratrice, la compagne qu'il me faut...

Tout en parlant il attrapait ses vêtement, enfilait ses chausses, sa chemise. Marie le dévorait des yeux, luttant déjà contre l'envie de retrouver la chaleur de sa peau, la force de ses muscles. Elle réussit cependant à maîtriser cette attirance et détourna son regard :

— Tu viens de me dire que tu voulais conquérir... un empire ? fit-elle d'une voix dont le calme la surprit.

— Je l'ai dit en effet : un empire pour toi et moi !

— Et pas pour l'Angleterre ? Tu es anglais, Henry, et tu ne me feras pas croire que tu refuseras d'y planter l'emblème de ton pays... donc celui du Roi ! Oh ! il t'en nommerait gouverneur à coup sûr et ne manquerait pas d'envoyer ton épouse et tes enfants te rejoindre ! Que deviendrais-je alors ? Ta concubine ? C'est-à-dire pas grand-chose...

— Ne te fais pas plus naïve que tu ne l'es ! Chez nous le divorce existe, tu le sais, et je ferai table rase de ce qui restera derrière moi.

— Il existe chez vous mais pas chez nous. Seule la mort peut me séparer de Claude...

— Je ne te pensais pas si attachée à lui ! ricana-t-il.

— J'ai de l'affection pour lui, sans plus, mais...

— Cette passion qu'il a pour la guerre te fera certainement veuve un jour ou l'autre ! Tu n'auras qu'à attendre tranquillement ce jour-là à mes côtés. Et j'ai tant d'amour à te donner que tu ne verras pas le temps passer !

Un élan fougueux le jeta à genoux près d'elle et il l'entoura de ses bras, cherchant ses lèvres :

— Cesse de lutter contre nous deux, mon amour ! Laisse-moi t'emporter au bout du monde !

Comment lui dire que c'était justement ce bout du

monde qui l'effrayait ? Encore qu'elle fût de culture plus que moyenne, elle avait lu des récits de voyageurs revenus des immenses terres d'Amérique du Nord. La vie y était plus difficile qu'en Europe, vécue souvent dans des conditions d'austérité, d'indigence parfois qui avaient de quoi l'épouvanter. Elle se voyait mal confinée dans une maison de bois, attendant le retour du guerrier dans la solitude et le dénuement, privée de ce luxe qui servait si fidèlement sa beauté, et donc vieillissant doucement auprès d'un homme que les années détacheraient d'elle... Pourtant, il était celui de sa vie : elle le ressentait. La pensée de s'en séparer pour toujours lui était insupportable... Un seul baiser de lui la faisait défaillir en lui mettant le feu au ventre. Elle voulut atermoyer :

— Ne peux-tu patienter ? Je ne peux pas partir ainsi, en laissant ma maison à l'abandon. J'ai besoin de temps...

— Et moi je n'en ai pas à te donner parce que j'ai déjà tout préparé et qu'un délai, certainement assez long, pourrait me mettre en danger ! C'est maintenant ou jamais !

— Mais enfin c'est impossible ! Une femme n'a pas le droit d'abandonner en quelques heures ce qui a fait sa vie. Un départ définitif ça se prépare...

— En avais-tu eu le loisir quand, par deux fois, la disgrâce t'a frappée ? Tu as fait face, non ?

— ... mais avec la ferme intention de revenir et je disposais de suffisamment de temps pour mes bagages et ceux des serviteurs qui m'accompagnaient. Essaye de comprendre, Henry !

Il eut un petit rire méprisant :

— Comprendre quoi ? Que tu ne veux rien lâcher de tes biens, que tu es incapable de renoncer à ton « confort » comme on dit chez nous ? Même pour vivre le plus bel amour au monde, il te faut des toilettes, des domestiques et Dieu sait quoi ! La vie difficile peut-être mais si souvent exaltante des colons vous fait peur, Madame la duchesse de Chevreuse ?

Le ton persifleur, dédaigneux, fouetta l'orgueil de Marie, éveillant sa colère :

— Et pourquoi pas ? Tu exiges de moi que je renonce à tout, tu entends ? Tout ! Famille, position, affections, fortune et jusqu'à mon honneur ce que « tu » ne risques pas car on pardonne ses incartades à un homme qui s'en va courir les aventures mais pas à celle qui le suit. Si tu m'aimes autant que tu le dis, va donc le conquérir, cet empire dont tu veux me faire hommage... et puis appelle-moi !

— Et pourquoi donc ne pas attendre que j'aie construit pour toi un palais, puisque tu ne saurais t'en passer ?

— Je n'ai pas remarqué que tu vivais toi-même dans des masures et que le luxe t'était à charge ?

— Mais à moi ce n'est pas indispensable, loin de là ! Nous autres de la religion réformée ne sommes pas comme vous les catholiques : vivre dans la simplicité des premiers âges ne nous fait pas peur parce que cela plaît à Dieu. La sainte Bible nous ordonne...

— Ah non ! protesta Marie. Tu ne vas pas te mettre à prêcher maintenant ? Sois au moins logique avec toi-même : il y a un instant tu me promettais de l'or et tous les trésors de la terre, et voilà que tu veux faire de moi une puritaine ?

— Je n'en demande pas tant ! Il y faut de la vertu...

— ... dont je manque mais ce n'est pas une nouvelle pour toi ? Je suis telle que je suis et c'est ainsi qu'il faut me prendre ! Je t'aime, Henry, comme je n'ai jamais aimé. Vivre avec toi est mon plus cher désir mais, je te le répète, j'ai besoin d'un peu de temps.

— Combien ?

— Est-ce que je sais ? Jusqu'au retour de mon époux afin, au moins, de ne pas avoir l'air de me sauver comme une voleuse. Je pourrai mettre de l'ordre à mes affaires...

— Combien ?

— Trois ou quatre mois...

Il revint vers elle et, s'appuyant des deux poings aux bras de son fauteuil, il lâcha :

— Je te donne dix jours ! Pas un de plus ! Le 15 de ce mois, mon navire, le *Pennmarrick*, partira de Greenwich à la marée du soir. Si tu es là, tu me feras plus heureux et plus fort qu'un dieu. Si tu n'y es pas... je ne te reverrai de ma vie !

Il se pencha davantage, appuya sur les lèvres de la jeune femme un dur baiser puis, jetant son manteau sur ses épaules, il balaya le tapis des plumes noires de son chapeau en un salut d'un respect exagéré avant de le recoiffer :

— A bientôt, Madame ! Sinon adieu !

Un bref courant d'air, et les portes de la nuit se refermèrent sur lui...

Il laissa derrière lui une femme pétrifiée. Un long moment, Marie resta au fond de son fauteuil, inerte, quasi foudroyée. Holland venait de disparaître comme un fantôme et c'était en vain que l'oreille de la jeune femme cherchait l'écho de ses pas. Son regard demeurait rivé à ce lit bouleversé qui gardait l'empreinte de leurs corps et l'odeur de l'amour. Elle avait l'impression que sa vie à elle venait de s'arrêter, que plus jamais elle ne bougerait et qu'elle allait rester là jusqu'à la fin de ses jours, paralysée, à peine vivante puisque celui qui s'en allait emmenait la moitié de son être. Elle aurait voulu courir après lui que c'eût été impossible...

Et soudain quelque chose craqua en elle qui lui arracha une plainte tandis que montaient à ses yeux un flot de larmes qui la délivrèrent. Elle voulut se lever mais les forces lui manquèrent et elle se laissa tomber sur le tapis, à genoux d'abord puis de tout son long et là, face contre terre, éclata en sanglots si violents qu'ils lui blessaient la gorge en passant. Ce fut un abîme de désespoir dans lequel Marie s'enfonça avec la sensation terrifiante qu'elle ne pourrait en trouver le fond. C'est ainsi qu'elle perdit connaissance sans s'en rendre compte... et le silence revint dans le pavillon de l'île.

Trouvant qu'il durait un peu trop longtemps, Herminie qui, le nez aplati sur une vitre à un endroit où les rideaux fermaient mal, avait pu tout observer depuis le début, rejoignit la porte du pavillon et se précipita à l'intérieur, persuadée que cette fois sa cousine avait besoin de son secours : elle était si pâle en effet qu'un instant elle la crut morte. Et comme dans la position où elle se trouvait il était impossible d'écouter son cœur, Herminie commença par la retourner sur le dos, ce qui lui permit de constater que si les narines étaient pincées, Marie appartenait toujours au monde des vivants. Elle chercha autour d'elle le moyen de la ramener à elle. Aucun flacon de sels d'ammoniaque n'était en vue, ce qui n'avait rien d'étonnant, le genre d'activité dont l'adolescente venait d'être le témoin stupéfait mais émerveillé générant des pâmoisons d'une tout autre nature.

Son regard accrocha alors les carafes vénitiennes posées sur un plateau à pieds près du lit. Il y en avait trois qu'elle alla flairer. L'une – celle dont elle avait vu les amants se servir – devait contenir du vin d'Espagne, de l'eau était dans la deuxième mais la troisième lui arracha une grimace de satisfaction : elle renfermait de l'eau-de-vie de prune dont Marie avait pris le goût en Lorraine. Après quoi, elle chercha une serviette et, armée de la sorte, posa le tout à côté de sa maîtresse, s'assit, mit la tête de Marie sur ses genoux pour plus de commodité, imbiba le linge d'alcool pour en bassiner ses tempes et lui en faire respirer, tapoter sèchement ses joues pour tenter d'y ramener de la couleur et quand, enfin, sa patiente donna signe de vie, versa la prune dans un verre et entreprit de lui en faire absorber une larme. Le résultat répondit à son attente : Marie s'étrangla, toussa et du coup se mit sur son séant. Compatissante, Herminie lui tapa dans le dos, ce qui la fit se retourner. Forcée de constater qu'elle se trouvait assise par terre en compagnie de sa jeune suivante, elle la considéra avec stupeur :

— Comment sommes-nous arrivées là ? demanda-t-elle en s'efforçant de prendre un air digne.

Ce qui n'était pas facile étant donné le désordre de ses vêtements et de ses cheveux.

Herminie commença par se relever puis aida Marie à reprendre place dans son fauteuil. Cela lui accorda quelques secondes mais elle avait déjà préparé sa réponse :

— Cette nuit, je n'arrivais pas à dormir parce que j'avais mal aux dents, alors je suis descendue dans le parc pour me promener. C'est ce que je fais toujours quand quelque chose ne va pas. Cela m'a soulagée et comme la nuit était belle je suis allée plus loin que je ne pensais. En arrivant près d'ici j'ai entendu gémir et j'ai pensé aussitôt que Madame la Duchesse était souffrante... Et j'ai eu raison puisque c'était le cas...

Elle avait débité sa petite histoire d'un ton convaincu, certaine que sa maîtresse ne chercherait pas à approfondir. Celle-ci la regardait avec attention, cependant, se demandant ce qu'il y avait de vrai dans cette explication et si Herminie n'était pas là depuis un bout de temps. A son tour, elle expliqua :

— J'ai dû faire un cauchemar... très pénible ! Et puis un bruit m'a réveillée mais j'avais l'impression que le mauvais rêve continuait, qu'un ennemi était tapi près de moi. Je me suis levée, l'esprit encore embrumé et je suis tombée je ne sais trop comment mais je me suis fait si mal que je pense avoir perdu connaissance. En venant as-tu vu quelqu'un ?... un rôdeur par exemple ? L'impression était tellement nette dans mon rêve...

Herminie feignit de chercher dans sa mémoire et finalement déclara :

— Oh oui ! J'ai aperçu un grand diable et j'ai eu si peur que j'ai voulu me cacher derrière un buisson mais je m'y suis prise de façon si maladroite qu'il s'est accroché les pieds dans ma jambe et est tombé dans l'eau. Juste au bord mais je n'ai pas demandé mon reste et je me suis sauvée.

Les yeux de Marie s'arrondirent en regardant cette gamine imperturbable avec qui, depuis un moment, elle faisait assaut de mensonges, mais soudain l'image d'Henry barbotant au bord de l'étang et rentrant à Maincourt trempé traversa la couche de chagrin qui l'enveloppait pour atteindre cette zone d'humour bien ancrée au fond de son esprit et elle ne put s'empêcher de rire :

— Ce malandrin n'a eu que ce qu'il méritait ! assura-t-elle. Tu as montré beaucoup de courage et je t'en remercie. Quelle heure est-il ?

En sonnant quatre coups, la pendule répondit à sa question. Cependant, Herminie reprenait :

— Vous avez vraiment envie de finir la nuit ici ? J'ai remarqué que le temps se gâtait à l'occident et si vous le permettez, je préférerais vous ramener au château. Je serais plus tranquille de vous savoir au chaud dans votre chambre... au cas où le grand diable, son coup manqué, essaierait de revenir.

Sans cesser de parler, Herminie remettait un peu d'ordre dans le lit dévasté afin de lui rendre un semblant de respectabilité, rangeait à la hâte. Marie la regardait faire avec, au fond des yeux, quelque chose qui ressemblait à de l'affection. A travers la trame de ses fables, elle découvrait le fil d'or d'une complicité qui n'osait pas dire son nom. Une amitié ! C'était ce qui lui était le plus nécessaire. La petite, décidément, était de bonne race et ne lui manquerait jamais.

— Tu as raison : je vais rentrer. Fichue idée que j'ai eue de venir dormir ici...

Elle laissa Herminie la rechausser, fermer soigneusement sa robe de chambre et l'emmitoufler dans son grand manteau. La petite y mettait un soin inhabituel chez elle. Comme si Madame de Chevreuse était souffrante, blessée même. Avant de sortir, elle demanda si Madame voulait qu'elle prît le flambeau, ajoutant cependant aussitôt que l'on y voyait très suffisamment et l'on se rangea à son avis.

Ce fut appuyée au bras de sa jeune suivante que Marie reprit le chemin du château. Elle se sentait presque détendue. Justement à cause de cet appui inattendu qui lui était venu. Le choc de sa séparation avec Henry ayant été violent, il générait en elle une sorte d'anesthésie dont elle n'était pas dupe. Elle savait que la douleur reviendrait et qu'elle allait souffrir longtemps. Le reste de sa vie peut-être, car il ne lui serait jamais plus donné d'aimer comme elle aimait Holland. Pourquoi avait-il fallu qu'il vînt exiger d'elle ce qu'elle ne pouvait lui donner ? Et pourquoi ce besoin soudain de mettre entre eux l'immensité d'un océan, de se couper de ce qui avait fait sa vie jusqu'à présent et qui ne ressemblait en rien à celle d'un puritain ? Partir vers des terres inconnues, vers une vie dépouillée – elle ne croyait guère à cette histoire de conquête d'un royaume ! – rendue à la pureté des premiers âges ! Il fallait qu'une part de lui ait changé, qu'il soit devenu fou... ou alors aux prises avec un danger imminent.

— Je ne crois pas, pensa-t-elle tout haut, que le... grand diable comme tu dis, revienne jamais...

Sans réfléchir, Herminie répondit :

— Comment pourrait-il renoncer à vous ? Un jour viendra où...

Comprenant ce qu'elle était en train de dire, elle avala le reste de sa phrase et la nuit cacha sa rougeur mais Madame de Chevreuse comprit qu'elle en avait vu beaucoup plus qu'elle ne le prétendait et serra doucement le bras qu'elle tenait.

— Nous verrons, dit-elle seulement.

En fait, le spectacle fort peu conventuel que lui avaient offert les deux amants avait bouleversé ce qu'Herminie pensait savoir de l'amour physique. Pour les religieuses de ses différentes expériences monastiques, ce genre de plaisir s'appelait la luxure, s'avérait l'une des manifestations les plus honteuses de la nature humaine et relevait du domaine de Satan. Or – peut-être était-ce à cause de la perfection physique des protagonistes – la petite avait trouvé cela très beau... Revenue dans son lit pour ce qui restait de la nuit, elle n'y trouva pas le sommeil. Parce qu'elle avait compris, même si elle n'avait entendu qu'une partie de la conversation, que ce déchaînement de passion s'achevait sur une rupture. Il n'y avait pas à se tromper sur l'expression des visages et la douleur de Marie.

Comme elle aimait bien le duc Claude, elle avait d'abord été indignée de voir surgir dans la vie de son épouse ce « grand diable » d'Anglais, mais en s'apercevant du poids de domination que cet amour faisait peser sur elle, en étant témoin du courage qu'il lui avait fallu pour résister à la tentation de le suivre, elle en était venue à éprouver pour elle une espèce de tendresse fraternelle où entrait de la pitié. Et elle décida de l'aider de son mieux à supporter une longue période de regrets et, peut-être, résister à l'envie de tout envoyer promener pour le rejoindre envers et contre tout.

L'occasion devait lui en être donnée sans tarder.

Dans la journée qui suivit, Marie se déclara souffrante et resta au lit. Elle semblait très abattue, ses yeux rougis demeuraient lourds de larmes. Incompréhensibles pour la vieille Anna mais quand celle-ci hasarda une question, elle se fit rabrouer et n'insista pas. La Duchesse n'était pas seulement malheureuse, elle était aussi d'une humeur de chien ! En revanche, elle réclama sa jeune suivante pour qu'elle lui fît la lecture... et ça aussi c'était nouveau : la Duchesse n'avait rien d'une précieuse et, à l'exception du théâtre, ne s'intéressait que de loin à la littérature. Sauf en de rares cas, pour l'aider à trouver le sommeil ?

En effet, elle ferma les yeux dès qu'Herminie fut installée à son chevet avec un exemplaire de *L'Astrée*. La petite lisait bien et sa voix juvénile emplit la chambre d'une musique douce sous l'influence de laquelle Marie parut se détendre. Pensant qu'elle était en train de s'endormir, Herminie baissait graduellement la voix quand elle entendit soudain :

— C'est trop bête !

Marie venait d'ouvrir grand les yeux et s'asseyait dans son lit. Surprise, la jeune lectrice hasarda :

— Vous n'aimez pas ces vers ? Je peux aller chercher un autre livre ?

— Ce n'est pas cela ! Il faut que tu me rendes un service... un énorme service...

— Mais je suis là pour ça.

Marie fronça le sourcil :

— J'entends ! Mais un service... discret dont tu ne devras parler à personne. Et d'abord, donne-moi de quoi écrire !

Légèrement inquiète parce qu'elle n'augurait rien de bon de cette subite envie, Herminie chercha ce qu'on lui demandait et regarda sa cousine rédiger en hâte un court billet qu'elle sécha, plia et scella avec soin avant de le lui tendre :

— Tu vas prendre un cheval aux écuries sous prétexte de te procurer un onguent à l'abbaye de la Roche et tu en emprunteras le chemin, mais en réalité tu te rendras au château de Maincourt, chez le marquis de Montmort. Là tu demanderas à voir son hôte à qui tu remettras cette lettre. Tu attendras ensuite la réponse.

Une fièvre brûlait dans les yeux de Marie, tremblait dans sa voix qu'elle essayait d'affermir. Herminie sut alors qu'elle n'apprécierait absolument pas cette mission, mais elle s'efforça au calme :

— Monsieur de Montmort ne me connaît pas. Si je lui demande « son hôte » il se méfiera.

— Pas si tu viens de ma part !

— N'importe qui peut s'en targuer. Ce n'est pas écrit sur ma figure et je réussirai sans doute mieux si je lui donne un nom.

Au prix de sa vie, Herminie aurait été incapable d'expliquer à cet instant pourquoi elle se montrait si curieuse. Besoin de gagner du temps ?... ou de savoir au juste à qui elle avait affaire ? Quoi qu'il en soit, la Duchesse en montra de l'humeur :

— Tu me parais un peu trop curieuse pour me plaire longtemps ! J'aime que l'on m'obéisse sans ergoter...

— Et moi j'aime accomplir au mieux ce que l'on m'ordonne. J'aime surtout que l'on m'accorde confiance, ajouta-t-elle avec une pointe de tristesse, et je croyais avoir gagné la vôtre...

Marie aussitôt se radoucit. Dans la crise qu'elle traversait, elle savait qu'il lui était vital d'avoir de l'assistance, et finalement, quel mal y avait-il à ce que la gamine sût à qui elle l'envoyait ? Dans quelques heures, Herminie n'existerait plus pour Marie, elle reculerait dans le temps comme ce château et ce qu'il représentait tandis que la route de la liberté s'ouvrirait devant deux amants incapables de vivre l'un sans l'autre. Marie avait pris sa décision : vivre jusqu'au bout cette passion qui la ravageait...

— Soit ! admit-elle. Tu as peut-être raison. Tu demanderas à voir Lord Holland et tu écouteras attentivement les instructions qu'il te donnera. Va vite à présent ! Maincourt n'est pas loin mais la journée s'avance...

Sans rien ajouter, Herminie prit la lettre et partit en courant jusqu'aux écuries où elle fit seller Princesse, la jument préférée de sa cousine. C'était la plus rapide et puisque l'on voulait qu'elle aille vite... S'enlevant en selle avec l'aisance de son âge, elle partit au galop en direction de l'abbaye de la Roche dont les moines fabriquaient un miraculeux dictame pour toutes sortes de contusions. Le petit mais charmant château de Maincourt était sans doute plus proche de Dampierre, mais l'adolescente préféra commencer par cette partie-là d'une mission qui lui déplaisait tant que, d'instinct, elle s'efforçait de la retarder le plus longtemps possible. Elle avait très peur, en effet, du billet qu'on lui avait confié et sa curiosité naturelle luttait contre l'envie de l'ouvrir. Un pressentiment lui disait qu'il contenait la reddition de Madame de Chevreuse, que celle-ci incapable de résister à son amour s'était résolue à tout abandonner pour lui, sans se soucier du scandale...

et même du désastre qui s'ensuivrait. Pour Herminie : Marie partie courir les mers dans les bras de Holland, il ne resterait plus à la petite suivante qu'à reprendre le chemin du triste manoir de son enfance...

Après sa visite à la porterie du monastère où l'on pouvait se procurer le baume, ce fut avec une sage lenteur qu'elle dirigea sa monture vers le but de son expédition. Et même quand elle put le voir au bout du chemin où elle s'engageait, elle s'arrêta, prise d'une forte envie de rebrousser chemin. Soudain, l'idée lui vint que le « grand diable » était déjà parti. Au fond, à la suite de la rupture, il n'avait plus de raisons de s'attarder... sinon... pour se reposer un peu de ses exploits nocturnes ?

Elle en était à ce point de ses cogitations quand elle remarqua une agitation devant le seuil du château sur lequel un personnage levait un bras en signe d'adieu cependant que deux autres se mettaient en selle. Et il lui sembla bien que l'un d'eux était coiffé d'un feutre, noir comme les plumes qui l'ornaient. Il fallait cependant s'en assurer. Aussi dirigea-t-elle Princesse derrière les buissons qui bordaient la route. Puis elle attendit...

Pas longtemps. Bientôt les deux cavaliers s'inscrivirent dans son champ de vision. Par chance, la voie campagnarde, étroite et creusée d'ornières profondes, ne permettait guère le galop, et elle eut largement le loisir de reconnaître l'Anglais, suivi d'un homme qui devait être son valet. A cet instant elle dut livrer un rude combat à sa conscience : Holland passait devant elle, à portée de voix, et rien n'était plus simple que lui remettre la lettre. D'autant qu'en le voyant au jour, il était facile de comprendre l'amour que lui portait Madame de Chevreuse et combien le renoncement lui était douloureux mais, si beau qu'il soit, Herminie découvrit qu'elle le détestait à cause de son air dominateur et arrogant. Si la fière, la folle Marie le suivait, c'était à un maître sans doute impitoyable qu'elle allait se livrer et sacrifier ce qui faisait sa vie, celles de plusieurs autres sans compter son honneur. Alors Herminie de Lénoncourt ne bougea pas...

Et même, elle attendit un long moment que le pas des chevaux se fût éteint dans la campagne. Après quoi elle s'en alla tranquillement porter une lettre dont elle savait à présent que le destinataire ne la recevrait jamais.

Une heure plus tard, elle était de retour à Dampierre et rendait à la Duchesse le billet au sceau de cire verte.

— Il est parti ce matin, dit-elle seulement.

En voyant Marie se lever avec agitation et faire, bras croisés, quelques tours dans sa chambre, elle sentit son cœur manquer un battement, redoutant une réaction extrême : par exemple ordonner que l'on fasse ses coffres et que l'on attelle afin de se lancer à la poursuite du fugitif. Elle se dirigea vers une fenêtre donnant sur les parterres et les canaux.

— Le vent se lève, émit-elle d'une voix mal assurée. Un paysan m'a dit que nous allions avoir de la tempête !

Marie s'arrêta pile devant elle :

— Pourquoi dis-tu cela ?

— Parce que c'est la vérité. En outre, le jour baisse. Il ne va pas faire bon voyager cette nuit...

— Cette nuit sans doute, mais pourquoi pas demain ?

Herminie n'eut pas le temps de répondre : un laquais, après avoir gratté à la porte comme il convenait, entrait dans le cabinet et s'inclinait :

— Madame la Duchesse veut-elle bien recevoir Mylord Montaigu qui arrive à l'instant ?

Absorbées par leurs pensées, aucune des deux femmes n'avait prêté attention aux bruits extérieurs mais Marie eut un cri de joie :

— Lui ? Mais quelle bonne surprise ! Qu'il monte, Lebleu ! Qu'il monte tout de suite !

Elle se dirigea rapidement vers sa chambre :

— Je dois être à faire peur. Viens m'aider, Herminie !

Celle-ci, étouffant un soupir de soulagement, se dépêcha de la suivre. Décidément, les Anglais se succédaient à un rythme soutenu dans la région mais celui-là, c'était vraiment le Ciel qui l'envoyait ! Presque toute la Lorraine savait qu'il s'agissait d'un ami... très particulier de Madame de Chevreuse, un ami qui avait eu le tort de déplaire au roi Louis et qui, ces jours derniers, jouissait encore de son hospitalité dans une prison qui s'appelait la Bastille. Il y avait donc gros à parier que son prochain entretien avec Marie n'avait guère de chance d'avoir Lord Holland comme principal sujet.

Pendant quelques minutes, elle s'activa avec Anna à parer la Duchesse qui, assise devant son miroir, s'y contemplait avec inquiétude :

— Il faudrait de la poudre ! J'ai beaucoup pleuré et je crains que les traces n'en soient visibles...

— Vous semblez un peu lasse, assura Herminie, mais cela vous sied et vos yeux ne sont pas rouges.

— Tu crois ?

Au sourire qu'elle s'adressait dans la glace en touchant ses lèvres d'un soupçon de rouge, Herminie comprit qu'elle était déjà convaincue. Un instant plus tard, recoiffée et parfumée, la tête haute et les mains tendues pour accueillir, Marie allait rejoindre le dernier en date de ses amants anglais. Adressant mentalement à la Providence une fervente action de grâces, Herminie tendit l'oreille de son mieux en rangeant les précieux objets disséminés sur la table de toilette. Il y avait gros à parier, la journée étant finie, que l'on offrirait l'hospitalité du château à l'arrivant et, pour peu que celui-ci s'attarde, du temps s'écoulerait. Peut-être suffisamment pour que Marie renonce à son projet de rejoindre Holland ?

En quittant sa chambre, la Duchesse avait ordonné :

— Que l'on ne me dérange pas !

Avec un haussement d'épaules fataliste, Anna sortit en emportant la cuvette de cristal où Marie s'était rafraîchie. Herminie en profita pour aller écouter à la porte qu'elle entrouvrit mais aucun son n'arriva jusqu'à elle... sinon, au bout d'un moment, un soupir et un :

— Ma déesse ! J'ai tant souffert d'être privé de vous ! Ce baiser me rend la vie !

Ce fut à nouveau le silence. Herminie referma discrètement et s'éloigna sur la pointe des pieds... la tête pleine de points d'interrogation.

CHAPITRE IV

OÙ BASILIO FAIT UNE PRÉDICTION

Marie n'alla pas rejoindre Holland.

La réapparition de Walter Montaigu, qui resta seulement deux jours avant de reprendre le chemin de la Lorraine, n'y fut pas pour grand-chose. C'était un homme charmant, un amant tout à fait convenable, et Marie l'appréciait, mais rien de comparable à la passion dévastatrice que lui inspirait Henry Holland. Et si, encore brûlante des heures passées dans les bras du fugitif, elle s'abandonna à lui dans la nuit qui précéda son départ, ce fut davantage pour lui faire plaisir que par envie personnelle. Une sorte de politesse !

En revanche, Montaigu apportait avec lui ce parfum d'intrigues de cour aussi nécessaire à Marie que les plaisirs de l'amour. A sa sortie de prison, Madame du Fargis avait réussi à l'introduire auprès de la Reine sous un habit ecclésiastique – la référence à la remuante marquise arracha une grimace à Marie qui commençait à trouver qu'elle tenait beaucoup trop de place, et surtout que c'était sa place à elle qui en faisait les frais ! – et tous deux avaient accordé leurs violons sur l'attention qu'il convenait de donner à la suite des événements : le mariage de Monsieur avec la fille du nouveau duc de Mantoue et son corollaire : l'adhésion de l'infante Isabelle-Claire-Eugénie, gouvernante des Pays-Bas, à l'accueil de Gaston et de sa « fiancée », le resserrement des liens avec l'Espagne par le truchement du marquis de Mirabel et enfin la grande affaire toujours pendante, la mise à l'écart voire l'élimination définitive de l'encombrant cardinal de Richelieu. Montaigu, pour sa part, avait reçu mission d'aller maintenir à bonne température les sentiments hostiles du duc Charles de Lorraine. En outre la signature du traité de paix avec l'Angleterre approchait et Walter Montaigu, renseigné par un espion, laissa entendre à Madame de Chevreuse que l'amitié du roi d'Angleterre lui était toujours acquise et qu'il se pouvait que son retour en grâce apparût en marge du document...

Lord Montaigu était un « ami » et sa présence à Dampierre, en l'absence de Chevreuse, n'avait rien d'extraordinaire. Il n'en était pas de même pour l'ambassadeur Mirabel à un moment où le maître des lieux était occupé, sous Casal, à en découdre avec des Espagnols. Il ne vint donc pas et Marie, une belle nuit, reprit la route du Val-de-Grâce mais, cette fois, elle y acheva la nuit dans la chambre de la Reine. A sa grande satisfaction : cet arrangement lui permit un long entretien avec la Reine, puis avec l'ambassadeur où elle trouva sans peine un terrain d'entente. Don Antonio de Toledo, marquis de Mirabel, était un Grand d'Espagne selon son cœur – mais pas selon ses sens ! – un diplomate fin et rusé, agréablement dépourvu de la morgue inhérente à sa caste lorsqu'il était en compagnie des dames. Il sut à merveille achever de convaincre Anne d'Autriche d'adhérer pleinement au mariage de son beau-frère avec la petite Gonzague. Elle y était assez naturellement disposée pour contrecarrer la Reine Mère, Marie de Médicis, qui n'en voulait à aucun prix parce que cela évinçait sa candidate, une cousine Médicis. Mirabel sut expliquer à la Reine que si son époux mourait « prématurément », il serait beaucoup plus difficile de faire valider aux yeux des Français un mariage conclu hors du royaume sans avoir reçu la permission d'en sortir et de convoler, et cela en pays ennemi : en un mot comme en cent, cela s'appelait trahir et la descendance d'un couple ainsi formé n'avait aucune chance d'accéder au trône. Pas davantage l'auteur de ladite trahison.

— D'ores et déjà, tout est prêt pour recevoir à Bruxelles le Prince et celle qu'il aime. L'infante Isabelle-Claire-Eugénie fera célébrer le mariage en sa présence avec l'éclat désirable...

— Sans doute, émit Marie qui au fond d'elle-même préférait de beaucoup Gaston veuf à Gaston marié, afin qu'il soit libre d'épouser sa belle-sœur, si Louis XIII quittait cette « vallée de larmes » mais pour se marier il faut être deux et Mademoiselle de Gonzague est toujours prisonnière à Vincennes en compagnie de sa tante et notre actuelle Régente n'a certainement pas la moindre envie de leur donner la volée ?

— On peut l'y contraindre... J'ai fait en sorte que le cardinal de Richelieu soit informé secrètement de cette incarcération arbitraire, ce qui lui permettra de prévenir le Roi, et je ne doute pas que ces dames ne recouvrent prochainement leur liberté. Cela fait, il nous sera facile d'organiser le départ du futur couple pour les Pays-Bas...

— Ma belle-mère sera furieuse, hasarda la Reine.

— ... et contre son cher ami Richelieu. C'est pourquoi il sera prévenu en premier.

— Vous voulez brouiller la Reine Mère et son protégé ? demanda Marie.

— Exactement. Au regard de l'Espagne, Richelieu

est beaucoup plus gênant que son maître dont il inspire les actions. Or, je sais de source sûre que l'actuelle Régente supporte de plus en plus mal les initiatives d'un protégé qu'elle espérait garder sous sa coupe sa vie durant. Voilà que l'obéissant serviteur se change en maître. Il fait sa propre politique, trop souvent contraire à celle de sa bienfaitrice, et elle le supporte très mal. Si on l'oblige à libérer Mademoiselle de Gonzague et Madame de Longueville, c'est Richelieu qu'elle rendra responsable de cette humiliation. Elle n'aura de cesse alors de le faire chasser du Conseil et renvoyer dans son évêché de Luçon dont il n'aurait jamais dû sortir.

— Brillamment imaginé ! applaudit Marie. Mais le Roi acceptera-t-il de se séparer d'un homme qu'il apprécie de plus en plus pour faire plaisir à une mère qu'il n'écoute plus autant...

— Il lui a tout de même confié le royaume alors que cet honneur, cette responsabilité aussi, revenaient de droit à Sa Majesté ici présente. C'est un signe, il me semble ?

— Et dont il faut tenir compte ! Vous parlez d'or, don Antonio, fit la Duchesse en riant. Quel que soit le moyen employé pour nous débarrasser de ce gêneur insolent, il ne peut que nous plaire...

— Si mon époux suit sa mère dans son ressentiment, elle n'en aura que davantage de puissance, murmura Anne d'Autriche, et toute latitude de me faire plus de mal !

— A chaque jour suffit sa peine, Madame, fit doucement l'Ambassadeur. Débarrassons-nous d'abord de Richelieu ! Il sera temps, ensuite, de faire entendre raison au Roi. Quand l'amitié sera renouée entre la France et l'Espagne, Votre Majesté aura un rôle prééminent à jouer...

— Ce rôle ne ferait aucun doute si j'avais le bonheur de donner un héritier au royaume, mais...

— Vous êtes plus belle que jamais, Madame, coupa Marie sincère. Votre époux ne manquera pas de s'en apercevoir quand il rentrera de guerre. J'ai remarqué qu'à ces moments-là, il s'est toujours montré plus empressé à remplir ses devoirs conjugaux. On peut l'y aider, si besoin ?

— Comment l'entendez-vous ? hasarda Madame du Fargis.

— Oh ! de la façon la plus simple : il existe des liqueurs, des philtres propres à exciter l'amour. Pourquoi n'en pas essayer un sur notre Sire ?

— Encore faut-il ne pas se tromper, fit gravement Mirabel. On trouve ce que l'on veut dans certaines officines, en France aussi bien qu'en Espagne sans doute, mais cela oblige à beaucoup de circonspection et savoir à qui l'on s'adresse. Il ne s'agit pas d'enherber le Roi sous le prétexte de le rendre plus vaillant au déduit...

— C'est une tâche que j'assumerai volontiers, dit Marie. Vous avez entièrement raison, don Antonio, en précisant qu'il ne faut pas se tromper mais je connais, moi, un homme savant et sage, et de qui nous ne pourrions attendre que le meilleur...

— Il est à Paris ? demanda Madame du Fargis.

— Non. Sur l'une de mes terres et je n'ai jamais eu qu'à me louer de sa science et de ses conseils. Traité par lui, le Roi ne subira aucun mal. Au contraire... Voulez-vous que je m'en charge ?

Elle s'adressait à la Reine, craignant que son étroite piété ne renâcle devant une pratique qui, selon elle, devait fleurer la sorcellerie, et celle-ci lui offrit un sourire tremblant :

— Si vous en répondez, Duchesse, j'accepterai

d'employer ce moyen. Je sais la qualité d'une amitié qui m'est, vous le savez, infiniment chère et précieuse entre toutes...

— Oh ! j'en réponds comme de moi-même, ma Reine ! Ce qu'il me remettra – s'il accepte, ce qui n'est pas encore certain car c'est un homme à principes – ne pourra que nous donner entière satisfaction. Je m'étonne d'ailleurs de ne pas y avoir songé plus tôt... ajouta-t-elle plus bas.

En même temps, elle se reprochait d'avoir parlé trop vite. Elle n'aurait sans doute guère de peine à obtenir de Basilio une liqueur adéquate. Se poserait alors la question de savoir à qui l'on confierait la tâche délicate de la faire avaler à Louis et, dans ce rôle, elle ne pouvait se fier qu'à elle-même puisque la principale intéressée, la Reine, n'avait aucune possibilité d'agir : son époux la tenait déjà en très suffisante suspicion. Alors ? La du Fargis était en train de chercher à haute voix comment il faudrait s'y prendre...

— Nous n'en sommes pas là ! coupa Marie agacée. Il faut d'abord que, moi, je réussisse et le Roi qui est en Piémont n'est pas à la veille de rentrer... Moi non plus, à ce que l'on dirait, ne put-elle s'empêcher de soupirer.

Ce regret que son amie ne pouvait retenir émut Anne d'Autriche. Elle se leva pour venir la prendre dans ses bras :

— Ayez confiance, Marie ! L'impossible sera tenté pour obtenir votre retour auprès de moi. J'ai grande confiance dans l'influence du roi d'Angleterre dont l'amitié pour vous ne se dément pas à ce que l'on m'a dit.

— Je ne l'en remercierai jamais assez, murmura-t-elle quasi machinalement.

Le traité de paix, ne pouvant être signé qu'une fois

Louis revenu en ses palais, lui semblait subitement lointain. Restait à savoir si Charles Ier obtiendrait gain de cause. Ces entrevues furtives à l'abri des murs d'un couvent l'amusaient moins, lui laissant un goût d'inachevé et soulignant amèrement son statut d'exilée.

En rentrant au château, elle remâchait ce qui s'était dit. A cet instant elle aurait donné avec joie son joli Dampierre, Chevreuse et le duché pour une petite chambre au Louvre ou à Fontainebleau ! Cependant, elle n'était pas femme à s'appesantir longuement sur ses états d'âme. Elle voulait, de toutes ses forces, reprendre son rang, sa place. Elle le voulait au point d'avoir renoncé à la belle aventure avec l'homme qu'elle adorait, et peut-être son idée soudaine de faire appel à Basilio venait-elle de cette décision. Si quelqu'un pouvait lui prédire ce qui l'attendait c'était assurément le vieux mage florentin et elle se reprochait de n'y avoir pas songé plus tôt. Il est vrai qu'elle avait été plus qu'occupée. Vrai aussi qu'elle était d'une certaine façon assignée à résidence et que Lésigny appartenait à présent à son fils, mais elle n'en décida pas moins de s'y rendre le plus rapidement possible. Le jeune Louis-Charles était à Luynes en ce moment : il ne pouvait donc être question de l'accompagner à Lésigny, ce qui eût paru naturel à de probables espions. Elle décida d'y aller seule – avec Herminie, et au grand jour. Après tout, le Roi et son Cardinal étaient loin et il était normal qu'en l'absence de son fils elle s'occupe de ses biens ! Il serait préférable évidemment que Basilio consentît enfin à venir s'installer à Dampierre mais – et Dieu seul savait pourquoi – il avait toujours refusé de quitter ses bois de Lésigny, sa tourelle, son antre de sorcier parce que, répétait-il avec obstination, c'était l'endroit où il se trouvait le mieux, l'endroit aussi où l'Esprit lui parlait plus volontiers. En conséquence il fallait aller à lui, et d'urgence ! Aussi, dès le lendemain, Marie s'embarquait avec Herminie enchantée de l'aventure dans son carrosse sans armoiries mené par le seul Peran, et gagnait Lésigny où, bien sûr, personne ne l'attendait, ce qui n'empêchait pas la maison d'être entretenue. L'intendant et les quelques serviteurs qui y étaient attachés faisaient en sorte de n'être jamais pris au dépourvu s'il prenait fantaisie au maître ou à la maîtresse d'en franchir le seuil. Il était arrivé, en effet, que le Roi y vînt. Les bois d'alentour, giboyeux à souhait, en faisaient un domaine de chasse de premier ordre. La Duchesse et sa suivante y furent donc reçues le plus naturellement qui soit.

En pénétrant dans la demeure de son pas rapide, Marie ordonna que l'on prépare son dîner et s'informa de celui qu'elle venait voir.

— Maître Basilio est encore ici, j'imagine ? demanda-t-elle à Ferrand l'intendant.

— Oh ! Il ne se serait pas permis de s'éloigner sans en avertir Madame la Duchesse. Dois-je le prévenir ?

— C'est inutile ! S'il n'a pas entendu la voiture, je me rendrai chez lui...

Mais elle n'eut pas à se donner cette peine. Basilio avait entendu et, quand elle entra dans sa chambre pour y laisser son ample mante à capuchon, ses gants et son masque – comme toutes les nobles dames de son temps elle en portait un pour protéger son teint des outrages extérieurs comme la pluie ou la trop grande ardeur du soleil – elle le trouva debout au milieu de l'élégante pièce, les mains au fond des manches de sa longue robe noire. Et tellement semblable au souvenir qu'elle gardait de leur dernier revoir que le temps lui parut s'effacer. C'était toujours le même petit bonhomme à cheveux gris et à barbe pointue – il devait les entretenir car ils gardaient une égale longueur ! Les sourcils broussailleux abritaient les mêmes yeux vert mousse vifs et pétillants. Tout était à sa place habituelle dans ce visage où les rides peut-être s'accusaient davantage, du drôle de nez retroussé à la grande bouche mobile, si facilement ironique. Quant aux vêtements, imprégnés d'une odeur indéfinissable mais plus forte que par le passé, Basilio ne devait pas en changer souvent. A l'exception de la petite fraise blanche nouée d'un ruban entourant son cou et qu'il devait faire laver de temps en temps. Et le pompon rouge s'agitait toujours au sommet de l'étrange cône tronqué en feutre noir servant de coiffure au personnage.

En voyant Marie entrer, il se plia gravement en deux pour la saluer :

— Il y a bien longtemps que tu n'as fait à Basilio l'honneur d'une visite, Madame la Duchesse, déclara-t-il d'une voix un peu chuintante dont elle conclut qu'il avait dû perdre une dent ou deux. Bientôt trois ans !

— Ne vous en prenez qu'à vous-même ! Pourquoi refuser toujours aussi obstinément de venir vous installer à Dampierre ? Nous pourrions nous voir tous les jours.

— N'oblige pas Basilio à répéter perpétuellement la même chose ! Il est bien dans la maison de la Galigaï où tu lui as permis de rester pour sa sauvegarde. Il veille sur son souvenir et il sait qu'elle lui en est reconnaissante.

Un frisson courut le long du dos de Marie à l'évocation de celle dont elle s'était retrouvée l'héritière sans en posséder aucun droit sinon, peut-être, d'avoir été l'une des très rares personnes qui l'aient appréciée sinon aimée. Basilio faisait partie de cet héritage et, avec le temps, il était devenu son recours à défaut de sa conscience dont il s'efforçait pourtant de faire entendre la voix. Leurs relations, baroques, étaient établies sur une curieuse règle de politesse. L'astrologue – il était aussi alchimiste et bien d'autres choses encore ! – n'ayant jamais réussi à se débarrasser du tutoiement égalitaire cher aux Florentins en usait avec elle, mais sans oublier de lui donner son titre, et quand il parlait de lui-même c'était à la troisième personne.

— En outre, conclut-il, les gens d'ici sont habitués à Basilio. Ils ne le craignent pas, au contraire, et quand ils ont besoin de secours...

— Et moi, soupira Marie, je passe après ces gens-là. Eux, ils vous ont sous la main tandis que je dois faire des lieues de chemin pour avoir votre aide, vos conseils !

Basilio renifla :

— Mes conseils ? Il me semble que tu ne les suis guère, Madame la Duchesse. Basilio t'avait formellement recommandé d'éviter de salir tes mains dans le sang d'un homme ?

— Je refuse cette accusation ! Ce malheureux n'a eu besoin de personne pour tisser son propre destin en voulant jouer double, et même triple jeu, en essayant de plaire à tout le monde, de tout gagner sans rien donner en échange... Dieu ait son âme, mais ce n'était qu'un étourneau ! Mille tonnerres, Basilio ! explosa-t-elle. Je ne pouvais pas deviner qu'il agirait aussi follement !

— C'est toi qui l'as rendu fou. L'as-tu au moins payé ?

Se sentant rougir, Marie se détourna pour s'approcher du feu :

— Non, murmura-t-elle. Il n'a pas été mon amant. Je m'étais seulement promise si... Lui céder eût été tout compromettre.

— C'est ce qui s'appelle avoir le sens des affaires ! soupira le petit homme. Méfie-toi cependant : la haine que tu as soulevée chez ceux qui le pleurent n'est pas encore retombée. Tu as failli en mourir. Elle pourrait refaire surface et se manifester. C'est de cela dont tu viens parler avec Basilio ? Ou, puisque nous parlons affaires, en as-tu une nouvelle sur le feu ?

— Oui, et de grande importance. Il s'agit du sort du royaume...

— Rien que ça ?

— Si vous me laissiez finir ? J'aurais dû dire de celui de la Reine avec lequel il se confond. Il faut un héritier.

La broussaille grise qui tenait lieu de sourcils au Florentin remonta jusqu'au milieu de son front :

— Ce n'est pas nouveau, mais qu'est-ce que le pauvre Basilio y peut ?

— Beaucoup ! Asseyez-vous et écoutez-moi !

Avec la clarté qu'elle savait mettre dans ses propos lorsque le but poursuivi lui tenait à cœur, elle exposa qu'il avait fallu renoncer plus ou moins à jouer la carte Gaston d'Orléans contre son frère parce qu'il semblait de plus en plus difficile de compter sur lui. De plus il était tellement coiffé de la petite Gonzague qu'il était capable de l'épouser même au cas où le Roi viendrait à mourir :

— Nous allons donc l'aider à fuir aux Pays-Bas où il pourra être heureux à son aise. En France il y a mieux à faire : l'entente entre la Reine Mère et Richelieu semble se fragiliser de jour en jour et c'est très bien ainsi parce que ce qui importe est de libérer le Roi d'une influence aussi fâcheuse. Le Cardinal est l'ennemi de la Reine contre laquelle il ne cesse d'indisposer Louis. Or c'est elle qui porte l'espoir des gens de bon sens et il faut que son époux en revenant de guerre se prenne pour elle d'un renouveau d'amour. Car il fut un temps où il s'en approchait volontiers... Nous devons retrouver ce temps-là. Si Marie de Médicis parvient à faire renvoyer le Cardinal, Louis se sentira seul. Il devra se tourner vers celle qui porte avec lui la couronne. Hélas, il lui témoigne à présent un éloignement sans cesse grandissant. Autrement dit : nous avons besoin d'aide pour lui faire reprendre régulièrement le chemin de son lit...

— Quelle sorte d'aide ?

— Voilà une question dont la réponse devrait apparaître clairement à un homme de science tel que vous, maître Basilio. Pourquoi pas un... philtre d'amour ?

Le petit homme sursauta si violemment que le tabouret sur lequel il était perché tomba au sol :

— Tu prends Basilio pour un sorcier, Madame la Duchesse ? Ce qu'il n'est pas, grâce à Dieu ! Un philtre d'amour ? Pas plus ? Qu'est-ce que Basilio a bien pu te faire pour que tu veuilles l'envoyer en prison ?

— Tout de suite les grands mots ! Et pourquoi pas le bûcher pendant que vous y êtes ? Je ne vous demande pas de faire passer le Roi de vie à trépas mais d'aider sa nature à rejoindre celle qui devrait être l'unique objet de ses soins ! Je suis persuadée qu'en rentrant au Louvre, il ira passer un moment dans son lit mais un moment ne suffit pas. Il doit y en avoir d'autres, et répétés, afin d'avoir une certitude... Et vous ne pouvez pas me refuser cela ! conclut Marie triomphalement.

Un triomphe auquel son interlocuteur n'éprouvait pas la moindre envie de s'associer, et son point de vue ne se fit pas attendre :

— Mais naturellement que Basilio va refuser ! Ce n'est pas parce qu'il connaît les plantes pour soulager les maux des pauvres gens... et des autres aussi, qu'il est capable de concocter n'importe quoi pour n'importe qui... Pour ce qu'il en sait, ce que tu réclames n'est pas à la portée du premier apothicaire venu !

— Mais vous n'êtes pas un apothicaire, vous êtes un homme de science que la Galigaï prisait fort. Après la mort de son médecin Montalto c'est vous qui soulagiez ses maux, n'est-ce pas ?

— Voilà le mot qui convient : Basilio soignait les terribles crises d'hystérie qui la ravageaient. Il fallait apaiser, tu comprends ? Apaiser ! Et tu me demandes le contraire ! C'est très dangereux, un philtre magique ! Ça Basilio le sait, et même pour quelqu'un en bonne santé. Ce qui n'est pas le cas de celui à qui tu le destines. Il a des intestins en toile d'araignée ! Et Basilio ne veut pas avoir sa mort sur la conscience...

— Que vous voilà donc prudent et précautionneux ! Mille tonnerres ! Maître Basilio ! A quoi vous sert de savoir lire dans les astres ? Tirez donc l'horoscope du Roi et vous verrez si un danger le menace !

— Il y a longtemps que c'est fait et Basilio peut te dire qu'il est sans cesse menacé. Quant à toi tu aurais intérêt à te tenir tranquille, Madame la Duchesse, sinon tu risques de déchaîner une nouvelle catastrophe.

— Vous voulez que je reste dans ma campagne à me tourner les pouces ? Mais j'enrage d'être ainsi confinée au fond des bois et des étangs pendant que la Reine a tellement besoin de mon aide !

— Tu n'y resteras pas ! Bientôt tu pourras jouir des rayons de ce soleil factice de la Cour que tu aimes tant... Cela devrait te suffire, il me semble ?

— C'est vrai ? s'écria Marie qui se sentit revivre.

— Ce que Basilio annonce est toujours vrai. Ta bonne étoile va te donner une nouvelle chance. A toi de ne pas en faire un désastre. Entoure ta Reine, aide-la à se rapprocher de son époux, à ramener la concorde dans ce ménage trop chaotique pour la paix du peuple. Voilà une tâche digne de toi... et ne te mêle pas de faire avaler n'importe quoi à ton souverain ! Ou alors accepte d'en payer le prix si tu passes outre à ma mise en garde !

Le ton du petit homme était si sombre que Marie, désagréablement impressionnée, sentit un frisson glacé parcourir son échine :

— Ce qui veut dire ?

— Que ton joli cou ne donnerait guère de peine à l'épée du bourreau !

Chacun des mots de Basilio pesait le poids de ladite épée et Marie savait d'expérience qu'elle avait tout intérêt à tenir compte des avertissements de son astrologue. Pourtant elle n'arrivait pas à se sentir vaincue : elle s'était quasi engagée à obtenir de Basilio la liqueur miraculeuse dont elle avait eu l'idée. De quoi aurait-elle l'air lorsqu'elle avouerait son échec ?

— Quelque chose encore qui ne va pas ? fit Basilio, voyant qu'elle restait immobile et muette.

Elle lui lança un regard lourd de rancune :

— Comment voulez-vous que ça aille quand je vais devoir avouer aux personnes qui ont mis leur espoir en moi, en vous, que j'ai été incapable d'obtenir ce que j'ai annoncé...

Elle avait l'air tellement déconfit que Basilio éclata de rire :

— Toujours le paraître, hein ? Toujours en point de mire des autres ? Tu es incorrigible, Madame la Duchesse ! Mais comme j'ai peur que tu ne te livres à je ne sais quelle sottise dès que tu seras sortie d'ici, Basilio va te préparer... un remède.

— Mais... vous disiez ?

— Et je n'ai pas changé d'avis. L'important est que tu rapportes un flacon décoratif un peu mystérieux avec des consignes d'emploi très compliquées. Quant à ce qu'il y aura dedans, cela ne risquera pas de faire de mal à qui que ce soit. Servi dans un vin capiteux, cela aura au moins un effet euphorisant et personne ne pourra t'en vouloir si le résultat n'est pas absolument ce que l'on attendait. Il est même possible que ton roi s'en trouve mieux que tu ne crois... Tu restes ici cette nuit ?

— Oh ! oui ! J'aime cette maison...

— Alors demain tu ne rentreras pas les mains vides. Toi, tu ne croiras pas aux vertus que cette liqueur n'aura pas mais les autres y croiront. Et c'est ce qui compte...

Il allait tourner les talons, elle le retint par un pan de sa robe noire :

— Encore un mot ! Je vais vraiment rentrer en grâce ?

— Tout l'indique...

— Ce qui veut dire que le roi Charles d'Angleterre se sera montré une fois encore un parfait ami ? Je n'en ai jamais douté.

— Tu as tort d'en être aussi sûre parce que, cette fois, ce n'est ni l'amour de ton époux ni l'amitié qui vont jouer en ta faveur. C'est même le contraire...

— Le contraire ?

— Eh oui ! Le secours viendra d'ailleurs parce qu'on aura besoin de toi. Ce sont des choses qui arrivent...

Il fut, bien entendu, impossible d'en tirer davantage. Confiante néanmoins dans les prédictions de son mage, Marie, par exception, mit son esprit en vacances et prit plaisir à se retrouver pour quelques heures dans ce petit château qui avait ses préférences avant que Dampierre ne lui soit donné. Elle le fit découvrir à sa jeune suivante. Le soir venu, toutes deux s'attardèrent au jardin puis dans la chambre de la Duchesse devant la belle cheminée de porphyre où des bûches flambaient avec une bonne odeur sylvestre. Assises sur le tapis, pieds nus et en vêtement de nuit, elles bavardèrent en buvant du vin d'Alicante, Marie trouvant un plaisir nouveau à jouer à la grande sœur avec cette petite cousine dont elle découvrait au cours des jours la qualité. Cette nuit-là, elle évoqua pour elle l'ombre de Leonora Galigaï comme si c'était la chose la plus naturelle. Et en fait ce l'était puisqu'à entendre Basilio, le douloureux fantôme avait cherché refuge à Lésigny.

— Je crois qu'on en parlait dans tout le royaume et même au-dehors, dit Herminie. Chez nous, en Lorraine, on racontait que c'était un monstre, une sorcière maléfique qui s'était emparée de l'esprit de la reine Marie. On la disait laide et contrefaite...

— Contrefaite non mais laide sans doute. Ce dont elle a souffert sa vie durant et d'autant plus qu'elle aimait avec passion un époux qui, lui, était fort beau. C'était elle l'âme du couple et, avec le temps – je n'étais qu'une enfant à l'époque et m'intéressais peu à ces gens ! – j'ai fini par comprendre que sans elle, Concino Concini n'eût jamais été rien d'autre qu'un bellâtre cupide, habile à se servir des femmes, un joueur sans scrupules, un rufian déguisé en grand seigneur et qui n'avait pas assez d'intelligence pour retenir ses insolences et rendre à la majesté royale ce qui lui était dû. Tant que le roi Henri vivait il n'osait pas trop se montrer, mais après le couteau de Ravaillac on a vu de quoi il était capable et si le jeune roi s'est mis à le haïr, Concini avait fait ce qu'il fallait pour ça. Aussi a-t-il eu le sort qu'il méritait. Quand le peuple l'a mis en morceaux, il n'y a eu que Marie de Médicis pour le pleurer... et Leonora ! Elle avait vécu pour lui : elle est morte de lui car le peuple a reporté sur elle toute la haine accumulée pendant des années. Lui a connu quelques instants de souffrance : elle a gravi un cruel chemin jusqu'à l'échafaud de la place de Grève où la Reine Mère l'a laissée monter sans tenter quoi que ce soit pour adoucir son calvaire en souvenir de leur jeunesse, des jardins de Florence où elles couraient enfants et de tous ces jours vécus côte à côte...

— Vous en parlez comme si vous l'aviez aimée ? remarqua Herminie.

— Pas lorsqu'elle était vivante. Je l'ai plainte alors et c'est après que je me suis attachée à elle. C'est à moi que l'on a donné la totalité de ses biens les plus chers : ses joyaux, sa maison... Alors, parfois, je fais dire une messe dans l'espoir que son âme trouvera enfin le repos.

— Vous ? Des messes ? Mais je pensais que...

— ... j'étais une sorte de mécréante ne croyant pas à grand-chose ? C'est un peu vrai dans un sens mais pas complètement. Il m'arrive d'éprouver certains élans...

— Jamais de... regrets ?

Marie ne répondit pas tout de suite. Elle observa un instant le reflet du feu à travers le vin doré de sa coupe et soupira :

— Cela sert à quoi, les regrets ?

Ayant dit, elle vida son verre d'un trait, s'étira puis, se relevant :

— Assez philosophé pour ce soir ! Allons dormir...

Au matin, emportant au fond de son aumônière un flacon emmailloté de paille tressée, elle rentrait à Dampierre pour y attendre avec une confiance mitigée la réalisation des prédictions de Basilio, sans se douter que le destin s'apprêtait lentement à travailler pour elle.

Dans les premiers mois de cette année 1629, les armes de la France dans les Alpes enneigées venaient de connaître le succès. La décisive victoire du Pas de Suse remportée par le Roi en personne avait remis le duc de Savoie dans le droit chemin, libéré Casal dont les Espagnols avaient dû lever le siège, et affermi le nouveau duc de Mantoue dans ses droits. La paix offerte n'avait rien d'humiliant et s'efforçait au contraire de resserrer les liens de famille puisque la princesse de Piémont, épouse de l'héritier de Savoie, n'était autre que Christine, la sœur de Louis XIII.

Ce grand succès acquis et Casal confiée à la garde du maréchal de Toiras, le héros de La Rochelle, le Roi et, évidemment, le Cardinal revinrent en France pour mettre bon ordre à la dernière révolte des protestants en Languedoc... En quelques semaines tout fut réglé et le traité de pacification, la Grâce d'Alès, était signé, rétablissant l'Edit de Nantes dans sa pleine autorité mais supprimant les privilèges politiques et militaires des réformés. Le Roi pouvait rentrer à Paris après avoir invité le duc de Rohan, l'inusable trublion, à s'en aller voir hors de France si l'herbe était plus verte.

Le Cardinal s'attarda dans le Midi afin de procéder à la remise en ordre administrative. Claude de Chevreuse était rentré au logis à la suite du Roi.

Bien que Marie lui eût réservé l'accueil convenant à un époux lorsqu'il revient de guerre, surtout quand cette guerre s'est terminée par une victoire, elle constata qu'il n'avait pas l'air dans son assiette et même que toutes ces louanges, tous ces débordements d'affection paraissaient le gêner. Et comme elle n'était pas femme à garder sa lumière sous le boisseau, elle posa carrément la question :

— On peut se demander quelle tête vous feriez si nos armes avaient subi une défaite. Au lieu de vous réjouir on dirait que vous venez de porter en terre toutes vos espérances ? Vous vous êtes honorablement battu, je suppose ?

— Oh ! oui... et notre Sire m'en a témoigné sa satisfaction à maintes reprises !

— Eh bien, alors ? Vous devriez être content ?

— Et pourtant je ne le suis pas ! Je me sens même honteux de cette gentillesse dont vous me comblez.

— Allons bon ! Voilà autre chose ! Je suis gentille pour la simple raison que je suis heureuse de vous voir de retour sans une égratignure, ce qui est normal quand quelqu'un vous est cher !

— Certes, certes ! Mais c'est justement votre affection si touchante qui me rend malheureux parce que je vais vous décevoir...

— En quoi ?

Claude poussa un énorme soupir, alla se servir un gobelet de vin sans doute pour se donner du courage et enfin déclara :

— En ce que je ne rapporte pas votre grâce comme je l'espérais... et comme vous étiez en droit de l'attendre du succès de mes armes. Et cette fois, le Roi ne m'a pas laissé d'espoir même après que j'eus repris une redoute espagnole presque à moi seul !

— Ah !

— Il m'a embrassé avec énormément de chaleur et avec une larme dans les yeux mais quand j'ai ouvert la bouche pour lui demander la seule récompense que j'attendais de lui, il m'a devancé : « Mon pauvre Chevreuse, m'a-t-il dit en me prenant par le bras, je sais que ce qui te ferait le plus plaisir serait que je lève l'exil de ta Duchesse mais je ne peux pas me résoudre à respirer le même air qu'elle. C'est une femme trop dangereuse... » Et comme je me hasardais à évoquer l'amitié du roi Charles d'Angleterre, il m'a répondu qu'en effet son ambassadeur vous avait mentionnée dans les diverses clauses de paix entre les deux royaumes et que c'était justement l'importance qu'on vous donnait dans d'aussi grandes affaires qu'il ne pouvait admettre.

— Autrement dit, l'étendue de cette amitié a joué contre moi ?

— J'en ai peur !

— Et la reine Henriette-Marie ? A-t-elle joint ses prières à celles de son époux ?

— Pas que je sache.

— Voilà bien l'ingratitude des souverains ! Tant que ce pauvre Buckingham entretenait la zizanie dans son ménage, nous étions vous et moi les meilleurs intercesseurs du monde mais comme l'harmonie est revenue à présent, il n'y a plus aucune raison de me ménager. N'importe ! Tout cela n'a guère d'importance et je n'ai plus besoin d'eux !

— Comment cela ? Et comment l'entendez-vous ?

— De la façon la plus naturelle qui soit ! Je sais que mon exil pourrait prendre fin dans un avenir assez proche sans que j'aie trop à me soucier de me répandre en grands mercis.

Claude écarquilla les yeux, regarda sa femme comme s'il doutait de sa raison et s'en prit à sa moustache qu'il tirailla un moment d'un air pensif puis, toussotant pour s'éclaircir la voix :

— Seriez-vous sorcière ? fit-il mi-figue mi-raisin.

— Et pourquoi pas ? C'est dans les campagnes qu'elles abondent et voilà des mois que je suis devenue campagnarde ! Allons souper !

Là-dessus, elle éclata de rire, le prit par le bras et l'entraîna vers la table que l'on venait de servir. La soirée se déroula agréablement. Marie fut d'une humeur charmante, ce qui soulagea beaucoup le malheureux Claude. L'attitude si nouvelle de sa femme l'enchantait. Ne croyant guère à l'invraisemblable prédiction qu'elle lui avait délivrée, il commençait à envisager une suite de jours paisibles sur ses terres en compagnie d'une épouse qui semblait ne plus songer qu'à lui plaire. Aussi se crut-il le jouet d'un mauvais rêve quand, au dessert, tout en picorant les grains dorés d'une grappe de raisin, elle lui demanda quand il comptait rejoindre la Cour...

— Rejoindre la Cour ? s'étrangla-t-il. Mais pour quoi faire ?

— Cela tombe sous le sens : y tenir votre rang... notre rang.

— Mais Marie, vous oubliez que vous êtes frappée d'exil ?

— Pas vous, que je sache ! Or, il me paraît de la première importance qu'on vous y voie, vous. D'autant plus que le Roi vous garde son affection. Il pourrait même être heureux d'imaginer que vous pourriez le préférer à moi.

— Qui, vous connaissant, le croirait ?

— C'est galant et je vous en remercie, mais il vous faut comprendre que nous faire oublier serait la pire des fautes ! Il faut que l'on vous remarque dans la chambre du Roi, à sa table, à la queue de son cheval lorsqu'il chasse. Et surtout montrer un visage aimable, souriant... Vous êtes auprès du maître que vous aimez et c'est pour vous le principal. Votre épouse est de moindre importance. Ayant commis des fautes elle en subit la juste punition en tournant vers Dieu les regrets de ses fautes et de ses folies. Quoi de plus naturel ? Je dirais même de plus respectable ? Madame de Chevreuse est entrée dans la repentance et vous mettez votre point d'honneur à poursuivre votre service auprès du Roi. Vous comprenez ?

— Certes, certes ! Présenté de la sorte, il semblerait que ce soit la bonne attitude à adopter mais...

— Pas de mais, mon ami, si vous voulez tout savoir, il m'est nécessaire, à moi, de vous savoir là-bas.

— Mais pour quelle raison ?

— Vous savez combien je suis attachée à la Reine et combien je me soucie de son sort. Elle est entourée d'ennemis, souvent en butte à de mauvais conseillers. Que ce soit la Reine Mère ou Monsieur, c'est à qui fera de son mieux pour lui rendre la vie impossible et jusqu'à présent ils n'ont que trop bien réussi à jeter le ménage royal dans toutes les ornières possibles...

— Il me semble que vous y avez contribué plus ou moins, vous aussi, remarqua Chevreuse qui n'était pas totalement dépourvu de mémoire.

— Je ne dis pas non mais les temps ont changé, ainsi que les gens, et je vous assure que si j'avais pu effectuer mon retour, j'aurais tenu les mains avec le maximum de mes forces au rapprochement du couple royal. Il faut que le Roi cesse de se défier de son épouse, qu'il la visite plus souvent...

— Peut-être avez-vous raison, mais à quoi pensez-vous ?

— A ceci : le royaume aura la paix et nous les Grands pourrons combattre plus efficacement ce maudit Richelieu qui est notre ennemi quand la Reine, enfin, aura conçu et donné un héritier. Vous êtes proche de Louis XIII... et vous devez pouvoir œuvrer dans ce sens.

— Je ne demande pas mieux mais je ne vois pas comment ? Vous n'essayez quand même pas de me faire comprendre que je dois renouveler l'exploit du défunt Luynes votre premier époux qui, un beau soir, a pris le jeune Roi sous son bras pour le porter tout gigotant au lit de sa femme ? Nous n'avons plus, l'un et l'autre, l'âge de ces gamineries...

— C'est dommage. Néanmoins, vous pourriez agir de façon différente.

— Laquelle ?

— Je vous le dirai plus tard parce qu'il me faut réfléchir encore. Pour le moment, allez reprendre votre place, montrez-vous agréable et – pourquoi pas ? – indispensable en tant que bon compagnon. Ce que vous ferez à merveille. Et surtout, surtout tenez-moi au fait de quelque événement dont vous pourriez être le témoin. En un mot : soyez mes yeux et mes oreilles...

La nuit qui suivit acheva de convaincre Chevreuse, point trop mécontent au fond de prendre à nouveau sa part de la vie captivante de la Cour et de retrouver ses habitudes urbaines. L'été allait vers sa fin et il ne serait pas fâché de se réinstaller dans son bel hôtel de la rue Saint-Thomas-du-Louvre et de le ramener à une vie mondaine disparue au moment de la fuite de Marie vers la Lorraine. En dehors des chasses, la campagne en hiver n'avait rien de fort récréatif. Aussi, dès le lendemain Claude rejoignait-il Fontainebleau où le Roi, à son retour de la guerre, avait retrouvé les Reines. Les Chevreuse y possédaient un hôtel agréable où le Duc ne fit que toucher terre : enchanté de se voir préféré aux charmes ensorcelants de la belle Marie, le Roi logea auprès de lui ce compagnon dévoué et sans malice qui devait lui sembler reposant...

On était alors au début du mois de septembre et la Cour attendait le retour du cardinal de Richelieu dans une atmosphère étrange où s'agitaient les sentiments les plus divers : le Roi avec impatience, la Reine avec une inquiétude mitigée de crainte et d'espérance dans les plans que ne cessaient d'ourdir Madame de Chevreuse et l'ambassadeur d'Espagne, et Marie de Médicis avec la mauvaise humeur permanente qu'entretenait chez elle un entourage ultramontain farouchement hostile à la politique du Ministre et mené par le cardinal de Bérulle.

Le 14 septembre, le Roi se mit en chemin pour aller au-devant de Richelieu qui revenait par la route du sud. C'était là une faveur inouïe qui donna beaucoup à penser, plus encore à commenter. La rencontre se fit à Nemours et avec une chaleur à laquelle Louis XIII n'avait pas habitué ses contemporains : il descendit de cheval tandis que le Cardinal quittait son carrosse, et les bras ouverts marcha vers lui pour l'embrasser :

— Quelle joie de vous revoir enfin, Monsieur le Cardinal ! Vous ne sauriez croire à quel point vous me manquiez !

— Ce sont paroles bien douces à entendre, Sire ! Votre Majesté ne saurait croire combien elles sont précieuses et encourageantes pour son plus fidèle serviteur !

— Donnez-moi des nouvelles de votre santé ! Les fortes chaleurs du Languedoc ne l'ont point trop incommodée ?

— Point trop et le bonheur de servir le Roi et le royaume a toujours été pour moi le meilleur des remèdes. Grâce à Dieu le royaume est en paix à présent et le restera...

— Nous l'en remercierons ensemble ! Rentrons maintenant !

Comble d'honneur, Louis XIII tint à monter dans la voiture de son Ministre afin de pouvoir parler plus commodément – et surtout sans témoins ! – tandis que l'on regagnait Fontainebleau. Richelieu y reçut l'hommage de toute la Cour, salua Anne d'Autriche qui lui offrit une main languissante et un sourire contraint. Puis, remarquant l'absence de la Reine Mère, il s'inquiéta de sa santé et se dirigea vers son appartement avec ce naturel que donne l'habitude.

Elle y était en effet : debout en grand habit, au milieu de son salon doré à demi plein de ses familiers, elle bavardait avec Bérulle et les frères Marillac, le Chancelier et le Maréchal. Aucun des trois n'était un ami de Richelieu même au temps où tous appartenaient à la maison de la Reine Mère. Il y avait beaucoup d'animation autour du groupe mais quand le Cardinal franchit le seuil, un silence se fit. Tout le monde se tourna en même temps vers la porte où, un instant, Richelieu s'immobilisa tandis que son regard vif parcourait l'assemblée. Son extrême acuité nerveuse lui faisait flairer quelque chose d'anormal, une sorte de danger. Néanmoins, levant haut la tête, il s'avança jusqu'à la Reine Mère devant laquelle, le sourire aux lèvres, il s'inclina profondément :

— Me voici, Madame, infiniment heureux d'être admis à présenter mes hommages à Votre Majesté...

Les paroles moururent sur ses lèvres quand, se redressant, il vit en face de lui le lourd visage de la Florentine qui semblait changé en pierre. Seuls, les yeux bleus à fleur de tête flambaient de fureur mais elle ne dit pas un mot. Levant une main à la hauteur de son visage, elle fit mine d'étouffer un bâillement puis, virant sur ses talons, tourna carrément le dos au Cardinal...

Celui-ci devint blême sous l'outrage. Les ailes minces de son nez se pincèrent. Un bref regard lui montra les visages réjouis des témoins de son humiliation. Il n'insista pas, salua brièvement et sortit à pas rapides tandis qu'éclatait derrière lui une explosion de joie de très mauvais goût. Parvenu au bas du degré, le Cardinal furieux et humilié n'hésita qu'un instant et, au lieu de gagner le cabinet de travail qu'il avait au château, remonta en voiture et rentra chez lui, dans la maison qu'il s'était fait construire à deux pas.

D'abord, il se rendit dans son oratoire et y pria un

moment afin de laisser à son sang le temps de s'apaiser puis, après avoir ordonné qu'on ne le dérange pas, il s'assit à sa table de travail et écrivit deux lettres : l'une pour le Roi, l'autre pour la Reine Mère mais qui toutes deux exprimaient son désir de se retirer. A Louis XIII, il disait qu'étant donné la place prépondérante qu'occupait au Conseil la mère du Roi, récemment encore Régente du royaume, il ne pensait pas pouvoir continuer son œuvre en désaccord avec elle. A la Médicis, il exprimait sa surprise d'un traitement aussi insultant, n'ayant jamais eu conscience de ne pas gouverner avec son plein accord et n'ayant jamais cherché qu'à la bien servir, en toutes choses... Après quoi, ses deux épîtres remises à un courrier, il prit médecine et alla se coucher, autant pour se remettre des fatigues du voyage que pour réfléchir plus commodément. Le contraste entre les divers accueils qu'il venait de recevoir était par trop évident et l'insulte suivait de trop près le triomphe. Jusqu'à présent, la vieille mégère couronnée l'avait soutenu et il reconnaissait volontiers lui être redevable de sa carrière politique mais si, maintenant, elle devait se dresser contre lui – et faire ensuite ce qu'il faudrait pour que son fils partage ses vues à brève échéance –, il devrait naviguer avec une prudence extrême. Il ne doutait pas, en effet, que Louis XIII refuse sa démission, et cela promettait des séances particulièrement houleuses à un Conseil qui allait se partager en deux et qui, enlisé dans ses querelles, se révélerait vite ingouvernable. A moins que le Roi ne fasse preuve de plus d'autorité. C'était là que le bât blessait : accepterait-il de se dresser contre sa mère au bénéfice de son Ministre ? Car en ce qui concernait celle-là, Richelieu ne se faisait guère d'illusions : tant qu'on la caressait dans le sens du poil, elle ronronnait comme une grosse chatte mais, têtue, bornée et vindicative, elle ne pardonnait jamais aucune offense... Surtout celles que lui présentait son imagination. C'était ce qui était le plus grave, car le Cardinal ne lui avait jamais manqué en quoi que ce soit et avait au contraire pris grand soin de toujours la bien servir.

Au bout d'un moment il quitta son lit, se dirigea vers une armoire dissimulée dans un mur, semblable à celles qu'il faisait construire dans chacune de ses résidences pour des papiers secrets, y prit un coffret en fer dont la clé ne quittait pas son cou. Il renfermait quelques lettres jaunies dont la moindre pesait le poids exact de la hache du bourreau. Ces lettres, le Cardinal les avait fait récupérer chez une ancienne fille d'honneur de Marie de Médicis qui était aussi sa cousine par Isaac de Laffemas, son maître des « basses œuvres », autrement dit l'homme des vilaines besognes. Le sang avait coulé pour les obtenir mais elles avaient tant de prix que le Cardinal préférait oublier ces circonstances fâcheuses : elles représentaient pour lui la dernière sauvegarde au cas où la Médicis l'emporterait dans la guerre qu'elle venait de lui déclarer. A moins qu'elles ne précipitent sa chute à lui s'il venait à s'en servir afin que disparaisse l'un de ces secrets royaux si lourds à porter.

Après en avoir relu deux, le Cardinal les remit soigneusement en place. L'accueil exceptionnel que lui avait réservé le Roi lui laissait espérer que celui-ci se rangerait à son côté... Le mieux pour le moment était d'attendre aussi calmement que possible l'effet de ses lettres de démission.

Ce dernier dépassa presque ses espérances. Le Roi jeta feu et flammes et reprocha durement à sa mère d'avoir osé s'en prendre à l'homme le plus indispensable du royaume. La Reine Mère entra du coup dans une de ces fureurs dont elle avait le secret et qui transformait alors son appartement en une sorte de marché arabe vociférant... Pendant une grande heure, elle cracha le venin qu'elle emmagasinait depuis que Richelieu avait eu l'outrecuidance d'adopter une politique diamétralement opposée à la sienne. Elle l'accusa d'ingratitude, de fourberie, et aussi d'entraîner le roi de France sur le chemin de la damnation éternelle en osant se dresser contre le Pape. En outre, le misérable faisait le jeu des protestants maudits en tournant ses armes contre la très catholique Espagne qu'elle tenait pour chère à son cœur et dont elle lui avait fait épouser la fille...

— En ce cas, ma mère, expliquez-moi pourquoi, depuis ce mariage tant souhaité par vous, vous n'avez eu de cesse de me démontrer l'indignité d'une épouse que j'aurais chassée depuis belle lurette si je vous avais écoutée.

— Dans les meilleures maisons il y a des brebis galeuses et ce n'est la faute de personne. Et puisque nous en sommes à parler mariage, veuillez vous rappeler aussi, Sire mon fils, que cet homme a eu le front de se mêler de nos affaires de famille en favorisant le penchant de votre frère pour cette fille de Gonzague, allant même jusqu'à vous pousser à une guerre afin d'assurer le trône de Mantoue à son père. Oui, il a osé alors qu'il savait à quel point j'étais hostile à ce mariage...

— Vous vous égarez, Madame ! En assistant le prince de Gonzague et en obligeant vos amis espagnols à libérer Casal, le Cardinal et moi-même n'avons jamais eu en vue ce mariage qui ne me plaît pas plus qu'à vous mais bien l'équilibre du royaume par la possession de places importantes. A ce propos, vous devriez être la dernière à me faire souvenir que vous avez abusé de vos pouvoirs de régence en faisant incarcérer cette pauvre jeune fille et sa tante au donjon de Vincennes et que...

Un ricanement sauvage de la Florentine lui coupa la parole :

— J'ai fait ce que je devais faire, je me suis comportée en reine plus que vous en roi puisque vous laissez votre Ministre agir à votre place et qu'il a eu l'impudence de libérer ces deux femmes...

— Ce n'est pas lui qui les a fait sortir de prison, Madame ! C'est moi... à la demande de mon frère, indigné à juste raison du traitement infligé à des innocentes !

— Vraiment ? En ce cas votre frère devrait vous être reconnaissant ? Alors expliquez-moi pour quelle raison il est enragé de colère contre ce maudit Cardinal ? Au point qu'il songerait, m'a-t-on laissé entendre, à se réfugier à Bruxelles afin de...

L'entrée soudaine du duc de Bellegarde, Grand Ecuyer de France et fort ami de Gaston d'Orléans, interrompit un instant la joute oratoire. Il en demanda excuses sur l'importance de la nouvelle qui l'amenait :

— Il importait, dit-il, que Vos Majestés apprennent sur l'heure que Monsieur est parti...

— Là ! triompha la Reine Mère. Qu'est-ce que je disais ? Voilà votre frère passé chez ceux en qui vous vous obstinez à voir des ennemis.

Bellegarde se mit à tousser, ce qui lui permit de reprendre la parole :

— Que Votre Majesté me pardonne, Madame, mais je n'avais pas fini : Monsieur est parti, certes, mais pas pour les Pays-Bas.

— Où est-il ? demanda le Roi.

— En Lorraine. Il est allé demander l'hospitalité au duc Charles !

— Qui n'est pas plus de nos amis que l'infante Isabelle-Claire-Eugénie ! Savez-vous si Mademoiselle de Gonzague l'accompagne ?

— Je ne le pense pas, Sire ! Aux termes de la lettre que Monsieur a bien voulu me faire tenir, il dit qu'il est excédé que l'on se mêle constamment de ses affaires et qu'il entend les mener désormais à sa guise...

Du coup Marie de Médicis régala ses interlocuteurs d'une magistrale crise de nerfs avec larmes, imprécations et prise à témoin du Ciel de tout ce que cette pauvre mère était condamnée à souffrir par des fils sans entrailles dont le but inavoué était de la mener au tombeau par les moyens les plus rapides. On s'empressa autour d'elle, on appela ses femmes qui l'emportèrent à sa chambre avec des soins infinis, on la coucha avant d'appeler médecin et chapelain afin qu'ils vinssent apporter les secours dont ils disposaient à si grande affliction. Pendant ce temps, le Roi regagnait son cabinet où il fit appeler le Cardinal.

Celui-ci était déjà au courant de ce qui venait de se passer et s'en montrait soucieux :

— Je cherche en vain, Sire, en quoi j'ai pu offenser la Reine Mère à qui j'ai toujours montré reconnaissance et affection. Il me semble avoir fait de mon mieux pour la servir...

— ... jusqu'à ce que vous choisissiez de servir d'abord le Roi et la France, ajouta Louis avec une mélancolie qui toucha son Ministre. Ma mère a toujours exigé d'être première servie, le reste ne l'intéresse pas. Il faudra cependant qu'elle accepte de se réconcilier avec vous.

— Je doute qu'elle accepte, Sire. C'est pourquoi ma démission me semblait la meilleure solution...

— Pas pour moi, Monsieur le Cardinal, pas pour moi. Et la couronne c'est moi qui la porte. Veuillez vous en souvenir !

— Je n'aurai garde de l'oublier, conclut Richelieu en saluant profondément.

Dans les jours qui suivirent, Louis XIII fit en sorte que tous, à sa cour et dans le royaume, eussent une claire idée de l'estime qu'il lui portait. Richelieu reçut officiellement le titre de premier des Ministres dont il exerçait les fonctions. On lui offrit plusieurs bénéfices et son frère Alphonse, le chartreux, se retrouva archevêque d'Aix et plus tard de Lyon, coiffant en même temps le chapeau de Cardinal.

Force fut à la Reine Mère d'accepter la réconciliation qu'exigeait son fils mais chacun savait bien, et Richelieu, le premier, qu'elle satisfaisait seulement aux apparences et qu'en fait son ancien serviteur n'avait plus à attendre d'elle que de mauvais procédés, d'autant plus dangereux sans doute qu'ils seraient plus sournois. Elle lui en voulait même de la mort subite de son plus fidèle soutien qui était aussi l'ennemi le plus acharné de Richelieu : le cardinal de Bérulle mourut de façon si providentielle que d'aucuns y virent le doigt de Dieu, d'autres, au premier rang desquels était la Florentine, la main discrète du Ministre.

Sachant qu'il ne pouvait plus espérer le moindre appui de ce côté, celui-ci pensa qu'il serait peut-être bon pour lui de se chercher d'autres alliés dans la famille royale et que la Reine – toujours tellement malmenée par sa belle-mère – lui serait peut-être reconnaissante de s'intéresser à son sort et de lui offrir l'aide dont elle manquait si cruellement et depuis tant d'années.

Songeant qu'il y avait peut-être, à portée de sa main, un moyen simple de lui faire plaisir, le Cardinal fit prier Claude de Chevreuse de vouloir bien lui rendre visite. Quelques jours plus tard, Marie, ivre de bonheur, apprenait sa rentrée en grâce pleine et entière :

sa place auprès de la Reine lui était rendue ! Basilio avait eu raison sur toute la ligne... Le salut lui était venu d'où elle ne l'attendait pas.

Elle en pleura de joie, puis se hâta de faire préparer ses coffres...

CHAPITRE V

UN CADEAU POUR LA REINE

C'était Noël et le Cardinal donnait une fête dans l'hôtel, proche de la porte Saint-Honoré, qu'il avait acheté quelques années plus tôt au Secrétaire d'Etat Forget du Fresne en prévision de ce qui venait de se passer : sa rupture avec la Reine Mère, ce qui lui rendait impossible le séjour du Petit Luxembourg, autrement dit une position de repli. Ce n'en était pas moins une fort jolie demeure bien qu'il la jugeât trop exiguë. Son nouveau titre de premier des Ministres lui faisait désirer davantage d'espace aussi ne cachait-il pas son intention de la faire prochainement agrandir afin d'obtenir une sorte de palais digne de sa grandeur et de celle du Roi. Il avait déjà commandé à Lemercier les plans de ce qui serait bientôt le Palais-Cardinal [1], nanti des beaux jardins que Son Eminence appréciait par-dessus tout.

Pour ce soir-là, cependant, le faste déployé compensait l'exiguïté – relative ! – de la demeure éclairée a giorno par des milliers de chandelles et de lanternes que reflétaient d'immenses miroirs. Il y aurait comédie

1. Aujourd'hui Palais-Royal.

– *Mélite* d'un illustre inconnu nommé Corneille – jouée par la troupe de Charles Lenoir et de Mondory [1], musique, ballet et enfin un festin comme il convenait d'en offrir lorsque l'on avait l'honneur de recevoir le Roi et les Reines et une partie de la Cour triée sur le volet : celle qui avait le plus de chance de plaire à Leurs Majestés Louis XIII et Anne d'Autriche, au premier rang de laquelle rayonnait Madame la duchesse de Chevreuse dont c'était le retour.

En fait, celle-ci constituait la surprise de la soirée, le cadeau de Noël que le Cardinal avait réservé à la Reine. Nul n'était au courant et quand elle descendit de carrosse, éblouissante en velours noir et satin blanc constellé de diamants, suivie de son époux, un murmure flatteur la précéda dans l'escalier au bas duquel le Cardinal vint l'accueillir en personne :

— Vous rayonnez, ce soir, Madame la Duchesse. Merci d'embellir de votre grâce et de votre beauté cette modeste demeure...

— Si vous souhaitiez à ce point ma présence, Monsieur le Cardinal, que ne l'avez-vous réclamée plus tôt ?... fit-elle en riant.

— J'ai préféré attendre ce soir qui est celui de la plus douce des fêtes, celle où la Nativité de Notre-Seigneur invite tous les hommes à oublier le passé et à vivre en bonne intelligence.

— L'idée est jolie mais... le Roi la partage-t-il ?

— S'il ne l'avait pas partagée, la réalisation en eût été impossible. Et moi je me réjouis de pouvoir vous ramener à celle qui depuis des mois ne cesse de vous regretter, de vous réclamer...

— La Reine ne sait pas...

— Non. Le secret a été scrupuleusement gardé. Par vous aussi, j'espère ?

1. Qui allaient composer le Théâtre du Marais.

— N'en doutez pas ! C'est une grande minute que vous m'offrez là, Monseigneur. Je l'ai attendue dans la fièvre et je saurai m'en souvenir...

Quelques instants plus tard, toujours menée par Richelieu, Marie offrait au couple royal la plus parfaite des révérences. En même temps, son guide disait :

— Plaise à Leurs Majestés de recevoir en grâce Madame la duchesse de Chevreuse qui, après une longue absence, brûle du désir de servir à nouveau de tout son cœur nos bien-aimés souverains !

A vrai dire, le visage immobile de Louis XIII ne s'illumina guère. Il salua de la tête en marmottant une vague bienvenue mais sa femme fut incapable de réprimer son émotion. Avec une exclamation de joie, elle tendit à son amie retrouvée ses deux mains que celle-ci baisa agenouillée, avant de la relever pour l'embrasser :

— Quel beau Noël vous m'offrez là, Monsieur le Cardinal ! Soyez-en remercié... ainsi que vous, Sire mon époux !

— Vous me voyez heureux de vous faire plaisir, Madame, nasilla ce dernier. Espérons seulement que nous n'aurons pas lieu de le regretter... ni vous non plus mon cousin, ajouta-t-il à l'adresse de Chevreuse qui se tenait derrière elle.

Ce fut ce moment que choisit Marie de Médicis pour faire son entrée, délibérément en retard afin que les assistants fussent conscients qu'elle était de beaucoup le personnage le plus important. Naturellement, elle était d'une humeur de chien d'avoir constaté que Richelieu ne patientait pas au milieu de la cour pour l'accueillir à sa descente de voiture. Cela ne s'arrangea pas en découvrant auprès de qui il se trouvait :

— Par tous les diables ! Qu'est-ce que cette mijaurée fait ici ? Si c'est vous qui l'avez rappelée, mon fils, vous avez fait une fière sottise ! Je ne lui donne pas huit jours pour mettre votre ménage cul par-dessus tête !

— Monsieur le Cardinal nous a fait part du repentir de Madame de Chevreuse et il nous est apparu que ce soir de Noël était bien choisi pour oublier le passé...

— Oublier le passé ? Comme si vous en étiez capable, mon fils ?

— Il me semble vous en avoir déjà donné des preuves, ma mère... au temps où vous vous étiez mis en tête de me faire la guerre ?

L'escarmouche menaçait de tourner au vinaigre. Marie audacieusement s'en mêla :

— Madame, Madame, plaida-t-elle en offrant à la vieille dame sa révérence et un ensorcelant sourire. C'est Noël ce soir ! Nous devrions nous soucier seulement de chanter la gloire de l'Enfant-Dieu... et de faire honneur à ce que nous prépare Monsieur le Cardinal ! Il serait dommage de gâcher si jolie fête.

La Reine Mère darda sur elle son œil de porcelaine turquoise sans reflets :

— Mais ma parole, te voilà devenue son amie, Maria ? Ce n'est quand même pas ton voyage en Lorraine qui a accompli ce miracle ? Le duc Charles l'exècre et je vous croyais d'accord là-dessus ?

— Sur une vitre de Chambord, le roi François Ier a écrit : « Souvent femme varie... » C'est donc un privilège féminin et il serait par trop injuste de répondre par l'ingratitude à un geste qui comble mes désirs les plus chers.

— Pas les miens ! Et, tout compte fait, ce que je vois céans est misérable ! Mon carrosse ! Je rentre au Luxembourg...

Personne n'eut le courage de s'opposer à son départ.

Même le Cardinal, bien obligé de la raccompagner jusqu'à sa voiture. Il eut cependant la satisfaction, en remontant, de constater que l'atmosphère s'était considérablement détendue, grâce en grande partie à Madame de Chevreuse dont la joie était communicative. La comédie et le ballet furent fort applaudis, après quoi l'on passa à table où le Cardinal tint à présenter lui-même au Roi et à la Reine le plat principal, ce qui fut jugé du dernier galant, ainsi que le fit remarquer Louise de Conti quand, le repas achevé, elle rejoignit son amie. Les deux femmes ne s'étaient pas vues depuis des mois, elles étaient ravies de se retrouver.

— Qui aurait dit que je vous verrais un jour devenue l'invitée privilégiée du Cardinal ? fit Louise en riant. J'espère que vous savez à qui vous devez cet étonnant retour d'événements ?

— Son Eminence me l'a laissé entendre au cours d'un entretien que nous avons eu, elle et moi, il y a peu. Notre hôte, profondément choqué par l'attitude si nouvelle de la Reine Mère qui semble l'avoir pris en grippe, estime qu'il faut l'empêcher à tout prix de reprendre sur le Roi son ancienne influence, et il ne m'a pas caché qu'il souhaite se rapprocher de la Reine. D'où un retour qui m'enchante...

— Qui nous enchante tous, ma chère, et à commencer par la Reine ! Il y a longtemps que je ne lui ai vu ce visage souriant. D'autant que la reconnaissance envers le Cardinal ne lui sera pas trop pesante. A vous non plus d'ailleurs...

— Pourquoi ?

— Parce que, avant la fin de l'année, Son Eminence nous aura quittés.

— Il va mourir ? Il n'a pourtant pas l'air malade...

— La campagne vous aurait-elle rendue un peu simplette, ma chère « sœur » ? Il n'est pas malade le moins du monde mais le Roi vient de le nommer Lieutenant général des armées que commandera en réalité le maréchal de La Force. Bassompierre me l'a dit hier : nous avons à nouveau des soucis en Italie où Casal se retrouve menacée ainsi que Mantoue, mais cette fois par les Impériaux. L'Empereur n'a pas admis que l'on intronise le nouveau duc de Mantoue sans sa permission. Le Roi ne pouvant s'absenter de Paris en ce moment, c'est le Cardinal qui part faire entendre là-bas la voix de la France...

— Mais c'est une excellente nouvelle, ça ! exulta Marie. Le Roi séparé de son Ministre chéri sera peut-être mieux disposé envers la Reine – elle pensait évidemment à la potion de Basilio qu'elle n'avait eu garde d'oublier à Dampierre – sans compter qu'il serait possible de briser un morceau de cette belle entente qui pèse à tout le monde ici...

La Princesse éclata de rire :

— Incorrigible Marie ! Ce n'est pas la reconnaissance qui vous étouffe, à ce que l'on dirait ! Alors que vous êtes en quelque sorte la reine de la soirée, voilà que vous revenez déjà à vos vieilles rancunes ? Je vous croyais les meilleurs amis qui soient, le Cardinal et vous ?

— Il est bon qu'il le croie aussi et pour l'instant je n'ai aucune envie d'agir contre lui. Je vais seulement attendre de voir comment se dérouleront les événements. Au fait, pourquoi donc le Roi qui aime tant la guerre le laisse-t-il partir seul ?

— Parce qu'il a d'autres affaires à régler. Par exemple avec l'Angleterre où il s'agit de remettre les relations sur un plan plus... familial. Tenez ! Regardez avec qui mon « époux » est en grande conversation dans cette embrasure de fenêtre.

Bassompierre en effet causait avec un personnage

dont la tournure évoquait un souvenir à Marie malgré qu'il lui tournât le dos :

— Qui est-ce ? demanda-t-elle, mais la réponse lui vint aussitôt quand l'inconnu se détourna pour prendre un verre sur le plateau qu'offrait un laquais : Dudley Carleton ? murmura-t-elle. Mais pourquoi est-il là ?

— La même raison qu'il y a trois ans : apaiser les relations entre son Roi et le nôtre. Il est l'un de ceux qui ont signé le traité de paix... Mais que vous voilà pâle ? Ce Carleton ne vous a jamais été cher, que je sache ?

— Où est votre mémoire, Louise ? Avez-vous oublié qui l'accompagnait lors de sa dernière ambassade... et comment elle s'est terminée ?

La voix de Madame de Conti baissa jusqu'au murmure :

— Le duel entre mon frère et Holland qui s'est achevé par le renvoi en Angleterre de ce dernier ? Comment l'oublier ? Et si j'en juge par la mine que fait notre Claude, il doit s'en souvenir. A l'évidence, il attend que Bassompierre en ait fini avec l'Anglais pour venir lui parler...

— Moi aussi je voudrais lui parler, fit Marie soudain tendue. Pouvez-vous m'aider ?

— On peut toujours essayer...

Bassompierre s'étant tourné vers Louise à cet instant, elle lui fit un signe discret pour l'appeler à elle mais alla au-devant de lui et l'entraîna rapidement en direction de Chevreuse. Marie en profita pour rejoindre l'Anglais qui à sa vue eut un haut-le-corps. Il était visible que la rencontre ne lui faisait pas plaisir. Il ne s'en inclina pas moins devant elle ainsi que l'exigeait la courtoisie :

— Madame la duchesse de Chevreuse, je suis votre serviteur !

Le ton était froid et n'engageait guère à établir le dialogue mais c'était insuffisant pour décourager la jeune femme. Maniant avec nonchalance son éventail de plumes blanches, elle offrit à l'Anglais son plus désarmant sourire :

— Quel plaisir inattendu que votre présence, Lord Carleton. Je croyais les ambassadeurs britanniques repartis. Or vous êtes là... et à Noël encore !

— Monsieur le Cardinal m'ayant fait la grâce de m'inviter... en ami à cette belle fête, je n'aurais eu garde d'y manquer mais je repars demain.

— Sans nous avoir honorés seulement d'une visite ? Avez-vous donc gardé si mauvais souvenir de l'hospitalité des Chevreuse ?

— Mais je suis allé saluer le Duc. Aurait-il omis de vous en informer ? Il est vrai que vous étiez absente. Depuis longtemps, m'a-t-on dit ?

Le ton frisait l'insolence, mais à ce jeu Marie n'avait de leçon à recevoir de personne :

— J'aime voyager. Quant à votre visite, mon époux a dû simplement oublier de m'en parler. Il a peu de mémoire et le sait. Aussi la réserve-t-il pour les affaires importantes. Ainsi vous regagnez Londres demain ? C'est dommage : nous donnons une fête le soir de la Saint-Sylvestre...

— Ce sera sans doute fort agréable mais je suis déjà engagé et pour rien au monde je ne voudrais manquer celle que Lady Holland prépare à Chiswick pour ce même soir...

Le cœur de Marie manqua un battement. En abordant l'Anglais elle espérait en tirer quelques nouvelles mais elle ne s'attendait pas à ce qu'il lui jette ce nom à la figure. Néanmoins, elle était trop habituée au jeu perfide des cours pour laisser voir la moindre émotion. Elle se contenta de lever délicatement les sourcils :

— Lady Holland seule ? Comme c'est étrange ! Oh ! j'avais oublié : le bruit m'est revenu que son époux est allé visiter ses terres d'Amérique. Elle doit, naturellement, se sentir un peu abandonnée...

A la courte flamme qui brilla dans les yeux de son interlocuteur, Marie comprit qu'elle avait réussi à le surprendre. Il cherchait sans doute à deviner qui avait pu le lui apprendre mais il se reprit vite :

— Elle ? Certainement pas ! Il est exact qu'un moment, Holland songeait à accompagner Warwick, son frère, dans une de ses pérégrinations mais il y a renoncé. Il a eu pour cela la meilleure des raisons.

Carleton attendait visiblement que Marie lui demande laquelle mais celle-ci, bien qu'elle en mourût d'envie, eut assez d'empire sur elle-même pour se contenter d'un « Vraiment ? » jeté avec une indifférence d'autant mieux jouée qu'elle l'accompagna d'un sourire et d'un petit signe de tête à l'adresse d'un gentilhomme qui passait auprès d'elle en la saluant... un gentilhomme dont, au prix de sa vie, elle eût été incapable de dire qui il était. Carleton en conçut du dépit et insista lourdement :

— J'aurais dû dire la plus ravissante des raisons. Notre ami est tombé éperdument amoureux d'une des filles d'honneur de la Reine, Cornelia Hyde, dont, quand je suis parti, il assiégeait la vertu déjà chancelante. Sa victoire me semblait toute proche...

Garder un visage impassible tandis que Carleton distillait l'horrible nouvelle avec une sorte de gourmandise exigea de Marie une volonté qui lui sécha la gorge et lui mit le sang aux joues. Sous le masque souriant de la femme du monde elle endurait mille morts. Elle aurait voulu fuir et cependant devait rester là à écouter cet homme lui vanter les charmes de l'inconnue qui lui avait volé son amant. Aussi suivit-elle avec empressement le chevalier de Jars venu lui dire que la Reine la réclamait. Non sans avoir offert à son bourreau décontenancé la plus gracieuse des révérences accompagnée d'un éblouissant sourire :

— Faites-lui mes compliments quand vous le verrez...

Cette nuit-là, il lui fut impossible de trouver le sommeil. Etendue au côté de Claude qui ronflait à faire tomber les murs après avoir un peu trop arrosé le souper du Cardinal, elle souffrit mille morts. Les larmes coulaient en silence de ses yeux sur l'oreiller qu'elles mouillaient sans qu'elle fît rien pour les retenir. Dudley Carleton avait gâché pour elle le soir de son triomphe, éteignant sa joie à présent remplacée par un regret déchirant. Celui d'avoir sacrifié sur l'autel de son ambition et d'une vaine gloriole l'aventure passionnée que lui offrait Henry. Si elle avait accepté de le suivre, à cette heure, ils seraient en train de s'aimer sous un ciel inconnu loin des intrigues de cour. Elle aurait sa bouche, ses yeux, ses mains, son corps, ce merveilleux instrument d'amour qui avait l'art de lui dispenser l'extase. Et par sa faute c'était une autre à présent qui recevait ses caresses... L'évocation fut si précise soudain qu'elle lui arracha un gémissement. Claude le perçut du fond de son sommeil et se retourna lourdement vers elle sans s'éveiller pour autant mais elle sentit qu'une main tâtonnante s'aventurait entre ses cuisses... Son époux sentait la sueur, le vin. L'idée de faire l'amour avec lui la révulsa et elle glissa doucement du lit jusqu'à se retrouver sur le tapis. Là elle chercha ses pantoufles, sa robe de chambre, et s'en revêtit pour s'approcher de la fenêtre. Elle donnait sur le jardin intérieur alors éclairé par la lune...

La froide lumière ciselait les allées, les parterres, les

tonnelles et là-bas tout au bout et proche du mur derrière lequel s'étendaient les jardins du Louvre, le pavillon où Holland l'avait aimée pour la première fois avec cette violence qu'il libérait quand le désir l'avait trop longtemps taraudé et qu'elle goûtait si intensément... L'envie d'y retourner fut si forte qu'elle n'y résista pas. Jetant une mante noire par-dessus ses vêtements de nuit, elle descendit par le petit escalier intérieur menant directement au jardin. Cette nuit de Noël était froide mais sèche. La neige tombée au début de la semaine avait disparu. Marie emplit ses poumons de l'air frais. Il chassa les remugles du lit conjugal mais n'apaisa pas sa fièvre. Elle hâta le pas comme si quelqu'un l'attendait derrière la porte encadrée de gracieuses colonnettes, une porte que l'on ne fermait plus depuis la nuit du duel. Marie elle-même en avait jeté les clés à la Seine.

Elle entra rapidement, s'adossa au vantail refermé, surprise de constater qu'il y faisait tiède bien que la cheminée fût éteinte, mais une vague senteur de bois brûlé s'attardait comme si quelqu'un avait fait du feu. Un domestique, sans doute, afin de protéger meubles et tentures contre l'humidité et la moisissure. Il y avait si longtemps qu'elle n'était venue – c'était seulement la veille qu'elle était arrivée de Dampierre ! – qu'elle ne savait plus trop comment fonctionnait l'hôtel de Chevreuse. Mais l'impression qu'elle ressentait était infiniment douce parce qu'un parfum s'y ajoutait. Cela sentait l'ambre, le parfum d'Henry, mêlé à une autre senteur. Dans l'obscurité – la lune venait de se cacher derrière un nuage – elle s'avança dans la pièce, laissa tomber sa mante, sa robe de chambre et sa chemise. Au moins retrouver sur sa peau nue le contact des coussins qui les accueillaient jadis, elle et Holland. Elle toucha du genou le lit de repos et s'y laissa tomber avec un sanglot quand deux mains s'emparèrent d'elle avec une force contre laquelle il ne lui vint même pas l'idée de lutter parce qu'elle donnait vie à son rêve. Le parfum d'ambre se fit plus intense. Elle voulut murmurer « Henry » tout en ayant conscience que ce n'était pas lui mais des lèvres moustachues fermèrent les siennes avant de les entrouvrir pour aspirer son souffle. Contre sa peau, elle sentit le velours brodé d'or ou d'argent d'un pourpoint qui la griffa mais elle n'essaya pas de le repousser parce qu'elle était déjà captive d'un jeu savant de caresses qui lui mirent le feu au sang. Quel qu'il soit, l'homme était un maître en amour et Marie s'abandonna à lui avec un soupir de bonheur... C'était tellement ce dont elle avait besoin !...

Mais ce fut bref. Il la prit quand ses gémissements annoncèrent qu'elle allait atteindre le point culminant de la jouissance, explosa en elle avec un cri rauque qui se mêla au sien puis se retira et s'enfuit. Elle était trop submergée par le bienheureux anéantissement de l'amour pour comprendre qu'il était parti. Elle ne le comprit qu'en sentant sur elle le courant d'air froid venu de la porte entrouverte Au bout d'un moment elle alla la refermer, fouillant du regard le jardin plein d'ombres incertaines parmi lesquelles aucune silhouette ne se détachait.

Songeuse elle revint vers le lit, cherchant à démêler ce qui venait de lui arriver. Chose incroyable, elle qui choisissait toujours ses amants avec tant de soin venait de se donner à un parfait inconnu qui pouvait être n'importe qui. Un voleur, peut-être ? Pourtant, sa sensibilité féminine lui soufflait qu'il s'agissait d'un gentilhomme : la douceur de ses mains, le parfum, le soyeux des moustaches et de la barbiche... Quant à savoir ce qu'il faisait là et pour quelle raison il s'était caché dans ce pavillon où personne ne venait plus pour autant qu'elle le sût ? Cependant, loin de l'inquiéter ce mystère l'amusa, l'intrigua... Cet homme, il faudrait qu'elle le retrouve. Ne fût-ce que pour reprendre avec lui les ébats délicieux trop vite interrompus et qui lui laissaient un goût d'inachevé... Quoi de mieux pour oublier qu'un nouvel amour ?

En attendant, il était plus que temps de remonter chez elle. Vite rhabillée, elle traversa le jardin en courant, réintégra sa chambre pour constater que Claude n'avait pas bougé d'un pouce. Il ronflait toujours avec une admirable sérénité. Elle se glissa auprès de lui en prenant garde de ne pas le toucher et attendit tranquillement l'heure du réveil officiel. Elle avait encore moins envie de dormir que tout à l'heure en dépit du bienheureux apaisement de ses sens. Ce qui la tenait éveillée à présent, c'était l'énigme représentée par le visiteur inconnu. L'idée lui vint que, peut-être, il s'était acquis une complicité parmi ses domestiques. Il fallait qu'il en fût ainsi pour avoir pu s'introduire dans le pavillon. A moins d'escalader les murs séparant son jardin de ceux du Louvre ? Mais alors dans quel but ? Personne ne pouvait imaginer qu'au lendemain de son arrivée, elle n'aurait rien de plus pressé que de rendre une visite nocturne au petit bâtiment de ses anciennes amours...

Un moment plus tard, tandis qu'à sa toilette elle cherchait comment s'y prendre pour en savoir davantage, on vint lui porter un billet en provenance du palais du Luxembourg : la Reine Mère voulait la voir et la recevrait aux environs de onze heures.

Elle en fut mécontente parce que justement elle se hâtait de se préparer pour se rendre au lever d'Anne d'Autriche avec qui elle avait l'intention de passer toute la journée : elles avaient tant de choses à se dire !

D'un autre côté, il était difficile de refuser une invitation qui ressemblait fort à un ordre. Mais que diable pouvait bien lui vouloir la vieille bique ?

Avec un soupir agacé, elle rédigea un court billet qu'elle fit porter au Louvre, prévenant la Reine d'un sérieux retard, demanda sa voiture et se fit conduire de l'autre côté de la Seine au grand palais neuf où Marie de Médicis entassait des trésors sans oublier ceux des demeures royales où elle avait opéré quelques prélèvements.

Marie la trouva dans sa chambre carrée, somptueuse à souhait, dont les hautes fenêtres donnaient sur les vastes jardins couverts d'une fine ouatine blanche : la neige était revenue avec le jour et si dans les rues de Paris elle se transformait vite en boue noirâtre, elle gardait son éclat immaculé sur les nobles étendues dessinées par les jardiniers. La Reine Mère n'y prêtait aucune attention, occupée qu'elle était à examiner le contenu d'une dizaine de coffres de taille respectable, grands ouverts sur les collections d'écrins qu'ils renfermaient. Sous les regards intéressés des portraits de membres de la famille Médicis, la vieille dame se livrait à son passe-temps favori : l'examen amoureux des centaines de bijoux qui composaient sa collection, l'une des plus importante d'Europe. Encore tous les coffres, cassettes et autres boîtes n'étaient-ils pas ouverts. Certains étaient posés à même le sol, d'autres se rangeaient dans des bahuts, cabinets ou armoires, celles-ci dissimulées dans les murs derrière certains tableaux.

En pénétrant dans cette pièce exceptionnelle, Marie eut l'impression d'entrer dans la caverne d'Ali Baba : autour de l'imposante dame et de la très jeune fille agenouillée près d'elle, c'était un ruissellement de couleurs allumées par les longues bougies rouges dont le jour gris et bas nécessitait l'assistance. Et la Duchesse ouvrit des yeux éblouis devant ce fabuleux trésor auprès duquel ses propres joyaux – magnifiques pourtant ! – faisaient petite figure. Elle n'aurait jamais imaginé que la Florentine pût en posséder autant.

Son arrivée n'était pas passée inaperçue. La Reine Mère, sans cesser d'aligner sur la table à coiffer placée devant elle les diamants et rubis non montés dont elle envisageait sans doute de composer une parure, lui cria :

— Entre, Maria, entre et viens t'asseoir près de moi ! Nous avons à causer.

— C'est que... je ne voudrais pas être importune et peut-être suis-je venue un peu tôt, mais comme le mot de Votre Majesté ordonnait de se hâter...

La vieille dame jeta à sa filleule un regard en coin :

— Qu'est-ce qui te prend de t'excuser quand on ne te demande rien ? Tu as bien fait de te dépêcher. Tu sais que je n'aime pas attendre... Prends ce tabouret et donne-moi ton avis : j'ai depuis peu fait l'acquisition de ces rubis balais qui sont fort beaux ainsi que tu peux voir, et je me demande s'ils feront plus flatteurs en collier ou en diadème.

— Il me semble que le collier s'impose. Etant donné leur nombre, il devrait être possible d'en tirer aussi des ornements de cheveux. Surtout si on leur ajoute ces diamants et peut-être quelques perles... C'est pour me demander mon avis que la Reine m'a fait venir au saut du lit ? susurra-t-elle, un œil sur la jeune suivante qui venait d'ouvrir un sachet de peau contenant justement des perles.

Ayant été absente deux ans, Marie ne l'avait jamais vue. Elle était très jeune – quatorze ou quinze ans tout au plus – mais annonçait déjà une foudroyante beauté : taille mince et élevée, maintien fier, somptueuse chevelure d'or, teint éblouissant et surtout les plus beaux yeux célestes qu'elle eût jamais vus – à part les siens propres. La belle enfant avait salué l'arrivante comme il convenait mais ensuite elle s'était concentrée sur son agréable tâche. La Reine Mère comprit le message muet :

— C'est vrai, tu ne connais pas encore ma nouvelle fille d'honneur ! Je te présente Marie de Hautefort. Sa grand-mère, Madame de La Flotte qui est fort de mes amies, me l'a confiée afin qu'elle puisse faire à la Cour un chemin digne de sa naissance et de sa beauté ! Elle n'a que quatorze ans mais elle est déjà superbe, tu ne trouves pas ?

— Dire le contraire serait pécher, fit Marie sincère. Dans cette robe rose, elle ressemble à l'aurore !

Au lieu de rougir, l'intéressée lui dédia un sourire moqueur :

— Madame la duchesse de Chevreuse est trop bonne ! Un tel compliment venant d'elle est sans prix...

Marie lui rendit un sourire machinal. La nouvelle venue ne manquait pas d'aplomb et quelque chose lui soufflait qu'elle était de celles avec qui l'on pouvait être amenée à compter. Le plus étonnant étant que Marie de Médicis, dont chacun savait qu'en dépit de son âge et de son poids elle gardait des prétentions à la séduction, eût pris à son service une aussi fascinante jouvencelle. Certes, en son temps, elle l'avait prise elle-même mais Marie était sa filleule et, en outre, on l'avait mariée assez vite. Pour celle-là, Marie de Médicis devait avoir une idée derrière la tête. Restait à savoir laquelle.

Celle-ci se mit à rire :

— Il faut que tu saches qu'elle peut avoir la dent dure et qu'elle ne manque pas d'esprit. Retirez-vous à présent, petite ! Il faut que je m'entretienne sérieusement avec Madame de Chevreuse. Laissez cela : nous n'en avons pas encore fini.

Sur une parfaite révérence qui mit en valeur sa taille souple et une gorge déjà ravissante, Marie de Hautefort s'éclipsa.

— Causons maintenant ! marmotta la vieille dame. Il faut que tu m'expliques comment toi, qui as toujours détesté ce faquin de Richelieu, tu t'es retrouvée hier son invitée d'honneur ? Qu'est-ce que tu lui as fait ? Tu as couché avec lui ?

— Oh, Madame ! Vous n'y pensez pas ? Coucher avec le Cardinal, moi ?

— Tu ne serais pas la première ni sans doute la dernière. Je te connais : ce n'est pas une robe de prélat qui te gênerait. Admets tout de même qu'il y a de quoi se poser des questions. Tu étais en exil, il te détestait autant que tu le haïssais et hier soir, il déroule le tapis rouge pour toi avec des trémolos dans la voix ?

— Que vous le croyiez ou non j'ai été la première surprise. Certes, en arrivant à Paris avant-hier matin, j'ai été reçue par lui en audience...

— Et que t'a-t-il dit ? Allons, parle ! Il faut t'arracher les mots, ma parole !

— Assez peu de chose : eu égard aux services rendus par mon époux...

— Vieille lune tout cela ! Ce n'est pas la vraie raison.

— Laissez-moi continuer ! Eu égard aussi à Sa Majesté la Reine qui n'a cessé de réclamer mon retour et qui, se le voyant toujours refuser, est tombée dans une mélancolie inquiétante pour le bien du royaume...

La Reine Mère partit d'un éclat de rire tonitruant qui fit trembler les divers objets de cristal posés sur sa toilette.

— Depuis quand se soucie-t-il de cette dinde froide qu'il a tout fait pour discréditer ? Est-ce qu'il te l'a dit aussi ?

— Mon Dieu, non ! Simplement que nous étions à Noël, que c'était le temps idéal pour mettre fin aux querelles et qu'étant donné nos mauvaises relations avec l'Espagne – relations qui pourraient s'envenimer encore...

— Ah ! ça, c'est intéressant ! Ce démon a l'intention de poursuivre sa guerre impie !

— ... la Reine aurait moins à souffrir des événements qui se préparent si on lui offrait la consolation de retrouver son amie préférée.

— Et voilà : il t'a transformée en cadeau de Noël ! Et qu'est-ce qu'il t'a demandé en échange ?

— De faire en sorte qu'il vive auprès de Sa Majesté paisiblement et d'essayer d'expliquer à la Reine que s'il lui est arrivé de la contrarier, il n'a jamais eu d'autre but que l'intérêt de l'Etat et souhaite simplement devenir son fidèle serviteur...

La grosse dame bondit de son siège comme si un ressort venait de se détendre sous elle :

— Son fidèle serviteur, hein ? grinça-t-elle. Il n'a pas perdu de temps pour changer sa politique ! Depuis qu'il sait que je lui en veux, il se cherche une nouvelle protectrice ! Le traître ! Le lâche ! Le mauvais larron ! Il y a longtemps que je le sais capable de tout renier, de tout fouler aux pieds pour assouvir son ambition ! Je ne veux plus de lui alors il cherche ailleurs. Me diras-tu ce que tu lui as répondu ?

— Que je serais enchantée de reprendre ma place auprès de Sa Majesté, naturellement.

— ... et que tu passeras tes jours et tes nuits à lui chanter la gloire de ton bienfaiteur ? Que tu te tiendras sage à l'avenir et que vous allez devenir les meilleurs amis ?

— N'exagérons rien ! J'ai certes promis de dire un mot pour lui à l'occasion, mais pas de truffer mes discours de ses vertus. Croyez-vous que j'aie oublié le mal qu'il m'a fait ? ajouta-t-elle avec une soudaine gravité. Je saurai le lui faire payer un jour mais chaque chose en son temps. Pour le moment je reprends ma place et c'est ce qui importe pour moi. D'autant qu'il part pour l'Italie et que le Roi reste ici. Ce qui permet de voir venir, et j'ai l'intention de faire l'impossible pour rendre le sourire à la Reine.

— Cela ira pour un temps et même ta « faveur » pourrait m'être utile. Il faut que tu t'entremettes avec le duc de Lorraine pour qu'il me renvoie mon fils Gaston. Tu es au mieux avec lui, à ce qu'on m'a dit, et il ne devrait pas refuser grand-chose à une maîtresse telle que toi ?

— N'exagérons rien ! répéta Marie qui en voulait à Monsieur d'avoir filé en Lorraine sans demander l'avis de personne alors que l'on s'échinait à l'envoyer aux Pays-Bas. Nous sommes bons amis sans plus !

— N'épiloguons pas là-dessus : il y aurait trop à dire ! Quoi qu'il en soit, je veux que mon fils revienne et jure de ne jamais épouser la Gonzague !

— Rien que cela ! Comment voulez-vous que j'y arrive ? Depuis la malheureuse affaire Chalais, Monsieur me traite aussi mal qu'il le peut : je n'ai par conséquent aucune influence sur lui...

— Mais tu en as sur le duc Charles, Marie, continua la Reine Mère sur le ton geignard qu'elle employait lorsqu'elle voulait faire croire qu'elle allait pleurer, fais-le pour moi...

— Je veux bien, mais...

L'entrée d'un huissier de la Chambre lui coupa la parole. Du seuil, celui-ci, tête haute et talons joints, annonçait :

— Le Roi !

Il arrivait en effet. Son pas rapide faisait sonner les dalles de marbre de la galerie des Rubens et quand il apparut, Marie plongea dans sa révérence tandis que Marie de Médicis restait debout, attendant. Louis XIII fronça le sourcil en reconnaissant la visiteuse mais s'abstint de tout commentaire. Il vint à sa mère dont il baisa la main tandis qu'elle pliait légèrement les genoux, puis l'embrassa sur les deux joues avant de jeter son chapeau sur un meuble et de s'asseoir près d'elle :

— J'ai de bonnes nouvelles pour vous, Madame ! Ah ! Madame de Chevreuse ? Je ne vous avais pas vue ! mentit-il avec un aplomb souverain qui arracha une grimace à Marie.

Ainsi reconnue, elle fut obligée de saluer de nouveau mais déjà la Reine Mère accaparait son fils aîné en réclamant les « bonnes nouvelles ».

— La seule vraiment bonne serait le retour de Gaston, marmotta-t-elle avec un petit reniflement dédaigneux.

— Justement, c'est de lui qu'il s'agit. Un courrier de ce matin laisse entendre que nous pourrions nous accommoder. Monsieur le Cardinal...

— Ah non ! Celui-là, je ne veux plus qu'on m'en parle !

— C'est pourtant lui qui a œuvré pour le retour de votre fils. Aussi, suis-je venu vous demander d'écrire vous-même à mon frère pour lui conseiller de rentrer...

— Pour qu'il me réponde quelque insolence ? Grand merci !

— Je ne crois pas. Nous savons de source sûre qu'il reviendrait... à condition d'y trouver son intérêt. Et si les propositions sont faites par vous, il les recevrait très volontiers, nous en sommes certains !

— Quelles propositions ?

— Eh bien, par exemple : le gouvernement d'Amboise plus cent mille livres sur le domaine de Valois ?

— C'est assez plaisant mais je ne suis pas certaine qu'il trouve cela suffisant... Vous savez comment il est ?

— Oh je sais ! Ses repentirs coûtent de plus en plus cher au Trésor et je le laisserais avec plaisir là où il est si la présence de mon frère en terre notoirement hostile n'était d'un effet si déplorable... Proposez-lui en outre... disons cinquante mille écus mais en deux versements ! Et je n'irai pas plus loin !

La belle humeur de Louis XIII fondait à vue d'œil. Sa mère ne s'y trompa pas et afficha un grand sourire :

— Je vais écrire en ce sens ! Voulez-vous boire quelque chose, Sire mon fils ?

— Je ne dis pas non ! Mais... je ne vois pas Mademoiselle de Hautefort ? Elle n'est pas souffrante j'espère ? ajouta-t-il sur un ton d'inquiétude qui fit dresser l'oreille de Marie.

Sa malgracieuse Majesté serait-elle en train de s'éprendre du trop joli tendron ? Elle n'en douta qu'un instant : juste le temps qu'il fallut pour que la belle enfant apparût, portant un plateau chargé d'un flacon et d'un verre avec lesquels elle vint s'agenouiller devant le Roi. Le regard dont celui-ci l'enveloppa, le sourire qu'il lui adressa étaient pour elle plus que révélateurs. Elle n'avait pas oublié l'époque où Louis, amoureux d'elle, la comblait de prévenances et de billets galants. Sans aller toutefois jusqu'à la conclusion, qu'elle souhaitait mais il y avait plus de dix ans de cela et Louis avait des retenues d'adolescent que l'âge lui avait peut-être enlevées. Marie devinait dans cette Hautefort une hardiesse, une insolence qui pouvaient en faire une ennemie redoutable pour Anne d'Autriche. Elle représentait peut-être l'arme secrète de sa belle-mère dans sa lutte contre Richelieu et sa tentative pour reprendre l'emprise que son fils semblait à présent lui contester. Et si Louis flambait pour cette fille comme le laissait voir le regard affamé dont il la caressait, il faudrait recourir à une autre panacée que l'innocent « remontant » de Basilio pour le ramener au lit de sa femme...

Aussi Marie quitta-t-elle le Luxembourg très soucieuse après avoir demandé une permission de se retirer qu'on lui accorda avec une désinvolture qu'elle n'apprécia pas. L'affaire Gaston étant en bonne voie de solution, on n'avait plus besoin d'elle et on ne le lui envoyait pas dire ! La grosse Médicis était décidément une vieille garce prête à tout pour arracher le pouvoir à son ancien serviteur et asservir son fils comme son égoïsme n'avait pas craint de le faire durant sa minorité. Jusqu'à ce que Charles de Luynes, le premier mari de Madame de Chevreuse, prît les choses en main et obtînt l'autorisation de faire assassiner Concini.

En rejoignant enfin le Louvre, Marie était moins heureuse qu'avant sa visite au Luxembourg... En revanche la Reine, elle, était d'une humeur charmante : elle attendait son amie avec impatience et l'accabla de questions dès son arrivée, un peu inquiète tout de même de la convocation toutes affaires cessantes de sa belle-mère. Marie, n'ayant aucune raison de garder leurs propos secrets, lui raconta son entrevue – sans toutefois mentionner Mademoiselle de Hautefort ! – y compris l'apparition du Roi et l'information qu'il apportait.

— Ainsi mon beau-frère va revenir ?

— Ce n'est pas encore certain...

— Oh ! je n'en doute pas un seul instant : il ne saurait résister à ce qu'on lui propose. Avec de l'or on obtient de Monsieur ce que l'on veut ! ajouta-t-elle avec une nuance de mépris qui n'échappa pas à son amie. C'est en vérité un homme impossible ! Quand je pense au mal que nous nous donnions pour le faire partir pour Bruxelles avec sa « fiancée » ! Quand je pense surtout que vous aviez songé, un temps, me le faire épouser...

— Il m'arrive d'y songer encore ! La santé du Roi ne me paraît pas mirobolante et, en cas de malheur, c'est toujours Monsieur son héritier...

— Je sais, Duchesse, je sais... et ne le sais que trop ! C'est mon souci le plus constant... Je prie beaucoup pour que le Seigneur, enfin, me prenne en pitié et m'accorde l'enfant tant désiré !

— Encore faut-il que le Roi fasse ce qu'il est nécessaire pour obtenir un héritier, osa Marie. Vous rejoint-il souvent ?

La Reine s'empourpra et détourna les yeux :

— Pas vraiment. A son retour d'Italie, il s'est montré assez constant mais, depuis un mois je ne l'ai guère vu. J'ai l'impression qu'il a été fort déçu que je ne me retrouve pas enceinte à ce moment-là.

Marie connaissait suffisamment Louis XIII pour la croire sans peine. Il allait falloir changer cela, mais s'il avait en tête la fille d'honneur de sa mère, la tâche ne serait pas facile. Pour la première fois de sa vie, Marie regretta l'absence du Cardinal : lui seul possédait sur son maître l'influence nécessaire pour l'amener à plus d'assiduité dans le devoir conjugal. Restait la potion de Basilio à laquelle, bien sûr, elle ne croyait guère, mais il faudrait avoir la possibilité de la lui administrer discrètement et surtout sans que la Reine le sache : c'était un moyen qu'elle n'accepterait jamais...

En effet, Marie eut tôt fait de s'apercevoir que la vie religieuse de sa souveraine avait pris des proportions incroyables. Sans doute Anne était-elle fort pieuse et depuis l'enfance, mais pas à ce point-là ! Elle passait à présent à la chapelle deux fois plus de temps que naguère, multipliait les visites de sanctuaires, les neuvaines, les récitations répétées du rosaire, sans compter les retraites au Val-de-Grâce où, cette fois, elle passait en prière le temps qu'elle consacrait il y a peu à ses petites conspirations intimes. Une seule fois, en deux mois, elle y reçut le marquis de Mirabel. Même la sémillante Madame du Fargis prenait sa part de cette débauche d'oraisons. L'atmosphère autour de la Reine devenait lugubre : on se serait cru à l'Escurial...

Marie s'en ouvrit à Louise de Conti, qui d'ailleurs fréquentait moins l'entourage d'Anne.

— Je ne doute pas qu'elle soit contente de m'avoir retrouvée mais j'ai le sentiment que les rôles sont renversés : jadis elle écoutait mes conseils. A présent c'est elle qui ne cesse de m'en donner : on dirait qu'elle a pris à charge ma conversion mais, mille tonnerres, un homme ça ne se séduit pas avec des prières et des macérations ! Elle a même perdu de son éclat ! Où sont les temps joyeux de Mylord Buckingham ?

— Il est mort et c'est ce qui fait la différence. Elle l'a aimé plus qu'elle n'a jamais voulu vous l'avouer. Maintenant, elle prie pour son âme et pour que Dieu lui pardonne le péché qu'elle commettait en pensée tant qu'il vivait.

— Il est vrai qu'il avait énormément de charme, le monstre ! soupira Marie, et je ne vois pas où nous pourrions trouver son équivalent.

— Même si nous le trouvions, il n'aurait aucune chance : la Reine pense que Dieu la punit de son penchant pour le Duc en lui refusant le bonheur d'être mère.

— Autrement dit il n'y a de salut que dans le Roi.

Or, je ne sais pas si vous le savez mais il paraît s'intéresser de près à certaine fille d'honneur de la Reine Mère...

— La petite Hautefort ? Je sais mais notre reine n'a rien à craindre d'elle.

— Ah non ? Elle est pourtant... des plus affriolante.

— Oui, mais elle est fière. De son nom, de sa race ! Je la connais un peu : elle prendra plaisir à jouer avec le Roi parce que son orgueil y trouvera son compte mais elle ne s'abandonnera jamais.

— Un jeu dangereux avec un homme comme lui ! Il prend facilement en grippe ce qu'il adorait l'instant précédent : j'en ai fait l'expérience !

— Oh ! cela ne l'effraie pas ! Si jeune qu'elle soit, elle n'a peur de rien. C'est je crois l'une des raisons pour lesquelles le Roi est fasciné par elle !

— Dans ce cas il faut l'attirer à nous : il faut qu'elle fasse entendre à ce mari impossible que la meilleure manière de lui plaire est de fréquenter la chambre de la Reine.

L'épouse secrète de Bassompierre se mit à rire.

— Vous chargeriez-vous de le lui dire ? Pas moi ! Ses jolies petites dents sont aussi dures que du granit...

Marie leva les bras pour les laisser tomber dans un geste de total découragement :

— Alors il ne nous reste plus qu'à prier, nous aussi, pour obtenir un miracle, car je ne vois plus où nous tourner : le Roi délaisse le lit de sa femme, ce qui ôte à celle-ci la moindre espérance de mettre au monde l'enfant tant désiré et, si notre sire venait à mourir, nous ne pourrions plus fonder d'espoir sur cette tête en l'air de Gaston : même s'il devenait roi, la reine Anne ne veut plus entendre parler de l'épouser.

La situation semblait bloquée mais Marie n'était pas de celles qui se découragent. Il fallait à tout prix ramener le Roi chez la Reine au moins une fois avant son départ : le bruit courait que Louis XIII n'allait pas tarder à rejoindre à la fois son armée et le Cardinal en Italie où la situation tournait au vinaigre. Non seulement l'Empereur avait refusé l'investiture au nouveau duc de Mantoue, mais il faisait assiéger sa ville tandis que les Espagnols revenaient s'installer devant Casal. Le Cardinal cependant n'avait pas perdu son temps : il avait mis en demeure le duc de Savoie de prendre parti pour ou contre l'Espagne et, devant le refus de celui-ci, s'était emparé de la puissante forteresse de Pignerol, dangereusement proche de Turin sa capitale d'outre-monts, avec l'intention d'en faire une monnaie d'échange si Casal venait à tomber. Il avait en outre rencontré un homme selon son cœur en la personne d'un certain Giulio Mazarini, secrétaire du cardinal Panzirolo, nonce du Pape à Turin. C'était un fort mince personnage de vingt-huit ans mais habité par une ambition sans frein et un véritable génie politique. Le pape Urbain VIII craignait que dans un conflit entre Français d'une part, Impériaux et Espagnols d'autre part, ses Etats n'eussent grandement à en pâtir. Le jeune Mazarini qui ne manquait pas de charme était en quelque sorte son arme secrète. Et Richelieu l'avait apprécié...

Le Roi devait quitter Paris à la fin de février. Aussi Marie décida-t-elle d'agir avant. Par bonheur, elle disposait à présent d'un allié dans la place : La Porte, rentré en grâce lui aussi, avait retrouvé sa charge de portemanteau de la Reine. Son dévouement étant inchangé, il retrouva tout naturellement son ancienne entente avec Madame de Chevreuse. Comme elle, il déplorait le manque d'assiduité du Roi et ils tombèrent d'accord sur la nécessité qu'il y avait d'au moins une visite nocturne à la Reine. Marie lui confia sans hésiter l'élixir de Basilio afin qu'il en ajoutât au verre de vin que Louis XIII avait coutume d'absorber – peut-être pour se donner du courage ! – avant d'entrer au lit de sa femme.

Les choses étant ainsi mises en ordre, on attendit vainement jusqu'à la veille du départ. Marie que l'inquiétude rongeait décida qu'il était plus que temps d'agir et, prenant son courage à deux mains, elle demanda audience. C'était la première fois qu'elle osait une telle démarche depuis que la brouille s'était installée entre eux, et le cœur lui battait quand, derrière le Capitaine des Gardes, elle franchit le seuil de l'appartement royal. Louis XIII l'attendait dans son cabinet d'armes. Debout devant une table, il examinait un mousquet d'une facture nouvelle que l'on venait de lui apporter et, tout d'abord, ne parut pas s'apercevoir de la présence de sa visiteuse, la laissant au fond de sa révérence sans l'en relever.

Fermement décidée à mettre de côté son caractère impulsif, Marie finit par sentir sa patience à bout :

— Avec la permission du Roi, je voudrais pouvoir me relever, Sire, j'aurais honte de m'écrouler à ses pieds. Je suis tombée hier dans un escalier et...

Il se retourna comme si une guêpe l'avait piqué et l'enveloppa d'un regard sans tendresse :

— Remettez-vous, Madame, remettez-vous ! Je vous ai connue moins pointilleuse sur le protocole.

— C'était au temps où Votre Majesté voulait bien m'honorer d'une amitié que je ne me consolerai jamais d'avoir perdue...

— Vous avez fait ce qu'il fallait pour cela ! Mais vous désiriez que je vous reçoive, voilà qui est fait. Que voulez-vous ?

Le ton était rude et Marie étouffa un soupir. L'entretien commençait mal mais elle avait trop de bravoure naturelle pour que sa détermination en fût affectée :

— Sire, modula-t-elle de sa voix la plus douce, je viens ce soir parler au Roi de sa royale épouse. Je ne lui apprends rien en disant que je ne l'avais pas vue depuis longtemps lorsque l'on m'a fait la grâce de me rappeler auprès d'elle et je ne cacherai pas plus longtemps au Roi que je me tourmente.

— Pour quelle raison, mon Dieu ? Si elle était souffrante on m'en aurait informé.

— Ce n'est pas du corps qu'elle souffre mais de l'âme, bien que l'influence de l'une sur l'autre soit notoire. La Reine prie beaucoup plus qu'autrefois...

Le Roi eut un petit rire sec assez méchant :

— Que cela vous inquiète ne me surprend nullement, mais moi cela me fait plutôt plaisir. Il est bon qu'une reine de France se tourne fréquemment vers Dieu. Il ne peut qu'en sortir du bien pour le royaume !

Le ton sentencieux qu'il employait balaya les belles résolutions de Marie. Elle joua son va-tout :

— ... mais surtout elle pleure ! Quant au royaume, le meilleur qui pourrait lui advenir serait la naissance d'un dauphin et je ne vois pas comment, dans l'état actuel des choses, Dieu pourrait exaucer les prières de la Reine si le Roi continue à la délaisser. La bienheureuse intervention du Saint-Esprit n'a eu lieu qu'une fois dans l'Histoire et c'est d'un prince dont la France a besoin : pas d'un messie !

La tirade de Marie fit monter le sang au visage de Louis. Son œil se chargea d'éclairs et, quand il ouvrit la bouche, l'impudente craignit un instant que ce ne fût pour l'envoyer à la Bastille ou à Vincennes.

— Vous ne manquez pas d'audace, Madame de Chevreuse, mais ce n'est une nouvelle pour personne. Vous devriez pourtant savoir que vos insolences ne me font plus rire.

Marie plia le genou, laissant sa robe de brocart azuré s'étaler autour d'elle, mais ne baissa pas la tête :

— Si le Roi voulait bien cesser de croire à une insolence chaque fois que j'ouvre la bouche, il s'apercevrait peut-être que je ne suis animée que par le dévouement et la respectueuse affection que je porte à mes souverains. Sire, vous partez demain. La Reine ne cessera plus de craindre pour votre vie. Faites-moi emprisonner si vous le voulez mais, je vous en conjure, ne laissez pas cette nuit s'achever sans lui avoir rendu visite !!

Il y avait à présent des larmes dans sa voix, dans l'outremer de ses beaux yeux. Louis la considéra un instant sans rien dire puis, se penchant, lui tendit une main pour l'aider à se relever :

— Je vous préfère ainsi, Duchesse. Tout en regrettant que votre émotion de cette minute ne soit pas plus fréquente. Nous serions sans doute encore amis. Mais, pour ce soir vous avez raison. Allez dire que l'on mette le chevet. Je vous suis dans un moment...

Marie ne se le fit pas répéter. Après une révérence bâclée, elle prit sa course à travers les galeries du Louvre, sa robe soulevée à deux mains laissant voir, pour le plus grand plaisir des Gardes du Corps et des Suisses, ses mignons souliers de satin argenté et ses jambes gainées de soie blanche : un régal inattendu et d'autant plus apprécié. Elle tomba comme une bombe chez la Reine que ses dames déshabillaient :

— Le Roi arrive ! clama-t-elle de façon que nul n'en ignore. Il commande que l'on mette le chevet.

Ce fut la révolution dans la volière : chacun, chacune se précipita tandis que Madame de Chevreuse faisait asseoir Anne d'Autriche devant sa table à coiffer pour mettre un peu de rouge à ses joues pâles et donner un tour gracieux à sa chevelure. Tout en s'activant, elle put voir La Porte remettre à l'une des caméristes un petit plateau d'argent sur lequel était un verre de vin. Anne d'Autriche seule semblait ravagée d'inquiétude :

— Il vient ? Comment avez-vous fait ?

— Cela importe-t-il ? Ce qui compte c'est que... vous êtes belle à miracle ce soir, Madame. Alors souriez ! Il faut que la nuit soit aussi belle que vous !

Un moment plus tard, presque agenouillée, elle accueillait le Roi en robe de chambre à ramages et refermait elle-même la porte. Son cœur battait la chamade tant elle était excitée. Incapable de rentrer chez elle à cette heure cruciale, elle cherchait, dans le Grand Cabinet, un endroit où s'établir quand la revêche dame d'honneur, Madame de Lannoy, apparut suivie d'un laquais portant un matelas, un oreiller et une couverture :

— J'ai pensé, dit-elle de sa voix de tête, qu'après un tel coup de maître, vous préféreriez rester ici. Ne fût-ce que pour voir à quelle heure notre Sire rentrera chez lui !

Eberluée par une sollicitude à laquelle cette femme ne l'avait pas habituée, elle ne put que bredouiller un vague merci. La dame d'honneur lui décocha un mince sourire :

— Dès l'instant où vous œuvrez pour rapprocher Leurs Majestés, vous me trouverez à vos côtés, Madame la Duchesse ! Nulle n'est plus que moi attachée à la poursuite de la lignée de nos Rois. Mais en ligne directe !

Ce n'était un secret pour personne qu'elle haïssait Monsieur et que l'ancien projet d'union entre lui et sa belle-sœur avait toujours trouvé en elle une adversaire acharnée. Bonne fille, Marie rendit les armes :

— Alors nous nous entendrons. J'en suis venue à comprendre que c'était encore la meilleure solution...

Dire qu'elle passa une nuit paisible serait excessif : elle était beaucoup trop agitée pour ce faire. L'œil fixé sur la pendule qu'un chandelier disposé par ses soins éclairait en plein, elle compta les minutes. Et le temps passa sans qu'elle pût démêler si elle le trouvait interminable ou affreusement court. Mais elle aurait volontiers chanté de joie quand la porte s'ouvrit, peu après que l'horloge du palais eut sonné cinq coups. Le Roi parut, bâillant à s'en décrocher la mâchoire en serrant la ceinture de sa robe de chambre. Il ne vit même pas la jeune femme qui, tout de suite inquiète – s'il avait dormi tout ce temps, c'était la catastrophe –, se précipita dans la chambre pour constater que la Reine dormait à poings fermés au milieu de ses cheveux dénoués et dans un désordre évocateur. Madame de Lannoy était déjà là elle aussi et leurs regards se croisèrent :

— Si je ne me suis pas trompée, laissa tomber celle-ci du coin des lèvres, je crois que le Roi a couru trois postes avant de s'endormir.

« Seigneur ! pensa Marie, elle a dû passer la nuit l'oreille collée à la serrure... à moins qu'elle ne l'ait vécue dans le cabinet de bains en laissant l'huis entrouvert ! » Qu'importe ! Ce qu'elle annonçait était des plus satisfaisant. Et Marie adressa une pensée reconnaissante au cher Basilio. Le verre de vin était vide. Il n'en restait plus une goutte. L'élixir était peut-être plus efficace que le bonhomme n'avait voulu l'avouer...

— A présent, je vais rentrer chez moi faire un brin de toilette, dit-elle en étouffant un bâillement. Et essayer de dormir quelques instants...

— Faites-vous accompagner ! La Maison du Roi part dans trois heures. Les cours commencent à être en agitation, conseilla Madame de Lannoy décidément pleine de sollicitude.

La Porte y avait pensé aussi : il attendait Madame de

Chevreuse au bas du Petit Degré par lequel on accédait directement à l'appartement de la Reine. Il sourit en la voyant arriver.

— Il semble, chuchota-t-il, que le succès soit complet ?

— Sans aucun doute. On a bu tout le verre. Vous n'y avez pas mis le contenu du flacon, j'espère ?

— Non, soyez sans crainte. J'ai mis juste ce qu'il fallait pour que le nez du vin soit à peine changé mais dans le sens agréable. C'est assez bon d'ailleurs. Et soyez tranquille, Madame la Duchesse, il nous en reste largement pour le retour du guerrier !

Un grand mois plus tard, le 6 avril, Louis XIII apprenait que sa femme était enceinte et Bouvard, son médecin, écrivait au cardinal de Richelieu :

« Jamais Sa Majesté ne fut si gaie, si joyeuse et si contente. Jamais plus d'attraits, de douceur et d'amour. J'espère qu'en ce temps qui y est bien propre l'esprit étant éloigné de la chasse, l'effet tant désiré de tout le monde, et de vous particulièrement, réussira... »

Quant au Roi, plein d'espérances, il invita sa mère et sa femme à le rejoindre à Lyon dont il faisait en quelque sorte sa capitale durant le temps des opérations. Elles devaient voyager par eau, le moyen le plus confortable et le plus sûr.

Marie partit, naturellement, avec la Reine sur qui elle veillait mieux que si elle était l'une de ses filles. Elle fut malheureusement obligée de constater que la grosse Médicis emmenait avec elle la majeure partie de sa maison, sans oublier la trop jolie Marie de Hautefort, mais Anne était à présent enceinte de trois mois et, au lieu de l'enlaidir, son état semblait l'illuminer de l'intérieur.

On fut à Lyon le 5 mai.

CHAPITRE VI

LA JOURNÉE DES DUPES

Etrange voyage que celui-là ! Commencé dans la joie et l'espérance, du moins chez la Reine, il tourna à l'aigre assez vite. A peine fut-on à l'archevêché de Lyon où logeaient les souverains qu'Anne d'Autriche fut prise de douleurs et, en dépit des extrêmes précautions prises, perdit son fruit. Le Roi était alors à Grenoble et, sur le conseil de Madame de Chevreuse, on décida de ne rien lui dire pour le moment afin de ne pas ajouter à ses tracas. Mais la Reine Mère ne l'entendit pas ainsi et comme, en outre, elle refusait l'hospitalité de l'Archevêque – le propre frère du Cardinal ! – elle alla s'installer à l'abbaye d'Ainay avec sa coterie habituelle à la tête de laquelle le Garde des Sceaux, Michel de Marillac, avait pris la place du cardinal de Bérulle. A l'étonnement chagrin de Marie, Louise de Conti partit avec elle.

— Je ne veux pas, moi non plus, vivre chez un Richelieu quel qu'il soit. En arrivant ici, j'ai trouvé une lettre de Bassompierre qui avec son régiment de Suisses a réussi le passage des cols et a pris Moûtiers. Or, c'est le maréchal de Châtillon qui s'est vu attribuer cette victoire par ce maudit Cardinal. C'est insupportable !

— Mais enfin ! Abandonner la Reine !

— Je ne l'abandonne pas... et même nous pourrions nous voir plus souvent que vous le croyez. Marie de Médicis est, vous le savez, une ancienne amie pour moi et je pense qu'il doit être possible de la rapprocher de notre Reine...

Marie ne put retenir son indignation :

— Je vous souhaite du plaisir dans cette entreprise ! Vous avez entendu comment elle l'a traitée quand elle a perdu son enfant ? Je ne suis pas bégueule mais j'aurais honte de répéter...

— Vous la connaissez aussi bien que moi : il faut qu'elle braille pour tout et n'importe quoi mais, dans la bataille qui se prépare – car elle n'a pas, tant s'en faut, renoncé à abattre Richelieu –, je préfère me ranger de son côté. Bassompierre le désire et je suis son obéissante épouse...

— C'est nouveau, cela ! Avez-vous songé à la peine que vous laissez derrière vous ?

— Cela s'arrangera, vous verrez ! J'y aurai la main et vous devriez m'aider. Ou avez-vous oublié qu'il n'y a pas si longtemps vous exécriez le Cardinal ?

— Non mais reconnaissez que je lui dois d'avoir retrouvé ma place, alors même que le Roi y était encore hostile. Je lui ai promis de ne pas agir contre lui. Mille tonnerres ! Je vous rappelle que pour l'heure, lui et le Roi combattent non loin de nous et mon époux avec eux. Aussi ne peut-il être question que je rejoigne les cabales de la Reine Mère.

— Quel changement ! Je ne vous reconnais plus !

— Je n'ai pas changé. Simplement, je préfère observer une sorte de neutralité. Et je vous le répète : la Reine a besoin de moi.

— Il se peut que vous vous retrouviez bientôt seule : Madame du Fargis est des nôtres, vous le savez ?

— Non, je ne le sais pas mais je n'en suis guère étonnée ! C'est une intrigante dont le nez ne cesse de renifler tous les courants d'air pour savoir lequel choisir... Eh quoi ? Qu'ai-je dit de si étrange ? s'étonna-t-elle en entendant son amie partir dans un grand éclat de rire.

— C'est ce mot d'intrigante qui m'amuse ! Dans votre jolie bouche, ma chère, il prend une saveur franchement délicieuse !

On en resta là. Mais à peine la vieille Florentine fut-elle installée dans son abbaye qu'une véritable marée de pamphlets contre le Cardinal envahit la ville. On l'y accusait d'empêcher la paix de s'établir, de préparer l'envahissement de la France par les Impériaux et les Espagnols, fidèles à la sainte Eglise. En outre, Monsieur avait rejoint sa mère avec laquelle il avait fait la paix... contre son frère et le Ministre parce que, naturellement, il avait encore à se plaindre : avant de gagner Lyon, Louis XIII s'était arrêté assez longuement en Champagne afin de négocier son retour. Mais ses prétentions étaient devenues si exorbitantes qu'il ne réclamait rien de moins que la Lieutenance générale du royaume, une sorte de Vice-Royauté qui bien sûr lui avait été refusée. Alors, puisqu'il avait renoncé à Marie-Louise de Gonzague avec une facilité qui surprit tout le monde mais dont l'explication devait venir plus tard, il s'était réfugié dans le vaste giron de sa mère et joignait avec ardeur ses aigreurs personnelles au concert général accusant Richelieu de l'évincer systématiquement d'un pouvoir qu'il entendait se réserver...

A la surprise de Madame de Chevreuse, il vint visiter sa belle-sœur avec laquelle il était en froid et se répandit si savamment en cajoleries, flatteries et autres armes dont sa fausse mais séduisante personne ne manquait pas qu'il réussit à l'amener à une réconciliation avec sa belle-mère. Les deux femmes tombèrent dans les bras l'une de l'autre, à la stupéfaction de Marie qui ne se gêna pas, une fois rentrée à l'Archevêché, pour donner son sentiment :

— Par tous les saints du Paradis, Madame, qu'est-ce qui vous a pris de chercher refuge dans le giron de cette vieille mégère qui n'a jamais usé envers vous que de mauvais procédés ?

— Elle m'a parlé avec une telle douceur de mon beau pays qu'en ce lieu-ci chacun s'accorde à vilipender, de mes frères et sœurs. Elle m'a rappelé que nous sommes une seule et même famille, l'une de ses filles étant reine d'Espagne et l'autre duchesse de Savoie. Tout ce que cet infâme Richelieu pousse le Roi à combattre, ce qui l'amène à se dresser contre le Pape en personne alors qu'il laisse encore tant de liberté aux ennemis de la Foi !

— Belle formule que celle-là ! Elle sent son Marillac d'une lieue ! Alors, si je comprends bien, au cas où notre Sire viendrait à rendre l'âme vous seriez prête de nouveau à épouser Gaston ?

— Il le faudrait !

— Quand vous savez comme moi qu'il ne vaut rien ?

— Il est au moins d'un commerce agréable, ce qui n'est pas le cas de tout le monde. J'ose à peine penser à ce que le Roi dira lorsqu'on lui apprendra que j'ai perdu mon espérance...

— Vous pouvez être certaine qu'il le sait déjà ! Votre chère belle-mère a dû se faire une joie de le lui apprendre...

— Vous croyez ? Aucun courrier ne m'en a rien témoigné.

Découragée, Marie choisit de rompre les chiens et parla chiffons. Un sujet vraiment sans danger et qui plaisait toujours. Elle décida en même temps d'éviter, dans les jours prochains, de donner son avis et d'observer attentivement la suite des événements. Cela lui permit de remarquer une chose étonnante, à présent que les liens quotidiens s'établissaient entre l'Archevêché et l'abbaye d'Ainay : l'attitude inattendue de Mademoiselle de Hautefort envers Anne d'Autriche : la jeune fille que Marie tenait pour une rivale potentielle de la Reine lui marquait une attention, un respect et des soins qu'elle n'aurait jamais imaginés. C'était comme si la belle enfant était en train de tomber sous le charme. A moins que ce ne fût un comportement dicté par la Médicis, encore que cela ne cadrât guère avec le caractère entier, hautain et volontiers insolent de l'adolescente. Marie décida d'en avoir le cœur net et, un soir où l'on écoutait de la musique dans un salon de l'abbaye, elle s'arrangea pour coincer Hautefort dans une embrasure où elle avait d'ailleurs l'air de s'ennuyer :

— Vous n'aimez pas la musique ? demanda-t-elle.

— Pas beaucoup : elle a tendance à m'endormir. Je lui préfère le théâtre mais il est difficile de faire venir des comédiens dans une abbaye.

— Je serais volontiers de votre avis. La Reine aussi. Les concerts interminables la font bâiller tandis qu'une pièce brillamment jouée...

— Cela ne m'étonne pas ! C'est une femme merveilleuse !...

L'enthousiasme du ton saisit Madame de Chevreuse. Il n'y avait pas à se tromper : cette petite énonçait une vérité...

— Ma parole... elle vous a séduite ? fit Marie en souriant.

La réponse fut aussi nette que le regard direct des grands yeux d'azur :

— Je n'ai aucune raison de le cacher. Jusqu'à présent, je n'approchais guère Sa Majesté étant donné la froideur des relations passées avec sa belle-mère, mais depuis le rapprochement, nous nous voyons pratiquement chaque jour et j'avoue... que j'aimerais la servir ! Et je vous envie, Madame la Duchesse.

Le concert s'achevait, l'aparté aussi, laissant Marie songeuse et plutôt satisfaite. Si la Reine Mère avait logé dans son étroite cervelle têtue l'idée de donner cette fille au Roi, il y aurait sûrement de la résistance. En revanche, elle semblait prête à grossir le groupe restreint des inconditionnels d'Anne d'Autriche.

Pendant ce temps, les choses s'amélioraient sur le plan militaire. Les troupes royales envahissaient la Savoie, prenaient Chambéry, Montmélian et Annecy cependant que, enfermé dans Casal, Toiras tenait toujours tête aux Espagnols du vieux Spinola. « Après une période difficile, la situation se retournait. De plus en plus irrité et inquiet des menées de sa mère, Louis XIII la pria de le rejoindre à Grenoble. Elle refusa. Il proposa alors le château de Vizille : nouveau refus. Il tenait à la rencontrer, se flattant de la convaincre du bien-fondé de cette guerre. Ce fut lui qui dut aller à Lyon en compagnie de Richelieu[1]. »

A peine le Roi eut-il rejoint sa mère qu'elle fit pleuvoir sur lui une avalanche de récriminations. Qu'avait-il besoin de galoper toujours à la tête de ses armées

1. Georges Bordonove, *Les Rois qui ont fait la France : les Bourbons*, volume 2 « Louis XIII le Juste : 1610-1643 », Pygmalion, Paris, 1984.

alors que sa santé n'était pas des meilleures ? Il avait encore maigri ! Il était jaune comme un coing ! S'il venait à mourir qu'adviendrait-il du royaume puisqu'il restait sans héritier ? Etc.

Elle en fit tant que, pour la première fois et au lieu de délivrer une de ces petites phrases sèches et meurtrières dont il avait le secret, le Roi montra à sa femme une sorte de douceur compréhensive à laquelle il ne l'avait pas habituée :

— Il y a là de ma faute, Madame ! Je n'aurais jamais dû, vous enceinte, vous demander de venir à Lyon.

Ce soir-là, cependant, il fit mettrc le chevet et passa la nuit auprès d'elle : le niveau baissa dans le flacon de Basilio et le lendemain, Louis XIII était presque souriant. Ce fut avec autorité qu'il expliqua au Conseil la nécessité de sa présence à l'armée pour juguler les chamailleries entre les chefs et surtout empêcher les désertions. Les homme souffraient en effet du typhus – on disait à cette époque la peste – qui sévissait aux frontières. Or, le Roi voulait se rendre à Saint-Jean-de-Maurienne. On se récria qu'il ne devait en aucun cas entrer en Italie, ce à quoi il répondit :

— Si je devais passer tout seul, je passerais outre et l'on ne saurait m'en empêcher.

Le lourd Marillac s'en prit alors au Cardinal qu'il accusa de mener le Roi à sa perte pour assouvir ses ambitions ! Le Conseil se termina dans le tumulte et le Roi repartit pour la frontière où ses troupes avaient grand besoin de lui. A Casal, les choses allaient mal : Toiras était presque à bout de forces et son adversaire Spinola agonisait. C'est alors qu'arriva le jeune Mazarini qui, le 13 décembre, réussit à leur faire signer une trêve, bénéfique pour tout le monde. Cependant la « peste » sévissait toujours en Piémont et à Lyon, la coterie de la Reine Mère, singulièrement augmentée, accusait ouvertement Richelieu de vouloir la mort du Roi en l'obligeant à rester dans un pays aussi infesté. Néanmoins, on obtenait des succès : le duc de La Force venait de battre les Savoyards à plate couture et moissonnait leurs drapeaux.

Inquiet de la situation sanitaire, le Cardinal finit par obtenir de Louis XIII qu'il rentre à Lyon. Il le trouvait fatigué et savait, par ses espions, quel climat régnait dans la grande cité phocéenne. Lui-même le rejoignit peu après.

Il était temps de mettre de l'ordre dans les cancans de cour et d'affronter la cabale en personne, mais le Cardinal n'eut pas le temps de faire grand-chose : le pire arriva d'un seul coup.

Le samedi 21 septembre, au sortir du Conseil qui avait eu lieu chez la Reine Mère à l'abbaye d'Ainay, le Roi fut pris de frissons et d'une sévère migraine qui entraînèrent la fièvre. Il monta en carrosse avec Richelieu puis traversa la Saône dans une barque pour rentrer à l'Archevêché où il se coucha. Il apparut tout de suite que son état était grave. Commença alors l'habituel ballet des saignées, des lavements qui n'arrangeaient rien, au contraire : Louis XIII, s'il n'avait pas le typhus, souffrait d'une sévère dysenterie et c'est juste si, sous les masques des mines de circonstance, la cabale réussit à cacher une joie indécente. Déjà, dans l'entourage des deux Reines, on organisait le nouveau gouvernement. On mariait la veuve à son beau-frère et surtout, on préparait le sort réservé au Cardinal. L'un proposa de l'exiler, l'autre de l'envoyer à la Bastille, un autre de l'exécuter purement et simplement, un quatrième d'expédier quelques Mousquetaires lui casser la tête comme on fit jadis à Concini.

Ce dernier détail, Marie l'apprit par Gabriel de Malleville qu'elle retrouva avec joie de garde à l'Archevêché et, lorsque la garde en question fut terminée, elle le rejoignit et l'entraîna dans les jardins qui bordaient la Saône sans pouvoir s'empêcher de remarquer que la rencontre ne semblait pas lui faire autrement plaisir. Il ne lui laissa d'ailleurs pas le loisir de lui en demander l'explication :

— Madame la Duchesse me fait beaucoup d'honneur de gaspiller auprès du pauvre soldat que je suis un temps qu'elle pourrait employer d'une façon tellement plus agréable !

Le ton était acerbe, l'ironie mordante, et Marie s'insurgea :

— Nous ne nous sommes pas vus depuis des mois et voilà comment vous me recevez ? Mille tonnerres, Malleville, me direz-vous ce que je vous ai fait ?

— A moi ? Rien ! Seulement je m'étonne que vous ne soyez pas à cette heure chez la Reine Mère, à vous réjouir de la mort prochaine de notre grand roi, à préparer le règne de son lamentable frère et à vous y tailler une belle part ! Avez-vous déjà tranché sur le destin proche de Monsieur le Cardinal ? L'exil, la mort ?

— Le Roi étant encore vivant, c'est peut-être un brin prématuré ?

— C'est pourtant ce qui se prépare et vous devriez le savoir mieux que moi ?

— Je ne sais rien du tout, Malleville, sinon que vous êtes un insolent... et que vous me connaissez bien mal !

— Allons donc ! Avant l'affaire de Nantes, n'était-ce pas ce que vous cherchiez à obtenir : enterrer le Roi et nous donner à sa place un pleutre sans honneur et sans parole ? Vous et vos amis, vous allez bientôt triompher sans soupçonner un seul instant les désastres que vous laisserez derrière vous... mais moi je rentrerai chez moi et j'en sais d'autres qui feront de même : servir Gaston, jamais !

Il y avait de la colère dans sa voix, des larmes dans ses yeux. Marie en fut émue et oublia qu'elle allait se mettre en colère :

— Que vous le croyiez ou non, je pense comme vous, Gabriel. Ce débordement indécent alors que le Roi lutte contre la mort me déplaît. Dieu sait que je ne l'aime pas et pas davantage Monsieur le Cardinal mais c'est à ce dernier que je dois mon retour auprès de la Reine et...

— ... et vous lui en seriez reconnaissante ? ricana le Mousquetaire.

— Peut-être et peut-être aussi que tous ces gens ligués contre un homme seul tandis que son maître agonise me dégoûtent. Quant à la Reine Mère, Dieu nous garde de nous retrouver sous son gouvernement par le truchement de cet imbécile pompeux de Marillac...

Gabriel ne cacha pas sa surprise :

— Eh bien, voilà du nouveau ! Vous, Madame, sensible à l'isolement d'un homme dont vous avez toujours proclamé que vous le détestiez ? Je n'aurais jamais cru cela possible...

— Moi non plus, admit Marie qui ne comprenait pas elle-même ce qui l'avait poussée à dire cela.

Peut-être parce qu'elle avait soudain envie de retrouver l'estime de l'homme droit et simple qu'était son ancien écuyer. Peut-être aussi parce qu'elle détestait Marillac, qu'elle supportait de plus en plus difficilement l'affreux caractère de la Médicis, son arrogance à la limite de la stupidité et que, si elle avait pris jusque-là un plaisir légèrement pervers à s'opposer à ses attaques, il lui était tout simplement pénible de voir sa reine tomber sans autre réflexion dans les bras de cette mégère dont elle n'avait connu que de mauvais procédés.

A cet instant, une longue silhouette rouge s'inscrivit au bout de l'allée d'ormes qui longeait la rivière. Elle allait à pas lents, un livre à la main qui pouvait être un bréviaire mais qu'on ne lisait pas. A mesure que le Cardinal approchait, Marie distinguait mieux son visage qui lui parut changé, creusé de rides profondes que l'âge n'expliquait pas. Il était pâle aussi, avec sous les yeux le cerne dénonçant le manque de sommeil, mais le maintien restait fier, l'échine droite. Cet homme avait pleinement conscience du danger qu'il courait. Sa vie était suspendue à cet autre souffle en train de s'éteindre à l'étage du palais, pourtant Marie eut la curieuse sensation que vivre ou mourir ne constituait pas son principal souci. Comme s'il lisait dans sa pensée, Malleville traduisit :

— Demain peut-être il ne sera plus rien et son œuvre sera jetée bas...

— Son œuvre ? Quel mot inconvenant pour une politique détestable.

— Détestable pour vous, Madame, et les beaux seigneurs qui là-haut attendent la mort du Roi parce qu'ils ne voient que leur intérêt immédiat et surtout pas celui du royaume. Hier encore Richelieu les faisait trembler. Aujourd'hui on le fuit tel un pestiféré. Demain, sur le chemin de l'échafaud, on lui jettera des pierres, des fruits pourris, de la fange... à moins que l'on se contente, prudemment, de le faire étrangler par quelque sbire dans le silence nocturne de sa chambre. Il ne faut pas oublier que c'est un prince de l'Eglise et il faudrait bâtir un échafaud trop élevé !

Marie eut un frisson. Depuis la mort épouvantable de Chalais, ce mot-là lui faisait horreur. Le Cardinal approchait. Gabriel toucha alors le bras de Marie :

— Ecartons-nous ! Il ne faut pas troubler sa méditation...

— J'en aperçois qui n'y voient pas d'inconvénient.

A une fenêtre du palais, en effet, un groupe de courtisans observait Richelieu. On put même les entendre rire. Ce fut pour Marie une sorte de signal. Au lieu de s'éloigner comme le conseillait le Mousquetaire, elle s'avança vers le Cardinal, le rejoignit, salua :

— Pardon de troubler les pensées de Votre Eminence, dit-elle de sa voix claire, mais je voudrais savoir les dernières nouvelles du Roi ?

Richelieu tressaillit. Ses yeux considérèrent avec surprise la jeune femme qui s'adressait à lui avec une douceur inattendue. Il sourit :

— Elles ne sont pas bonnes, Madame la Duchesse. Il a demandé le viatique. Mon frère l'Archevêque est allé le chercher à l'église Saint-Jean et les Reines ont été prévenues.

— C'est grande pitié !

— Surtout si l'on songe que notre Sire est entré ce matin dans sa trentième année...

— C'est vrai : nous sommes le 27 septembre et nous devrions nous apprêter à préparer Ses fleurs et nos vœux... (Puis, regardant Richelieu bien en face, Marie osa :) Qu'allez-vous faire, Monsieur le Cardinal, au cas où comme tout le laisse supposer, le Roi retournerait à Dieu aujourd'hui ?

Le pâle sourire revint sur les lèvres minces mais avec une nuance ironique :

— Je ne crois pas que la décision m'en sera laissée. « On » choisira pour moi, soyez-en certaine...

— En ce cas, pourquoi attendre ce que « on »...

— Fuir ? Non. Quel que soit le sort que l'on me réserve, fût-ce celui de Concini, je le subirai. Simplement parce que ce sera la volonté de Dieu !

— A votre place, je n'en serais pas sûr. Dieu serait joliment à plaindre s'il ressemblait au Garde des Sceaux !

Une étincelle amusée brilla dans les yeux las que Marie connaissait si dominateurs :

— C'est ce dont il faudrait convaincre ledit Garde des Sceaux comme s'il était le Seigneur en personne. Le souverain que vous allez avoir sera tout sauf... souverain justement !

Marie fit la grimace : elle détestait ce Marillac pompeux, bigot et trop souvent flatteur, qui ne ressemblait guère à son frère, le Maréchal. Ce fut ce qui l'incita à déclarer :

— Ne sommes-nous pas en train, Monseigneur, de manquer de foi ? Pourquoi donc ses prières seraient-elles plus entendues que les vôtres ? Et tant que le Roi respire...

— Vous voulez dire que rien n'est perdu ? Croiriez-vous au miracle ?

— A défaut d'y croire, on peut toujours l'espérer.

Un instant, ils se regardèrent en silence. La Duchesse ignorait complètement ce qui la poussait à rendre courage à cet homme qu'elle avait considéré comme son pire ennemi jusqu'à la dernière Nativité, mais elle obéissait en cela à l'une de ces impulsions auxquelles elle était sujette. Ce qui ne voulait pas dire qu'elle souhaitait lier avec lui des liens d'amitié. Elle allait peut-être le lui dire quand, avec une brève inclinaison du buste, Richelieu murmura :

— Merci ! Je ne l'oublierai pas.

Et passa son chemin...

Un moment, ce jour-là, Madame de Chevreuse put croire qu'elle avait reçu le don de prophétie : après qu'on l'eut administré, le Roi se sentit mieux. La nuit qu'il passa fut meilleure mais le lendemain, tout alla de mal en pis. A partir de onze heures du soir, Louis XIII rendit un flot de sang. C'était comme s'il se vidait. Il demanda alors à Seguin, l'un de ses médecins, si la mort était proche. Celui-ci répondit qu'il n'y avait plus d'espoir. Dans les églises de Lyon, les grandes prières étaient commencées depuis longtemps. Le Roi cependant accueillit cette condamnation avec un parfait sang-froid. Il se confessa une fois de plus au Père Suffren, son aumônier, communia puis adressa quelques mots à ces gens, nombreux, qui étaient là, agenouillés dans sa chambre comme s'il était déjà mort :

— Je vous demande pardon à tous de ce en quoi je vous ai offensés et ne mourrai pas content si je ne sais que vous me pardonnez et je vous prie d'en dire autant à tous mes sujets de ma part...

D'un geste, il appela la Reine auprès de lui et l'embrassa, mais il était devenu si faible qu'il ne lui était plus possible d'articuler une parole. Cependant, les médecins trouvant sans doute qu'il n'avait pas perdu encore assez de sang lui firent une saignée au bras droit. On attendit le dernier soupir...

Or, il ne vint pas. Ce qui vint, ce fut, par le bas, une nouvelle évacuation sanglante et fétide qui acheva de persuader son entourage que c'était bien la « peste » rapportée des frontières qui enlevait le Roi. On emporta la Reine Mère en proie à un chagrin bruyant et faisant d'héroïques efforts pour s'évanouir : elle reviendrait quand la fin serait intervenue... Dans un coin de la chambre, le Cardinal priait dans un isolement significatif...

Et voilà qu'une fois les linges souillés emportés et les draps changés, Louis XIII poussa un soupir. Qui n'était pas le dernier ainsi qu'on aurait pu le penser un instant auparavant :

— Je me sens mieux, entendit-on avec stupeur. Il me semble que je sens un peu de faim...

Le Cardinal se redressa lentement, cherchant des yeux le crucifix placé au chevet royal. Il était pâle tel un mort mais sa main ne tremblait pas en traçant sur lui-même un ample signe de croix.

— Un miracle ! murmura-t-il sans oser y croire encore.

Et pourtant Louis XIII était sauvé. En fait, il n'avait contracté ni le typhus ni la peste ni aucune autre maladie de ce genre : simplement, il était atteint d'un abcès de l'intestin qui, en enflant, l'avait mené aux portes de la mort mais qui venait bienheureusement de crever, lui sauvant la vie... et celle de Richelieu tout en plongeant les cabaleurs de la Reine Mère dans un ahurissement qui eût été comique s'il n'avait été franchement écœurant, car on se consola en prédisant que la convalescence serait longue. Si elle se produisait : après tout, une rechute ne pouvait-elle arriver ?... Marie pensa que c'était lamentable.

Aussi la Médicis décida-t-elle de ne pas laisser traîner les choses. Jetant le masque, elle vint, dès le lendemain, occuper le chevet de son fils pour lui demander de renvoyer le Cardinal, selon elle responsable de tous les maux dont souffraient le royaume et le Roi. Ces criailleries indisposèrent tellement Louis XIII qu'il alla s'installer à Bellecour, dans l'agréable demeure de Monsieur de Chaponay. Pas découragée pour autant, elle l'y poursuivit, revenant à la charge avec une obstination cruelle qui se souciait peu de l'état du malade. Pour s'en débarrasser, Louis finit par lui dire que son état de santé ne lui permettait pas de prendre une décision. Traduisant cela comme une promesse, elle finit par le laisser tranquille et son fils put achever de se remettre. En octobre, guéri enfin, il reprit le chemin de Paris.

En fait, il se rendit à Saint-Germain, le palais du Louvre étant alors livré aux ouvriers à la suite de l'effondrement du plafond de l'une des salles. Quand il revint dans la capitale, le couple royal s'installa rue de Tournon, dans l'ancien hôtel Concini devenu hôtel des Ambassadeurs. Donc à deux pas du Luxembourg où était rentrée la Reine Mère. A la grande satisfaction de celle-ci : elle allait avoir Louis sous la main...

Les Chevreuse étaient revenus chez eux, rue Saint-Thomas-du-Louvre. Bien que, durant le voyage de retour, Marie de Médicis eût manifesté, envers le Cardinal, une amabilité aussi soudaine qu'inattendue, Marie sentait que l'on préparait quelque chose. Quand elle se rendait chez la Reine, elle éprouvait la vague impression d'être tenue un peu à l'écart, même si Anne d'Autriche lui montrait toujours la même amitié. Certaines conversations s'arrêtaient quand elle arrivait : Madame du Fargis prenait avec elle des airs mystérieux cachant mal l'espoir de l'éliminer dans un jour prochain. Seule Louise de Conti la mit en garde :

— Vous avez beaucoup changé, Marie. Et pas à votre avantage. Du moins c'est ce que l'on dit.

— Où prend-on cela ?

— Dans le jardin de l'Archevêché de Lyon, quand on croyait le Roi à toute extrémité. On vous a vue parler à Monsieur le Cardinal.

— Et alors ? Ce n'était pas la première fois et sans doute pas la dernière...

— Certes, certes, mais cela a donné à penser. On ne vous savait pas en si bons termes avec cet homme dont naguère encore vous proclamiez que vous le détestiez.

— Quoi que vous en pensiez, je n'ai pas changé mais il se trouve que j'ai l'habitude de payer mes dettes. Or, que vous le vouliez ou non c'est bien à lui que je dois mon retour. Lui dire trois mots quand chacun le traitait en pestiféré m'a paru une façon comme une autre de m'acquitter. En outre, et même si cela vous contrarie, j'ai de plus en plus de mal à supporter la Reine Mère. Dès que je l'entends vociférer dans un langage digne d'une marchande de poisson et donnant libre cours à sa mauvaise nature, j'ai peine à croire qu'une aussi noble dame que notre reine à nous, une infante, ait soudain jugé bon de s'en accommoder. Un peu de mémoire, mille tonnerres ! Durant des années la Florentine a tout fait pour lui rendre la vie impossible ; elle l'a traînée dans la boue et à présent on s'embrasse ?

— La seule chose importante est d'en finir avec le Cardinal ! Allons, Marie, où est passé votre sens commun ? Croyez-moi : allez faire votre paix avec la Reine Mère qui commence à vous regarder de travers. Tôt ou tard, elle l'emportera sur son ennemi. Le Roi ne lui résistera pas éternellement.

— Ce qui m'étonne, moi, c'est qu'il puisse encore la souffrir !

— Bah ! Soyez certaine qu'une fois la victoire obtenue, nous aurons d'elle les plus beaux sourires. Et, faites-moi confiance, elle n'est plus loin cette victoire... Alors, songez à votre avenir... Revenez à nous... à vous !

— Je ne vous ai jamais quittés !

Cependant, la Duchesse jugea plus prudent de prendre ses distances avec les deux camps en présence et dont elle était persuadée qu'ils n'allaient pas tarder à en venir aux mains. Elle tomba malade.

C'est-à-dire qu'elle fit de son mieux pour qu'on la crût, sinon à l'agonie du moins assez souffrante pour ne pas quitter son lit. Elle avait eu à ce sujet un entretien prolongé avec son époux qui naturellement s'était un peu inquiété des bruits commençant à courir sur sa femme et s'était hâté d'approuver une décision qui le soulageait et lui évitait de tirer l'épée à tout bout de champ pour la défendre, comme cela avait failli se produire à deux ou trois reprises. Lui-même, toujours aussi fidèlement attaché au Roi, se trouvait à l'abri des critiques :

— Il faudra pourtant que vous guérissiez un jour, lui fit-il observer. Et guérir, cela signifie prendre parti !

— Je sais mais à chaque jour suffit sa peine et j'entends, pour l'instant, n'en prendre aucun. Autrement dit je veux rester neutre aussi longtemps que possible et vous serez mon seul lien avec la Cour. Ouvrez vos yeux et vos oreilles, moi j'ai la fièvre !

— Et si l'on vous vient visiter ?

— Ma fièvre se peut contracter. Je ne reçois personne. Herminie a pris mes ordres. Et si l'on vous demande si vous ne craignez pas d'apporter mon mal avec vous, dites que mes nouvelles vous sont données par écrit...

Le bon Claude joua le rôle du mieux qu'il put, même chez la Reine qui, par deux fois, s'enquit de l'état de son amie. Et si bien peu furent dupes – la santé de Marie était quasi proverbiale –, si certains ricanèrent, Chevreuse eut au moins la satisfaction de couler des jours paisibles à un moment où le ciel se couvrait de nuages d'orage de plus en plus lourds. Louise trouva cela amusant :

— Ce n'est pas une si mauvaise idée, dit-elle au « malheureux » mari. Il faut seulement espérer que sa fièvre ne la retiendra pas à la chambre durant des mois... Embrassez-la pour moi ! Quand vous pourrez l'approcher, du moins !

L'instinct de Marie l'avait bien inspirée : quinze jours plus tard, le 10 novembre, la tempête éclatait...

La veille même, Louis XIII qui ne manquait pas d'une certaine subtilité avait demandé à son Ministre en quelles dispositions la Reine Mère était envers lui. Richelieu, armant son visage de bénignité, répondit qu'il pensait être revenu dans ses bonnes grâces étant donné les amabilités qu'elle lui avait témoignées durant le voyage de retour :

— Ne vous y trompez pas, riposta le Roi. Il n'y a rien de changé.

Richelieu allait s'en apercevoir dès le lendemain.

Le Roi avait coutume de se rendre chaque matin auprès de sa mère afin de s'inquiéter de sa santé. Ce jour-là qui était un dimanche, Marie de Médicis condamna sa porte sous le prétexte qu'elle avait pris médecine. Le Cardinal alors convoqua le Garde des Sceaux... et il lui fut répondu que lui aussi avait pris médecine. Ce grand besoin de récurage intime sévissant chez ses ennemis mit la puce à l'oreille du Ministre. Il se rendit au Luxembourg où, à sa surprise, il trouva toutes portes closes. Cependant, tandis qu'il en faisait le tour, qui aperçut-il ? Marillac :

— Vous voilà donc ? Et vous disiez que vous étiez malade ?

Cette fois il n'y avait plus de doute, c'était une conspiration et qui ne pouvait être dirigée que contre lui. Le Cardinal comprit qu'il était vital pour lui d'apprendre ce qui se disait chez la Reine Mère. Et pour ce faire il allait prendre un risque énorme : s'introduire chez elle sans sa permission.

Ayant été intendant du palais, il le connaissait dans ses moindres recoins. Ainsi, certain couloir sombre partant de la chapelle derrière une porte dérobée et menant droit aux appartements de la Florentine.

Cet accès-là, étant à peu près inconnu, n'est pas fermé. Richelieu va l'emprunter et s'offrir le coup de théâtre d'apparaître soudain dans la chambre de son ancienne protectrice où celle-ci, en effet, est en grande conversation avec son fils.

— Je demande infiniment pardon à Leurs Majestés, dit le Cardinal en saluant profondément, de les rejoindre sans y avoir été invité, mais je suis sûr que c'est de moi que l'on parle !

Louis XIII n'a pas le temps de répondre. Dressée sur ses ergots, la Reine Mère pique une de ces colères furieuses qui font parfois douter de la pureté de ses origines car elle perd la plus élémentaire retenue. C'est une poissarde en furie devant quelque éventaire des Halles. Dans un effroyable jargon franco-italien, elle couvre d'injures et d'insultes l'imprudent qui vient d'oser s'interposer entre elle et son fils au moment où elle est en train de demander sa tête. Il a tous les défauts, toutes les tares, tous les vices, et sa famille ne vaut pas mieux ! N'avait-il pas comploté de marier Monsieur avec sa nièce et maîtresse, la Combalet qui est une moins que rien, dont on connaît les mœurs dissolues et que d'ailleurs elle vient de chasser ignominieusement comme ceux qui la touchaient de plus ou moins près...

Le Cardinal tente d'endiguer le flot que le Roi écoute dans un silence qui ressemble à de l'accablement. Jamais il n'a vu sa mère dans cet état et sa vulgarité l'accable, même s'il n'est pas content que son Ministre se soit permis de s'introduire comme il vient de le faire. Il tente de placer une parole mais la Médicis n'a pas encore vidé son sac. Elle n'en a pas terminé avec la Combalet. Tout compte fait les ambitions de celle-ci vont plus loin encore : faire déclarer le Roi bâtard et devenir reine, soit avec Monsieur soit avec le comte de Soissons au cas où, pendant que l'on y serait, Monsieur serait dans la foulée déclaré bâtard !

Devant un débordement de haine qui confine à la folie, le Cardinal fait de son mieux pour apaiser le flot : il met genou en terre, demande pardon si, sans le vouloir, il a offensé celle qu'il a toujours considérée comme sa bienfaitrice. Et même il laisse couler des larmes. Ce grand nerveux s'y laisse parfois aller pour se détendre. Mais rien n'y fait. Plus il tente de la calmer, plus la mégère hurle. Elle tonitrue et sa voix aigre perce les oreilles.

Rendu pratiquement muet par cette scène insensée, le Roi a vainement tenté, lui aussi, quelques représentations dans le sens apaisant, mais elle ne l'entend pas, occupée qu'elle est à énumérer les châtiments exemplaires qu'elle va faire pleuvoir sur Richelieu, les siens et ceux qui ont osé le servir. Il ira porter sa tête maudite au bourreau tandis que l'on rasera ses châteaux, que l'on jettera du sel sur ses terres et que tous les siens seront réduits à la misère... Et la voilà qui pleure de rage, qui s'en prend à son fils en lui demandant de choisir entre son valet et sa mère !

C'en est trop. Le Roi s'est levé : il ordonne au Cardinal d'en faire autant et de sortir. Ce qui est exécuté aussitôt. Après quoi il se tourne vers la grosse femme qui sanglote entre deux imprécations, affalée dans un fauteuil.

— Veuillez me pardonner, ma mère, mais j'ai besoin de réfléchir. Je m'en vais à Versailles où, au moins, je trouverai un peu de paix.

Dans la cour où son carrosse l'attend au milieu d'un peloton de Mousquetaires, il aperçoit Richelieu qui erre comme une âme en peine, ne sachant, visiblement, à quoi se résoudre. Mais il feint de l'ignorer, monte en voiture et s'éloigne...

Ce départ sans un mot a douloureusement retenti sur le cœur du Ministre, lui faisant pressentir la disgrâce. Il ne lui reste d'autre issue que de rentrer chez lui et préparer un départ qui, hélas, va ressembler à une fuite. Prévoyant, il s'est fait donner récemment Le Havre dont il est le Gouverneur. Le Roi est parti pour Versailles, cela lui laisse un peu de temps et il fait emballer ses objets les plus précieux, ses papiers surtout. Sur son ordre, sa chère nièce Combalet que la Médicis a chassée à fracas retentissant au début de la journée, sans doute à titre de hors-d'œuvre, est déjà partie. Il la rejoindra là-bas...

Il était en train de donner des ordres à son valet pour que l'on prépare les paniers de voyage de ses chats – ils étaient les compagnons habituels de son silence et il les aimait pour cela et pour le plaisir sensuel de caresser leur doux pelage ! – quand une visite se présenta : le cardinal de La Valette, frère du duc d'Epernon, l'un de ses rares mais plus fidèles amis. Il suffit d'un coup d'œil au prélat pour saisir ce qu'il se passait :

— Ne me dites pas que vous partez ? s'indigna-t-il. Pas vous !

— Oh si ! Comprenez donc, mon ami, que l'on ne m'a pas laissé d'autre voie de sortie. Cette femme exécrable veut ma tête et je n'ai pas la moindre intention de la lui donner...

— Allons donc ! Vous n'en êtes pas là ! Ignorez-vous que qui cède la place perd la partie ?

— Elle est perdue ! Le Roi n'a pas eu un regard pour moi !

— Le Roi, mon cher, a tout bonnement pris la fuite pour se dégager d'une situation qu'il devait juger intenable. Reste à savoir qui il fuyait : vous ou la Reine Mère !

— Un reste d'amitié lui a fait rejeter sans doute l'idée d'ordonner mon arrestation sur-le-champ mais soyez sûr que cela va venir. Je suppose qu'au Luxembourg on savoure déjà les joies du triomphe, ajouta le Cardinal amèrement.

La Valette se mit à rire :

— Vous supposez juste ! Jamais actrice en scène n'a reçu plus d'applaudissements. On la proclame la Mère de la Patrie et c'est à qui lui fera la cour la plus plate. Vous devriez le voir !

— Je ne pense pas que cela m'amuserait !

— Il se conçoit. Mais, si vous partez pour Le Havre, pourquoi ne pas passer par Versailles ?

— Il m'est arrivé de forcer une porte ce matin et je n'ai pas l'impression que ma démarche ait plu. Ne me demandez pas d'en enfoncer une autre...

L'entrée d'un serviteur l'interrompit : il annonçait Monsieur de Tourville, un officier de la Maison du Roi :

— Il est peut-être trop tard ! murmura le Cardinal, mais La Valette l'avait entendu :

— Ce n'est certainement qu'un messager ! S'il s'agissait de Monsieur de Tréville, je serais davantage inquiet : il faut au moins le Capitaine des Mousquetaires pour arrêter un homme tel que vous...

C'était en effet un messager : Louis XIII ordonnait à son Ministre de le rejoindre dans son relais de chasse de Versailles.

— Eh bien, que vous disais-je ? triompha La Valette.

— Certes vous fûtes bon prophète, mon ami, mais ne nous réjouissons pas à l'avance : la partie est loin d'être gagnée !

Aussi, avant de monter en voiture, le Cardinal prit-il soin d'emporter avec lui les documents qu'il conservait si soigneusement à l'abri dans les secrets de son cabinet florentin...

En apprenant de Claude ce qui venait de se passer au Luxembourg, Marie s'était sentie gagnée par l'inquiétude et surtout la crainte d'être obligée de prolonger sa station au lit indéfiniment. Si la vieille Médicis l'emportait comme tout le laissait concevoir, il ne lui resterait qu'à regagner Dampierre pour une longue convalescence. La Reine que l'on convaincrait qu'elle était une mauvaise femme et – pourquoi pas ? – un suppôt du Cardinal l'abandonnerait à son sort. Une seule chose la réconfortait : Chevreuse suivant le Roi à Versailles, au moins aurait-on rapidement des nouvelles fraîches. Si Louis se retirait dans ses bois, c'était sûrement pour imiter Philippe le Bel, son lointain prédécesseur, en « prenant conseil de son silence ».

La jeune Lénoncourt, devenue plus ou moins sa confidente, s'efforçait de la rassurer. Elle s'habituait doucement à supporter ses humeurs fantasques, avec un flegme quasi britannique, et elle ne voyait pas les événements sous des couleurs aussi sombres :

— Même si elle s'est étonnée de votre récente attitude envers le Cardinal, disait-elle, la Reine ne vous en tiendra pas rigueur longtemps. Je crois vraiment qu'elle vous aime. Et d'ailleurs elle l'a prouvé...

— Oui, mais durant mon absence elle s'est entichée de la du Fargis qui a machiné sa réconciliation avec la Reine Mère et qui ces temps derniers ne cachait plus ses intentions de m'évincer. Or je connais Anne d'Autriche : c'est au fond une pâte molle et, débarrassée de Richelieu puis, dans un bref délai de son époux, elle m'oubliera vite...

— Comme si c'était possible ? fit Herminie en riant. Que l'on vous aime ou que l'on vous déteste, ma cousine, tout le monde sait que vous êtes inoubliable...

C'était agréable à entendre. Herminie n'en fut pas moins obligée de jouer aux échecs la première partie de la nuit, et, dans la seconde, lire quelques pièces de poésie de Voiture que sa maîtresse jugeait soporifiques et qui cependant ne vinrent pas à bout d'une nervosité entretenue par le chahut que, vers minuit, certains tenants de la « cabale » vinrent mener dans la rue Saint-Thomas-du-Louvre puis, au matin par un billet glissé sous le portail qu'on lui apporta avec son petit déjeuner.

« La disgrâce vous attend et peut-être la Bastille, disait-il. De toute façon la mort approche. Si elle ne vous est pas donnée par la main du bourreau, nous nous en chargerons sans crainte d'être poursuivis. Ceux qui ne vous pardonneront jamais la mort de Chalais. »

Le coup fut si rude que Marie s'évanouit. Avec le temps elle avait fini par se croire à l'abri de cet ennemi sans visage qui avait déjà tenté de la tuer sur la route du Verger. Elle pensait que les hasards de l'époque s'en étaient chargés, qu'il était peut-être mort ? Or, voilà qu'il reparaissait au moment précis où son destin s'enfonçait dans les brumes de l'incertitude...

Lorsqu'elle reprit connaissance, elle ressentit une telle angoisse qu'elle donna à Herminie l'ordre de préparer ses coffres de voyage et d'appeler Peran :

— Il se peut que je sois obligée de partir rapidement... pour une destination lointaine. Fais tes préparatifs en conséquence.

— Loin, cela veut dire où ? s'enquit le cocher sans se départir de son habituelle impassibilité.

— Les Pays-Bas... l'Angleterre. Est-ce que je sais ?

s'emporta-t-elle. Mais peut-être bien la seconde ? J'y serai plus en sûreté...

Elle serait surtout plus près de Holland auquel, depuis ces derniers jours, elle ne cessait de penser. Le besoin de le revoir devenait criant et à cet instant proche de la panique, elle l'éprouvait comme une nécessité. Qu'il eût une maîtresse lui importait peu : elle se savait assez forte pour le reprendre à n'importe qui. Et puis, chez le roi Charles dont l'amitié ne lui avait jamais fait défaut, elle serait protégée mieux que n'importe où...

Quittant un lit où elle n'avait plus que faire, Marie, tandis que ses femmes sortaient ses bagages pour commencer à les remplir, demanda ses cassettes de joyaux qu'elle passa en revue afin de s'assurer qu'il n'en manquait pas, à l'exception d'une parure de saphirs confiée à son joaillier pour un remontage. Pensant que l'ouvrage ne pouvait être achevé, elle se résigna à l'abandonner aux soins de son époux. Puis s'assura de ce qu'elle possédait en argent liquide...

Jamais elle ne s'était sentie aussi nerveuse. Herminie, qui ne comprenait pas son attitude, s'efforça de la calmer en demandant ce qui justifiait une telle hâte alors que l'on était sans nouvelles de Monseigneur le duc. Elle se fit rabrouer :

— Je sais ce que je fais, mille tonnerres ! clama la Duchesse. Si je reste ici je suis en danger et il ne sert à rien d'attendre qu'on m'apprenne je ne sais quelle catastrophe. Cette nuit, nous partons pour la Normandie... Si tu as peur de me suivre, tu n'as qu'à rester !

— Qu'y ferais-je, grands dieux ? Mais je soutiens qu'avant de prendre une si grave décision, il faudrait en avertir Monseigneur. Tant qu'il est auprès de Sa Majesté, vous n'avez sûrement pas grand-chose à redouter...

— Un jour, il m'a laissée être condamnée à l'exil sans protester. Il s'est même chargé de l'exécution. Je préfère suivre mon instinct et mon instinct me dit de passer la mer...

Il fut impossible de l'en faire démordre. Aussi, quand Chevreuse rentra au logis, vers la fin du jour, trouva-t-il la maison sens dessus dessous, le carrosse de sa femme dans la cour et celle-ci dans l'escalier.

— Où allez-vous donc ? s'étonna-t-il. Vous rentrez à Dampierre ?

— Non. Je quitte le royaume. Vous trouverez là-haut une lettre !

— Qu'est-ce qui vous prend ? Vous partez au moment où la Reine a besoin de vous plus que jamais ? Je vous le défends formellement.

— Vous me le... défendez ? souffla Marie abasourdie par cette soudaine poussée d'autorité maritale. Voilà qui est nouveau !

— Il est nécessaire que je fasse preuve de fermeté quand vous vous disposez à commettre une sottise.

— Une sottise ? fit Marie amèrement, alors que je tente de me soustraire à la vengeance de la Reine Mère... et de quelques autres ? Elle est rancunière en diable et n'a pas le triomphe modeste ! Quel sort a-t-on fait au Cardinal ?

— Le Cardinal ? Il est plus puissant que jamais : le Roi vient d'élever sa terre de Richelieu au titre de duché-pairie. Il a déclaré hautement que quiconque s'en prendrait à lui offenserait la Couronne dont il est l'indispensable soutien...

La surprise coupa les jambes de Marie qui se laissa tomber, assise sur les marches de l'escalier.

— Pas possible ! souffla-t-elle. Comment est-ce arrivé ?

— De la façon la plus simple : Sa Majesté et Son

Eminence ont eu un long entretien en privé. Lorsqu'il prit fin, le Roi a envoyé un coureur à Paris chercher Monsieur de Marillac. Celui-ci est arrivé tout gonflé de joie et d'orgueil pensant que l'on allait le nommer au lieu et place du Cardinal. Il a vite déchanté : le Roi l'a d'abord prié de rendre les Sceaux, dont vous savez qu'il porte toujours les clefs au bout d'une chaîne à son col... et ensuite il fut décrété d'arrestation puis emmené au donjon de Châteaudun. En même temps un peloton de Mousquetaires était dépêché en Piémont pour porter au maréchal de Schomberg l'ordre de s'assurer de la personne de son frère, le Maréchal, qui devra être ramené en France afin d'y être jugé... Mais ne pourrions-nous poursuivre ailleurs cette conversation ? Je suis revenu ventre à terre, je meurs de faim, de soif, et vous me tenez dans l'endroit le plus incommode du monde !

Sans un mot, la Duchesse se releva et remonta chez elle en clamant que l'on serve Monseigneur au plus vite : elle-même avait déjà soupé...

Un moment plus tard, débarrassée de ses vêtements de voyage et réintégrée dans une virginale robe d'intérieur en laine blanche, elle prenait place en face de Claude, occupé à faire disparaître le solide repas que l'on venait de lui servir.

— Est-ce là tout ce que vous savez ? La Reine Mère...

— ... est sans doute au courant à cette heure et les échos du Luxembourg doivent retentir de ses imprécations...

S'interrompant, Claude versa du vin dans un verre et le tendit à sa femme.

— Tenez et buvez ! Pour ce que j'ai encore à dire, il se peut que vous en ayez besoin !

Inquiète, Marie obéit. Son époux avait mangé trop

vite. Son visage était très rouge mais trouva pourtant le moyen de s'assombrir.

— Madame du Fargis est chassée de la Cour, reprit-il, ainsi que la femme de chambre de la Reine, Madame Bertaut et sa fille, la petite Françoise [1], qui toutes deux ont vécu longtemps en Espagne. L'ambassadeur Mirabel et sa femme ne seront plus admis au palais que pour les audiences officielles. A l'exception de Stéphanille, les dernières femmes espagnoles devront repasser la frontière...

— Peste ! On dirait que le Cardinal a vu grand dans la vengeance ?

— Ce n'est pas le Cardinal et le Roi l'a fait savoir hautement : c'est lui-même qui manie le balai...

— Oh ! il en est capable mais, là-dedans, je ne vois rien qui nécessite de moi le besoin de réconfort ?

— Attendez la suite ! Le balai fonctionne aussi chez la Reine Mère : ses vieilles amies, les duchesses de Foligno et d'Elbeuf ainsi que la connétable de Lesdiguières sont exilées sur leurs terres. Et... ma sœur Louise ! Le Roi l'envoie chez notre mère au château d'Eu.

Marie devint blanche et se releva brusquement :

— Louise ? Mais enfin pourquoi ? Pour avoir dit du mal du Cardinal ? En ce cas, il faudrait chasser la plus grande partie de la Cour ! Et vous êtes là à vous bâfrer au lieu d'assiéger le Roi ?

— J'ai fait ce que j'ai pu, Marie, mais Louise ne s'est pas contentée de quelques paroles. Par amour pour Bassompierre elle s'est investie profondément dans la faction la plus extrême de la cabale : celle qui voulait mettre le Cardinal à mort ! Le Roi a répondu qu'elle devait s'estimer heureuse d'être éloignée de la Cour...

1. La future Madame de Motteville.

— Et Bassompierre alors ?

— Lui c'est plus grave : à cette heure il doit être en route pour la Bastille. A ne vous rien cacher, je suis passé chez lui avant de rentrer pour l'avertir et l'aider à fuir mais il était au courant : il se tenait dans son cabinet, occupé à brûler toutes ses lettres d'amour afin qu'elles ne tombent pas aux mains des exempts de police. Et cela faisait un tel feu d'enfer que j'ai craint un moment pour la maison...

— Il y en avait tant que ça ?

— Cinq mille, je crois... ou un peu plus ! Il faisait d'ailleurs bonne contenance et même il riait en disant que si on l'emprisonnait, il aurait enfin le temps d'écrire ses mémoires.

— Mais Louise, Louise ?

— Je l'ai vue elle aussi. Elle est désespérée mais refuse de fuir. Par-dessus le marché, elle réclame le droit d'être embastillée avec son époux mais il m'étonnerait qu'on l'écoute. Le Roi, vous le savez, ne l'a jamais aimée, souvenez-vous ! Il l'avait surnommée « le péché ». J'ai l'impression qu'il est assez satisfait d'avoir une occasion de s'en débarrasser. Il règle les comptes du Cardinal... et les siens.

— Il est toujours à Versailles ?

— Non. A Saint-Germain. Il compte y rester quelques jours...

— Le Cardinal l'y a accompagné ?

— Il est parti avant le Roi pour son château de Rueil...

— En ce cas, faites remonter mes coffres mais que Peran m'attende.

— Et où pensez-vous aller ?

— Chez le Cardinal, évidemment ! C'est à cause de lui que l'on chasse Louise c'est donc à lui d'obtenir sa grâce. Et moi c'est ce que je veux. Il y a des moments où je me demande si elle n'est pas plus ma sœur que la vôtre !

— Vous savez l'heure qu'il est ?

— Aucune importance ! C'est un grand travailleur que cet homme, même si je ne lui reconnais pas beaucoup d'autres qualités ! Et je vous garantis qu'il me recevra !

— Et demain tout Paris saura que vous êtes allée le rejoindre chez lui au lendemain de son triomphe ! Alors prenez au moins une voiture sans armoiries et enveloppez-vous de façon à n'être pas reconnaissable et...

— Vous rêvez ? Il recevra sans hésiter la duchesse de Chevreuse mais certainement pas n'importe qui ! Les gardes ne me laisseraient pas passer... Et si l'on parle, eh bien, on parlera ! Vous n'avez qu'à faire ce qu'il faut pour qu'on n'en dise pas trop !

— Comment l'entendez-vous ?

— J'ose espérer que l'insolent osant me dénigrer à portée de vos grandes oreilles n'achèverait pas sa journée debout mais au fond de son lit avec quelques pouces de fer dans le ventre... ou ailleurs !

Et elle sortit en claquant la porte.

CHAPITRE VII

OÙ MARIE ENTREVOIT DES PERSPECTIVES INESPÉRÉES

Après Noël, on avait intensément travaillé à ce qui allait devenir le Palais-Cardinal, prouvant ainsi qu'au moins l'architecte, Jacques Lemercier, croyait en l'étoile de son client. On y travaillait encore à cette heure tardive autour de braseros s'efforçant d'offrir aux ouvriers des sources de chaleur. Les logis, eux, étaient achevés même s'ils sentaient légèrement la peinture et, dans les vastes cheminées, les flambées faisaient merveille.

Comme le pensait Marie, les gardes en tenue rouge laissèrent passer son carrosse sans la moindre objection. Un officier alla prévenir et Marie vit accourir un capucin, le Père Le Masle, qui était le secrétaire particulier du Cardinal. Il l'escorta dans le bel escalier qu'elle connaissait déjà et en haut duquel l'attendait Madame de Combalet.

Le joli visage de celle-ci portait encore les traces de larmes récentes et les plis du souci n'étaient pas encore effacés, même si elle trouva un sourire radieux pour accueillir Marie :

— Vous, Madame la Duchesse ? Et si tard ?

— Je sais l'heure qu'il est mais il faut que j'entretienne le Cardinal sans plus tarder. C'est très important !

— Important ou pas, je pense qu'il vous recevra ! Il va même être infiniment heureux de votre visite...

Visiblement, elle était la première à croire Marie définitivement rangée sous la bannière cardinalice, mais celle-ci ne jugea pas utile de doucher si vite son enthousiasme : tout allait dépendre de ce qu'elle obtiendrait. La charmante nièce l'introduisit elle-même dans le cabinet, austère avec ses boiseries sombres et ses grandes tapisseries mais adouci d'objets chatoyants comme un crucifix d'émaux translucides et quelques objets, coupes et aiguières de cristal ornées de pierres précieuses. Assis dans un vaste fauteuil de cuir, le Cardinal, une plume rouge à la main, rédigeait une lettre. La table où il s'appuyait, éclairée d'une paire de flambeaux, était couverte de portefeuilles et de longues boîtes reliées en maroquin vert et rouge ainsi que de cartes géographiques enroulées et de liasses de papier. Il eut un soupir à l'entrée de sa visiteuse, jeta sa plume et vint à elle les mains tendues :

— Quelle délicieuse idée de venir me surprendre, Madame la Duchesse !

Du fond de sa révérence, Marie prit l'une des mains dont elle baisa l'anneau avant de se relever et de se laisser guider vers le siège placé de l'autre côté du bureau.

— Je demande excuses pour l'heure tardive, Monseigneur, mais il fallait que je vinsse. D'abord afin de vous offrir tous mes compliments pour votre victoire...

— Venant de vous – et il insista sur le « vous » – ils me sont doublement précieux. Avez-vous vu la Reine ?

— Pas encore. Je viens d'être assez souffrante...

— ... mais rapidement guérie si j'en crois l'éclat de votre teint, de vos yeux ?

« Seigneur ! pensa Marie, s'il se met à me faire la cour, cela ne va pas me faciliter les choses... »

— Je suis encore bien lasse, Monsieur le Cardinal, mais lorsqu'il s'agit de secourir la détresse d'un être cher, il n'est d'effort dont je ne me sente capable.

— C'est d'une bonne chrétienne... et d'une femme courageuse. Pour ne pas vous fatiguer plus que de raison, dites-moi de qui vous voulez me parler ?

— De la princesse de Conti, ma belle-sœur... et mon amie !

— Qui devrait s'appeler Madame de Bassompierre...

— Ah ! vous le savez ? Le mariage fut cependant secret ?

— C'est mon intérêt et surtout celui de la France d'être renseigné sur ce que l'on s'efforce de me cacher. Eh bien, Madame de Conti, puisqu'il faut respecter le protocole ?

— Vient d'être exilée au château d'Eu, chez sa mère...

— Où peut-on être mieux qu'au sein de sa famille ? nasilla le Cardinal.

— A condition que la famille ne soit pas pire qu'un couvent. Voici plus de quarante ans que ma belle-mère, Catherine de Clèves, y pleure la mort de son époux, le Balafré. En outre, mère et fille ne se sont jamais vraiment accordées... ce que je peux comprendre. Je vous en supplie, faites révoquer cet exil qui la tuera !

— Voyons, Madame la Duchesse, vous-même avez subi plusieurs éloignements... et votre beauté ne semble pas en avoir souffert !

— J'ai trente ans et elle est au seuil de la vieillesse.

En outre elle va souffrir le martyre d'être séparée d'un époux qu'elle adore. Elle préférerait de beaucoup le rejoindre à la Bastille !

— Où elle serait séparée de lui par des murs plus encore que par la distance ? Il n'est pas d'usage d'incarcérer ensemble des gens mariés... surtout s'ils ne le sont pas officiellement ! Croyez-moi, Madame la Duchesse, cet exil n'est pas si grave. D'autant que l'on en revient, ainsi que vous en êtes la preuve vivante.

— Elle n'en reviendra pas. Sa santé laisse à désirer !

— Que serait-ce dans une prison d'Etat ! Eu est proche de la mer dont l'air est le plus sain qui soit et l'on dit que la campagne y est charmante...

— Mais le château est étroit. Henri de Guise, qui avait commencé la reconstruction sur les ruines laissées par Louis XI, a eu juste le temps de bâtir une aile et la chapelle.

— Ce qui est important pour une dame qui vit depuis des années à l'ombre du clocher de Saint-Germain-des-Prés. Et deux femmes ne tiennent pas tant de place !

— Quand elles sont duchesse de Guise et princesse de Conti ? Vous voulez rire, Monseigneur !

— Mais... j'aimerais beaucoup ! Cela me délasserait ! Oh ! je suis impardonnable : je ne vous ai encore rien offert !

— Merci, c'est inutile ! A moins que vous ne songiez à un cordial destiné à me remettre d'un refus qui n'ose pas dire son nom ?

— Moi, vous refuser quelque chose ? Il se trouve que cette affaire n'est pas de mon ressort. Croyez-moi, le Roi ne m'a pas consulté sur les mesures qu'il a lui-même décidées contre l'entourage par trop turbulent de sa mère ! Tout ce que je peux faire, c'est vous conseiller à toutes deux le calme... et la patience. Parler à Sa

Majesté ne servirait à rien qu'à aggraver les choses, car elle est très montée contre Bassompierre... et son épouse. Que la Princesse fasse preuve d'obéissance sera la meilleure des plaidoiries. Je veillerai à ce qu'on y soit sensible... Encore une fois, on revient d'exil ; plus difficilement de la Bastille.

Il se levait, indiquant ainsi que l'audience se terminait. Force fut à Marie de l'imiter d'autant plus furieuse qu'il n'y avait rien à reprendre à l'implacable raisonnement du Cardinal. Elle allait pourtant essayer de placer un ultime argument, quand un valet entra et vint parler à l'oreille de Richelieu. Celui-ci sourit :

— Qu'il entre, voyons ! L'occasion tombe à point !

Celui qui vint n'était pas un inconnu pour Marie encore qu'elle ne l'eût jamais apprécié en dépit du charme indéniable qu'il dégageait. Naguère ambassadeur à Londres, Charles de l'Aubespine, marquis de Châteauneuf, ne s'inscrivait pas au nombre de ses admirateurs. Par Montaigu, elle avait appris qu'il avait tenté de la desservir auprès de Charles Ier, osant même écrire : « ... que la Duchesse était une femme de qui la malice surpassait celle de son sexe quelque malicieux qu'il soit, et l'on avait éprouvé que plusieurs personnes de condition et de puissance se détournaient du service du Roi pour adhérer à ses passions... » Une littérature qui n'avait pas eu grand effet sur le souverain anglais – toujours selon Montaigu – mais que Marie gardait sur le cœur.

Aussi fut-ce d'un œil sévère qu'elle regarda s'approcher d'elle ce bel homme d'une cinquantaine d'années, élancé, bien fait et fort élégant, aux cheveux et à la moustache gris mais soyeux, dont les yeux noisette et le sourire à belles dents toujours blanches était aussi charmant que spirituel.

— Monseigneur a raison, dit, en s'inclinant sur sa

main froide, Châteauneuf qui en entrant avait entendu la dernière phrase du Cardinal. Voilà en effet l'occasion de mettre à vos pieds, Madame la Duchesse, des hommages qui devraient y être depuis longtemps !

— Qui donc vous en empêchait ? La distance peut-être ? Vous étiez en Angleterre, il y a peu...

Elle n'entendit pas sa réponse parce que son attention fut soudain détournée. Il était tout près d'elle à présent et elle pouvait respirer le parfum assez fort qui se dégageait de ses vêtements, un parfum d'ambre et de musc mêlé à une senteur plus suave qu'elle ne pouvait identifier mais qu'elle était sûre de reconnaître entre toutes : c'était celle de l'inconnu du pavillon, de l'homme qui s'était introduit chez elle par surprise et qui avait si bien su profiter de l'instant de nostalgie qu'elle y était allée chercher. Elle le regarda alors avec attention parce qu'elle le savait proche du Cardinal, et quand celui-ci ajouta qu'il était le nouveau Garde des Sceaux en remplacement de Michel de Marillac emprisonné, elle pensa qu'il y avait peut-être là une carte importante à jouer. Si vraiment cet homme s'était permis de s'emparer d'elle par surprise, elle allait le lui faire payer d'autant plus cher que le plaisir avait été plus vif et si d'aventure il était amoureux d'elle – et s'il ne l'était pas encore elle se chargeait de l'en faire devenir –, il n'avait pas fini de souffrir...

S'excusant sur l'heure avancée et sur le besoin que les deux hauts personnages avaient de s'entretenir, elle prit congé, s'attarda un instant dans la galerie précédant le cabinet pour bavarder avec Madame de Combalet puis se dirigea vers sa voiture avec une sage lenteur, comme une femme qui, après un important entretien, réfléchit sur ce qu'elle vient d'entendre. Ainsi qu'elle l'espérait vaguement, Châteauneuf la rejoignit au moment où un laquais abaissait devant elle le marchepied du carrosse. Il avait dû courir car il était un peu haletant. Mêlée à la sueur, l'odeur ne fit plus aucun doute pour Marie.

— Madame la Duchesse, pria-t-il, m'accorderez-vous le privilège d'aller vous saluer au jour qu'il vous plaira de me recevoir ?

Un pli d'ironie au coin des yeux, au coin des lèvres, elle eut un demi-sourire légèrement insolent :

— Je crains que vous n'en ayez guère le temps. Vous venez de prendre les Sceaux, c'est là une tâche absorbante.

— Sans aucun doute et je m'y prépare, mais il n'est rien que je ne sois disposé à accomplir, dussé-je employer mes nuits au travail, pour le bonheur d'un moment auprès de vous. Il y a si longtemps que je brûle de vous être présenté...

— Si vous brûliez, votre flamme restait bien cachée. En outre, les propos que l'on m'a rapportés, de vous sur moi, étaient loin de me laisser supposer un tel feu mais puisque Monsieur le Cardinal nous a présentés, vous voilà content, j'imagine ?

— Je ne le serai que lorsque vous m'aurez pardonné...

— Quoi ?

— Ces... propos dictés par le dépit puisque jusqu'à présent vous ne m'aviez seulement jamais regardé...

— Je ne vous ai, en effet, jamais regardé mais il se peut que je vous aie... entrevu, approché même dans des circonstances étranges... et qui ne laissent pas de m'importuner...

— Madame ! Je vous supplie...

Il était devenu écarlate, sans songer un instant à nier. Marie sut qu'elle avait deviné juste.

— Laissez-moi finir ! Ces circonstances sont une humiliation à mon orgueil... et c'est cela, marquis, que je ne pense pas vous pardonner ! Nous rentrons, Peran ! On gèle dans cette cour...

Et sans vouloir rien entendre d'autre, elle remonta prestement dans sa voiture dont un laquais ferma aussitôt la portière. Tandis que Peran faisait tourner les chevaux, elle remit son masque et, avec un plaisir cruel, put voir Châteauneuf toujours planté à la même place, comme frappé par la foudre et qui la suivait des yeux avec un air qu'elle connaissait bien. Aussi se mit-elle à rire toute seule à l'idée des jours à venir qui pourraient être amusants. Surtout si elle réussissait à dresser l'un contre l'autre le Garde des Sceaux et le Ministre : l'envie de leur nuire lui revenait à la pensée quittant, désespérée, son confortable palais de Saint-Germain-des-Prés pour s'en aller en plein hiver s'ensevelir dans les brumes glacées de Haute-Normandie...

Le lendemain aux petites heures, elle était chez la Reine afin d'assister à son lever. Ainsi qu'elle s'y attendait, Anne d'Autriche n'avait guère bonne mine et elle avait dû pleurer abondamment : son teint toujours si clair se marbrait de rouge cependant que la belle couleur verte semblait avoir déserté ses yeux. En sortant du lit elle tomba pratiquement dans les bras de Marie, le corps secoué de sanglots qui amenèrent de nouvelles larmes :

— Au moins je vous retrouve, balbutia-t-elle quand elle fut un peu calmée. Mais êtes-vous toujours mon amie ?

— Vous en doutez, Madame ? Je ne crois pas avoir fait quoi que ce soit vous laissant supposer que je ne vous aimais plus...

— Vous étiez malade, c'est vrai... pourtant ma belle-mère jurait que cette maladie était faux-semblant, vous permettant de vous accorder mieux avec ce maudit Richelieu qui est la source du mal que nous subissons en cette Cour...

— Faux-semblant, moi ? Que non pas ! Je souffrais vraiment, ma reine, mais c'était... de jalousie...

— Jalouse, vous ? Et de qui ?

— Justement de la Reine Mère ! Elle vous a toujours détestée et vous le lui rendiez avec usure ! Or, parce que vous lui étiez nécessaire, elle vous jouait la comédie d'une affection trop soudaine pour être crédible. Il y avait aussi la du Fargis qui me laissait à peine parler lorsque nous étions ensemble et que vous écoutiez plus volontiers que moi.

— On vous disait du dernier bien avec Richelieu ! On vous a vue lui causer dans le jardin de l'Archevêché, lui sourire...

— On m'a vue... une seule fois que je ne renie point. Votre Majesté a-t-elle oublié que je lui devais mon retour auprès d'elle ? Il m'a pour ainsi dire imposée au Roi. Cela méritait un merci il me semble et ensuite, pensant que je ne vous étais plus agréable, je me suis retirée mais à présent me revoilà, toute à vous, aussi dévouée que par le passé. Et d'abord, je veux vous rendre le sourire.

— Le sourire, quand on m'a ôté celles de mes femmes qui pouvaient me rappeler mon pays, jusqu'à cette petite enfant, Françoise Bertaut, avec qui j'avais plaisir à converser en castillan...

Elle se remettait à pleurer. Marie la serra contre elle :

— Il vous reste dona Estefania... et moi si vous acceptez de montrer quelque indulgence à un espagnol imparfait mais que je vais continuer d'apprendre.

— Vous ?

— En Lorraine, il me fallait occuper mes heures. J'ai appris ! A présent, il faut, Madame, quitter cet attirail de douleur et songer à votre beauté. Une femme ne gagne pas à se laisser aller. Que comptiez-vous faire aujourd'hui ?

Anne d'Autriche hésita mais finalement déclara :

— N'en soyez pas contrariée, Marie, mais je veux me rendre au palais du Luxembourg. Vous savez ce que sont les cours et après avoir été tellement entourée la Reine Mère doit se trouver infiniment seule. Nous partageons la même cause et je lui dois ce réconfort.

Il fallut en passer par là. Stoïque, Marie se laissa emmener et subit sans broncher l'algarade que lui délivra la vieille reine que son échec rendait enragée. On lui avait enlevé ses amies les plus chères et même son confesseur, le Père Chanteloube, relégué dans un couvent de Nantes. Jusqu'à son médecin, Vautier, expédié à la Bastille !

— On veut me priver de soins ! On veut que je meure et le plus tôt sera le mieux ! hurlait-elle. Mon fils a perdu le sens commun sous la férule de ce démon en robe rouge. Il prépare ma mort... Mais je ne lui laisserai pas ce plaisir ! On se prépare à m'écarter mais je n'ai pas cessé d'être la Reine Mère et j'entends me dresser, vengeresse, en leurs Conseils afin de leur rappeler qui je suis et ce que l'on me doit...

— Et je vous soutiendrai, ma mère, bêla Anne d'Autriche sur un ton pleurard qui donna soudain à Marie l'envie de la gifler !

Pouvait-on à ce point manquer de mémoire et vouloir encore embrasser la cause de ce vieux vaisseau en train de sombrer ? Quelque chose disait à la jeune femme que le rapport des forces avait réellement changé et qu'une telle attitude chez la Reine ne contribuerait guère à la rapprocher de son époux...

Elle se garda cependant de donner son sentiment en vertu de cette sagesse qui l'avait conduite à rester au lit pendant la période difficile. En se rendant ce jour-là au Luxembourg, elle put constater que celle-ci n'était pas terminée. La vieille était coriace, Richelieu tout autant. Entre eux l'entente était bien morte et la situation ne pouvait se dénouer que par l'élimination de l'un des deux. Aussi Marie choisit-elle de rester muette, de laisser ces gens s'entretuer à leur aise en comptant les coups mais en s'efforçant tout de même de tirer la Reine en arrière du champ clos. Ce n'était pas facile : Anne d'Autriche voyait à présent dans sa redoutable belle-mère une sorte de porte-drapeau de la Chrétienté et de la cause espagnole !

La fin de l'année fut houleuse en dépit des efforts du Nonce apostolique, le cardinal Bagni, qui provoqua plusieurs entrevues entre Marie de Médicis et le Cardinal sans faire avancer les choses en quoi que ce soit.

Au Conseil, cela n'allait pas mieux : la Reine Mère se conduisait comme si son adversaire était devenu transparent, ne lui adressant jamais la parole, attitude qui commençait à lasser la patience du Roi et cela d'autant plus qu'Anne d'Autriche, drapée dans sa fierté castillane en dépit des conseils de Marie, se rangeait ouvertement dans le camp de sa belle-mère et boudait un mari qui avait eu le mauvais goût de lui rappeler vertement que, durant sa maladie de Lyon, elle avait renoué avec Monsieur le vieux projet de mariage.

Ce fut ce dernier qui mit le feu aux poudres avec sa maladresse habituelle. Un beau matin, escorté de son indispensable Puylaurens et d'une suite nombreuse, il envahit littéralement le Palais-Cardinal et, le chapeau enfoncé sur la tête, délivra au Ministre une philippique un peu longuette au cours de laquelle il lui déclara que seule sa qualité de prêtre le mettait à l'abri de la correction qu'il mourait d'envie de lui administrer pour avoir osé se montrer ingrat envers une femme à laquelle il devait tout, lui homme de peu, et qu'il remerciait en jetant la zizanie au sein d'une famille qu'il ne cessait de trahir. C'était grosso modo le sens général. Après quoi, le héros de ce beau discours quitta les lieux... et prit à fond de train le chemin d'Orléans afin de mettre le plus de lieues possible entre sa personne et les imprévisibles réactions fraternelles.

Qui furent ce que l'on en pouvait attendre. Revenu à bride abattue de Versailles où il chassait, Louis XIII commença par assurer son Ministre de son soutien sans condition, fût-ce contre tous les siens, puis, sachant pertinemment d'où venait le coup, réunit une assemblée de théologiens en vue de définir avec eux la frontière entre les devoirs d'un fils et ceux d'un roi. Le verdict fut unanime : dans tous les cas le Roi devait l'emporter. Dès lors, la cause était entendue : on n'aurait pas la paix tant que la mégère ne serait pas écartée du pouvoir... A la mi-février, le couple royal partait pour Compiègne où le Roi priait sa mère de le rejoindre. Marie fut du voyage : il était désormais admis qu'elle ne quittait plus la Reine en dépit du fait qu'elle n'avait aucun titre et que Louis usait envers elle d'une politesse quasiment impersonnelle.

Fidèle à elle-même, Marie de Médicis dès qu'elle fut en présence de son fils éclata en imprécations, récriminations et prédictions apocalyptiques s'il ne se décidait pas à renvoyer Richelieu dans son évêché crotté, encore que la Bastille lui parût un séjour plus adéquat... En fait, c'était un ultimatum qu'elle posait : lui ou moi !

Cette nuit-là, Louis XIII eut avec le Cardinal une longue conversation au cours de laquelle celui-ci lui remit enfin les papiers mystérieux qu'il conservait par-devers lui depuis si longtemps : ils établissaient que l'épouse d'Henri IV, couronnée comme par hasard la veille même de sa mort, n'était pas tout à fait étrangère au complot qui avait armé le bras meurtrier de Ravaillac. Après lecture, ils furent jetés au feu...

Avant l'aube, la chambre d'Anne d'Autriche où Marie dormait sur un matelas retentit de coups rapides frappés à la porte. Aussitôt sur ses pieds, la Duchesse alla ouvrir et se trouva face à Châteauneuf visiblement très ennuyé :

— J'ai un message du Roi pour la Reine ! Je dois la voir sur l'heure.

— Quel genre de message ?

— Je dois le délivrer à elle-même en demandant mille pardons d'être si importun...

— Attendez un instant !

Dans son lit, Anne aussi blanche que sa chemise était persuadée que le Garde des Sceaux venait lui signifier sa répudiation à la suite de l'échange aigre-doux qui avait eu lieu au souper. Marie n'était pas loin de penser comme elle et ce fut en silence qu'elle l'aida à se lever, à passer une robe de chambre pour finalement introduire le visiteur... Il salua profondément celle qui, maîtrisant sa peur, l'attendait drapée dans son orgueil :

— Le Roi fait dire à Votre Majesté que pour des raisons regardant le bien de l'Etat, il se voit obligé de quitter Compiègne sur-le-champ en y laissant la Reine Mère aux soins du maréchal d'Estrées dont les Gardes Françaises [1] sont dans la ville. Il désire que la Reine le rejoigne immédiatement au couvent des Capucins, sans avoir repris contact avec elle.

1. Quinze cents hommes environ.

Marie poussa un soupir de soulagement et voulut appeler pour que l'on habille la Reine mais celle-ci, sa peur soudain changée en colère, fonça droit devant elle en resserrant autour de sa personne les plis flottants de sa robe de chambre, bousculant presque Châteauneuf :

— Je connais mon devoir ! gronda-t-elle en se précipitant vers l'appartement de sa belle-mère pour lui apprendre que désormais elle était en quelque sorte prisonnière.

Marie qui la suivait vit alors Marie de Médicis, assise dans son lit « grelottant de peur et de froid » et clamant :

— Ah ! ma fille, je suis morte !

On en était encore loin. Cependant Anne ne pouvait pas s'attarder. Les deux femmes s'embrassèrent en pleurant et en se jurant de rester unies contre l'infernal Richelieu dans la distance aussi bien que dans la proximité :

— Gardez courage, ma mère ! conclut Anne. Les rois, vos gendres, sauront faire regretter à votre fils le crime qu'il commet !

En ramenant précipitamment la Reine chez elle pour la préparer à rejoindre son époux, Marie était inquiète. La prise de position était formelle. Si elle était rapportée à Louis – et il y avait de fortes chances pour cela ! –, elle risquait de rendre difficiles les jours à venir. Mais, surtout, il y avait ce coup de force tellement inattendu : pour avoir décidé le Roi à faire de sa mère une prisonnière, il fallait vraiment que le pouvoir du Cardinal n'eût plus de limites. Personne, jamais, ne serait à l'abri de son ressentiment dans le royaume, même les plus grands qu'elle reconnaissait comme les siens. Ne lui avait-il pas refusé la grâce de Louise quand ce lui eût été si facile ? En face de ce Samson devenu invincible, elle se sentit l'âme de Dalila...

En fait, le Roi avait décidé de faire conduire sa mère au château de Moulins que l'on venait de remettre en état. Il prévoyait de lui servir une large pension et elle pourrait, entourée d'une cour triée sur le volet, y mener l'existence fastueuse mais dégagée de tout souci de gouvernement qui convenait à son âge. Mais si l'on supposait qu'elle allait accepter, on la connaissait mal. Ce qu'elle voulait, c'était le premier rang, le règne, l'éclat des lumières et la destruction totale de ses ennemis. Cela faisait beaucoup.

Elle commença par refuser farouchement de quitter Compiègne, alléguant que Moulins n'était, dans l'esprit du Roi, qu'une étape sur la route de Florence où il entendait en réalité renvoyer sa tendre mère. On eut beau lui assurer qu'elle se trompait, elle s'obstina et se mit à user de tous les artifices à sa portée : elle était malade, elle n'avait pas d'argent, etc. Pour la calmer, on lui proposa une autre retraite : Angers, mais elle ne voulut rien savoir. Elle ne quitterait Compiègne que par la force...

Pendant ce temps, Monsieur s'employait à lever des troupes afin de délivrer sa mère mais quand le Roi se mit en marche contre lui, il abandonna la partie et fila d'abord en Franche-Comté – encore espagnole – puis en Lorraine où il se hâta d'épouser la jeune sœur du duc Charles, la mignonne Marguerite âgée de quinze ans.

L'attitude de Marie de Médicis qui appelait à son secours ses gendres d'Espagne, d'Angleterre ou de Savoie finit par exaspérer Louis XIII : il lui délivra un ultimatum. Quinze jours pour prendre une décision et se choisir une résidence. En réponse, elle recommença plus ou moins le coup de Blois et s'enfuit une belle nuit pour les Pays-Bas où elle allait s'employer à faire tout le mal qu'elle pouvait. Elle ignorait, il est vrai, qu'elle ne reviendrait jamais...

Cependant, notre Duchesse, rentrée à Paris avec la Reine dont elle s'efforçait de remonter le moral, essayait de faire le point sur la nouvelle situation créée par l'éloignement de sa « chère marraine » qu'elle ne déplorait pas outre mesure. Elle savait trop que si l'on avait réussi à se débarrasser de Richelieu, la vieille reine eût repris sa guerre d'usure contre sa belle-fille et que l'affection dont elle venait de faire preuve durant ces derniers mois n'était dictée que par les circonstances. Restait à voir quel jeu il était possible de jouer avec les cartes que l'on gardait en main.

Le couple Louis XIII-Richelieu s'imposait plus que jamais, monolithique, tout-puissant, impossible à séparer. En face, la Reine drapée dans son orgueil d'Infante très catholique en butte aux forces de l'enfer et jouant volontiers les victimes : une attitude qui risquait d'exaspérer un époux déjà mal disposé à son égard. Le résultat pouvait la mener directement à la répudiation. Surtout si la nouvelle épouse de Gaston lui donnait un fils. En fait, on se retrouvait dans la même situation qu'au moment de l'affaire Chalais, à cette différence près qu'une pièce maîtresse – la Reine Mère – avait disparu et que le Cardinal tenait le royaume dans sa main. Il fallait donc contourner l'obstacle et ce fut le discours que Marie tint à Anne d'Autriche :

— Sauf le respect que je dois à Votre Majesté, nous sommes en lutte. Une résistance ouverte ne peut que nous briser.

— Ne me demandez pas de faire bon visage à cet homme qui vient d'obliger le Roi à chasser sa propre mère ! J'en aurais honte !

— Vous aurez moins honte si le Roi demande l'annulation de son mariage et vous renvoie à Madrid ?

— Il n'osera jamais, riposta Anne d'une voix devenue un peu tremblante.

— Vous savez bien que si ! Le danger est réel, croyez-moi !

— Oh ! je sais, fit Anne avec un petit rire nerveux. Le Cardinal songerait à lui faire épouser sa nièce...

— Ne me dites pas que vous ajoutez foi à ce genre de sottises ? La tête de Richelieu est trop politique pour une telle bourde : je le verrais plutôt se mettre en quête de quelque princesse qui, reine de France grâce à lui, aurait toutes les obligations du monde à un tel serviteur...

Elle-même craignait que l'on en vînt là et dans l'état actuel des choses mieux valait s'accommoder de ce que l'on avait :

— Madame, pria-t-elle, il faut laisser ce tumulte s'apaiser du moins de ce côté-ci de la frontière. Le Roi règne avec le Cardinal et il a l'air d'y tenir ; ils sont les plus forts tandis que nous avons besoin de souffler. Alors, rangeons pour un temps les armes de guerre... ou faisons semblant !

— Si vous me demandez d'être aimable et de faire comme si de rien n'était, c'est trop ! Je ne pourrai jamais ! Une infante ne saurait...

— Il serait opportun de vous souvenir que vous êtes d'abord reine de France ! Mille tonnerres, Madame ! Ce n'est pas rien et cela demande des concessions... en dehors du fait que le mariage vous fait obligation d'obéir à votre époux...

— Vous en êtes un admirable exemple ! fit la Reine dont le visage se décrispait petit à petit.

— Et pourquoi pas ? s'écria Marie en riant. Tout l'art de la femme consiste à n'en faire qu'à sa tête tout en feignant d'obéir ! Tenez, laissez-moi mener le jeu et songez seulement à vous parer, à être belle ! Au lieu d'une mère acariâtre, notre Sire aura plaisir d'avoir une épouse aimable. Il faut qu'il reprenne du goût pour vous...

— Cessez de me rebattre les oreilles avec cela, Marie ! Je ne suis que trop consciente qu'il faudrait un enfant ! Malheureusement je ne puis le faire seule !

— On peut y aider ! osa Marie. L'important est que le Roi ait au moins une raison de se croire père. Quant au Cardinal, je vais m'en charger. Il me veut du bien depuis ces temps derniers...

— Et vous vous en vantez ? Oh ! Marie ! reprocha Anne.

— Mais certainement ! Je ne serais même pas fâchée qu'il soit quelque peu amoureux de moi. C'est d'autant plus intéressant que le marquis de Châteauneuf, le nouveau Garde des Sceaux et son ami, l'est déjà plus qu'un peu. En manœuvrant habilement ces deux-là, nous pourrions faire de grandes choses...

— Ce Châteauneuf n'est pas un blanc-bec comme le pauvre Chalais ! Prenez garde !

— A quoi ? Il suffira de le rendre fou. Et d'ailleurs j'ai un compte à régler avec lui. Ayez confiance, ma Reine ! Nous allons follement nous amuser !

— Croyez-vous vraiment qu'il soit possible de trouver le moindre sujet d'amusement avec un personnage tel que le Cardinal ?

— Mais j'en suis persuadée ! Le principal est de savoir s'y prendre... et de faire preuve d'un brin de patience...

Dans les jours qui suivirent, Marie évita Châteauneuf systématiquement. Le Conseil se tenant quotidiennement, le Garde des Sceaux venait régulièrement au Louvre. La jeune femme faisait en sorte de se trouver sur son chemin mais s'arrangeait pour l'éviter ostensiblement, tournant la tête quand il regardait dans sa direction, prenant la fuite lorsqu'il cherchait à s'approcher d'elle et se réfugiant chez la Reine. Deux ou trois fois elle refusa de lui parler, se contentant de le toiser d'un air de profond mépris. Le résultat ne se fit pas attendre : un matin, alors qu'elle se disposait à se rendre au Louvre et que Claude venait de partir pour le Manège royal comme à peu près chaque jour, on vint lui annoncer que le Garde des Sceaux sollicitait la faveur d'un entretien d'une extrême importance. Il lui faisait savoir du reste qu'il ne quitterait pas les lieux sans l'avoir vue... Jugeant qu'il devait être « à point », elle ordonna qu'on l'introduise dans le salon de musique... et l'y fit attendre un bon quart d'heure !

Quand elle parut, jolie à croquer dans une robe de satin, du même bleu que ses yeux, garnie de dentelles blanches, un éventail au bout des doigts, il interrompit la promenade agitée qu'il menait au milieu du mobilier et se jeta au-devant d'elle :

— Enfin Madame la Duchesse, je vous vois ! Mais que...

— Tout beau, Monsieur ! Voilà bien la hâte la plus inconvenante qui soit ! Ne devriez-vous pas commencer par me saluer ?

De rouge qu'il était déjà le marquis devint écarlate, mais recula de trois pas pour s'incliner en balayant le tapis des plumes de son chapeau :

— Veuillez me pardonner au nom du martyre que vous me faites endurer depuis que nous fûmes à Compiègne !

— Moi ? Le martyre ? émit Marie après un semblant de révérence. Mais, Monsieur le Garde, pour me donner la peine de vous faire souffrir il faudrait d'abord que je m'intéresse à vous ? Je ne me souviens pas de vous avoir remarqué depuis ces jours-là !

Elle alla se poser gracieusement dans un fauteuil mais sans lui offrir de s'asseoir et comme, rendu muet par la froide indifférence de sa voix, il la regardait avec désespoir, elle poursuivit :

— Vous désirez me parler d'une affaire importante, me dit-on ? Je vous demanderai de vous hâter car je n'ai guère de temps : la Reine m'attend !

Un éclair de colère passa dans les yeux du gentilhomme :

— Comme tous les matins ! Elle souffrira bien de vous attendre quelques minutes de plus. Moi, Madame, je n'en peux plus et je suis venu vous demander la raison de l'aversion que vous me faites l'honneur de me porter ?

— L'aversion ? Mais, Monsieur, je viens de vous dire...

— Non ! Par pitié cessez ce jeu et apprenez-moi, une bonne fois, ce que je vous ai fait pour que vous me traitiez si mal !

Elle se dressa soudain devant lui comme un petit coq sur ses ergots :

— Vous devriez être le dernier à oser me le demander ! Quand un homme s'introduit la nuit chez une dame et, la mauvaise étoile de celle-ci l'ayant amenée dans sa cachette, la soumet à ses instincts bestiaux, cela porte un nom : cela s'appelle un viol !

— Un viol ? Mais...

— Mais quoi ? N'essayez pas de vous trouver une excuse, vous n'en avez aucune. Contentez-vous de me dire le nom de celui, ou de celle, que vous avez acheté afin de perpétrer votre forfait !

— Et moi qui avais cru, un moment, que j'avais réussi à vous rendre heureuse ? Comment pouvez-vous savoir que c'était moi ? Il faisait si sombre !

Comme au Palais-Cardinal il ne songeait pas à nier, se contentant d'émettre une plainte douloureuse.

— Vous devriez changer de parfum ! fit-elle sèchement. A présent, allez-vous-en !... En vous estimant heureux que la honte m'empêche d'envoyer mon seigneur époux vous demander raison !

Un élan le jeta à genoux devant elle :

— Par pitié ! Ne me condamnez pas ! Il y a si longtemps que je rêve de vous...

— Des rêves en forme de cauchemar si je me souviens du jugement que vous portiez sur moi il y a peu !

— Cela aussi, je vous supplie de me le pardonner ! J'étais ivre de jalousie parce que jamais vous ne m'avez seulement offert l'un de vos sourires dont vous étiez tellement généreuse pour d'autres ! Si j'ai mal parlé de vous, c'était par dépit !

Elle ne répondit pas tout de suite, goûtant un plaisir pervers à le voir à ses pieds. Elle ne put s'empêcher de remarquer cependant les larmes qu'il avait dans les yeux et pensa que c'était assez le malmener pour ce jour-là. Sa voix se radoucit :

— Relevez-vous... et posez-vous ! ajouta-t-elle en lui désignant un siège : nous avons à parler !

— Ce qui veut dire que vous me pardonnez ?

— Nous verrons plus tard ! Je désire d'abord vous poser quelques questions. Comment se fait-il que je vous aie trouvé l'autre nuit dans le pavillon de mon jardin ? Jamais auparavant vous n'étiez venu chez moi. Donc vous ignoriez son existence.

— C'est... c'est une histoire ancienne qui remonte à l'époque où j'étais ambassadeur à Londres. Je m'y suis lié avec divers personnages de l'entourage royal, en particulier ceux que la reine Henriette-Marie appréciait. L'un d'eux – et il est devenu mon ami – est Lord Holland !

— Holland ? répéta machinalement Marie dont l'ombre de sourire s'effaçait, mais Châteauneuf était lancé.

Attentif à son récit, il ne vit rien, ne remarqua rien :

— Comme tout un chacun, je savais les bontés que vous aviez pour lui...

— Seigneur ! coupa la Duchesse agacée par la tournure de phrase, oubliez le langage diplomatique et dites les choses comme elles sont : vous saviez qu'il était mon amant !

— Oui ! Je l'en admirais en l'enviant mais, chose étrange, c'était sans amertume pour la raison que c'est un homme extraordinairement séduisant et qu'il était normal que vous l'aimiez. Nous sommes devenus très proches. C'est ainsi que j'ai reçu de lui des confidences. Je faisais en sorte de les provoquer même si elles me faisaient souffrir et un soir il m'a raconté votre première nuit dans le pavillon de votre hôtel...

— Il a osé ?... murmura Marie choquée.

— Oui... parce que c'était son plus beau souvenir d'amour. Peut-être aussi parce que nous avions un peu bu : la nostalgie lui remontait aux lèvres...

— D'autres ont-ils profité de ces confidences ?

— Non. Nous étions seuls dans les jardins de Chadwick. Depuis, je suis hanté par ce souvenir et à vous dire le vrai, l'autre nuit ce n'était pas la première fois que je venais rêver de vous dans votre pavillon. Personne ne risquait de me déranger.

— Comment vous êtes-vous procuré la clé ? Je croyais l'avoir jetée. Qui vous l'a vendue ?

— Personne ! J'avais trouvé le moyen de m'introduire par les jardins et j'ai pris, alors, une empreinte à la cire. C'était tellement merveilleux de pouvoir vous imaginer dans le lieu de vos amours... Quand vous êtes entrée, c'était encore plus grisant. J'ai osé, une fois de plus, pensant que ce serait sans doute la dernière... et puis le miracle ! Vous m'êtes apparue à peine couverte d'un linge parfumé... Il aurait fallu être un saint pour résister à la tentation... Je ne suis pas un saint, Madame, et vous êtes l'amour incarné. Jusqu'à ma mort...

Jaugeant la silhouette virile qui lui faisait face et le beau visage dont les rides accusaient l'énergie, la jeune femme ironisa :

— Je ne pense pas que ce soit pour demain... En attendant, rendez-moi donc votre clé !

— Vous voulez ?

— C'est naturel, il me semble !... et c'est aussi la condition de votre pardon... éventuel ! Sinon, je ne vous revois de ma vie !

Il ne résista pas, ouvrit son pourpoint, sa chemise, pour détacher l'objet qu'une chaîne d'or attachait à son cou et le porta à ses lèvres avant de le remettre à Marie.

— Me la rendrez-vous un jour ?

La clé gardait la chaleur de la peau qui l'avait supportée. Le parfum d'ambre s'y attardait, rappelant à Marie le plaisir aigu que ce corps lui avait procuré. C'était tentant d'y goûter de nouveau, mais c'eût été sans doute la plus grosse bêtise de sa vie dans la perspective de ce qu'elle espérait tirer de Richelieu :

— Dans l'état actuel des choses, il n'en est pas question !

— De grâce, laissez-moi un peu, tout petit peu d'espérance !... Si vous saviez combien je vous aime... avec quelle ardeur je vous désire ! Ne me fermez pas à tout jamais la porte du Paradis !

— J'en serais tentée pourtant...

— Vous me tueriez !

— Allons ! Allons ! on ne meurt pas pour si peu... et vous oubliez un peu vite que vous m'avez gravement offensée !

— Je... je n'en avais pas tellement l'impression, murmura le coupable qui avait tout de même des souvenirs. Certainement j'aurais dû vous détromper, vous dire que je n'étais pas celui auquel vous étiez en train de rêver, mais songez à ma joie en m'apercevant de ce que je pouvais vous en donner l'illusion. Je n'ai pas eu le courage de me découvrir et je me suis enfui comme le voleur que j'étais, emportant avec moi l'enivrement de mes sens. A présent me voici à vos genoux, prêt à tout pour savourer de nouveau un instant d'éternité.

Il se prosternait pour baiser le bas de sa robe et Marie se délecta de voir dans cette position d'esclave celui qui, après le Roi et le Cardinal, devenait l'homme le plus puissant du royaume. Elle l'y laissa un moment respirer le parfum de ses jupes :

— A tout ? Vraiment ?

— Mettez-moi à l'épreuve ! Commandez ! Exigez ! Me voilà corps et âme à vous !

Elle fit mine de réfléchir un instant avant de lui tendre – peut-être pour l'aider à se relever car il n'avait plus vingt ans ! – une main dont il s'empara avec avidité.

— Soit ! Je consens à vous donner une chance... Oh, une minuscule et qui pourrait aller dans le sens de vos intérêts ! Pour commencer, vous allez... – elle hésita comme si une idée était en train de prendre forme dans sa tête – ... m'accompagner chez la Reine !

Il sursauta :

— Vous n'y pensez pas, Duchesse ! Vous oubliez qu'aucun homme ne peut entrer chez elle hors la présence du Roi !

Elle faillit lui rappeler que l'interdiction concernait surtout les jeunes hommes et que les barbons – qu'il le voulût ou non, l'âge en faisait un même s'il n'en avait pas vraiment l'air – pouvaient être admis.

— Vous êtes un proche du Cardinal, je n'aurai guère de difficultés à vous introduire !

— Oh ! que si ! Justement parce que je suis un proche de Son Eminence. Quand je suis en présence de Sa Majesté, j'ai l'impression de devenir transparent : elle ne me voit pas !

— Ce en quoi elle a grand tort mais, croyez-moi, si je me charge de vous, vous serez reçu ! Réfléchissez ! Marie de Médicis vient de disparaître de la scène politique. L'astre qui va monter c'est celui de la Reine. Il est temps que vous le reconnaissiez hautement. D'ailleurs cela servira la cause du Cardinal qui souhaite un rapprochement afin de ramener doucement notre souveraine à partager ses vues : elle ne l'acceptera qu'à la condition d'être tenue – si peu que ce soit – au courant des affaires. Songez qu'elle n'a jamais assisté aux Conseils dont les échos ne cessaient de retentir des imprécations de sa belle-mère ! Je vous verrais volontiers un rôle d'initiateur ?

Au sourire qui épanouit soudain le visage de Châteauneuf, elle comprit qu'elle avait touché juste... et que ce benêt était prêt à se laisser mener par le bout du nez à condition d'y mettre du doigté...

Si Anne d'Autriche fut surprise en la voyant arriver avec le Garde des Sceaux à sa remorque, elle eut le tact de n'en rien montrer, devinant que son amie devait avoir une idée derrière la tête : elle se montra sinon aimable, du moins courtoise, accueillant gracieusement les compliments discrets assortis d'une encore plus discrète offre de service et d'une sorte d'amende honorable. Elle finit par remercier Madame de Chevreuse de lui avoir amené ce nouvel ami. Celle-ci cependant les avait laissés converser pour s'intéresser aux changements advenus dans la Maison d'Anne d'Autriche.

Madeleine du Fargis exilée – on l'avait même condamnée et brûlée en effigie pour avoir mené contre le Roi des projets d'attentat dont Marie n'avait d'ailleurs jamais eu connaissance ! –, sa place de dame d'atour venait d'être donnée à une aimable personne déjà âgée, Catherine Le Vayer, dame de La Flotte, qui avait fait partie de l'entourage de Marie de Médicis mais sans rien savoir de ses projets politiques. En fait, elle était assez incolore mais il n'en allait pas de même pour sa petite-fille : l'éblouissante Marie de Hautefort venait de prendre rang, sur ordre du Roi, dans le bataillon des filles d'honneur où sa beauté et son assurance lui avaient attribué d'emblée une sorte de prééminence. Que semblait cependant lui contester une autre nouvelle venue, très jolie elle aussi mais moins éclatante : Françoise de Chémerault. Qui déplut d'emblée à la Duchesse et ne semblait pas agréer davantage à la Reine.

Marie en eut confirmation quand, s'étant approchée de Hautefort pour la complimenter, elle entendit celle-ci lui lâcher :

— Merci de vos vœux, Madame la Duchesse, mais par grâce n'allez pas en dire autant à Chémerault ! C'est le Cardinal qui nous l'impose, ce sera notre espionne. Ce qui déplaît fort à Sa Majesté : elle n'est déjà pas tellement ravie de ma présence, ajouta-t-elle avec une pointe d'amertume.

— Vous êtes peut-être un peu trop belle pour la paix d'une femme maltraitée. En outre, le bruit court que le Roi vous aime. Cela fait beaucoup !

— Il n'obtiendra rien de moi ! affirma la jeune fille. Si je suis heureuse d'être ici, ce n'est pas pour être plus proche de lui mais de la Reine. C'est elle qui a besoin d'aide. Et c'est à elle que j'entends me dévouer !

Le regard des magnifiques yeux bleus était droit, limpide, plein d'une fierté qui plut à Marie même s'il y entrait du défi. Elle donna sur la main de la nouvelle fille d'honneur un petit coup d'éventail amical :

— Comptez sur moi pour lever l'équivoque. Nous verrons ensuite jusqu'où nous pourrons nous entendre...

L'entrée inattendue du Roi les sépara. Avant de partir chasser à Versailles, Louis XIII venait saluer sa femme. C'était du moins le prétexte : en réalité, il venait s'assurer que Mademoiselle de Hautefort était satisfaite de son nouveau poste et, dès qu'il en eut fini avec les politesses obligatoires, s'isola avec elle dans une embrasure de fenêtre, si visiblement heureux de cet instant d'intimité qu'il prit à peine garde à la présence de Châteauneuf et ne remarqua pas Madame de Chevreuse. Celle-ci en profita pour se rapprocher de la Reine qui retenait difficilement des larmes de rage :

— S'il veut courtiser cette fille, ne peut-il le faire ailleurs que chez moi et sous mes yeux ?

— Surtout ne montrez pas que vous êtes blessée et ne faites pas mauvais visage à cette jeune fille, chuchota Marie. C'est une vertu sur laquelle il se cassera les dents et qui pourrait lui donner du fil à retordre.

— Résister au Roi ? Ce serait la première !

— Non, Madame, ce sera au moins la seconde ! Souvenez-vous que j'ai eu ce redoutable honneur ! assura-t-elle en se gardant prudemment d'ajouter qu'elle aurait volontiers cédé si ses scrupules religieux n'avaient retenu Louis au bord du piège séduisant qu'elle lui tendait. Et cela pour deux excellentes raisons : elle ne l'aime pas et ne souhaite que se dévouer pour vous !

— Vous en êtes sûre ?

— Absolument. En revanche, méfiez-vous de Mademoiselle de Chémerault : elle serait à la solde du Cardinal...

Marie en eut la preuve le lendemain même en recevant de Richelieu une courtoise invitation à lui rendre visite dans l'après-midi à l'heure qui lui conviendrait. Marie fit répondre qu'elle s'y rendrait vers trois heures.

Lorsqu'elle entra dans son cabinet, le Cardinal, radieux, vint à elle les deux mains tendues :

— Comme vous êtes bonne d'être venue ! Votre grâce illumine le triste jour que nous avons dehors, ajouta-t-il en la menant à un fauteuil placé près de la cheminée flambante avant de s'asseoir en face d'elle.

— La lourde charge qui pèse sur les épaules de Votre Eminence ne lui permet guère de perdre son temps en réceptions oiseuses : j'ai pensé que je pourrais peut-être lui être bonne à quelque chose ?

— Vous me prêtez là des intentions... mercantiles. L'idée ne vous vient pas que je pourrais avoir simplement l'envie de vous voir, Madame la Duchesse ? Ma tâche est pesante, vous avez raison, mais quoi de plus rafraîchissant que de contempler votre beauté dans tout son éclat ? Un privilège dont beaucoup peuvent jouir mais moi qui vis dans des sphères austères où vous ne paraissez guère, je suis bien obligé de vous demander de vous déplacer jusqu'à moi si j'en veux ma part...

Marie éclata de son joli rire en cascade :

— Dieu me pardonne, Monsieur le Cardinal, mais je n'ose penser que vous me faites la cour ?

— Et pourquoi pas ? Je suis un homme comme les autres et j'ai des yeux pour voir, une âme pour ressentir. Les quelques... divergences de vue qui nous ont séparés ne m'ont jamais empêché de vous admirer. Il faudrait être aveugle pour ne pas admettre la puissance de vos charmes. Ils n'épargnent personne... pas même mon pauvre Châteauneuf si j'en crois ce que l'on m'a appris !

— Je pense qu'on a beaucoup exagéré. Il y avait, entre Monsieur de Châteauneuf et moi, un contentieux désagréable remontant à sa dernière ambassade en Angleterre. De ce fait, il n'avait pas sa place dans l'esprit d'entente qui devrait à présent régner sur cette cour et nous nous sommes expliqués. Je lui ai pardonné ses mauvaises paroles...

— ... et vous l'avez emmené chez la Reine pour qu'elle l'absolve à son tour, encore que je ne voie pas ce qu'il a pu lui faire ?

— Rien du tout, Monseigneur ! Mais il est notoirement de vos amis et j'ai voulu, la Reine ne le connaissant qu'à peine, démontrer à Sa Majesté qu'il pouvait être agréable de recevoir un ami du Cardinal de Richelieu : c'est-à-dire l'un des plus capables de lui faire sentir la valeur réelle de Votre Eminence...

— Autrement dit, vous cherchiez à me rendre service ?

— A ma petite mesure, oui ! assura Marie avec un regard d'une telle limpidité que Richelieu s'y laissa prendre :

— C'est une excellente idée et je vous en remercie. Il est bon en effet pour le bien du royaume et la paix intérieure du Roi que Sa Majesté finisse par admettre que je me voudrais le plus fidèle de ses serviteurs !

Marie faillit dire que, dans ce cas, Mademoiselle de Chémerault lui semblait un accessoire superflu, mais préféra garder l'idée pour plus tard. D'ailleurs, le secrétaire du Cardinal venait d'entrer et, après l'avoir saluée, parlait quelques instants à l'oreille de son maître dont le visage reprit son expression sévère tandis qu'il le renvoyait d'un geste.

— Il semblerait, dit-il, que l'on se ligue dès à présent contre cette entente que je souhaite établir entre nous et j'ai pour vous, Madame la duchesse de Chevreuse, une fort mauvaise nouvelle.

— Laquelle, mon Dieu ? Que s'est-il passé ?

— Votre époux vient de se battre en duel contre le duc de Montmorency... et cela dans la cour du Louvre !

— Quoi ?

A demi étranglée de colère et d'inquiétude mélangées, Marie changea de couleur et se leva si brusquement qu'elle fit basculer son fauteuil :

— Miséricorde ! Il n'est pas... mort au moins ?

— Non. En fuite et intact. Des Mousquetaires les ont séparés à temps. Montmorency n'a qu'une légère blessure...

En fait, il s'était passé ceci : Montmorency et la jolie duchesse de Montbazon, belle-mère de Marie, avaient entrepris pour distraire la Cour de faire ce que l'on appelait des « valentins rimés », sortes de distiques burlesques prenant pour cibles quelques personnages en vue. L'un d'eux touchait Claude de Chevreuse, qui souffrait à la fois d'une rage de dents et d'une inflammation à l'œil correspondant :

Monsieur de Chevreuse
L'œil pourri et la dent creuse.

Claude arrivait tout juste pour entendre. Déjà malmené par la douleur, il entra dans une folle colère et provoqua Montmorency. On mit flamberges au vent avec la suite que l'on sait.

C'en était trop pour Marie qui, pour une telle sottise, voyait s'écrouler le délicat château de cartes qu'elle s'efforçait d'édifier. Se laissant retomber dans le fauteuil remis d'aplomb, elle éclata en sanglots. Son imagination lui montrait la suite des événements : son époux rattrapé, emprisonné et mené à l'échafaud comme le pauvre Boutteville, sans doute en compagnie de son complice. Elle-même devenue veuve et rejetée à jamais de la Cour au bénéfice d'un couvent où elle ne tarderait pas à périr d'ennui... et de fureur contre ces deux imbéciles qui, pour une broutille, avaient défié les édits royaux dans la propre demeure du souverain.

Ses larmes purement spontanées étaient sincères mais Marie possédait ce don, rare, de pouvoir pleurer avec grâce et quand Richelieu, à demi agenouillé près d'elle, écarta ses mains de son visage mouillé, ses yeux d'outremer scintillaient comme des étoiles.

— Allons, allons, ne vous désolez pas ! Personne n'est mort...

— Pas... pas encore, mais ça ne saurait tarder !

Le ton était si lamentable que Richelieu ne put s'empêcher de rire :

— Si c'est vous qui le dites ! Essuyez vos yeux, nous allons voir ensemble ce que l'on peut faire...

— Ils connaissent pourtant les édits, ces deux idiots !

— Certes, certes, mais il n'y a pas eu mort d'homme... et le Roi est à Versailles. Je lui présenterai personnellement l'affaire et s'il n'aime guère Montmorency qu'il a toujours soupçonné d'être épris de la Reine, il porte depuis longtemps une vieille affection à Monsieur de Chevreuse. Qu'il faut d'abord joindre ! Où pensez-vous qu'il se dirige ?

— Dam... Dampierre ! C'est notre refuge.

— Trop naturel, on l'y reprendrait sans peine. Que diriez-vous de Nancy ? Il ne faut pas oublier qu'il est prince lorrain et que le duc Charles est son cousin !... outre le fait qu'il est de vos amis...

L'intention était claire, Marie se sentit pâlir :

— Votre Eminence souhaiterait-elle que je prenne langue avec le Duc pour lui demander de renvoyer mon époux ?

— Non. Il n'ira pas jusque-là et nous l'aurons repris avant. Cela dit, n'ayez aucune crainte : j'aurais horreur de voir pleurer ces beaux yeux. Monsieur de Chevreuse, si le Roi m'écoute, s'en tirera avec quinze jours d'arrêts de rigueur sur ses terres de Dampierre et vous ne serez pas obligée de lui tenir compagnie...

— Oh ! Monseigneur ! C'est trop de bonté !

— Vous n'en croyez rien et vous avez raison : en politique un service en vaut un autre et la fugue du Duc me donne une idée. Vous connaissez nos incessantes difficultés avec la Lorraine ?

— Mieux que quiconque, je crois...

— Eh bien, vos relations me seraient utiles. J'aimerais que vous m'aidiez à rédiger certaines lettres au duc Charles. Son caractère vous est familier, ses réactions aussi : nous pourrions ensemble faire du bon travail.

— Ce sera avec joie, Monseigneur ! s'entendit répondre Marie qui n'arrivait pas à croire à sa chance : non seulement on ne punissait pas Claude mais encore on lui offrait de mettre son joli nez dans les affaires de Lorraine.

Cela convenait tellement à ses projets qu'elle en aurait crié de joie, mais ce n'était pas le moment de se laisser aller. Après avoir remercié de nouveau le Cardinal et pris rendez-vous avec lui, elle demanda, avant de sortir :

— Et Montmorency ? Que va-t-il advenir de lui ?

Elle avait de l'amitié pour le Duc en qui, avant que Buckingham ne s'inscrivît dans le paysage parisien, elle voyait un amant très convenable pour Anne d'Autriche. D'autant – elle le savait ! – que cet amour n'était pas éteint et que Montmorency portait sous les dentelles de ses manchettes un bracelet dans lequel étaient tissés des cheveux de la Reine autour d'un médaillon renfermant son portrait. Un temps, celle-ci s'était montrée sensible à son charme.

— Il vous intéresse ?

— Je le connais depuis des années. On tient à ses souvenirs de jeunesse..., ajouta-t-elle avec un haussement d'épaules.

— Alors rassurez-vous ! A lui non plus il n'arrivera rien sinon une verte semonce pour lui faire passer le goût de la poésie douteuse. Il sera ensuite renvoyé dans son gouvernement du Languedoc... où il n'aura plus aucune chance de rencontrer Monsieur de Chevreuse...

Soulagée d'un grand poids, Marie rentra chez elle pour y attendre des nouvelles de son époux. Elle y trouva un Châteauneuf singulièrement agité :

— Tout ce temps-là chez le Cardinal ! Mais qu'aviez-vous donc de si important à lui dire ?

— Moi ? Rien. C'est lui qui voulait me parler et ce fut bien heureux parce que je m'y suis trouvée à point nommé pour éviter à mon mari les graves conséquences d'une sottise...

Et de raconter ce qu'il venait de se passer. Mais au lieu de calmer Châteauneuf, cette nouvelle l'indigna :

— Il a montré une telle mansuétude pour un duel – et au palais ! – alors que c'est l'une des choses qu'il exècre le plus ? Il faut que vous ayez sur lui une influence qui... que...

Marie se mit à rire :

— Qu'allez-vous imaginer ? Il n'est pas le roi François Ier et je ne suis pas plus Diane de Poitiers que Chevreuse n'est mon père[1]. On ne m'a pas demandé de me déshabiller, mais seulement d'apporter mon aide quand Monsieur le Cardinal aura à rédiger certaines lettres au duc Charles de Lorraine. Il n'y a vraiment pas de quoi fouetter un chat !

— Pour le moment non mais cela signifie de longues heures seule à seul avec lui et j'ai peine à croire...

— Ma parole, vous me faites une scène de jalousie ! Voulez-vous me dire d'où vous en tirez le droit ?

Elle affectait la colère mais en réalité elle était ravie. Que le Marquis soit jaloux du Cardinal entrait parfaitement dans ses vues et elle avait bien l'intention de

1. La Duchesse fait allusion à une légende prétendant que Diane de Poitiers, alors toute jeune fille, aurait cédé au Roi pour sauver la tête de son père Jean de Saint-Vallier...

lui donner de temps en temps de quoi alimenter cette jalousie. Cela aiderait puissamment à obtenir certains échos du Conseil susceptibles d'être fort utiles à ceux qui souhaitaient toujours aussi ardemment la séparation du Roi et de son Ministre. Non qu'elle fût toujours aussi acharnée à la perte de Richelieu, encore qu'elle ne lui pardonnât pas l'exil de Louise de Conti, mais une autre idée brillante lui était venue : celle de mettre un jour Châteauneuf à la place du Cardinal. C'était un homme à ses pieds, doté de l'expérience de l'âge et des affaires, au surplus d'un charme qui n'était pas à négliger. Devenu le premier des Ministres, il ferait sans doute merveille car sa politique – dont Marie entendait devenir l'inspiratrice ! – rendrait enfin justice à la haute noblesse – et même la moins haute ! – si fort malmenée par l'impitoyable Richelieu. On ramènerait la paix avec l'Eglise, avec l'Espagne, et tout irait pour le mieux dans le meilleur des royaumes ! Tout le monde serait heureux et elle-même serait toute-puissante !

En attendant et avant de mettre à la porte son amoureux déconfit, elle posa sur ses lèvres un baiser léger comme une aile de papillon :

— Allons ! Apprenez à me mieux connaître ! Nous pouvons faire de grandes choses ensemble !

CHAPITRE VIII

DOUBLE JEU

Pendant quelques mois, Marie mena entre Richelieu et Châteauneuf la vie la plus excitante qui soit. Elle rédigeait avec l'un le courrier de Lorraine, important s'il en fut puisque, toujours réfugié à Nancy où il soufflait le feu et la fureur tout en menant à bien ses amours avec la jeune Marguerite, Monsieur s'efforçait de créer toutes sortes d'ennuis à son frère. Il était même en train de lever une armée afin de pénétrer en France, armée qu'il entendait payer au moyen de l'argent qu'il ne cessait de réclamer. Pour une fois Marie œuvrait en faveur de l'apaisement à travers les lettres rédigées au Palais-Cardinal. Entre deux séances d'écriture, on causait. Férus de théâtre l'un comme l'autre, Richelieu et Madame de Chevreuse trouvaient là un terrain d'entente d'où l'on glissait parfois à des confidences plus intimes. La jeune femme se laissait respirer par le Ministre en déployant une savante coquetterie et en prenant un plaisir pervers à le voir se troubler quand au-dessus d'une page à demi écrite leurs têtes se rapprochaient. Elle eut même le bon goût de frissonner en fermant les yeux le jour où il osa l'embrasser dans le cou. Avant de s'écarter avec un sourire navré en alléguant la nécessaire prudence : Madame de Combalet, elle le savait, n'était jamais loin quand la « Chevreuse » venait rejoindre son oncle. En outre, la robe rouge commandait le respect. Cependant elle possédait trop bien l'art de manier les hommes pour fermer les portes d'une espérance dont elle laissait entendre qu'elle pourrait la partager...

Avec Châteauneuf, le jeu différait. Ne pouvant se voir souvent – double prudence commandée par les relations avec le Cardinal et le caractère ombrageux, allant jusqu'à l'aigreur, que Claude de Chevreuse s'avisait d'étaler – on s'écrivait et, à mesure que lui parvenaient les épîtres de son amoureux, Marie pouvait évaluer la montée en puissance de la passion qu'elle lui inspirait. De la jalousie aussi : Châteauneuf supportait d'autant plus mal les séances d'écriture que Marie prenait un malin plaisir à faire étalage de la cour de plus en plus pressante dont elle était l'objet... Tout en protestant que le Cardinal perdait son temps et qu'elle ne serait jamais qu'à son cher Châteauneuf parce que lui seul l'attirait.

En même temps, ils se retrouvaient assez fréquemment chez la Reine. Le Garde des Sceaux y venait avec un vif plaisir parce qu'on l'y accueillait à présent en ami et que c'était l'un des rares endroits où il pouvait contempler à loisir la dame de ses pensées. Peu à peu les conversations de salon prirent un ton plus confidentiel. On y parla de choses plus sérieuses et, poussé par la jalousie qu'il éprouvait envers le Cardinal, les affaires débattues en Conseil prirent davantage de place dans ces entretiens à trois dont Mademoiselle de Hautefort s'instituait la gardienne aussi astucieuse qu'efficace. Elle savait comme personne détourner l'attention du Roi quand il venait chez sa femme pour que le Garde des Sceaux pût s'esquiver discrètement. C'était facile : Louis cachait à peine son amour pour elle.

Vers la fin de l'année, le Roi décida de donner un coup de pied dans la fourmilière lorraine et d'en ramener un frère qui faisait un peu trop parler de lui. Après avoir repris quelques places à Charles IV, il lui imposa le traité de Vic dont ses Etats sortaient diminués mais ne put venir à bout de Monsieur son frère, devenu l'époux de Marguerite de Vaudémont. Le Roi ne voulant pas reconnaître une union contractée sans son accord, Gaston refusa tout net (pour une fois) de revenir à Paris, même pour y toucher l'une de ces confortables sommes d'or dont il était si friand : il ne reviendrait pas sans sa Marguerite. Et s'il fit serment de ne plus chercher à nuire au royaume, ce fut du bout des lèvres. Il fallut s'en contenter et retourner à Paris en le laissant chez son beau-frère.

C'est à ce moment que vint à Paris le sémillant Giulio Mazarini, ce jeune et brillant diplomate du Saint-Siège qui avait réussi à mettre tout le monde d'accord devant Casal et qui, se déclarant résolument ami de la France, était parvenu, au traité de Mirafiori, à lui conserver la puissante forteresse de Pignerol. Son talent avait séduit Richelieu, ce qui l'enchantait parce qu'il désirait en son for intérieur attacher son destin à celui du Cardinal et – pourquoi pas ? – lui succéder un jour.

Ce n'était pas la première fois qu'il abordait les rives de la Seine où il comptait les nombreux amis que lui valaient sa bonne grâce, son charme indéniable, ses talents de diplomate et sa générosité : lorsqu'il arrivait quelque part, c'était toujours chargé de ces petits cadeaux qui font tant plaisir, parfums, gants, miroirs de Venise, savons, etc. Richelieu avait demandé pour lui le titre de nonce apostolique mais Giulio avait rendu cette nomination irréalisable en refusant de recevoir les ordres, donc de devenir prêtre. Il avait même refusé les ordres mineurs parce que cela ne lui était pas utile, pouvait encombrer son existence et, surtout, lui interdire dans la suite des temps un mariage intéressant. Il accepta cependant de devenir « clerc » c'est-à-dire de poser son pied élégant sur le premier degré de la hiérarchie catholique, ce qui lui permettrait de recevoir des bénéfices et même de coiffer un jour le chapeau de cardinal sans être tenu aux règles de vie d'un prêtre. Seules obligations : recevoir la tonsure – pas trop évidente au milieu de ses beaux cheveux soyeux dont il prenait un soin extrême – et porter l'habit de prélat qu'il jugeait assez seyant. Il n'était plus le cavalier Mazarini mais Monsignore Mazarini, ce qui lui ouvrait bien des portes.

Pour revenir à Paris, il s'était fait charger par le Pape d'une mission aussi peu réaliste que possible : obtenir l'appui de la France pour enlever Genève et les riches terres d'alentour aux calvinistes et les offrir à la Savoie afin de compenser la perte de Pignerol. Richelieu ayant besoin de l'appui des Cantons suisses pour sa politique contre l'Empereur, il n'y avait aucune chance de l'entraîner dans cette aventure. Mazarini le savait – le Cardinal aussi d'ailleurs ! – mais c'était un excellent moyen de nouer des relations plus étroites avec ce garçon d'avenir.

C'est ainsi qu'un beau matin, celui que nous appellerons désormais Mazarin pénétra au Louvre et fut présenté à Anne d'Autriche par le Cardinal en personne. Ce n'était peut-être pas la meilleure recommandation pour la fière Espagnole, surtout si le nouveau venu avait contribué à une victoire française contre son pays natal mais, outre des yeux magnifiques et un sourire charmant, il possédait l'art de plaire aux femmes. Et puis, la Reine et lui étaient du même âge et, surtout, elle découvrit que si son français était légèrement zézayant, Mazarin parlait un castillan parfait. Aussi accepta-t-elle gracieusement les gants brodés et les parfums qu'il demanda la permission de lui offrir et bavarda avec lui quelques instants.

A son rang privilégié, Marie avait observé la scène sans y attacher autrement d'importance mais avec tout de même un rien de surprise étant donné le peu de naissance de l'arrivant et le fait qu'il se disait fervent admirateur du Cardinal. Certes, elle était trop femme pour ne pas lui reconnaître de la séduction – encore que pour sa part elle n'y fût pas sensible – mais l'attitude d'Anne la déroutait et elle se promit de poser une ou deux questions après la réception.

Or, elle n'en eut pas le temps. Lorsqu'un moment plus tard elle put s'isoler avec la Reine qui respirait, avec un plaisir visible et les paupières mi-closes, l'un des flacons en verre de Venise qu'elle venait de déboucher, elle entendit celle-ci murmurer :

— Ne trouvez-vous pas, ma chère, que ce Monsignore ressemble à notre pauvre Buckingham ?

Elle se trouva sans réponse parce que la ressemblance ne l'avait pas frappée. Pourtant, à y réfléchir, il y avait quelque chose. Et comme, s'étonnant de son silence, la Reine la regardait, elle se hâta de dire :

— Peut-être... Je ne m'en suis pas avisée à cause du costume ecclésiastique mais Votre Majesté a sans doute raison...

Ce fut tout. Marie, cependant, ne devait jamais oublier ces mots. Sans imaginer un seul instant de quel poids ils pèseraient dans l'avenir, elle se contenta de les ranger dans sa mémoire où elle conservait ce qui pouvait présenter une éventuelle utilité. N'importe comment, ce jeune homme n'était que de passage et regagnerait Rome un jour prochain. Il ne pouvait donc servir à rien dans l'immédiat...

Le lendemain, alors qu'elle se préparait à se rendre chez le Cardinal, elle avait l'intention de lui en parler sur le mode plaisant parce qu'elle se sentait d'excellente humeur. Il faisait l'un de ces jolis temps de pré-printemps dont Paris semblait posséder le secret en dépit de ses rues boueuses et Marie étrennait une robe de velours feuille morte à légères broderies d'or, avec collerette et manchettes de satin blanc, accordée aux reflets fauves de ses cheveux. Elle s'y sentait particulièrement en beauté... Et soudain, toute cette petite magie s'écroula, quand Herminie prit des mains d'un valet une lettre qu'un courrier de la duchesse douairière de Guise venait d'apporter en urgence. En dépit du fait qu'elle était adressée à Claude, Marie fit sauter le cachet et lut... puis se laissa tomber sur un siège tandis que des larmes montaient de son cœur à ses yeux : Louise de Conti venait de mourir au château d'Eu...

« Depuis des jours elle se laissait aller au désespoir, écrivait la veuve du Balafré, refusant le boire comme le manger. Le chagrin causé par la séparation d'avec son époux bien-aimé la rongeait comme une blessure pleine de venin. Aujourd'hui elle a rendu son âme apaisée après avoir demandé pardon de ses fautes... »

— Louise ! murmura Marie désolée à la pensée qu'elle ne la verrait plus, qu'elle n'entendrait plus son rire communicatif, ni sa voix parfois mordante mais qui, si souvent, l'avait réconfortée. La vie avait fait d'elle sa sœur par mariage mais en la perdant Marie découvrait qu'elle avait été beaucoup plus que cela : une amie sûre, fidèle, sans faille quelles que puissent être les circonstances...

Devant cette douleur inattendue, Herminie demanda si elle devait dire à Peran de dételer, ajoutant que la Duchesse ne devait pas avoir très envie d'aller au Palais-Cardinal, mais celle-ci sauta sur ses pieds, l'œil furibond :

— Oh ! que si ! J'en ai même plus envie que jamais ! Et toi, tu m'accompagnes...

— Chez le Cardinal ? Alors qu'il ne me connaît pas ?

— Tu attendras dans la voiture ! Au cas où il me ferait arrêter, il y aura au moins quelqu'un pour avertir mon époux. Tu n'auras qu'à envoyer un courrier à Dampierre...

— Vous arrêter ? Par pitié, restez ! Dans l'état où je vous vois, vous êtes capable de vous perdre ! C'est un homme si dangereux, si...

— Peut-être mais il est grand temps de lui dire ses vérités. Plus un mot à présent !...

Et il fut impossible de lui arracher une autre parole.

En arrivant à destination, elle n'attendit pas qu'on lui ouvre la portière, sauta à terre et fila vers l'escalier en écartant d'un geste autoritaire de la main ceux qui tentèrent de lui parler. On courut donc prévenir Madame de Combalet et celle-ci rejoignit la Duchesse dans l'antichambre du cabinet :

— Vous êtes en avance, Madame la Duchesse, tenta-t-elle avec un aimable sourire, et je crains que Son Eminence ne soit occupée...

— Tant pis ! Ce que j'ai à lui dire ne souffre aucun retard !

Et sans se soucier des deux gardes en tunique rouge plantés de chaque côté de la porte, Marie ouvrit celle-ci et entra.

Richelieu en effet n'était pas seul : assis devant sa table surchargée de papiers, un chat sur les genoux –

il les adorait et il y en avait toujours au moins deux qui l'accompagnaient dans ses voyages –, il s'entretenait avec un moine en froc gris, un capucin barbu, maigre, marqué par l'âge et pieds nus dans des sandales à lanières en dépit de la saison, dont Marie ignorait qu'il était le plus fidèle conseiller du Cardinal et son ami. Il s'appelait le Père Joseph du Tremblay. Bientôt on l'appellerait l'« éminence grise ». Ce n'était à cet instant pour elle qu'un frocard comme les autres, venu sans doute pour une aumône. Aussi, sans même s'excuser et après un semblant de révérence, déclara-t-elle qu'il lui fallait parler sur l'heure au Cardinal mais qu'elle était prête à offrir quelques pièces d'or pour le couvent si le moine consentait à lui céder la place.

D'abord suffoqué par tant d'audace, Richelieu prit le parti d'en rire puis, remarquant que sa visiteuse intempestive ne semblait pas dans son état naturel, il pria le Père Joseph de bien vouloir se retirer un moment :

— Nous nous verrons plus tard, ajouta-t-il... mais n'oubliez pas de profiter des bonnes dispositions de Madame la Duchesse envers votre sainte maison...

Force fut à Marie de mettre la main à son escarcelle. Après quoi elle dut attendre que le Cardinal eût lui-même raccompagné son conseiller à la porte en le tenant par le bras.

— Le Père Joseph a la vue faible, expliqua-t-il calmement, mais son esprit est l'un des plus lumineux que je connaisse ! Cela dit – et il retourna s'asseoir à son bureau sans s'approcher d'elle comme il en avait l'habitude –, vous me semblez en proie à une bien vive émotion, Madame la Duchesse. Qu'est-il arrivé ?

Le ton froid, quasi impersonnel, exaspéra la jeune femme. D'un geste rageur, elle jeta la lettre de sa belle-mère devant Richelieu :

— Ceci... qui va vous combler de joie ! Elle est morte, vous entendez ? Louise de Conti est morte là-haut, dans les brumes du Nord où vous l'avez reléguée, morte du chagrin d'être séparée de l'homme qu'elle aimait depuis si longtemps, qui était son époux devant Dieu et dont elle n'a même pas pu tenir la main à son heure dernière. Quel crime avait-elle commis d'assez grave pour être condamnée à mourir dans le désespoir ? Elle vous détestait n'est-ce pas et c'est cela qui est impardonnable ?

— Non. Ce qui est impardonnable, c'est de conspirer contre la sûreté du royaume et c'est ce que faisaient Bassompierre et son épouse. Moi, je ne suis qu'un rouage ! Je ne compte pas !

— Vraiment ? On ne le dirait pas. Ne vient-on pas de vous offrir la tête du maréchal de Marillac, un brave soldat, coupable seulement d'être le frère de l'ancien Garde des Sceaux que la Reine Mère voulait mettre à votre place... Et ce « crime » méritait la mort ?

Quelques jours plus tôt, en effet, un tribunal réuni à Rueil, chez le Cardinal, et présidé d'ailleurs par Châteauneuf, avait condamné à mort le Maréchal qu'après la Journée des Dupes on avait été arrêter en Italie, à son poste de commandement.

— Ce n'est pas moi qui l'ai voulu. Le Roi en faisait une affaire personnelle et c'est lui qui a exigé le châtiment suprême. Essayez de comprendre, Madame, que des Pays-Bas où elle s'est enfuie, Marie de Médicis négocie une alliance avec son gendre le roi d'Espagne, et en même temps sollicite l'Empereur d'attaquer Toul et Langres. Grâce à elle, celui-ci, Philippe IV et Charles de Lorraine sans compter Monsieur sont en train de former une coalition contre nous ! Ceux qui, en France, pourraient les aider doivent être supprimés.

— Pourquoi pas Michel de Marillac, dans ce cas ? C'est lui, selon vous, le principal coupable. Va-t-il bientôt monter à l'échafaud ?

— Il est malade et désormais privé de soutiens : il restera au donjon de Châteaudun. Le Maréchal, lui, gardait son pouvoir sur les troupes qu'il commandait. Il ne nous manquerait plus qu'une rébellion dans l'armée... Et puis en voilà assez ! L'aide que vous m'apportez dans nos relations chaotiques avec la Lorraine ne vous autorise pas à vous immiscer dans la politique du Roi...

— Du Roi ? Laissez-moi rire ! Comme s'il n'était pas un simple jouet entre vos mains. Combien de têtes lui faudra-t-il encore, à cette sacro-sainte politique ?...

— Je n'ai pas, Madame, à en discuter avec vous !

Cette fois la colère vibrait dans la voix du Cardinal mais Marie, emportée par l'indignation, allait passer outre quand le Père Le Masle, le secrétaire que la Duchesse remplaçait de temps en temps, entra tout agité pour annoncer que le Capitaine des Gardes de Son Eminence demandait à être reçu dans l'instant pour affaire grave.

— Qu'il entre ! Et vous, Madame, restez ! Nous n'en avons pas encore fini...

Moitié par curiosité, moitié parce qu'elle n'avait pas complètement vidé son sac, Marie alla s'asseoir près du feu mais en prenant soin de dissimuler son visage. Ce qu'avait à dire l'officier était en effet grave bien que, dans les débuts, cela parût totalement dépourvu d'intérêt à la jeune femme. Un Garde du Cardinal et un Mousquetaire du Roi s'étaient pris de querelle, battus en duel devant le cabaret de la Pomme de Pin, et la rencontre se soldait par un drame : le Mousquetaire avait tué son adversaire...

Richelieu s'empourpra, ses dents se serrèrent et son poing fermé s'abattit sur sa table de travail avec une violence qui fit trembler le candélabre :

— Cela ne finira donc jamais ! Qui m'a-t-on occis ?

— Bellanger ! Je dois à la vérité de dire qu'il l'a cherché : il devient méchant quand il boit et il avait insulté une dame...

— Ce n'est pas une raison pour le tuer et braver mes édits en plein Paris ! Sait-on le nom de son adversaire ?

— Oui, Monseigneur ! Gabriel de Malleville... Le guet arrivait à cet instant et s'est emparé de lui. A la vérité il n'a opposé aucune résistance. Il a même empêché ses camarades présents d'en découdre avec les nôtres.

— C'est sage mais cela ne le sauvera pas. Il est au Châtelet ?

— Oui, Monseigneur, en attendant l'ordre de le transférer à la Bastille, je suppose ?

— C'est bien. Je vous remercie. Vous pouvez vous retirer, conclut le Cardinal en prenant note de ce qu'il venait d'apprendre.

Quand il releva la tête, il vit Marie, debout devant lui, pâle jusqu'aux lèvres mais les yeux étincelants.

— Quelle excellente journée pour vous, Monsieur le Cardinal, fit-elle d'une voix cinglante. Vous aurez une nouvelle victime à jeter à vos bourreaux ! Vous devez être heureux !

— Madame !

Mais elle s'était déjà retournée, si vite qu'elle avait atteint la porte avant que Richelieu se fût seulement levé. La tête haute, retenant ses larmes, elle parcourut la galerie sans s'apercevoir de la présence de Madame de Combalet, descendit l'escalier en courant et, le perron franchi, s'engouffra dans son carrosse où Herminie l'attendait mais, devant son visage bouleversé, celle-ci se garda prudemment de l'interroger :

— Touche à l'hôtel ! cria-t-elle à Peran avant de se rejeter dans son coin de voiture où elle éclata en sanglots dont sa petite suivante n'osa demander la cause.

Elle n'avait pas souvent vu sa cousine dans cet état mais savait qu'il valait mieux la laisser se calmer seule. Bientôt on atteignit la rue Saint-Thomas-du-Louvre et les sanglots s'étaient apaisés mais les pleurs coulaient encore. Marie les essuya d'un gant rageur quand son majordome lui annonça qu'un Mousquetaire l'attendait dans le salon des Muses.

— Il m'a donné son nom : le baron d'Aramitz.

Elle trouva le jeune homme debout devant la statue de Terpsichore, comme jadis Holland au moment de leur séparation, et ne put s'empêcher d'admirer l'élégance parfaite de sa tenue mais, au bruit de ses pas, il lui fit face et elle put voir le souci inscrit sur sa figure :

— Vous venez m'apprendre, n'est-ce pas, que Malleville a tué l'un des Gardes du Cardinal et qu'il est prisonnier ?

— Vous le savez déjà, Madame la Duchesse ? Comment est-ce possible ?

— J'étais chez Richelieu au moment où l'on est venu lui apprendre la nouvelle et j'en suis encore tout étourdie ! Comment Malleville, la sagesse personnifiée, le sang-froid incarné, a-t-il pu se laisser aller à cette folie : se battre pour une femme !

— Pas n'importe quelle femme ! C'est vous que ce misérable injuriait et en des termes tels qu'aucun gentilhomme présent ne pouvait admettre de les entendre. S'il n'avait réagi, je l'aurais fait à sa place mais il s'y est opposé en disant que c'était affaire à lui. De même, il a refusé que nous le secondions contre les amis de ce rustre...

— Nous ? Combien étiez-vous donc ?

— Cinq en comptant Gabriel : Armand de Sillège d'Athos, Isaac de Porthau, votre serviteur et Charles d'Artagnan...

— D'Artagnan ? Je connais ce nom-là !

C'était Louise de Conti qui le lui avait appris. Lorsque, alors en Angleterre, elle avait envoyé Peran rapporter en France les ferrets de la Reine si imprudemment offerts au duc de Buckingham, son fidèle cocher, à peine arrivé en France, était tombé dans une embuscade tendue par les séides du Cardinal alertés par Lady Carlisle[1]. Il en avait été sauvé par l'épée sans rivale d'un certain d'Artagnan, lié... d'amitié à une suivante de la Reine et qui était allé au-devant de lui pour ensuite l'escorter jusque chez Madame de Conti... A l'époque, Marie n'avait en tête que Holland, Buckingham et ses propres intérêts. Elle n'avait jamais cherché à connaître ce Mousquetaire gascon dont Louise lui avait cependant dit qu'il était charmant, pensant alors que son amie se le réservait...

Elle voulut en parler à son visiteur mais celui-ci, déjà, prenait congé en disant qu'il était venu pour l'avertir mais qu'il devait rejoindre ses amis que Monsieur de Tréville voulait présenter au Roi. On avait rendez-vous au Louvre, au bas du Grand Degré... Cependant, avant de sortir, Aramitz ajouta :

— Le bruit court, Madame la Duchesse, que le Cardinal vous voit avec un sensible plaisir. Peut-être pourriez-vous nous aider ?

— Soyez sûr que je ferai l'impossible pour Gabriel. Dites-le-lui si vous parvenez à l'approcher...

Restée seule, Marie ne remonta pas tout de suite chez elle, préférant rester là, à tourner en rond, pour

1. Voir *Marie des intrigues*.

tenter de calmer son agitation. Quelle affreuse journée, en vérité ! Pourquoi avait-il fallu que la mort de Louise la mette hors d'elle au point de courir jeter sa colère à la tête de Richelieu au moment où, sans le savoir, elle allait avoir le plus grand besoin de sa clémence ? Retourner auprès de lui, il n'y fallait pas songer. D'ailleurs, il devait s'être rendu au Louvre pour le Conseil. Le mieux peut-être était de l'y rejoindre ? Non, ce n'était pas une bonne idée !... Le Roi ! C'était le Roi qu'il fallait voir ! Les Mousquetaires étaient sa création, le corps privilégié chargé de sa personne en dehors des demeures royales et le capitaine le savait bien qui était en train de se rendre auprès de lui avec ceux qui avaient assisté au duel... Et Marie, soudain, éprouva une irrésistible envie d'aller voir comment cela se passerait. De toute façon, elle devait à la mémoire de Madame de Conti d'annoncer elle-même son décès à la Reine...

Grimpant à son appartement, elle changea sa robe chatoyante pour du velours et de la mousseline noirs à peine éclairés par la batiste blanche de l'étroite collerette et des manchettes. Sur sa tête elle fit poser un voile, refusa le moindre bijou, se fit donner sa mante noire et ordonna à Herminie de la suivre car il n'était pas séant qu'une femme se rende seule dans les appartements du Roi. Et c'est pourtant tout juste ce qu'elle avait l'intention de faire.

Son arrivée dans son carrosse d'apparat et cet appareil funèbre ne passèrent pas inaperçus et, tandis qu'elle montait le Grand Degré suivie d'Herminie, plusieurs gentilshommes la saluèrent auxquels elle répondit d'un signe de tête plein de gravité. Derrière elle Herminie goûtait chaque seconde d'une circonstance aussi exceptionnelle, et offrait l'image même de la dignité. On arriva ainsi dans l'antichambre où veillaient les Suisses. Marie y trouva Monsieur de La

Vieuville et lui dit qu'elle sollicitait une audience pour un cas grave.

— Sa Majesté est rentrée de la chasse. Je viens de voir ses équipages dans la cour...

— Je ne sais si vous choisissez bien votre moment, Madame la Duchesse. Sa Majesté est de fort méchante humeur. Elle est occupée à recevoir dans son Cabinet des Armes Monsieur de Tréville et quatre Mousquetaires pour une affaire désagréable qui ne fera, je le crains, qu'augmenter sa bile...

— C'est pourtant de cette affaire que je viens lui parler ! Je vous en conjure, Duc, faites qu'il me reçoive, fût-ce un seul instant !

— Mais... vous êtes en deuil, dirait-on ?

— Oui, de ma belle-sœur, Madame de Conti, et profondément affligée...

— Suivez-moi, je vais voir ce que je peux faire...

Il la conduisit dans la salle qui précédait le Cabinet des Armes et l'y laissa tandis qu'après avoir gratté à la porte où veillaient deux Gardes du Corps, il pénétrait dans la pièce presque sur la pointe des pieds. Pour en ressortir pratiquement aussitôt, suivi de peu par Tréville et ses quatre gentilshommes dont les mines sombres augmentèrent à la fois l'angoisse de Marie et sa détermination. Jamais l'approche d'un combat ne lui avait fait peur et si elle redoutait de perdre celui-là, c'était uniquement à cause de Gabriel.

En passant près d'elle, les cinq hommes la saluèrent, Aramitz avec un regard désolé et un hochement de tête négatif. Elle n'en regarda pas moins avec intérêt les compagnons de Malleville, les devinant d'aussi grande qualité que lui. Athos, le plus âgé, une figure noble et fière aux yeux profonds, Porthau, un géant doué sans doute d'une force exceptionnelle mais dont l'aimable figure de bon vivant reniflait des larmes, d'Artagnan enfin, un Béarnais sec et vif comme l'avait été Henri IV en personne avec un visage hardi et des yeux de feu. Leur salut fut silencieux mais elle leur lança :

— C'est pour moi qu'il s'est battu ! A mon tour de me battre pour lui...

Mais déjà La Vieuville l'introduisait...

Tendu de tapisseries des Flandres sur lesquelles s'enlevaient des trophées, meublé de coffres et d'armoires remplis d'armes diverses, ce cabinet n'était pas une nouveauté pour Marie. Au temps lointain de sa faveur, elle y était venue à maintes reprises, le jeune Roi trouvant plaisir à lui faire admirer ses dernières acquisitions. Il venait alors au-devant d'elle pour baiser sa main en lui demandant des nouvelles de sa santé avec une tendre sollicitude. Il n'en fut rien cette fois...

Assis dans un haut fauteuil de cuir et de bois sculpté, Louis XIII faisait jouer dans son fourreau une longue dague d'acier bleu dont la poignée dorée et niellée annonçait qu'elle venait de Tolède. Il n'accorda qu'un bref regard à sa visiteuse tandis qu'elle lui offrait la plus gracieuse, la plus respectueuse de ses révérences. Pourtant, ce regard s'était attaché un instant à sa toilette :

— Pourquoi ce deuil ? Chevreuse n'est pas mort que je sache ?

— Non, Sire, Dieu merci, mais il vient de perdre une sœur qu'il aimait et je partageais cet amour.

Les noirs sourcils se relevèrent : il ne devait pas le savoir. Et, en effet :

— Je l'ignorais. De quoi est morte Madame de Conti ?

Oh ! ce ton indifférent ! Marie dut faire effort sur elle-même pour s'obliger à répondre sans aigreur :

— De douleur, Sire ! Du chagrin d'être séparée de celui qui, devant Dieu, était son époux...

— Ah, c'est vrai ! Il va falloir annoncer à Bassompierre qu'il est veuf. J'en chargerai le Garde des Sceaux. A présent, Madame, dites sans barguigner la raison qui vous amène !

Quoiqu'il lui en coûtât, Marie se laissa tomber à genoux :

— La grâce du chevalier de Malleville, Sire, l'un de vos Mousquetaires qui...

— Je sais ! Et pourquoi la demander ? C'était sans doute l'un de vos amants ?

— Non. C'était mon écuyer avant qu'il ne choisisse le service de Votre Majesté dont il admirait la bravoure. Le Duc et moi avons beaucoup regretté le serviteur hors pair qu'il était. Et sans doute l'une des meilleures lames de France !

— Il vient de le démontrer en tuant Bellanger qui n'était pas maladroit mais qui était ivre. Et cela pour une femme dont on m'a refusé le nom...

— De la pure chevalerie, digne de vos Mousquetaires, Sire, mais inutile : c'est moi que le Garde du Cardinal avait insultée !

Un pli méchant se dessina sous la moustache du Roi tandis qu'il ricanait :

— Peut-on vraiment insulter une dame de votre réputation ? On ne prête qu'aux riches vous savez !

Une bouffée de colère remit Marie sur ses pieds :

— Si j'entends Votre Majesté, le premier gentilhomme de France se range à l'avis d'un soudard pris de boisson ? Oh ! Sire, le Roi que j'ai connu avait plus de hauteur de vue.

— On change, Madame ! Vous aussi avez changé.

— Moins que le Roi ne pense. Mon cœur est resté le même !

— Etrange ! Je me suis souvent demandé si vous en aviez un !

Marie comprit qu'elle n'obtiendrait rien en lui tenant tête :

— Sire, on vous a surnommé Louis le Juste. Permettrez-vous que l'un de vos plus vaillants soldats perde la vie pour avoir défendu l'honneur d'une femme qu'il a longtemps servie ? Est-ce que cela ne vous paraît pas... injuste ?

— On peut corriger un malotru sans le tuer. Et celui-là avait trop bu : il était par conséquent en état d'infériorité. Au surplus, Madame, ce Bellanger ne m'appartenait pas.

— Cela veut-il dire que, servant le Cardinal, cet homme cessait d'être français donc un sujet de Louis XIII ?

Elle eut la satisfaction de voir rougir le visage du Roi qui, un instant, chercha sa réponse :

— Vous savez bien que non. Cependant j'ai voulu que mon plus précieux serviteur dispose d'une force capable de le protéger en toutes circonstances contre tous ennemis comme je le suis moi-même...

— Alors Sire, il faudrait lui donner la moitié de vos armées car si le peuple aime, je dirais vénère, Votre Majesté, il n'en va pas de même envers un Ministre qu'il déteste chaque jour davantage !

— Je ne vous savais pas si avant dans les sentiments de mes sujets ! Quoi qu'il en soit, le mort appartenait au Cardinal : il est donc le seul à qui, en la circonstance, appartienne le droit de grâce... Je vous salue, Madame la duchesse de Chevreuse.

Force fut à Marie, ainsi congédiée, de s'incliner. Réfrénant sa colère, elle quitta l'appartement royal, hésita à se rendre chez la Reine, y renonça avec un haussement d'épaules : comme si cette malheureuse disposait du moindre pouvoir ? Aller lui conter l'affaire serait une perte de temps et le temps comptait énormément : si personne n'intervenait Gabriel n'avait plus guère d'heures à vivre...

En rejoignant son carrosse, elle aperçut Aramitz qui, les bras croisés sur la poitrine, faisait les cent pas d'un air méditatif et devina qu'il l'attendait. Il devait d'ailleurs surveiller l'escalier car il vint à elle dès qu'elle fut en bas des marches :

— Qu'en est-il ? demanda-t-il.

— Je n'ai pas été plus heureuse que vous. On m'a répondu que seul le Cardinal pouvait disposer de la vie de Malleville puisque le mort était à lui.

— C'est à peu de chose près ce que le Roi nous a fait l'honneur de nous dire, fit le Mousquetaire avec amertume. Nous voulions nous rendre auprès de lui mais Monsieur de Tréville nous l'a interdit sous le prétexte que c'était à lui de le faire, qu'il était inutile d'être cinq à mettre notre orgueil dans notre poche et que le sien devrait suffire. Vous savez sans doute que nous ne nous aimons guère, Messieurs les Gardes et nous.

— Monsieur de Tréville s'est-il déjà rendu au Palais-Cardinal ?

— Pas encore. Auparavant il avait une affaire à régler à son hôtel. Il ira ce soir, je pense !

— Moi, j'y vais tout de suite. Ainsi que vous l'avez remarqué, Son Eminence semble rechercher ma compagnie depuis quelque temps. Il reste à mesurer la qualité de sa... soudaine sympathie.

— Et si elle n'est pas ce que vous espérez ?

Elle jeta un regard déterminé dans les yeux du jeune homme :

— Il restera l'aventure : arracher Gabriel au bourreau, fût-ce au pied de l'échafaud.

Aramitz soutint son regard un instant puis salua :

— En ce cas comme en d'autres, croyez-moi votre

serviteur, Madame la Duchesse ! Et je ne serai pas le seul.

— Si vous n'êtes pas de garde, allez m'attendre chez moi ! dit-elle en lui tendant sa main gantée.

Dieu que c'était bon de ne pas se sentir isolée ! Tandis que sa voiture la ramenait chez Richelieu, Marie sentait son cœur battre la charge sous l'excitation du combat à venir. Ce goût de la bataille, elle le portait en elle depuis toujours, y puisant un plaisir presque aussi violent que dans les jeux de l'amour.

Il commençait à se faire tard et Marie espérait que Richelieu ne serait pas encore passé à table pour un souper dont les heures variaient pour ce travailleur infatigable... Madame de Combalet ne s'en montra pas moins surprise de son retour. Assez désagréablement d'ailleurs :

— Je crains que le moment ne soit mal choisi. Le marquis de Châteauneuf qu'il a fait appeler est avec lui mais leur entretien ne devrait pas durer longtemps. Ensuite...

— Ensuite Son Eminence m'accordera bien cinq minutes ! coupa Marie, et si vos rôtis brûlent faites-en préparer d'autres, voilà tout !

— Cela vous plaît à dire mais vous n'ignorez pas que la santé de mon oncle exige des précautions : les repas pris à heures régulières en font partie !

— Mille tonnerres, Madame ! Il y a des gens qui ont autre chose à faire que vivre l'œil rivé à une pendule. Il faut que je voie le Cardinal, un point c'est tout !

Et sans plus s'occuper de la dame, Marie, luttant contre l'envie d'envahir directement le cabinet du Cardinal, alla s'asseoir en face de la porte. Elle n'attendit pas longtemps : au bout de trois ou quatre minutes, elle vit sortir Châteauneuf qui, en la reconnaissant, eut un haut-le-corps :

— Vous ici, Madame ? Et à cette heure ?

— Il n'y a pas d'heures pour les affaires importantes ! Si vous le permettez, mon cher, je vous remplace...

Et, le repoussant légèrement, elle pénétra chez le Cardinal puis referma derrière elle la porte à laquelle elle s'appuya pour laisser s'apaiser les battements de son cœur. Richelieu était en train d'écrire et ne leva pas la tête :

— Je vous attendais, Madame ! Quelque chose me disait que vous ne tarderiez guère.

— Votre Eminence possède le don de voyance ? Ou alors elle a plus d'espions que je ne le pensais...

— Ni l'un ni l'autre mais... je commence à vous connaître mieux.

Il jeta sa plume et se laissa aller dans son fauteuil avec un soupir de lassitude. Les flammes du candélabre qui éclairait sa table de travail accusaient les plis soucieux de son front, ceux, amers, de ses lèvres.

— Dans ce cas, reprit Marie, vous savez ce qui m'amène. Le Roi à ce qu'il paraît vous aime au point de vous donner le droit de vie ou de mort sur ses propres gardes.

— Pourquoi n'avoir pas dit ce matin que ce Mousquetaire était de vos amis ?

— Il vient de prouver qu'il est plus que cela : les amis ne se dévouent pas souvent pour vous. C'est pourquoi, oui, je viens vous demander sa vie !

— Et pourtant je vais vous la refuser.

— Mais pourquoi ? Je croyais que, sans aller jusqu'à l'amitié, nous avions conclu... la paix !

— Certes, et c'est l'une des raisons de mon refus. On a déjà trop tendance à clabauder sur nos relations. Si je fais une exception à ma politique de rigueur alors que j'ai envoyé Boutteville à l'échafaud et laissé le Roi y envoyer Marillac, on dira que vous êtes ma maîtresse...

— Et si c'était la vérité ? Si je le devenais...

Quittant enfin son appui, Marie s'avança lentement en rejetant sa cape et son voile noirs. Elle connaissait la puissance de sa beauté et n'avait pas besoin de miroir pour savoir que dans la lumière des bougies ses cheveux fauves, ses grands yeux d'un bleu si profond et ses lèvres humides brillaient doucement cependant que l'émotion soulevait ses seins sous la mousseline qui les couvrait.

— Je sais depuis longtemps que vous me désirez, poursuivit-elle d'une voix plus basse et plus prenante. Eh bien me voici ! Je suis à vous !

Elle avançait toujours, les mains tendues, après avoir dégrafé sa collerette d'un geste preste. Le Cardinal devint pâle et, se levant vivement, il quitta son fauteuil et recula vers les rideaux qui masquaient les fenêtres. Lui aussi tendit les mains mais son geste à lui repoussait comme il l'eût fait devant le Diable :

— Ne me tentez pas ! C'est vrai que je vous désire mais si je vous cédais, si j'acceptais ce marché, je ferais fi de ma dignité à mes propres yeux : j'espérais vous séduire et non vous acheter ! Allez-vous-en, Marie ! Partez !... et pardonnez-moi ! Un jour peut-être...

Elle comprit qu'elle avait perdu, que, se fût-elle entièrement dévêtue devant lui, il l'aurait rejetée pareillement. Il y avait en lui quelque chose d'inaccessible, d'impitoyable même envers lui-même, quelque chose qu'elle ne pourrait jamais comprendre... D'un geste las, elle ramassa sa cape :

— Non, dit-elle. Je ne reviendrai plus !

— Si, parce que j'ai encore besoin de vous...

— Et moi j'ai besoin de savoir en vie le seul

homme, avec mon mari – et encore ! – qui se soucie de ma sécurité. C'est toujours non ?

— Hélas...

— Alors adieu, Eminence !

Sans se retourner, cape et voile portés négligemment sur une épaule, Marie sortit du cabinet de travail. Son allure était celle d'une reine et elle laissa derrière elle le battant largement ouvert... Peut-être espérait-elle vaguement qu'il la suivrait, ou du moins la rappellerait mais rien ne vint. Refoulant sa colère et sa déception, elle passa devant Madame de Combalet sans s'apercevoir de sa présence et se jeta dans son carrosse comme si elle montait à l'assaut. Avec tant d'impétuosité qu'elle serait tombée si une main vigoureuse ne l'avait rattrapée : celle de Châteauneuf qui l'attendait dans l'ombre de la voiture.

— Vous êtes là ? fit-elle distraitement.

— J'étais mort d'inquiétude... de jalousie aussi. Qu'êtes-vous allée faire chez lui à pareille heure ?

— Lui demander la grâce d'un ami...

— Et à voir votre visage il a refusé ? Qui vouliez-vous sauver ?

— Le chevalier de Malleville, un Mousquetaire qui était autrefois mon écuyer. Il a embroché un Garde du Cardinal qui m'insultait.

— Mais c'est le Roi qu'il faut voir ? Voulez-vous que je...

— Inutile ! Louis pour cette occasion remet son droit de grâce à son bien-aimé Ministre puisque le mort était à lui...

— Alors ce malheureux est perdu, soupira le Marquis en s'adossant plus commodément aux coussins de velours.

— Non, parce que je veux le sauver. Et que vous allez m'y aider.

Le moment de détente auprès de Marie que Châteauneuf pensait savourer vola en éclats :

— Moi ? Mais comment le pourrais-je ?

— Vous êtes Garde des Sceaux, il me semble, et la justice est de votre ressort. Or Malleville va être jugé ?

— Et vous voulez que je le fasse acquitter ? Alors que je viens de faire tomber la tête d'un Maréchal de France qui n'avait à se reprocher que d'être le frère de mon prédécesseur ? Nous serions cassés dans l'heure suivante, moi et mon arrêt. Ce qui ne sauverait pas votre protégé.

Le ton lénifiant qu'il employait eut le don d'exaspérer Marie :

— Voulez-vous cesser de me prendre pour une sotte ? Je sais fort bien que c'est d'autant plus impossible qu'on ne vous demandera sans doute pas de vous mêler d'une simple affaire de duel entre deux personnages de petite importance. Ce que je veux, Monsieur le Garde, est que vous m'aidiez à le faire fuir... et ne me dites pas que vous ne le pouvez pas si vous voulez que je vous adresse encore la parole ! Inutile d'ajouter que vous ne reverrez jamais certaine clé à laquelle vous semblez attacher du prix !

— Oh non ! par pitié ! Non, ne m'enlevez pas l'espoir qui m'aide à vivre !

Il voulut se laisser glisser à ses pieds mais un cahot de la voiture précipita le mouvement et il se retrouva à quatre pattes avec une douleur dans le genou. Ce qui n'attendrit pas Marie :

— Cessez de faire le pitre et reprenez votre place ! Je ne vous demande pas la lune. Le prisonnier est toujours au Châtelet ?

— Oui puisque c'est le guet qui l'a arrêté. Mais il va être transféré à la Bastille où il sera jugé...

— Quand ?

— Demain matin sans doute...

— Votre sans doute ne me satisfait pas. Je veux l'heure exacte du transfert et une escorte facile à maîtriser c'est-à-dire pas trop nombreuse et pas trop vaillante. Le reste me regarde !

— Mais...

— Pas de mais ! Ou vous m'obéissez ou je ne vous revois de ma vie ! Mais si, demain soir, Malleville est hors de danger...

— Eh bien ?

— Je vous attendrai à minuit dans le pavillon que vous savez. Mon époux est à Dampierre où il s'occupe à agrandir le parc et à rénover une aile du château...

— Demain soir ? Vraiment ?

Il voulut la prendre dans ses bras mais elle le repoussa :

— Gagnez d'abord votre récompense. Elle sera à la mesure de votre dévouement...

Il prit la main de Marie et y écrasa ses lèvres :

— Vous serez obéie. Déposez-moi au Châtelet et, si vous avez la bonté de m'attendre, je vous donnerai l'heure...

Marie fit arrêter sa voiture dans les ombres de l'église Saint-Jacques-de-la-Boucherie. C'était son véhicule d'apparat, largement armorié donc facile à reconnaître et qu'il valait mieux ne pas étaler trop près de la vieille prison. Châteauneuf descendit et disparut pendant une demi-heure environ. Quand il revint, il était légèrement hors d'haleine mais satisfait :

— Nous avons eu de la chance. Le Cardinal avait donné ordre de le transférer cette nuit. J'ai assuré qu'il venait de changer d'avis et que ce serait demain matin au jour. Etes-vous contente de moi ?

— Jusqu'à présent oui. Voyons la suite...

Le domicile du Garde des Sceaux étant proche, ils

se séparèrent là et Marie ordonna à Peran de la ramener rue Saint-Thomas-du-Louvre. Mais au lieu de faire partir les chevaux, il mit le frein, descendit de son siège et vint à la portière :

— Au cas, dit-il, où Madame la Duchesse aurait besoin de solides compagnons, fiables et peu curieux mais assez portés sur quelques pièces d'or, je peux lui trouver ça.

Elle ne se formalisa pas, sachant qu'il avait dû tout entendre. Sa fidélité étant absolue, c'était toujours du temps de gagné :

— Rentrons ! dit-elle. Je te donnerai ce que tu voudras et tu pourras prendre les dispositions que tu jugeras nécessaires.

Ainsi qu'elle s'y attendait, Aramitz qui avait échangé sa casaque bleue et or contre des vêtements plus sobres patientait dans son cabinet en compagnie d'un assortiment de douceurs et d'un flacon de claret qu'Herminie lui avait servis avant de se poser sur un tabouret pour lui faire la conversation. Marie qui entrait suivie de Peran alla au-devant de sa question :

— Il ne nous reste que l'aventure, cher Baron ! Et une aventure qui doit être menée au lever du soleil. Mais peut-être vaut-il mieux que vous n'en soyez pas. Au cas où nous échouerions, votre tête serait en péril...

Sans rien laisser dans l'ombre, elle lui raconta ce qui venait de se passer et ce qu'elle comptait faire pour soustraire Gabriel à son sort fixé d'avance. Puis elle lui présenta Peran à qui elle remit une bourse emplie de pièces d'or qu'il fit disparaître dans sa vaste poche.

— Naturellement j'en suis ! déclara le Mousquetaire, et je peux vous assurer que nous serons plusieurs. S'il entre à la Bastille il n'en sortira que pour être exécuté. Or, un coup de main sur le chemin de la place de Grève serait hasardeux parce qu'il faudrait compter avec la foule et le déploiement des hommes du Prévôt. Accordons nos violons !

On ne disposait pas de beaucoup de temps et le conciliabule fut bref mais précis. Puis, pendant que le Mousquetaire et le cocher vaquaient à leurs préparatifs, Marie fit les siens avec une Herminie qui, pour rien au monde, n'eût cédé sa place.

Les coqs se répondaient dans les divers couvents répandus dans Paris quand la Duchesse, sous des habits d'homme, sortit de chez elle à cheval avec, en croupe, Herminie qui, sous une mante épaisse, cachait les cotillons et la coiffe d'une paysanne. Elles franchirent le Pont-Neuf pour gagner la rive gauche et remontèrent vers le Petit Châtelet et l'église Saint-Séverin à l'ombre de laquelle Peran déguisé en paysan lui aussi les attendait, assis à l'avant d'un solide chariot attelé d'un vigoureux cheval et chargé en apparence de choux recouvrant en réalité une épaisse couche de paille. Sans un mot, Herminie alla prendre place auprès de lui et l'attelage se mit en marche, suivi à courte distance par Marie dont l'aspect était celui d'un jeune bourgeois ou d'un notaire on ne peut plus paisible. En revanche, sa monture était l'un des meilleurs coureurs de son écurie mais elle savait le contraindre à une rassurante sagesse. Sous le chapeau à cuve qui emprisonnait sa chevelure, sa figure, méconnaissable, était enduite d'un mélange de brique finement pilée et de suie additionné d'un peu d'huile qui lui donnait une curieuse teinte bronzée.

On franchit ainsi l'île de la Cité et le Pont-au-Change que prolongeait, passé l'église Saint-Leufroy, le passage voûté ouvert sous le Grand Châtelet. Au-delà était la place que l'on appelait l'Apport Paris, où aboutissait la rue Saint-Denis et où un marché en plein vent se tenait régulièrement. En y arrivant, l'on vit que plusieurs maraîchers étaient en train de s'y installer et qu'il y avait un peu plus de mouvement que d'habitude.

— Tout le monde est là, murmura Peran à la Duchesse qui s'était approchée sous le prétexte de demander un renseignement. Je vois d'ici votre ami Aramitz – l'abbé en habit minable qui lit son bréviaire près de Sainte-Opportune et pas loin de lui son gigantesque copain Porthau déguisé en portefaix... qui vient vers nous pour nous aider à décharger. Nous sommes juste à temps : le bal ne va pas tarder...

En effet, comme sept heures sonnaient à l'horloge de la prison, une voiture grillagée et fermée sortait de l'une des cours du Châtelet, suivie seulement de deux sergents à cheval. Au moment où elle débouchait sur la place, Peran siffla dans ses doigts et aussitôt une violente querelle éclata entre deux paysans et le faux portefaix. Peran s'en mêla, embrassant la cause des agresseurs, et Porthau parut entrer en fureur. Arrachant Herminie de son siège, il renversa le chariot dont le contenu roula jusque sous les sabots de l'attelage officiel qui se trouva immobilisé. Tandis que les agitateurs fournissaient de l'occupation à l'escorte, Aramitz ouvrit la portière, en tira Malleville de force et lui fit enfourcher le cheval que Marie venait de libérer en sautant à terre. Presque simultanément, celle-ci aida Herminie à sauter en croupe :

— Laissez faire, Gabriel ! chuchota-t-elle. Herminie sait où il faut aller. Foncez vers la porte Saint-Antoine... et bonne chance ! Je vous rejoindrai bientôt...

A défaut de son visage il avait reconnu sa voix et, habitué à obéir aux ordres sans discuter, il piqua des deux dans la lumière incertaine du petit jour. A partir de là, les auteurs de l'incident s'éclipsèrent l'un après l'autre, laissant continuer ceux qui s'étaient jetés dans la bataille sans même savoir pourquoi, comme il arrive facilement chez les peuples au sang chaud. Le chariot se retrouva sur ses roues et Marie y grimpa au moment précis où Peran enlevait son cheval pour embouquer la rue Saint-Denis. Porthau et Aramitz disparurent en même temps grâce aux chevaux qu'ils avaient cachés près de Sainte-Opportune et filèrent en direction du Pont-Neuf qu'il leur fallait traverser pour regagner l'hôtel des Mousquetaires. Il ne resta plus aux gens du Châtelet comme à ceux de l'escorte qu'à calmer les belligérants avec quelques horions. On procéda à deux ou trois arrestations mais comme il fut vite évident que nul ne savait pourquoi on s'était battus – sauf ceux qui avaient été payés pour ça ! – personne ne fut maintenu. Ce qui était tout de même un peu étrange à une époque dure et sous un gouvernement ayant tendance à se montrer trop curieux plutôt que pas assez. Apparemment Châteauneuf avait parfaitement fait son travail et, ce soir-là, Marie le paya avec une générosité qui le combla.

Elle-même y prit un plaisir d'autant plus vif qu'elle n'avait pas fait l'amour depuis des jours et qu'elle retrouvait les sensations qu'avait éveillées en elle l'amant inconnu de la nuit de Noël. Un amant hautement expérimenté et qui, pour cette femme qu'il s'était mis à adorer, se surpassa. Et si, en la quittant, il se retrouvait plus amoureux que jamais, Marie s'avoua qu'elle était bel et bien en train de s'éprendre de lui. Un sentiment certes éloigné de la passion dévastatrice éprouvée pour Holland et que personne ne pouvait effacer. C'était quelque chose de plus doux, de plus délicat surtout. Holland la traitait comme une proie trop attendue, Châteauneuf comme une idole pour laquelle il recherchait les plus savantes caresses, sachant retenir sa propre jouissance pour se soucier avant tout de celle de sa maîtresse.

En se retrouvant seule, Marie, délicieusement lasse, pensa qu'il lui fallait entretenir une « si belle flamme » ainsi que le disaient les poètes, en la tenant à distance afin que son ardeur ne s'éteigne pas, mais qu'elle avait devant elle de nombreuses heures ô combien exaltantes... et que cet homme méritait largement qu'on le guide jusqu'au pouvoir suprême en lui donnant la place de Richelieu...

Elle s'attendait à des remous à la suite de l'évasion de Malleville. Or, elle se trompait : aucun écho ne vint du Louvre ni du Palais-Cardinal. C'était comme si le prisonnier s'était dissous dans la nature, ou n'avait jamais existé, et, deux jours plus tard, rencontrant le Cardinal au jeu du Roi, elle eut la surprise de le voir venir à elle, presque souriant :

— J'espère, dit-il, que vous sentant mieux, votre humeur envers l'admirateur que je suis sera apaisée. J'aimerais tant que nous reprenions nos séances de travail. Lorsque nous reviendrons du Midi s'il se pouvait.

De nouveaux troubles venaient d'éclater en effet et c'était peut-être la raison pour laquelle on semblait vouloir étouffer l'affaire Malleville. Et Marie en vint à se demander si Châteauneuf méritait une telle reconnaissance et si, en escamotant le prisonnier, elle n'avait pas rendu service à un Ministre contre lequel la noblesse recommençait à grommeler. Peut-être qu'après celle de Marillac, la tête de Malleville – un soldat lui aussi ! – eût fait mauvaise impression. Les événements par la suite allaient lui montrer qu'elle se trompait.

A Bruxelles où elle s'était retirée, la Reine Mère continuait à jeter feu et flammes, en accord parfait avec son fils Gaston, toujours en Lorraine où il s'occupait de lever une armée de mercenaires étrangers tout en entretenant une correspondance suivie avec Montmorency, Gouverneur du Languedoc, qui était de ses amis et détestait le Cardinal après l'avoir servi un temps. L'adversaire de Chevreuse écoutait un peu trop sa jeune duchesse, Maria-Felicia Orsini, princesse romaine francisée en des Ursins, qui plaignait la Reine Mère de tout son cœur et même Anne d'Autriche dont elle savait cependant son époux encore amoureux.

Les grands échanges épistolaires d'alors aboutirent à une dangereuse – et double – tentative de subversion : Monsieur et ses mercenaires franchirent la frontière tandis que Montmorency entraînant les états du Languedoc déclarait la guerre au Roi au nom de son frère. C'était lui le plus dangereux.

En effet, le Roi en s'avançant vers lui eut vite raison de Monsieur son frère qui s'était aventuré jusqu'à Dijon en prêchant la révolte. Sans aucun écho d'ailleurs et la capitale bourguignonne lui ferma ses portes au nez. Il dut repartir penaud sans avoir fait la moindre recrue. Mais dans le Midi où il était fort aimé, Montmorency poursuivait son action. Une fois encore, le Roi monta à cheval et quitta Paris, emmenant avec lui la Reine et son entourage, dont Marie.

Quand celle-ci apprit que l'on allait partir, elle revenait de Lésigny. C'est à cet endroit qu'elle avait fait conduire Malleville par Herminie, pensant qu'il y serait plus à l'abri que dans aucun des châteaux Chevreuse puisque celui-là appartenait désormais à son fils Luynes. C'était aussi le plus proche et, enfin, il y avait Basilio sur qui elle pouvait compter. Mieux que quiconque, le mage saurait remonter un moral qui inquiétait Herminie :

— Il dit qu'il aurait préféré mourir que de n'être plus Mousquetaire !

— Belle reconnaissance en vérité alors que nous nous sommes donné tant de peine pour le sauver mais au fond cela ne m'étonne guère ! C'est un égoïste comme tous les hommes...

— Oh ! ma cousine, ne soyez pas si dure ! Songez que c'est pour vous qu'il s'est mis dans ce mauvais cas. Et un homme comme lui ne peut se satisfaire d'une vie passée à tourner en rond entre un jardin et sa chambre !

— Un homme comme lui ? Qu'est-ce que tu entends par là ?

Herminie se troubla, s'empourpra et bredouilla quelques paroles à peu près indistinctes parmi lesquelles, Marie démêla « bravoure » et « cœur valeureux ». D'où elle conclut sans plus tarder que son Herminie était tombée amoureuse d'un homme qui avait pratiquement le double de son âge et dont, pour ce qu'elle en savait, les goûts s'attachaient à des créatures un brin plantureuses comme Eglantine, la patronne de La Vigne en Fleurs, rue des Nonnains-d'Hyères, qui était aussi sa logeuse. Elle avait donc décidé d'aller voir sur place comment se passaient les choses avec un homme aussi imprévisible que Gabriel.

Laissant Herminie au logis, elle s'était embarquée avec le seul Peran dans sa voiture verte sans armoiries mais passa par La Vigne en Fleurs pour y récupérer Pons, dit « Pain-Perdu » le fidèle valet de Malleville qu'elle trouva dévoré d'inquiétude, tout comme l'accorte Eglantine qu'elle connaissait[1], sans lui révéler cependant la retraite de son amant. Cette éplorée

1. Voir *Marie des intrigues*.

consentit à s'accommoder d'une vague promesse de les réunir un jour point trop éloigné...

A Lésigny, elle trouva les choses telles qu'Herminie les avait décrites. A demi couché dans un vaste fauteuil, ses pieds bottés posés sur les chenets d'une cheminée, Gabriel s'occupait à faire méthodiquement disparaître le contenu d'une bouteille de bourgogne. L'entrée soudaine de Marie le remit debout et se hâtant de refermer son pourpoint dégrafé, mais elle ne lui laissa pas le temps d'ouvrir la bouche :

— Mille tonnerres, Malleville ! C'est tout ce que vous trouvez à faire ? Essayer de vous enivrer ?

— C'est une occupation comme une autre, Madame la Duchesse, et comme je ne sais que faire de moi... mais permettez d'abord que je vous remercie de la peine que vous avez prise !

— Voilà ce que j'appelle une politesse de commande ! On m'a rapporté que vous regrettiez l'épée du bourreau ? Je vous ai connu plus combatif !

— C'est que, justement, je ne peux plus combattre, sinon l'ennui. Le Roi repart en guerre : les Mousquetaires partent aussi, naturellement... et je reste là !

— Comment le savez-vous ?

— Aramitz est venu me voir hier, en coup de vent.

— C'est beau l'amitié, mais il aurait été préférable qu'il restât tranquille. Quant à vous, si je ne vois pas d'inconvénient à ce que vous vidiez toute la cave, au risque d'y laisser vos belles qualités, vous pourriez vous distraire autrement : chasser par exemple, ou encore demander à Basilio de vous tirer l'horoscope et de vous prêter des livres. Vous étiez grand lecteur, il me semble ?

— L'horoscope, il est en train de l'établir. Il paraît que ce n'est pas facile... et pour le moment il est allé au village soigner un bûcheron qui s'est ouvert la cuisse avec sa cognée.

— Ecoutez ! Je comprends que vous trouviez votre vie présente sans intérêt, mais il faut prendre patience. Je tiens dans ma main le Garde des Sceaux que j'espère parvenir à mettre à la place de ce damné Richelieu. A ce moment, je vous le promets, vous rejoindrez vos chers Mousquetaires...

— Pour servir quel roi ? Monsieur ?

— Non. Louis, treizième du nom. Nous voulons éliminer le Cardinal : pas Sa grincheuse Majesté... du moins tant que la Reine n'aura pas enfanté. Alors dans l'immédiat, contentez-vous de vivre ! A propos, comment trouvez-vous ma petite cousine Lénoncourt ?

— Une drôle de gamine ! J'ai regretté de la voir partir. Il me semble que je m'ennuierais moins si elle était restée... Elle est vaillante comme une épée bien trempée !

Marie pensa que c'était sans doute un compliment bizarre mais que c'en était un tout de même et qu'il ferait plaisir à Herminie.

— Elle vous trouve passionnant ! Malheureusement, les demoiselles ne sont pas faites pour distraire les militaires atrabilaires. Patientez, vous dis-je... et accordez-moi quelque confiance !

— Je me vois mal vous la refuser ! En tout cas, merci de m'avoir amené Pons !

Le lendemain, la Reine et Marie quittaient Paris pour rejoindre le Roi sur le chemin du Sud.

Mais les événements avaient été plus vite que le souverain. Le 1er septembre, à Castelnaudary, le maréchal de Schomberg disloquait l'armée rebelle, cependant beaucoup plus puissante que ses propres troupes et, surtout, il capturait le duc de Montmorency qui avait combattu avec une bravoure désespérée, en homme qui, sentant sa cause perdue, allait au-devant de la mort. Blessé à la gorge il se battait encore mais son cheval fut tué sous lui et le précipita à terre. La bataille, en fait, n'avait duré qu'une demi-heure et les mercenaires de Monsieur l'avaient tranquillement abandonné... Quand on releva Montmorency, il ne portait pas moins de dix-sept blessures et durant des jours on le crut mourant. Hélas, il arrivait parfois aux médecins de l'époque de réaliser un miracle : on le guérit... pas pour son bien !

Une fois remis d'aplomb, ou à peu près, Montmorency fut conduit à Toulouse et jugé par le Parlement qui le condamna à mort.

Entre-temps, le Roi avait réglé – ou cru régler ! – une fois de plus son différend avec son frère descendu dans le Languedoc. Fidèle à son personnage, Monsieur avait demandé pour rentrer dans l'obéissance des conditions exorbitantes : le retour et la remise dans ses biens de Marie de Médicis, une place de sûreté pour lui-même, un million pour rembourser le roi d'Espagne et le duc de Lorraine, plus quelque menue monnaie et, enfin la liberté, pour Montmorency. Louis l'autorisa à s'installer dans Béziers, lui envoya de l'argent... et notre prince se déclara satisfait au point de ne plus se soucier de son ex-allié.

Si Gaston l'oubliait avec cette désinvolture dont il allait faire preuve sa vie durant, nombreux étaient ceux que la sentence du Parlement indignait et désolait. Montmorency, en effet, était très aimé et les demandes de grâce affluèrent. La princesse de Condé fit le voyage pour l'implorer : en dépit de son âge, elle ne fut même pas reçue. La jeune duchesse de Montmorency n'eut pas meilleur sort. Et bien entendu, ni la Reine ni Madame de Chevreuse, ni les nombreuses notabilités du pays n'obtinrent quoi que ce soit. A chacun Louis répondait avec une obstination butée :

— Il faut qu'il meure !

Contrastant avec tous ces gens en larmes, le condamné gardait le sourire. Il s'était fait faire un habit de toile blanche pour son exécution et donnait à Dieu le temps qu'il ne consacrait pas à ses visiteurs. Marie, elle, contenait difficilement sa colère et son indignation : elle avait vu Monsieur de Charlus, rapportant au Roi le collier de l'Ordre et le bâton de Maréchal de Montmorency, s'écrouler en larmes aux pieds de Louis, et les baiser en implorant sa clémence, cependant que les seigneurs présents s'agenouillaient en pleurant. N'écoutant que son impulsion, elle alla voir le Cardinal :

— Tout le monde ici réclame la grâce ? lui lança-t-elle, qu'attendez-vous pour la conseiller. Vous qu'il écoute ?

— J'ai essayé mais le Roi ne veut rien entendre !

— Pourquoi ? Parce que ce malheureux a eu l'audace d'aimer la Reine et parce qu'il porte toujours au poignet, selon ce que j'en sais, un bracelet où sont ses cheveux ? Un moment de folie peut-il effacer une lignée de grands serviteurs de la Couronne ? Il est le dernier des Montmorency, et il n'a pas eu d'enfants, songez-y !

— Je pense que le Roi le sait. Mais, vous-même, Madame la Duchesse, devriez être satisfaite : n'est-ce pas avec cet homme que votre époux s'est battu en duel l'an passé ?

— Je n'oublie pas que vous lui avez alors évité le pire et Monsieur de Chevreuse a l'âme assez élevée pour ne pas se réjouir d'un tel drame !

En fait, elle n'en savait rien. Claude, pour une fois, n'avait pas suivi le Roi. La goutte le retenait à Dampierre dans un état de fureur constant et, au point où l'on en était, elle trouvait bon qu'il en soit ainsi. Au moins elle pouvait, loin de ses oreilles, prendre part au concert des supplications. Mais rien n'y fit : le 30 octobre, Montmorency montait à l'échafaud dressé dans la cour du Capitole. A cet instant, le Roi jouait aux échecs avec Monsieur de Liancourt à l'Archevêché où il logeait... Il pouvait voir des larmes dans tous les yeux, entendre les cris du peuple qui au-dehors réclamait la grâce, et ne broncha pas. Chez la Reine, les femmes étaient en pleurs et Marie déchiquetait son mouchoir avec ses ongles.

Une immense clameur fit savoir que la tête du dernier des Montmorency venait de tomber. Le sang éclaboussa la statue d'un Henri IV dont il était le filleul. Inconsolable, Maria-Felicia alla enfermer sa douleur sous le voile des Visitandines de Moulins où elle mourrait en odeur de sainteté...

Pour Marie, c'était la goutte d'eau qui faisait déborder le vase. Elle avait pleuré durant des heures en compagnie de la Reine et, en dépit de son courage, éprouvait une sorte de terreur en face du couple Louis XIII-Richelieu dont elle était persuadée à présent que leur dessein primordial était l'anéantissement total de la haute noblesse. Châteauneuf, lui-même, plus amoureux que jamais, se détachait du Cardinal. Il ne protestait plus que mollement quand sa belle maîtresse lui disait que la France et les Français seraient beaucoup plus heureux si l'Homme rouge venait à disparaître et que le Garde des Sceaux fût appelé à le remplacer... Les conciliabules chez la Reine devinrent de plus en plus fréquents.

Les faits semblaient d'ailleurs leur donner raison.

Quelques jours après la mort de Montmorency, Louis XIII planta là tout son monde et rejoignit Paris ou plutôt son cher Versailles. De son côté, le Cardinal désireux d'effacer un tant soit peu l'effet désastreux de l'exécution organisa pour la Cour un grand périple en Aquitaine avec concerts, joutes, combats nautiques et bals. Sans Monsieur, déjà reparti pour la Lorraine en clamant que le Roi lui avait menti en lui promettant la grâce de Montmorency. On allait ainsi de château en château et, à Cadillac, la somptueuse demeure du vieux duc d'Epernon – l'un des plus fermes soutiens de la Reine Mère à laquelle le liaient certaines obscurités sur la mort d'Henri IV –, la fête fut d'autant plus réussie que le Cardinal tomba malade. Il souffrait d'un abcès à la vessie et de graves hémorroïdes. Peu soucieux de rester dans une position si inférieure dans une maison que sa faiblesse fragilisait, il y laissa la Cour et se fit porter à Bordeaux.

Marie et son amant dansèrent la nuit entière au fastueux bal que le Duc donna à la Reine. Il semblait à tous qu'une sorte d'âge d'or pointait à l'horizon.

Cependant, la principale fonction d'un Garde des Sceaux ne consistant pas à battre l'entrechat, Châteauneuf fut rapidement prié de rejoindre le Cardinal. Il s'en consola en reprenant avec sa Duchesse une correspondance enflammée dans laquelle, oubliant la plus élémentaire prudence, on faisait des projets d'avenir.

En quittant Cadillac on passa par Bordeaux, mais, sans y rester – ne convenait-il pas de laisser l'ennemi agoniser en paix ? – et l'on alla s'installer à Blaye où de nouvelles fêtes eurent lieu. Néanmoins, trouvant que la fin tardait par trop, Anne d'Autriche envoya La Porte aux nouvelles en le pressant de revenir au plus vite, dès le dernier soupir... Ce qu'il rapporta sema la consternation : il avait effectivement trouvé le Cardinal au lit « en train de se faire panser le derrière », mais convalescent.

Marie se reprit la première :

— Eh bien, soupira-t-elle, il ne nous reste qu'à faire aussi bonne mine que possible et à montrer sur nos visages plus de joie que nous n'en avons au cœur...

Et à reprendre le fil si séduisant des conspirations !

En ayant assez des fêtes locales, la Cour repartit pour Paris, laissant Richelieu revenir à petites étapes dont deux donnèrent à réfléchir à Madame de Chevreuse : les châteaux de Couzières et de Rochefort en Yvelines appartenant à son père, Hercule de Rohan-Montbazon, avec qui elle n'entretenait que des rapports très rares depuis la Noël de Dampierre. Devenu Gouverneur de Paris et plus que jamais attaché au parti du Roi, le vieil ours ne cachait pas le mépris que lui inspirait sa fille, mépris que celle-ci lui rendait en ironie : il était de notoriété publique que sa ravissante épouse le trompait abondamment. Avec, entre autres, le malheureux Montmorency ! Mais qu'il reçût chez lui, et par deux fois, le Cardinal, cela signifiait qu'il étendait désormais son attachement à Louis XIII, jusqu'à son Ministre. Il conviendrait à l'avenir d'en tenir compte puisque Richelieu s'obstinait à vivre.

Quand vint l'hiver, tout le monde était rentré à Paris où l'habituelle vie de cour se déroula durant quelques semaines dans un calme inhabituel. C'était à croire que les partis en présence choisissaient le silence, chacun s'observant sans manifester d'autres sentiments qu'une exacte courtoisie. Le Roi vint même, en janvier, chasser à Dampierre où le couple Chevreuse le reçut avec une joie sincère chez Claude, mais feinte chez Marie servie par sa grâce naturelle.

A la joie de Châteauneuf, les relations de la jeune

femme avec Richelieu étaient inexistantes. En revanche, s'il ignorait tout de la correspondance active et secrète que Marie et la Reine entretenaient avec la Lorraine, l'Angleterre et l'Espagne, il était plus proche d'elle que jamais même si leurs moments d'intimité étaient rares. Il lui écrivait abondamment et, lorsqu'ils se rencontraient chez la Reine, il se laissait tirer les vers du nez avec un total abandon, allant jusqu'à raconter ce qu'il se passait au Conseil. Ce qui permit à Marie d'avertir Charles de Lorraine d'une prochaine attaque des troupes françaises contre l'une de ses villes frontières...

Le Cardinal semblait s'en désintéresser. Quant au Roi, toujours épris de Mademoiselle de Hautefort, il lui faisait une cour à la fois timide et assidue que la jeune fille traitait avec une ironie cruelle...

Et puis, soudain, l'orage que personne n'avait vu venir éclata.

Le 25 février, alors que le Roi se trouvait à Saint-Germain, il fit appeler le marquis de Châteauneuf et lui laissa à peine le temps de le saluer avant de lui ordonner sèchement de lui remettre les Sceaux de France, puis de le faire arrêter par Monsieur de Gordes et conduire à la Bastille tandis que ses demeures étaient fouillées de fond en comble et ses papiers saisis. On y trouva une énorme correspondance dont trente-deux lettres de Montaigu, trente et une de la reine Henriette-Marie et une quantité – malheureusement trop explicites ! – de Madame de Chevreuse.

Quelques jours plus tard, le duc de Chevreuse recevait l'ordre d'emmener sa femme hors de Paris. Mais il n'était plus question de Dampierre. Louis XIII connaissait trop la faiblesse de ce mari-là et c'est à Couzières, chez son père, que Marie était expédiée, au moment même où Châteauneuf s'en allait, sous bonne escorte, à Angoulême où l'attendait le donjon...

DEUXIÈME PARTIE

LES CHEMINS DE L'ERRANCE

CHAPITRE IX

LA PRÉSIDENTE

Retrouver Couzières où elle avait passé la plus grande partie de son enfance causa une sorte de déception à Madame de Chevreuse. Trop habituée aux palais royaux et à son superbe Dampierre, elle le trouva plus petit que dans son souvenir. Gracieux cependant avec son clair logis à hautes fenêtres entre deux tours coiffées de poivrières d'ardoise bleue et surtout ses jardins – mal entretenus, hélas ! – qui descendaient jusqu'à l'Indre, il n'était plus à la mesure de ses ambitions. A ses yeux blasés ce n'était qu'un manoir, heureusement bien meublé et disposant d'un certain confort. Ce qui ne l'empêchait pas d'être déjà entré dans l'Histoire, puisqu'il avait servi de cadre à la réconciliation de Louis XIII et de son impossible mère après leur première guerre. Un autre lieu l'attachait à Marie qui n'avait pas attiré son attention jadis mais qui à présent l'émouvait : son père l'avait acheté avant sa naissance au marquis de l'Aubépine, père de son pauvre Châteauneuf. Le prisonnier d'Angoulême y avait joué, enfant, comme elle-même sous les grands arbres et au bord de la rivière.

Son dernier amant, elle n'y pensait pas sans regrets :

c'était un partenaire délicieux et elle l'aimait d'une certaine manière. Elle savait qu'elle penserait à lui longtemps, même si elle n'était effleurée par aucun remords. Quand on suit un but, on mesure ce que l'on risque et il faut savoir perdre avec élégance. L'idée ne lui venait pas qu'elle pût être la cause de son malheur actuel : un homme de qualité ne pouvait continuer à servir platement un Richelieu. L'important était qu'il n'y eût pas laissé la vie et Marie se faisait fort de le tirer un jour ou l'autre de sa triste condition. Elle savait – on le lui avait dit – qu'il avait pris arrestation et incarcération avec une aimable philosophie, presque avec le sourire. Il s'était accusé « tant qu'on voulut d'avoir trop aimé les dames », ajoutant que « le reste n'était que folies de femmes et badineries ». En vérité on ne pouvait rêver prisonnier plus décontracté !

Cela dit, Marie qui redoutait un peu d'avoir à subir par personnes interposées la rancune de son père fut vite rassurée : elle connaissait presque tous les serviteurs de Couzières, y fut reçue comme l'enfant prodigue et se retrouva quasiment maîtresse des lieux. Peran et Anna, à sa surprise, lui parurent heureux d'y vivre à nouveau : ils se réinstallèrent avec aisance dans leurs habitudes d'autrefois. Protégée par leur fidélité, Marie se savait en sécurité, même si, des fenêtres de sa chambre, elle pouvait apercevoir, à une demi-lieue, l'énorme donjon de Montbazon, aussi malveillant que le duc Hercule et dont elle savait qu'avant de lui laisser Couzières, il avait proposé de l'y loger « afin d'être sûr qu'elle ne causerait plus d'ennuis à quiconque ! ». On n'est pas plus affectueux !

Marie emménagea donc avec une certaine sérénité. Les ponts n'étaient pas coupés avec Anne d'Autriche, bien au contraire. Avant de quitter Paris, elle s'était entretenue longuement avec la Reine sous le prétexte de lui faire ses adieux. On avait mis au point les détails de la correspondance que l'on allait entreprendre non seulement entre Couzières et Paris mais aussi avec Bruxelles, Londres, Nancy et Madrid, grâce à un réseau de complaisances savamment agencé. Ainsi, un dénommé Plainville ferait la navette entre la Reine et la Duchesse, le courrier de Londres dont Lord Montaigu réapparu serait la cheville ouvrière passerait simplement par la valise diplomatique, celui avec l'Espagne et les Pays-Bas par le Val-de-Grâce où la Mère de Saint-Etienne était entièrement dévouée. Par ce truchement on aurait les nouvelles souhaitées de la Reine Mère et de Madame du Fargis devenue l'agent le plus actif auprès du Cardinal-Infant, frère d'Anne d'Autriche, qui avait remplacé l'infante Isabelle-Claire-Eugénie. La Porte était chargé de l'intendance : c'était lui qui conservait les encres sympathiques et le courrier que l'on ne brûlait pas.

Cette dernière conférence s'était tenue à trois et non à deux. En effet, Marie de Hautefort s'engageait à remplacer en toutes choses Madame de Chevreuse auprès de la Reine et cela, sans qu'il s'en doutât, avec la bénédiction de Louis XIII. De plus en plus amoureux de la jeune fille, il venait de lui conférer le titre de dame d'atour, en remplacement de Madame de La Flotte sa grand-mère atteinte par la maladie. Et pour bien montrer le cas qu'il faisait d'elle, il avait assorti cette nomination de l'obligation de l'appeler désormais « Madame de Hautefort » et non plus « Mademoiselle ».

Curieusement, le Cardinal avait souhaité, lui aussi, faire ses adieux à celle qui continuait à le fasciner. Pourtant, conserver sur ses sentiments envers lui la moindre illusion était faire preuve d'une incroyable faiblesse chez un homme si fort : dans les lettres de Marie saisies chez Châteauneuf, n'en avait-on pas trouvé une dans laquelle la jeune femme le traitait de « cul pourri », ce qui pouvait difficilement passer pour un terme d'amour ? Mais tel était le pouvoir de séduction de celle qu'en lui-même Richelieu appelait l'Enchanteresse...

L'entrevue n'eut cependant pas lieu. Le Roi, blindé depuis longtemps contre les charmes de la « Chevrette », en avait dissuadé son Ministre sans toutefois la lui défendre : « Vous me demandez si vous verrez Madame de Chevreuse ?... Je sais que sa visite ne peut vous être utile et vous savez bien qu'elle ne me sera pas agréable. Après cela, faites ce que vous voudrez et soyez assuré que je vous serai toujours le meilleur maître qui ait jamais été au monde... » Richelieu s'inclina en pensant que Louis avait sans doute raison, que ce serait mieux ainsi...

Et Richelieu n'avait pas revu Marie. Il le regrettait un peu, même au point de vue politique. Au cours de leurs entrevues, il arrivait à la Duchesse de laisser échapper de menues informations qui s'avéraient parfois utiles. Certes, il avait chez la Reine son espionne appointée Mademoiselle de Chémerault, mais la belle Hautefort l'avait vite devinée et montait une garde vigilante contre laquelle le Cardinal ne pouvait rien : le Roi était chaque jour plus épris de cette éclatante beauté que la Cour, unanime, avait surnommée l'Aurore et qui ne daignait pas cacher qu'elle le détestait. Oui, en dépit de ses manigances, Madame de Chevreuse lui manquerait...

Celle-ci s'apprêtait, faute de mieux, à goûter les charmes de l'été en Touraine et réorganisait sa maison. Avant de quitter Paris, elle avait envoyé un courrier à Basilio, lui demandant de convaincre Gabriel de Malleville de la rejoindre mais le Florentin lui avait fait savoir, par retour du messager, que son compagnon de solitude avait disparu :

« Il ne supportait plus de rester là à ne rien faire que jouer aux échecs avec Basilio. Il a refusé tous ses sages conseils et même de lui donner les éléments pour tirer son horoscope, prétendant qu'il préférait ne rien savoir. Ce qui est d'un petit esprit ! Toujours est-il qu'un beau matin il a disparu en emportant quelques provisions pour la route et le meilleur cheval des écuries. Et comme personne ne l'a vu passer, ce qui est normal lorsque l'on voyage de nuit, Basilio ne peut même pas te dire, Madame la Duchesse, de quel côté. Basilio cependant prie pour lui. A défaut d'une intelligence éclairée c'est un brave garçon... »

Le reçu de cette missive plongea Marie dans la perplexité et Herminie dans une agitation des plus révélatrice :

— Pourquoi avoir fait cela ? s'écria la jeune fille au bord des larmes. Il devrait savoir que les espions du Cardinal sont partout et que quitter son refuge l'expose à de graves dangers ! Où a-t-il bien pu aller ?

— Nous n'avons aucun moyen de le savoir, soupira la Duchesse. Peut-être est-il rentré tout simplement chez lui, en Normandie...

— Ce serait le meilleur moyen de retomber entre les mains des agents du Roi : on a dû saisir ses biens, ses terres...

— Il n'a pas été jugé. On peut ne lui avoir rien pris.

— Je sais qu'il ne l'a pas été mais, à présent, il doit l'être et sa fuite a aggravé son cas. J'ai entendu dire que le Cardinal usait des services d'un homme effrayant, rusé et impitoyable, qu'il charge de ses basses besognes. Il s'appelle Laffemas et il aurait déjà noyé dans le sang deux révoltes paysannes. Si Gabriel tombe entre ses mains...

Marie eut un rire léger et fit asseoir Herminie auprès d'elle.

— Si tu me disais que tu l'aimes, cela simplifierait les choses ?

— Je ne vois pas en quoi ? fit la petite en baissant le nez. D'ailleurs, il se soucie de moi comme d'une guigne !

— Il te l'a dit ?

— Bien sûr que non. Pour le temps que nous avons passé ensemble, il s'est montré d'une grande gentillesse mais il n'est pas aveugle : comment pourrait-il s'intéresser à moi quand vous êtes là ?

Cette fois, le rire de Marie fusa :

— Ne va pas t'imaginer que je suis pour toi une rivale. Ton chevalier ne m'a jamais considérée comme une femme. Je suis pour lui un animal étrange, une curiosité méritant sans doute attention parce que imprévisible et sans cesse à la recherche d'un mauvais coup. Il devait me protéger, il l'a fait et, durant le temps que nous avons passé ensemble, je crois qu'il s'est pris pour moi d'une sorte d'affection un rien méprisante et résolument fraternelle. En outre, je ne suis pas le genre de femme qu'il apprécie...

— Et quel genre de femme apprécie-t-il ?

— Dodue, fraîche, bonne vivante, le cheveu blond et la peau claire avec des appas... évidents, pensa tout haut Marie évoquant mentalement la ronde Eglantine, la patronne de La Vigne en Fleur.

— Il... il n'aime pas les rousses ?

— Les ?... Oh ! pourquoi pas ! concéda Marie, s'apercevant que ses descriptions pourraient convenir à Herminie dans quelques années... surtout si elle continuait à manifester le même penchant pour les gâteaux et les confitures... Tu devrais avoir tes chances, ajouta-t-elle gentiment.

— Dans les circonstances actuelles, celles-ci me paraissent minces. Dieu sait quand nous le reverrons... si même nous le revoyons, soupira Herminie d'un ton si désolé que Marie l'attira à elle pour l'embrasser :

— Il ne faut jamais désespérer ! conclut-elle.

Les jours passèrent sans apporter la moindre nouvelle de Malleville. Pourtant, des visiteurs vinrent à Couzières pour le plus grand plaisir de Marie, et d'abord Montaigu qu'elle ne trouva plus aussi amusant qu'auparavant : il vieillissait. Mal, selon la Duchesse, parce qu'il se tournait vers Dieu et, sans aller jusqu'à la bigoterie, demandait souvent à la méditation et à la prière de l'aider dans ses entreprises puisqu'il poursuivait son activité d'agent secret avec la Lorraine. Aussi était-il moins attiré par les jeux de l'amour. C'était comme si l'âme de Marie l'intéressait plus que son corps. Celle-ci qui bâillait toujours au prêche s'en consola d'autant mieux qu'il avait avec lui un jeune gentilhomme anglais, William, Lord Craft, qui tomba amoureux de la Duchesse au premier regard et qu'elle trouva absolument charmant. Elle lui accorda ses « faveurs » dans certaine grotte aménagée par le duc Hercule sous l'une des terrasses de ses jardins descendant jusqu'à la rivière.

Des pilastres ioniques en marquaient l'entrée et il s'y trouvait une source pétrifiante qui faisait peur aux gens du village et même aux petites servantes. Cette bienheureuse conjoncture avait permis à Marie d'y porter des tapis et des coussins en prétextant que la fraîcheur du lieu lui permettait de supporter les étouffantes chaleurs de l'été. William Craft n'y vécut pas moins quelques nuits torrides qui transformèrent le jeune homme – beau et agréablement bâti de surcroît – en adorateur tellement béat que c'en devenait gênant. Surtout pour Montaigu, qui le renvoya à Londres chargé de « rapports urgents » pour Whitehall. Rapatrié, il couvrit sa déesse de lettres débordantes : « La passion que j'ai pour vous est plus grande que je ne peux exprimer et la résolution que j'ai prise ne changera jamais » ou encore : « Je n'aimerai jamais que vous et cela de tout mon cœur, toute mon âme et toute ma vie... » On devait le revoir de temps en temps mais pas à Couzières : Marie qui n'appréciait la campagne que par temps doux et beau soleil, et en particulier une campagne aussi éloignée de Paris, décida de s'établir à Tours quand vinrent les mauvais jours. D'abord elle y avait ses hommes d'affaires chargés de débrouiller une trésorerie dont ni elle ni son époux ne s'étaient jamais beaucoup souciés. En outre, le mouvement de la ville permettait de recevoir discrètement plus de gens un peu hors du commun que dans son petit château. Aussi alla-t-elle s'installer dans un bel hôtel appartenant à l'Archevêché, l'hôtel de La Massetière dont la location ne lui coûterait guère : elle avait en effet séduit le vieil Archevêque, Monseigneur Bertrand d'Eschaux, qui était une ancienne relation puisqu'il avait béni son mariage avec Luynes. Basque d'origine, il avait été évêque de Bayonne, c'était un homme fort instruit, fort aimable, borgne et âgé de plus de quatre-vingts ans. Il n'en flamba pas moins comme un fétu de paille en retrouvant près de vingt ans après la jolie mariée de jadis devenue une foudroyante beauté.

On ne sait trop si leurs relations dépassèrent une bienséante amitié mais c'est peu probable étant donné le penchant de Marie pour les hommes bien charpentés et en possession de tous leurs moyens. Monseigneur D'Eschaux n'en devint pas moins un habitué de la maison où il venait pratiquement chaque jour. Pour être platonique, cet amour était délicieux parce qu'il donnait à la Duchesse l'impression d'être protégée par un oncle affectueux... et généreux car Monseigneur lui « prêtait de l'argent » avec une libéralité qui l'enchantait...

Rapidement, Madame de Chevreuse devint le principal centre d'intérêt des cancanières de la ville. Ces dames n'appréciaient ni ses relations, ni son train de maison, ni ses toilettes somptueuses et pas davantage la façon cavalière qu'elle avait de les traiter. Et durant son séjour à Tours, Marie ne se fit pas une seule amie. Elle s'en souciait peu, son esprit et son temps étant accaparés par les affaires du royaume et son énorme correspondance. La Lorraine, où Monsieur s'accrochait parce que le Roi s'obstinait à refuser la reconnaissance de son mariage avec la charmante Marguerite, était entrée en conflit ouvert et, à l'automne, les troupes françaises occupaient Nancy dont tout le monde s'était enfui à commencer par Gaston d'Orléans, parti rejoindre à Bruxelles sa chère maman tandis que le duc Charles apportait ses forces aux princes allemands dont les Etats, depuis plusieurs années, subissaient les ravages de l'effroyable guerre de Trente Ans. Avec à cette époque une accalmie due à la mort du roi de Suède Gustave Adolphe, allié de la France et qui avait été sans doute le plus grand capitaine de son temps. Ce qu'il avait fait subir aux Impériaux était autant de gagné par la France et si les Suédois restèrent dans le conflit, ils étaient affaiblis et le royaume se retrouva au premier rang. Au milieu de cet imbroglio, Marie nageait comme un poisson dans l'eau, s'efforçant de brouiller les cartes plus encore qu'elles ne l'étaient. Grâce à Dieu sans obtenir grand effet : tant qu'aucun conflit n'opposait ouvertement la France à l'Espagne, on tenait volontiers cette avalanche de lettres et de billets pour « bavardages de femmes » sans y attacher autrement d'importance. De Bruxelles, le Cardinal-Infant, exaspéré par les criailleries incessantes de

Marie de Médicis et de Madame du Fargis, toujours à court d'argent, se contentait d'envoyer de bonnes paroles à sa sœur par le truchement de Mirabel et de Madame de Chevreuse, mais les choses n'avançaient guère.

Marie s'en rendait compte. Cela l'enrageait d'autant plus que, dans ce que lui écrivait Anne d'Autriche, il était de moins en moins question de son retour à la Cour. Ce qui était au fond la seule affaire qui lui importât. On lui prêchait la patience, et ce qu'elle en gardait diminuait de jour en jour. Paris n'était éloigné de Tours que d'environ cinquante lieues, pourtant elle éprouvait le sentiment d'habiter au bout du monde. Jamais exil ne lui avait paru aussi pénible à supporter, sans doute parce qu'elle perdait petit à petit la conscience d'être importante comme à Nancy où elle tenait dans sa main le Duc régnant, ou même à Dampierre où elle était chez elle et pouvait disposer de l'ensemble des forces d'un duché, sans compter l'affection qu'elle avait pu inspirer à ses habitants. A Couzières, elle n'était pas chez elle mais chez un père qui la détestait et à Tours le seul personnage de quelque importance à sa dévotion était un vieil évêque au bord de la tombe.

Les gens qui venaient lui faire visite lui semblaient assommants, à la seule exception du séduisant François de La Rochefoucauld, fils aîné du Duc et titré prince de Marcillac selon la coutume. C'était la Reine qui le lui avait présenté un jour à Fontainebleau. Joli garçon de vingt-deux ans avec de beaux cheveux bruns et un visage régulier à la bouche sensuelle, il était exilé lui aussi sur ses terres pour intempérance de langage. « Curieux personnage, généreux, chimérique, passionné mais irrésolu, velléitaire et malchanceux, il évoque assez bien ces héros de romans dotés au berceau de multiples dons qu'une méchante fée aurait empêché d'utiliser[1]. »

On l'avait marié à quinze ans à une gamine de son âge. Andrée ne quittait que rarement le château familial où elle s'occupait des enfants qu'il lui distribuait avec libéralité. Comme elle ne le gênait pas, il s'entendait assez bien avec elle et, s'il écrivit un jour : « Il y a de bons mariages, mais il n'y en a point de délicieux », il est probable qu'il pensait au sien.

François s'accorda à merveille avec Marie. Craft étant reparti pour l'Angleterre, il eut avec elle une aventure qu'il décrivit plus tard comme « une très grande liaison d'amitié » en ajoutant cependant : « Elle ne fut pas plus heureuse par moi qu'elle n'avait été par tous ceux qui en avaient eu avec elle. » Si la liaison charnelle ne dura guère, l'amitié, elle, résista au temps, bien que Marcillac eût déclaré que « ce n'était pas une construction solide ». Marie admirait son esprit et si certaines des nombreuses réflexions qu'il ne pouvait s'empêcher de lâcher lui semblaient incongrues, telles « Le bonheur est plus insupportable que le malheur » ou encore « Plus on aime une maîtresse, et plus on est prêt de la haïr », il était différent des hommes déjà rencontrés et sut lui inspirer une affection réelle, à la manière d'un frère qu'elle n'aurait pas revu depuis des années...

Mais il n'était pas là aussi souvent qu'elle l'aurait voulu et, au cours des jours, Marie commença à s'ennuyer en dépit du nombre de lettres qu'elle ne cessait d'envoyer et de recevoir... encore que, dans ce sens, le courrier se fît moins intéressant : les souverains étrangers la savaient exilée et l'employaient plutôt comme

1. Georges Poisson, *La Duchesse de Chevreuse*, Perrin, Paris, 1999.

relais. En outre, la vie mondaine de Tours était beaucoup moins excitante que celle de Paris. Enfin, lorsqu'il lui écrivait, son époux lui laissait clairement entendre qu'il ne cherchait même plus à obtenir son retour en grâce : il avait d'autres chats à fouetter, ayant à faire face à des difficultés financières sans cesse croissantes. Elle en avait aussi car, si son père était tenu d'entretenir Couzières – encore ne s'y résignait-il que poussé par sa femme qui avait de l'amitié pour Marie ! – il ne voyait aucune utilité à participer aux dépenses somptuaires de sa fille qu'il jugeait de plus en plus encombrante. Aussi la Duchesse s'attardait-elle plus fréquemment à l'Archevêché, auprès de son vieil amoureux qui, la voyant mélancolique, s'efforçait de la distraire en donnant des concerts et en recevant davantage qu'auparavant.

Ce fut à l'une de ces soirées que Marie rencontra la Présidente de Mareuil dont au premier regard elle sut qu'elle venait de Paris. Le ton délibéré, la façon de s'habiller annonçaient une femme du monde... de son monde à elle. La nouvelle venue tranchait sur le reste de l'assistance féminine.

C'était pourtant une Tourangelle de naissance et elle possédait un manoir aux environs de Tours mais on ne l'avait pas vue dans la région depuis longtemps. Elle préférait jouir à Paris de la fortune que lui avait laissée en mourant son vieux mari, un haut magistrat, ancien célibataire endurci qui s'était pris pour elle d'une passion tardive et l'avait laissée veuve, sans enfants, après quelques années de mariage. Son nom, à vrai dire, n'était pas inconnu de Marie. La jolie Françoise – une brune aux yeux clairs et douée d'un charme certain – figurait dans la haute société parisienne, fréquentait l'hôtel de Rambouillet voisin de l'hôtel de Chevreuse, se montrait à la comédie et même à la Cour où sa noblesse, le rang de son mari et de nombreuses relations lui donnaient accès. Bref, elle apportait avec elle cet air de Paris qui manquait si cruellement à la Duchesse.

Monseigneur d'Eschaux qui l'avait connue enfant la présenta à Marie :

— Voilà une jeune dame qui brûle de vous connaître, ma chère Duchesse. Quand elle m'a fait hier sa visite de bonne arrivée, elle a à peine pris le temps de s'enquérir de ma santé avant de me demander si je vous voyais... C'était à croire qu'elle n'était venue que pour vous !

L'intéressée se mit à rire :

— J'ai toujours beaucoup admiré – de loin ! – Madame la duchesse de Chevreuse mais je dois à la vérité de dire que ce sont mes affaires qui ont motivé mon voyage. La Roselière, mon domaine familial, a grand besoin de réparations et je l'ai laissé trop longtemps aux mains d'un intendant sans scrupules. Je viens donc remettre de l'ordre. Ma chance dans tout cela est que j'étais déterminée à rencontrer enfin une très noble dame qui est aussi la personne la plus extraordinaire du royaume et dont le nom est encore sur toutes les lèvres...

Le « encore » résonna désagréablement aux oreilles de Marie. Cela devait vouloir dire que l'oubli n'était peut-être pas loin. Néanmoins, elle répondit avec infiniment de grâce :

— Le proverbe qui dit « loin des yeux, loin du cœur » ne se justifie jamais autant qu'à la Cour. Je pense que Madame tient surtout à me faire plaisir.

— Point du tout ! s'écria la jeune femme avec une soudaine gravité. La Cour est moins gaie depuis que le rire de Madame de Chevreuse n'y résonne plus...

— Je serais fort étonnée qu'il manque à ce point au Roi ou à Monsieur le Cardinal...

— Pour ce qui est de notre Sire, je ne saurais dire le contraire, mais ce n'est pas assuré en ce qui concerne le Cardinal. Madame la duchesse de Montbazon me disait la semaine passée...

— Vous connaissez ma belle-mère ?

Les jolis yeux gris de la nouvelle venue se mirent à pétiller :

— Mais oui ! Assez pour que, me sachant sur le départ, elle m'ait chargée de beaucoup de bonnes pensées... et même d'une petite lettre, ajouta-t-elle plus bas.

— Que ne le disiez-vous plus tôt ?

L'Archevêque s'étant écarté pour accueillir d'autres visiteurs, les deux dames se trouvaient isolées au milieu du salon et d'un cercle de regards curieux. Marie glissa alors son bras sous celui de la Présidente :

— Faisons quelques pas, proposa-t-elle. J'ignore si vous comptez nombre d'amies parmi ces dames qui nous entourent mais ce n'est pas mon cas.

— Et cela vous étonne ? Mais regardez-vous et regardez-les ! Il est évident qu'elles se donnent un mal infini pour copier votre coiffure et vos atours mais n'en sentent leur province que plus vivement.

Marie avait accès à la « librairie [1] » du prélat ; elle y entraîna Françoise de Mareuil. Elles prirent place sur un large fauteuil à deux places installé près de la cheminée :

— Cette lettre ? Vous l'avez là ?

— Naturellement !

La Présidente tira de son corselet de satin gorge-de-pigeon un billet plié avec élégance et cacheté de bleu qu'elle remit à Marie. L'épouse d'Hercule y avait griffonné quelques mots :

1. La bibliothèque.

« Madame la Présidente de Mareuil se rend à Tours un jour prochain. Elle désire beaucoup vous connaître et, pensant que vous avez peut-être besoin d'une amie, je vous l'envoie avec mon affection. Vous verrez... » Signé « MARIE. »

La grande écriture biscornue et l'orthographe un brin fantaisiste que Marie ne connaissait pas représentaient trop bien l'épouse d'Hercule pour susciter le moindre doute. Madame de Chevreuse eut un sourire épanoui et, repliant le billet, le glissa à son tour dans son décolleté avant de se laisser aller sur les coussins de velours rouge avec un soupir d'aise. Puis, tendant la main à sa voisine, elle dit :

— Madame de Montbazon a raison. Je n'ai pas une seule amie dans cette ville et c'est pourtant ce qui me serait le plus nécessaire.

Un laquais chargé d'un plateau de verres contenant du vin d'Espagne passant non loin des deux femmes, Marie l'appela, en prit un tandis que la Présidente en faisait autant :

— Buvons à notre bonne entente ! dit-elle joyeusement.

De cet instant, elles se virent à peu près chaque jour. Françoise de Mareuil avait pris logis dans un hôtel proche de La Massetière et si elle se rendait assez souvent dans son domaine de la rive droite de la Loire pour en surveiller les travaux, elle passait la majeure partie de son temps libre avec sa nouvelle amie. Marie l'appréciait de plus en plus car c'était une vraie mine de renseignements sur ce qui se passait à Paris et même dans l'enceinte du Louvre. Par elle Marie recueillit, non sans soupirer intérieurement, l'écho des fêtes –

certaines en l'honneur du nouveau Nonce, Monseigneur Giulio Mazarin que le Roi et Richelieu donnaient au Louvre, au château de Saint-Germain, au Palais-Cardinal, au château de Rueil ou à Chantilly, le beau domaine du pauvre Montmorency dont la Couronne avait hérité. Ce dernier détail fit grincer les dents de la Duchesse :

— Comment Louis ose-t-il, laissa-t-elle échapper, se pavaner sur les domaines de sa victime après l'avoir tuée avec tant d'impitoyable cruauté ?

— Cela vous étonne ? fit Madame de Mareuil. Les dépouilles des malheureux qui meurent sur les échafauds n'appartiennent-elles pas de droit au bourreau ?

Trop émue pour parler, Marie se contenta de serrer fortement la main de Françoise. Ce trait les rapprochait encore et elle crut comprendre que celle-ci partageait entièrement ses vues sur le souverain et son Ministre. Surtout quand elle l'entendit poursuivre :

— La Reine s'est jusqu'à présent refusée de s'y rendre en prenant divers prétextes. Le souvenir douloureux qui s'attache à cette confiscation ajoute à ses tourments. Heureusement que Madame de Hautefort est auprès d'elle sans discontinuer. Elle s'est faite son rempart et son défenseur...

— Le Roi est-il toujours épris d'elle ?

— Oh ! plus que jamais et cela en dépit de son insolence. Lorsque je suis partie on commentait, sans retenue, un incident que je trouve, moi, plutôt amusant : un soir en entrant chez la Reine, le Roi la surprit en train de lire un billet en compagnie de Hautefort. Soupçonneux à son habitude, il demanda à lire ce billet. Un peu gênée, Sa Majesté allait le lui donner quand la belle Marie l'intercepta et le glissa bien apparent dans son décolleté, juste entre ses seins et, en riant, mit le Roi au défi de venir l'y prendre. Gros embarras de notre Sire qui resta un instant décontenancé, n'osant s'aventurer dans un pays aussi tentant. C'est alors qu'il s'avisa d'aller prendre les pincettes près de la cheminée et les approcha de la gorge ravissante qui le narguait. Hautefort, comme on le pense, ne le laissa pas faire : elle jeta le papier à ses pieds en lui tournant le dos. A la suite de cela il s'entretint avec elle longuement et tout le monde put voir qu'il essayait de se faire pardonner...

— La mâtine ! s'écria Marie enchantée. Elle est vraiment forte !

— Mais le restera-t-elle ? Lors de mon départ, une nouvelle fille d'honneur venait d'être donnée à Sa Majesté... sur l'impulsion du Cardinal, ce qui fait qu'elle n'est pas très bien venue. Charmante au demeurant, et même fort jolie, mais tout le contraire de l'Aurore : douce, timide... Or, on m'a dit que le Roi l'avait regardée plusieurs fois...

— Ah ! comme je vous envie ! Vous ne sauriez croire à quel point je m'ennuie...

— Le pays est pourtant agréable et l'on y donne de jolies fêtes...

— Mais ce n'est... et ce ne sera jamais la Cour ! C'est cet air-là qui me manque...

— Je serais volontiers de votre avis. Moi qui suis très attachée à cette région, je reconnais que les choses y sont différentes... et en particulier les hommes.

Décidément, la jolie Présidente plaisait de plus en plus à Marie. Sur le chemin des confidences, on en vint peu à peu aux plus intimes. C'est ainsi que Marie apprit que sa nouvelle amie était aussi celle d'Aramitz.

— Il fallait vraiment que je fusse obligée de venir pour accepter d'en être séparée pour un temps. Vous ne sauriez croire quel homme délicieux il est ! Et quel amant ! Tendre, galant, attentif, sachant tourner un compliment aussi bien qu'un sonnet. C'est grand dommage en vérité qu'il demeure si fermement attaché à son projet de se faire d'Eglise. Quoique...

— Eh bien ? demanda Marie, voyant Françoise hésiter au bord d'une idée.

— J'en suis venue à penser qu'il ferait un évêque magnifique. On se presserait à ses sermons et les femmes en raffoleraient. Moi la première.

— Vous auriez certainement ses préférences... et un prélat a plus de loisirs qu'un simple Mousquetaire !

Tout en parlant, Marie se reprochait de ne pas avoir recherché le jeune homme avant que Malleville en fasse une nécessité. Depuis leur première rencontre, elle savait qu'il lui plaisait et lui-même ne lui avait pas caché son admiration. Une belle occasion manquée sans doute et qui ne se présenterait plus, les Mousquetaires étant attachés à ce Roi qui ne voulait plus entendre parler d'elle et qui entreprenait de descendre sur la Loire pour faire peser son mécontentement sur les fiefs de son frère. Monsieur, en effet, venait de négocier son retour en France : il s'ennuyait vraiment par trop aux Pays-Bas où l'on avait un peu tendance à le considérer comme un otage et, en outre, il s'était brouillé avec sa mère dont le caractère ne s'arrangeait pas.

Or, ce retour, Marie l'avait appris par l'entremise de la chère Présidente et s'en était sentie blessée : pourquoi donc, alors qu'elle était en correspondance avec la Reine, celle-ci ou Hautefort ne lui avaient-elles pas annoncé cette importante nouvelle ? Le courrier avec Paris s'était d'ailleurs fait plus rare ces derniers temps, ce dont, après les confidences de Françoise, Marie n'augurait rien de bon. Ne serait-on pas en train de l'oublier tout doucement au milieu de ces fêtes et réjouissances favorisées par la période faste et paisible

– relativement ! – que vivait le pays depuis son départ ? Elle eut soudain la vision de ce que pourrait être sa vie, perdue au fond d'une province, fût-elle pleine de charme, si le nom de la duchesse de Chevreuse cessait d'occuper les esprits ? Allait-on la condamner à végéter dans l'obscurité, elle qui n'aimait que la lumière ?

Fine mouche, Françoise de Mareuil eut tôt fait de deviner ce qui se passait dans son esprit mais elle n'en montra rien, sachant que l'orgueil de la Duchesse s'insurgerait si elle s'avisait de la plaindre. Un jour, elle lui dit :

— C'est une excellente chose au fond que ce retour du duc d'Orléans. Il adore son duché et, pour ce que j'en sais, il ne va pas tarder à venir y séjourner avec la jeune Duchesse puisque leur mariage pourrait être enfin reconnu. Cela va mettre beaucoup d'animation par ici et vous devriez commencer peut-être quelques préparatifs à Couzières. Vous étiez grands amis, n'est-ce pas ?

— Sait-on jamais si l'on est ou non ami de Monsieur ? Il tourne à tous vents comme une girouette... bougonna Marie.

— Mais dites-moi, quelle humeur sombre ! Voyons, ma chère, pensez-y : vous pouvez être certaine qu'il viendra s'inviter chez vous... chez moi aussi d'ailleurs.

— Vous le connaissez si bien ?

— Je connais surtout Monsieur de Puylaurens son favori, si l'on peut employer ce terme, et comme il est rentré avec lui il ne manquera pas d'accourir chez moi. A ce propos, il faut que je me hâte d'achever les réparations. Puylaurens adore cette maison... Mais, j'y pense, vous ne la connaissez pas ?

— Vous ne m'avez jamais invitée !

— Parce que je voulais vous la montrer dans son

éclat retrouvé mais, après tout, vous lui serez indulgente ! Et vos conseils pourraient m'être très précieux ! Vous avez tant de goût ! Nous pourrions y aller ce tantôt ? Ce n'est qu'à deux lieues à peine, la promenade est charmante et il fait si beau !

— Pourquoi pas ? Cela me distraira d'une humeur qui en effet n'est pas au mieux...

— Bravo ! Je viens vous prendre à trois heures.

A l'heure dite, la voiture de la Présidente s'arrêtait devant l'hôtel de La Massetière. C'était celle dont celle-ci se servait pour voyager, son carrosse d'apparat étant, de son aveu même, resté à Paris, un véhicule fait pour les longs chemins parcourus par tous les temps, c'est-à-dire muni d'épais mantelets de cuir prêts à occulter des fenêtres relativement étroites afin d'éviter au maximum les projections de poussière et de boue. Le ciel bleu et le soleil resplendissant protestaient contre l'emploi d'une machine aussi hermétiquement fermée, et Marie ne put s'empêcher de remarquer :

— Nous aurions pu aller à cheval !

— Sans doute mais ainsi que vous avez dû le remarquer, il y a un coffre amarré derrière : j'en profite pour porter là-bas des étoffes que l'on m'a livrées hier... Vous n'en êtes pas contrariée, j'espère ?

— Dans ce cas, pourquoi voulez-vous que cela me contrarie ?

Elle prit place sur les coussins de velours brun auprès de son amie. Le cocher fit siffler son fouet, les quatre chevaux s'élancèrent et l'on se dirigea vers le pont qui enjambait la Loire en bavardant de choses et d'autres. Et l'on roula de la sorte pendant une demi-heure environ. Absorbée par la conversation toujours pétillante de Françoise, Marie ne s'intéressait en rien au chemin. Soudain, après plusieurs cahots qui secouèrent la voiture, elle s'arrêta :

— Sommes-nous déjà arrivées ? demanda Marie en se tournant vers la portière, ce qui lui permit de voir que l'on était au milieu d'un bois. Mais elle n'eut pas le temps de s'en étonner :

— Provisoirement ! fit Madame de Mareuil d'une voix changée. Voulez-vous descendre, s'il vous plaît ?

Stupéfaite, Marie vit alors qu'elle braquait sur elle un pistolet et que le charmant visage d'il y a un instant s'était durci :

— Allons, vite !

En même temps, la portière s'ouvrait et deux hommes s'emparaient de Marie qu'ils tirèrent brutalement au-dehors en dépit de la défense qu'elle fournit d'instinct et de ses protestations. En peu de secondes, elle fut ligotée et bâillonnée. Ils étaient quatre à présent autour d'elle que l'on avait jetée à terre et ils formaient au-dessus d'elle comme une muraille menaçante qu'elle regarda avec effroi. Puis deux d'entre eux la saisirent, l'un par les épaules l'autre par les pieds, et allèrent la déposer sans douceur excessive dans un chariot de charbonnier qui attendait sous les arbres. L'opération s'était déroulée sans que quiconque profère la moindre parole. La Présidente, cependant, remontait dans sa voiture. Marie l'entendit recommander à ses sbires de faire bonne garde en ajoutant qu'elle les rejoindrait à la nuit tombée... Et ce fut seulement après que le carrosse se fut éloigné que son chariot se mit en marche.

Il roula lourdement pendant des minutes qui parurent un siècle à la prisonnière qui maintenant ne pouvait plus rien voir. On avait jeté sur elle quelques-uns de ces sacs de toile dont on se servait pour transporter le charbon. Pendant le trajet, elle s'efforça de mettre de l'ordre dans ses pensées, de comprendre ce qui lui arrivait : pourquoi donc cette femme qui avait su si bien se frayer un chemin dans son amitié cependant difficile à gagner, cette femme dont le nom était venu jusqu'à elle dans ce naguère qui lui semblait à présent si lointain, cette femme à qui elle n'avait jamais nui venait-elle s'en prendre à elle avec une telle haine ? Quelle rancune entendait-elle lui faire payer ?

On s'arrêta enfin devant une cabane faite de rondins et de terre battue qui devait être celle d'un charbonnier puisque, non loin de là, au bord d'une petite rivière, s'élevait la « meule » conique servant à la lente combustion du bois. On sortit Marie de son chariot pour la transporter à l'intérieur de la cahute et elle eut le temps de voir au-dessus de sa tête les branches vertes qui se détachaient sur un beau ciel bleu où des oiseaux chantaient. On était en train de la retrancher de ce paradis pour l'enfoncer dans les ténèbres de l'angoisse.

L'endroit était fort succinctement meublé : une table, un escabeau grossiers, une paillasse nantie d'une couverture sur laquelle on ne lui fit même pas l'honneur de l'étendre : on la déposa à même le sol en terre battue, adossée à une paroi de façon qu'elle pût contempler un dernier meuble, le plus étrange et le plus effrayant qui fût : un gros billot sur lequel était posée une doloire de tonnelier...

Terrifiée, Marie sentit ses cheveux se dresser sur sa tête. Son regard dilaté chercha celui de ses gardiens, des hommes de mauvaise mine comme on en trouve dans les bas-fonds des villes. A son interrogation muette, ils répondirent en ricanant. L'un d'eux cependant lui jeta :

— Eh oui, la belle, c'est pour toi ! Une surprise qu'on t'a réservée...

Il s'empara de l'outil sur le tronçon de bois et le lui mit sous le nez tout en passant son doigt sur le fil :

— Tu vois, on a oublié de l'affûter alors ça va durer un moment pour séparer ta jolie tête de ton corps...

— Tais-toi donc ! grogna l'autre. On t'a pas chargé de lui faire un discours. La patronne veut qu'on se taise ! Vaut mieux lui obéir...

Le comparse renonça avec un haussement d'épaules, reposa la lame à sa place et voulut sortir. De nouveau son compagnon s'interposa :

— On doit rester là tous les deux à la surveiller. Les autres suffisent pour garder les abords. Ce sont les ordres, sacredieu ! Si tu n'obéis pas, je t'abats, ajouta-t-il en tirant un pistolet de sa ceinture.

Grognant comme un chien hargneux, le personnage alla s'asseoir sur l'escabeau juste en face de Marie qu'il se mit à détailler sans plus rien dire. Au bout d'un moment, cependant, il se leva, vint s'accroupir près d'elle et prit ses seins dans ses mains :

— Dis donc ! C'est un friand morceau !... Ça me tenterait d'y goûter. Toi aussi peut-être ? On devrait avoir le temps !

Ses doigts malaxaient brutalement la gorge de Marie qui poussa un cri de douleur étouffé par le bâillon. C'était bien la première fois que le contact d'un homme lui donnait envie de vomir. L'autre, d'ailleurs, obligeait son acolyte à lâcher prise avec un soupir excédé :

— Vas-tu te tenir tranquille ? On n'a pas le droit d'y toucher, tu devrais le savoir !

— Ouais, je sais... mais c'est du gâchis ! Elle sent bon et sa peau est douce comme du satin ! J'ai sacrément envie d'elle ! ajouta-t-il avec une grimace.

— Pense à autre chose ! Quand la patronne reviendra, elle sera peut-être d'accord pour nous la laisser un moment avant de la trucider. Il paraît que c'est une chaude garce et j'avoue que moi aussi...

L'assaillant de Marie retourna s'asseoir et la jeune femme ferma les yeux pour au moins ne plus voir ces faces congestionnées qui lui faisaient horreur... et qu'elle eût été cependant d'accord pour satisfaire s'il y avait eu la moindre chance d'en obtenir sa fuite, mais elle ne pouvait même pas articuler une parole. En outre, une peur affreuse s'était emparée d'elle à la vue de l'appareil du supplice qu'on lui réservait, tellement semblable à celui qui avait fait périr Chalais qu'il était à présent impossible de douter d'où venait le coup. Aucune attaque contre elle ne s'étant produite depuis longtemps en dépit des menaces reçues, elle avait fini par n'y plus penser. Ignorant à qui elle avait affaire au juste, elle en était venue à croire qu'un événement inattendu avait détourné ses ennemis de leurs desseins : duel, guerre ou Dieu sait quoi, la mort, à cette époque-là, n'étant jamais bien loin...

Le temps qui coula lui parut interminable, même si elle souhaitait follement qu'il retînt sa course. Les ombres devinrent plus denses dans la cabane. Enfin, le pas d'un cheval se fit entendre et ses gardiens, qui s'étaient trouvé une distraction en jouant aux dés, se levèrent quand la porte s'ouvrit sous la main de la Présidente. Elle était suivie d'un homme dont le manteau noir recouvrait un justaucorps de cuir rouge assorti à la cagoule qui emprisonnait sa grosse tête : un bourreau !

Marie comprit que sa dernière heure était arrivée et fit un violent effort pour dompter sa peur. A ce moment elle se rappela la route du Verger et avec quelle crânerie elle avait alors attendu le coup fatal. Il est vrai que celui-là aurait dû lui être appliqué avec une épée... et non par cette abomination qui allait la déchiqueter, ce qui changeait les choses, mais c'était l'heure ou jamais de montrer sa vaillance ! Cette misérable femme ne la verrait ni pleurer ni trembler. Elle redressa la tête aussi haut qu'il lui était possible. Madame de Mareuil, debout devant elle, la contemplait avec une joie mauvaise. Elle lui arracha son bâillon :

— Enfin ! gronda-t-elle. Enfin je t'ai amenée à cette extrémité dont je rêvais ! Tu vas mourir comme lui, de cette mort innommable qu'il te devait...

— Je n'y suis pour rien ! Ce n'est pas moi qui ai fait enlever le bourreau de Nantes. C'est Monsieur et il a cru agir au mieux. Nous espérions que cela nous donnerait le temps de le faire évader !

— Nous ? Pas toi ! Tu vivais dans les jupes de la Reine à l'abri des mauvais coups...

— Oh ! je ne vais pas en discuter avec vous, s'insurgea Marie. Et je vous prierai de ne pas me tutoyer : je suis duchesse de Chevreuse, princesse en Lorraine, et vous n'êtes à tout prendre que l'épouse d'un robin ! Et d'abord, en quoi la mort de Chalais vous touche-t-elle ? Vous n'êtes pas, que je sache, de sa famille ?

— Il était mon amant avant que « tu » ne l'englues dans tes pièges, et nous étions heureux ensemble. Tu me l'as pris, maudite Duchesse, et pour en faire un cadavre misérable... Sa belle tête...

— En voilà assez ! trancha Marie qui en face de la mort, si affreuse soit-elle, retrouvait son courage. Je sais mieux que vous à quoi elle ressemblait, sa tête ! Celle d'un écervelé qui voulait jouer sur tous les tableaux et il s'est perdu lui-même !

— C'est trop facile en vérité d'accuser un mort !

— Je ne dis que le vrai ! Au fait, puisque vous l'aimiez à ce point, comment se fait-il que vous ayez attendu si longtemps pour perpétrer votre vengeance ?

— Il a fallu que je sois certaine de l'incapacité des hommes de la famille à l'accomplir. Chaque fois qu'ils ont voulu s'en prendre à toi, ils ont dû renoncer parce que tu étais trop bien protégée.

— Chaque fois ? Je n'en ai connu qu'une, sur la route du château du Verger. Il y en aurait eu d'autres ?

— Trois ! L'une près de Saint-Dizier quand tu es revenue de Lorraine, la deuxième sur la route de Saint-Germain quand tu allais rejoindre la Reine, la troisième dans Paris même. Toutes ont échoué. C'est à croire, ajouta Madame de Mareuil, que tu es protégée par le Diable !

— Rien que cela ! Et pourquoi pas par la maladresse de ces gens ? N'ayant aucun rapport avec messire Satan, je ne vois pas qui pourrait veiller aussi attentivement sur moi !

— Mais ton ami le Cardinal ? Il a le bras tellement long !

— Ce n'est pas mon ami et je le hais ! Et vous oubliez un peu vite qu'il m'a exilée.

— C'est le fait du Roi et non le sien !

— Comme si le Roi ne suivait pas en aveugle les directives de son Ministre ? La meilleure preuve en est que vous avez pu m'enlever sans que nul s'y oppose, soupira Marie.

— Parce qu'il ne viendrait à l'idée de personne de me soupçonner, moi, une veuve inattaquable...

— Ah ? Et ce cher Aramitz ? Ne serait-il qu'une vue de l'esprit ? Sans compter ce pauvre Chalais...

— L'important est qu'on le croie et c'est la raison pour laquelle, lasse d'attendre ta fin, j'ai décidé de m'en charger. Allez, vous autres ! Préparez-la pour l'exécution !

Les deux gardiens de Marie la relevèrent et celui qui l'avait défendue des entreprises de son confrère ouvrit le haut de sa robe pour la rabattre sous ses épaules. A ce spectacle, son compagnon n'y tint plus :

— Madame, avant de la tuer laissez-la-nous un moment ! C'est pas souvent qu'on a une occasion pareille ! Elle est bougrement gironde ! Un vrai morceau de Roi !

— Pourtant il n'en a pas voulu, reprit la Présidente qui poursuivit avec un haussement d'épaules dédaigneux et son méchant sourire : Après tout je n'y vois pas d'inconvénient. Elle n'a pas d'amant actuellement : au moins aura-t-elle encore un peu de plaisir avant de mourir ! Prends-la, mon garçon, j'y consens et ton camarade aura sa part ensuite. Toi aussi, bourreau, si elle te tente ?

L'homme à la cagoule refusa d'un geste. Cependant, le bandit n'avait pas perdu une seconde : délier les jambes de Marie, retrousser ses jupes et la soumettre s'était fait en un éclair. Il puait la crasse, la sueur et le mauvais vin, et Marie sentit son cœur se soulever. Quand il s'arracha de son corps, elle se tourna de côté et vomit...

— Allons bon ! ricana Françoise. Cela ne t'a pas plu ? Moi qui pensais t'offrir la dernière de tes joies préférées ? Voyons si le second aura plus de succès...

Un cri étouffé au-dehors lui coupa la parole. Retenant celui qu'elle venait d'autoriser, la Présidente alla rapidement vers la porte... et la reçut en pleine figure tandis que Peran, l'enfonçant d'un maître coup de pied, surgissait, un couteau sanglant à la main : celui avec lequel il avait égorgé l'un des gardiens. Sans désemparer et presque sans viser, il le lança d'une main si sûre qu'il alla se ficher dans la gorge du violeur. Derrière lui arrivait Herminie, un pistolet à chaque poing. L'un d'eux aboya et le deuxième gardien s'écroula. Du gauche elle voulut atteindre le bourreau, mais Marie l'arrêta.

— Non ! Celui-là je veux lui parler !

— A un tourmenteur ? s'indigna la jeune fille. Vous n'y pensez pas !

— Je ne pense même qu'à cela et il y a mieux à faire : donne-moi ton arme !

Tout en parlant elle se relevait, aidée par Peran qui, son coutelas récupéré, s'en servait pour la libérer de ses liens. Elle s'approcha de son ennemie. Etourdie par le choc de la porte tombée sur elle et la douleur qui en résultait, celle-ci était restée étendue à terre sous le panneau de bois que la Duchesse repoussa du pied. Un instant, elle considéra la Présidente du haut de sa taille et jeta, méprisante :

— Il me semble que nous n'avons plus rien à nous dire !

Puis elle tira, visant la tête. La femme eut un dernier sursaut et ne bougea plus...

Marie alors se tourna vers l'homme masqué :

— Otez cette cagoule et dites-moi qui vous êtes.

Il obéit, découvrant un visage déjà âgé que la barbe grise annonçait :

— Le bourreau de Nantes, celui qui avait été enlevé et dont l'absence a valu une mort horrible à Monsieur de Chalais. Je possède non loin d'ici un petit bien et c'est là que je me suis retiré, là aussi que cette dame est venue me chercher pour vous exécuter...

— Pour de l'argent, n'est-ce pas ? jeta la Duchesse avec dédain. Car en vérité je ne vois pas quel grief vous pouviez avoir contre moi.

— On m'a dit que vous étiez la cause de cette exécution abominable qui a pris place dans mes cauchemars...

— C'est pourquoi vous alliez la rééditer sur moi avec ça ? fit-elle en désignant la doloire.

— Non. J'avais fait semblant pour qu'un autre ne s'en charge pas mais j'avais emporté ceci.

Et il tira de son manteau la large épée qui était son instrument habituel.

— Personne n'aurait pu m'obliger à user d'une arme différente. A présent, faites de moi ce que vous voulez ! Ce pistolet me conviendrait parfaitement...

— Je n'en ai pas fini avec vous ! Savez-vous ce que cette femme comptait faire de mon cadavre ? J'ai toujours été assez encombrante !

— N'importe quel mort est encombrant et c'est ce que je lui ai fait remarquer, mais elle avait la réponse : on devait vous enfouir dans la meule de charbonnier qui est ici près...

— Eh bien, voilà une sépulture toute trouvée. Vous et mon fidèle Peran, ajouta-t-elle en désignant son cocher, allez vous en charger. Ensuite vous pourrez rentrer chez vous... après avoir juré sur la croix de votre glaive de tout oublier de ce qui vient de se passer !

— Dès à présent je le jure ! Merci à vous !

— Vous lui accordez votre confiance ? s'insurgea Herminie qui, depuis son exploit, n'avait pas sonné mot, se contentant de regarder sans la moindre émotion apparente.

Marie se tourna vers elle et l'embrassa :

— Oui, ma petite héroïne ! Un bourreau fait son métier sans avoir à en rendre compte à quiconque, sinon Dieu ! Celui-là voulait m'éviter un univers de souffrance. Maintenant, apprends-moi par quel miracle vous êtes arrivés si opportunément.

Pendant que Peran et le bourreau emportaient le corps de la défunte « Présidente de Mareuil », Herminie raconta. Elle n'avait jamais aimé la belle Françoise – et ne l'avait pas caché à sa cousine ! – qu'elle trouvait trop polie pour être honnête. Cela lui avait valu quelques rebuffades bien senties de la part de Marie, ce qui n'avait rien changé à sa façon de penser. Elle n'avait pas aimé davantage la voiture trop bien fermée de la Présidente alors que le temps était idéal pour une promenade à cheval. Aussi, dès qu'elle eut vu la Duchesse y monter, elle s'était ruée à l'écurie... où elle avait eu la surprise de trouver Peran en train de seller un cheval. Lui non plus n'aimait ni la belle dame ni son véhicule. Il s'apprêtait à les suivre.

— Je l'ai convaincu de me laisser y aller, continua Herminie. Chez nous je n'avais pas ma pareille pour relever la piste de n'importe quel animal et je sais tirer au pistolet aussi bien qu'un homme. A l'épée aussi d'ailleurs ! Enfin... presque pareil ! J'ai eu tôt fait de repérer le « carrosse » et ne l'ai jamais perdu de vue. Un seul cocher, pas de laquais et une très petite ouverture à l'arrière, c'était facile. Quand on a atteint les bois, j'ai mis pied à terre et je me suis cachée quand j'ai vu qu'on s'arrêtait, qu'on vous transportait dans un chariot. J'ai entendu la dame dire qu'elle reviendrait à la nuit, alors je suis rentrée à Tours à bride abattue et j'ai prévenu Peran. J'allais le rejoindre pour partir quand Monseigneur l'Archevêque est arrivé. Evidemment, je lui ai dit que vous étiez sortie sans rien préciser et je pensais qu'il allait se retirer, mais vous le connaissez : c'est un vieux prélat tout à fait charmant mais...

— ... mais bavard. Et comme il te sait ma cousine, il n'a vu aucun inconvénient à tailler une bavette avec une gentille fille aussi intelligente que cultivée ? fit Marie en riant.

— J'aurais donné n'importe quoi pour être débarrassée de lui et je sentais qu'à l'écurie, Peran devait bouillir mais j'étais seule à connaître le chemin et il ne pouvait se passer de moi... Enfin Monseigneur a consenti à regagner son logis après m'avoir donné une bénédiction dont j'avais le plus grand besoin, mais la nuit commençait à tomber. Tout est bien qui finit bien et nous sommes arrivés à temps... pour éviter le pire ! Notre chance a voulu que les gardiens, très occupés à regarder par la petite fenêtre, étaient trop absorbés pour nous voir, ou seulement nous entendre approcher. Vous savez la suite...

— Oui et je ne te remercierai jamais assez, cousine ! A présent retournons chez nous... de façon aussi discrète que possible !

Quand Peran et son aide eurent achevé leur ouvrage, Marie renvoya l'ancien exécuteur de Nantes. Il avait refusé qu'elle vide sa bourse dans sa main en disant qu'il était déjà payé, se contentant de reprendre le gros cheval qui l'avait amené et qui lui servait en temps normal à labourer son lopin de terre.

Le cadavre de la défunte ayant disparu, on décida de laisser sur place ceux de ses acolytes. Qui les trouverait, si on les trouvait un jour, conclurait à un règlement de comptes entre truands : ils en avaient tellement l'air que cela ne surprendrait personne !

Restait à regagner Tours. On était en pleine nuit et les portes de la ville étaient closes, mais Marie ne doutait pas qu'elle se ferait ouvrir. On commença par rendre la liberté à la jument de la Présidente. Peran lui appliqua une claque sur les fesses et elle prit sa course dans la direction de son écurie. Ensuite, Marie enfourcha le cheval d'Herminie qu'elle prit en croupe, Peran le sien, et l'on quitta enfin le bois où Marie avait manqué de peu d'y laisser la vie. Une vie dont elle savourait à l'extrême la saveur retrouvée tandis qu'elle galopait à travers la campagne...

Quand on fut à Tours, en effet, elle n'eut guère de peine à se faire reconnaître. Au soldat effaré qui vint à la poterne, elle ordonna d'aller quérir son officier ou alors d'envoyer à l'Archevêché demander quelqu'un qui pût l'identifier. Mais l'officier suffit :

— Quand on a vu Madame la Duchesse une seule fois, on ne l'oublie plus, déclara-t-il galamment. J'espère seulement qu'il ne vous est rien arrivé de fâcheux ? Cet équipage ?

— Nous rentrions de chez des amis. Mon cheval a fait une méchante chute. Il a fallu l'abattre, ce qui explique l'heure tardive et l'état où vous me voyez. J'ai grande hâte d'aller prendre du repos !

Un beau sourire et la cause était gagnée. Un moment plus tard, Marie s'étendait avec un soupir bienheureux dans un lit qui lui parut merveilleusement moelleux. Herminie qui l'avait aidée à se déshabiller et à faire un brin de toilette ne semblait pas, elle, disposée à aller se coucher. Elle errait à travers la chambre, rangeant ceci, pliant cela...

— Qu'attends-tu ? demanda Madame de Chevreuse. Va dormir !

— Je ne sais pas si je pourrai. Qu'allons-nous raconter pour expliquer la disparition de cette femme ? On va la chercher...

— Hé ! Qu'on la cherche ! On ne la trouvera pas, voilà tout ! Quant à moi, dès le matin, je ferai le nécessaire.

Le lendemain, alors que Monseigneur Bertrand d'Eschaux s'apprêtait à passer à table pour son dîner, on eut à peine le temps de lui annoncer Madame la duchesse de Chevreuse : elle était déjà là, un feutre empanaché de plumes bleues insolemment planté sur la tête et une cravache à la main dont elle frappait nerveusement ses bottes sous la jupe d'amazone retroussée d'un côté. L'Archevêque se leva avec empressement pour l'accueillir :

— Mais quelle bonne idée de venir me demander à dîner ! s'écria-t-il, les mains tendues vers elle.

— Pardonnez-moi, Monseigneur ! Je ne viens pas partager votre repas que je regrette infiniment d'interrompre, mais me plaindre.

— Mais de quoi, mon Dieu ?

— De cette Françoise de Mareuil que vous m'avez présentée ! Etes-vous certain, Monseigneur, de bien la connaître ?

— Mais... oui, je crois ! Il est sûr que je ne l'avais pas vue depuis des années... Pourquoi me le demandez-vous ? Vous-même n'êtes-vous pas liée d'amitié avec elle ?

— Ce en quoi j'ai eu grand tort, mais jugez plutôt ! Hier vers le milieu de l'après-midi elle m'est venue prendre pour m'emmener visiter les travaux qu'elle fait hâter en son château de La Roselière en vue d'une prochaine visite de Monsieur, frère du Roi !

— Il doit venir ? Comment se fait-il que je l'ignore ?

— Oh ! ne cherchez pas ! Ce n'était qu'un prétexte. Nous devions rentrer avant la nuit. Or, elle est venue me chercher avec son char de voyage et elle m'a emmenée ainsi à plus de trois lieues...

— La Roselière n'est pas si loin. A peine deux lieues...

— C'est possible ! Toujours est-il qu'à un certain endroit, elle s'est mise à m'insulter...

— Oh !

— A me traiter de criminelle, de vile putain...

— Oh !

— J'en oublie et de pires encore ! A l'entendre j'avais passé ma vie à lui voler ses amants l'un après l'autre...

— Oh ! Il y en avait tellement ?

— Plus que je ne saurais dire ! Quoi qu'il en soit nous nous sommes disputées, un peu battues même et, tout à coup, elle s'est armée d'un poignard dont elle semblait avoir une longue habitude.

— Oh ! Mais quelle horreur !

— Par je ne sais quel miracle, j'ai réussi à ouvrir la portière et à me laisser tomber sur la route. Sans me faire mal grâce au Ciel et je me suis jetée dans les fourrés voisins. Naturellement, elle a fait arrêter sa voiture, voulant lancer son cocher à ma poursuite, mais une charrette de foin entourée de paysans bouchait son retour. Cela m'a donné le temps de fuir et, de loin, je l'ai vue repartir. Il ne me restait plus qu'à essayer de rentrer par mes propres moyens mais j'étais en robe d'été et sans argent...

— Vous êtes revenue à pied ? s'indigna le saint homme.

— Pas tout à fait. Ma jeune cousine Herminie, que vous connaissez, s'est inquiétée de ne pas me voir revenir. Je dois ajouter qu'elle n'a jamais aimé cette Mareuil. Elle a pris un cheval et s'est mise à ma recherche. Par chance, j'avais pu rejoindre la route qui va de Tours à Vendôme et elle m'a finalement recueillie assise sur un talus, presque épuisée. L'officier qui m'a ouvert la poterne nord pourrait en témoigner, au besoin.

— Mon Dieu ! Ma pauvre enfant ! Mais comment puis-je vous faire oublier cette abomination ? Un verre de vin peut-être ?...

Marie ne put s'empêcher de rire :

— Ma foi je ne dis pas non. Mais surtout, j'aimerais que vous envoyiez chez elle afin qu'elle vienne rendre compte devant vous de sa conduite. Si elle en veut à ma vie, qu'elle me laisse au moins la possibilité de me défendre. Je ne refuserais même pas un duel !

— Un duel ? Oh !

— Pourquoi pas ? Cela s'est déjà fait, vous savez ? J'ai ouï dire que Madame de...

— N'allez pas plus loin, je vous en conjure ! Je ne veux rien savoir et je vais faire en sorte d'arranger cette affreuse histoire d'une façon qui n'offensera pas la morale chrétienne ! Cette petite Présidente si charmante ! Mon Dieu ! Mais est-ce possible...

Laissant son vieil ami dans tous ses états, Marie promit, pour sa part, de se soumettre entièrement à sa volonté et rentra chez elle.

Au bout de quelques jours, Monseigneur d'Eschaux vint lui rendre sa visite en demandant à l'entretenir sans témoins. Ce qu'il avait à dire était plus que surprenant : personne à La Roselière n'avait vu Madame la présidente de Mareuil depuis quatre ou cinq ans. Elle n'y venait jamais, trouvant cette résidence trop campagnarde et plutôt lugubre. Elle y avait effectivement fait exécuter des travaux mais uniquement de soutènement afin d'éviter que la bâtisse ne s'écroule. Celle-ci n'était d'ailleurs gardée que par un intendant âgé, sa femme et le fermier qui s'occupait des terres.

— J'ai pourtant cru la reconnaître, conclut l'Archevêque.

— Il faut croire que vous vous êtes trompé, mon ami, comme tout le monde ici s'est trompé. Avez-vous fait prévenir la vraie Madame de Mareuil ? Car je suppose qu'elle existe ?

— Naturellement elle existe... mais j'ai préféré ne pas lui faire savoir ce qui vient de se passer. Il sera temps de le lui apprendre si elle daigne nous honorer un jour quelconque de sa présence ! Je n'ai aucune envie qu'à Paris on fasse des gorges chaudes sur la stupidité des bons provinciaux que nous sommes !

C'était la sagesse au fond et Marie n'en demanda

pas davantage. Elle réussirait peut-être un jour à savoir qui était celle qu'elle avait abattue d'un coup de pistolet et qui attendait le Jugement dernier dans la meule abandonnée d'un charbonnier. Une chose était certaine : on ne la reverrait jamais et Marie espérait que, enfin, la menace de vengeance qui planait sur sa tête depuis si longtemps avait disparu avec elle...

CHAPITRE X

UNE ÉTRANGE MÉPRISE

Cette agréable impression ne dura pas. Au bout de quelques jours, le souvenir de son effrayante aventure ramena Marie à Couzières. Pour une fois, la paix de la campagne, la grâce du paysage lui manquaient. En outre, une sorte de peur rétrospective s'était emparée d'elle et même sachant son ennemie abattue – et de sa propre main ! – les rues étroites d'une ville où les maisons s'accolaient les unes aux autres, où la nuit devenait ténèbres menaçantes peuplées d'assassins invisibles, lui procuraient un malaise qui lui était inconnu jusque-là, une crainte d'enfant enfermée au cabinet noir, qui l'emportaient malgré elle vers le clair château où ne manquaient ni les serviteurs ni les murs solides et faciles à défendre. Elle se précipita dans ce refuge avec une nervosité qui ne lui ressemblait pas. C'était une réaction à retardement sans doute et, si Herminie ne s'en étonna pas dans les débuts, à la longue et à force de peupler les nuits sans sommeil de la Duchesse avec tous les livres qu'elle avait pu trouver, elle finit par s'en inquiéter.

Un soir où, comme d'habitude, Marie couchée dans sa chambre où les bougies allumées éclairaient a giorno lui demandait de lui lire quelque chose, elle choisit un sonnet de Malherbe, celui qu'il avait intitulé « Chanson » :

Lieux qui donnez au cœur tant d'aimables désirs,
Bois, fontaines, canaux, si parmi vos plaisirs
Mon humeur est chagrine et mon visage triste :

Ce n'est point qu'en effet vous n'ayez des appas,
Mais quoi que vous ayez vous n'avez point Caliste :
Et moi je ne vois rien quand je ne la vois pas...

— Arrête ! s'écria Marie dont la musique des mots avait retenu l'attention. Qu'est-ce qui te prend de me lire un poème d'amour ?

— Parce que c'est d'amour que vous manquez, ma cousine, osa la jeune fille sans se démonter. Si au lieu de Peran et de moi, vous aviez pu, au sortir de ce drame, poser votre tête sur l'épaule d'un beau seigneur amoureux, vous ne seriez pas tombée dans l'état où je vous vois. Or qu'avez-vous trouvé ? Notre bon Archevêque, épris de vous, assurément, mais beaucoup trop vieux pour vous rendre votre ancienne joie de vivre.

— Tu as peut-être raison. Depuis cette sordide histoire je n'ai reçu de nouvelles de personne... Pas de courrier, pas de visites ! C'est le début de l'abandon et c'est ce que je ne supporte pas...

— Vous dramatisez ! Je ne vois qu'un mauvais moment à passer... et qui s'effacera vite si vous voulez vous en donner la peine...

Laissant sa phrase en suspens, Herminie alla prendre un miroir à main sur la table de toilette dont Marie ne s'approchait plus et le lui mit sous le nez :

— Regardez-vous et imaginez que, ce soir, dans une heure ou dans cinq minutes, quelqu'un vous arrive ?

Le prince de Marcillac... ou bien Lord Craft... et pourquoi pas Lord Montaigu ? Que penseraient-ils ?

— Miséricorde, gémit Marie accablée. Suis-je vraiment si laide ?

— Ce n'est pas le mot que j'emploierais mais ce triste résultat ne saurait tarder si nous ne réagissons pas !

— Tu as raison, geignit Marie en se pelotonnant de nouveau sous ses draps, mais c'est plus fort que moi : je meurs de peur.

— Et de quoi ? Du fantôme de la Présidente qui ne l'était pas et de ses sbires ? Mille tonnerres, Madame la duchesse de Chevreuse, je vous ai connue plus vaillante ! Qu'avez-vous fait de vous-même ?

Son juron favori prononcé par la « gamine » arracha enfin un sourire à Marie. Elle se redressa dans son lit, reprit le miroir qu'elle avait jeté au milieu des draps et s'observa d'un œil critique :

— Oui, tu as raison mais il faut d'abord que je dorme. Va me préparer une tisane de tilleul. Tu y ajouteras de l'eau d'oranger et un peu de valériane... et puis tu iras te coucher. Si tu n'étais si jeune tu aurais aussi mauvaise mine que moi... et je t'en demande pardon !

Restée seule, Marie commença par souffler presque toutes les bougies qui la rassuraient tellement, puis ouvrit largement sa fenêtre. La nuit était douce, bleue, semée d'étoiles qui se reflétaient dans l'Indre au bas des jardins. Une belle nuit pour l'amour... Herminie était dans le vrai quand elle l'invoquait comme remède à sa noire mélancolie. Elle se trompait cependant sur un point qu'il était difficile de lui expliquer : ce n'était pas d'un amoureux plus ou moins bêlant dont elle avait besoin, c'était d'un homme quel qu'il soit pourvu qu'il soit jeune et vigoureux. Le viol de l'affreuse nuit lui avait laissé un goût à la fois amer et répugnant, sans apaiser la faim qu'elle ressentait depuis des semaines...

Elle eut soudain envie de se baigner. L'eau à cette heure de la nuit devait être délicieusement fraîche : elle apaiserait sa fièvre... Sans plus attendre, elle enfila un peignoir léger sur sa chemise, des pantoufles, et, sans faire le moindre bruit, sortit du château par la porte des cuisines. Puis descendit jusqu'à la rivière en suivant la ligne d'arbres qui délimitaient les jardins de façon à être hors de vue, la lune éclairant à plein. A l'abri d'un bosquet, elle se déchaussa puis laissa tomber ses vêtements. A cet instant, le son d'une flûte lui parvint. C'était sur l'autre rive. Il y avait là un berger et son troupeau de chèvres. En s'écartant, un nuage qui avait un instant occulté les rayons argentés le lui montra, assis sur une pierre au bord de l'eau. Elle y entra doucement en frissonnant puis se mit à nager, ce qui la réchauffa vite.

Entendant clapoter l'eau, le garçon avait cessé de jouer et se leva pour scruter la rivière où il distingua une tête. Marie s'était souvent baignée à cet endroit et savait qu'il y avait là un étroit croissant de sable formant une petite plage. En l'approchant, elle se releva d'un coup de reins et se tint debout, à trois pas du berger. Elle avait vu que c'était un jeune paysan blond que la stupeur de cette femme nue surgissant de l'eau rendait muet :

— N'aie pas peur ! chuchota-t-elle.

— Oh... j'n'ai point peur ! Vous êtes belle comme une fée !

— Peut-être en suis-je une ! Je viens à toi parce que tu me plais... Aime-moi !

Il ne se le fit pas dire deux fois. Il la saisit dans ses bras et Marie anticipa le plaisir. Il était fort et elle gémit sous son étreinte tout en baisant ses lèvres imberbes puis ils se laissèrent tomber dans l'herbe et Marie se sentit revivre, d'autant que ce garçon, s'il était un peu brutal, n'était pas maladroit. Ils firent l'amour par trois fois avant que Marie ne se libère enfin. Il se plaignit :

— Déjà ! Vous... vous reviendrez ?

— Demain peut-être... à condition que tu ne parles de moi à personne !

— Sur ma croix de baptême je jure...

Elle repartit comme elle était venue, prenant soin d'utiliser les ombres afin qu'il ne pût voir où elle touchait terre. Il y avait longtemps qu'elle ne s'était sentie aussi délicieusement détendue et, rentrée dans sa chambre, elle sécha ses cheveux et s'endormit à peine sa tête eut-elle touché l'oreiller.

Le lendemain, il fit un temps affreux. Les orages succédaient aux orages et, profitant d'une brève éclaircie pour faire quelques pas, Marie vit que son gentil berger et ses chèvres étaient rentrés à l'abri. Elle pensa qu'il ferait meilleur le jour suivant mais le soir même, sous une pluie battante et au milieu des éclairs et du tonnerre, Pierre de La Porte trempé comme une soupe ainsi que son cheval atterrissait au château. Marie, du coup, oublia ses amours champêtres : enfin des nouvelles !

Elles étaient de nature à secouer la plus épaisse des torpeurs et Marie les reçut avec une joie qu'elle se garda de montrer : la France venait de déclarer la guerre à l'Espagne à la suite d'un incident déclenché par Madrid en pleine connaissance de cause : les troupes du Roi Très Catholique avaient capturé l'Archevêque Electeur de Trèves qui était sous la protection du Roi Très-Chrétien. Autrement dit Louis XIII. Celui-ci régla quelques affaires pendantes dans le Milanais puis envoya une déclaration d'hostilités en bonne et due forme.

— Madame la Duchesse imagine sans peine ce que

peut être l'état d'esprit, à ce jour, de Sa Majesté la Reine, conclut La Porte en étouffant un bâillement. Elle écrit d'ailleurs dans cette lettre que j'avais ordre de remettre en mains propres.

— Voilà qui est fait ! Allez vous restaurer et vous reposer, mon ami. Mademoiselle de Lénoncourt va prendre soin de vous et nous aurons largement le temps de parler demain, ajouta-t-elle en faisant sauter le cachet de cire.

Ce qu'elle y lut la transporta de joie. Anne, après avoir exprimé sa « douleur » de voir son époux s'en prendre à son frère, n'employait aucun détour pour annoncer dans quel camp elle se rangeait :

« Je n'ai plus rien à espérer d'un époux détesté qui ne m'approche même plus alors que j'ai tout à espérer des armes de mon pays tant pour le service de Dieu que pour mon propre avenir. Aussi, vais-je avoir plus que jamais besoin de vous, ma chère Marie, et de votre réseau dévoué grâce auquel nos amis qui sont aussi ceux de la Sainte Eglise pourront être tenus au courant des projets impies du Cardinal. Car, c'est lui, comme bien vous le pensez, qui est la cause de tout mal... »

Il y avait trois pages ainsi, ce qui fit mieux comprendre à Marie pourquoi la Reine avait jugé bon d'envoyer La Porte en personne. Cette lettre était un vrai brûlot. Que le messager fût pris, et c'était l'échafaud, précédé d'une solide menace de torture. Quant à la Reine, elle risquait non seulement pour elle la répudiation mais peut-être l'emprisonnement dans une forteresse lointaine présentant plus de garanties pour une si bonne chrétienne que le plus sévère des couvents. En bref, tout cela signifiait l'extrême importance du rôle charnière que la Duchesse était appelée à jouer et surtout l'éclat de sa position auprès d'Anne après une victoire espagnole qu'il fallait obtenir à tout prix !

Sa lecture achevée, Marie replia la longue épître, balançant un instant sur ce qu'elle allait en faire : la jeter au feu ou la garder ? A la réflexion elle choisit de la conserver. C'était dangereux sans doute mais, d'autre part, cette preuve incontestable des intentions hostiles d'une reine de France envers le pays dont elle portait la couronne pouvait valoir son pesant d'or au cas où les choses ne tourneraient pas comme prévu et où l'on jugerait utile de laisser la duchesse de Chevreuse s'enliser dans les brumes de l'oubli ou même d'en faire un bouc émissaire... En conclusion, la lettre fut soigneusement rangée dans le petit coffre de fer où Marie gardait ses papiers les plus précieux.

Le lendemain, elle eut un long entretien avec La Porte, les volets clos et Herminie placée en surveillance. Marie était sans nouvelles depuis trop longtemps pour n'avoir pas une foule de questions à poser sur ce qui se passait à Paris et en particulier au Louvre. L'entourage de la Reine d'abord ! Dont elle ne savait plus grand-chose : la dame d'honneur était à présent la marquise de Senecey, née Marguerite de La Rochefoucauld, donc suffisamment dévouée à la Reine pour n'être pas gênante, mais le maître d'œuvre de ce qu'il fallait bien appeler la conspiration, c'était incontestablement « Madame » de Hautefort. L'intime confidente, le plus solide rempart d'Anne d'Autriche qu'elle avait prise en quelque sorte sous sa protection, même et surtout contre son époux. Son éclatante beauté lui valait de garder sur Louis XIII une influence indéniable, encore qu'elle ne lui eût jamais cédé, qu'elle le maltraitât parfois et qu'il fût à présent très épris de Mademoiselle de La Fayette qui ne lui cédait pas davantage :

— Cependant, il ne fait aucun doute qu'elle lui

rende son amour avec autant d'intensité mais elle est d'une extrême piété, cruellement partagée entre le Roi et Dieu. Le combat qu'elle mène contre elle-même inspire à tous une vraie compassion, à commencer par la Reine. Et à l'exception de Monsieur le Cardinal. Je sais de source sûre qu'il pèse sur le confesseur de la jeune fille pour l'amener en son pouvoir.

— Il est trop tentant pour lui d'en faire sa créature. Il est capable de la pousser dans le lit du Roi ! lança Marie méprisante. Joli prêtre en vérité !

— Il n'y parviendra pas. L'âme de cette jeune fille, à sa manière douce et timide, est aussi bien trempée que celle de l'Aurore ! Elle se déchirera le cœur plutôt que d'amener celui qu'elle aime à commettre le péché à cause d'elle. En outre, elle est fille d'honneur de la Reine qu'elle aurait horreur de trahir.

— Qui avons-nous chez ces demoiselles ?

— Mademoiselle de Pons qui se verrait volontiers duchesse de Guise, Mademoiselle de Chavigny, Mademoiselle de Chémerault évidemment...

— Toujours l'espionne du Cardinal ?

— Toujours ! Une petite nouvelle : Mademoiselle de l'Isle, protégée de Madame la duchesse de Vendôme chez qui elle a été élevée.

— Cette chère cousine ! Elle assistait à mon mariage, vous savez, et c'est la meilleure créature de la terre. César de Vendôme qui court les jeunes garçons ne la méritait pas [1]. Le voit-on à la Cour ?

— Non. Depuis qu'on lui a permis de revenir d'Angleterre, il n'en est pas moins exilé sur ses terres : il vit à Chenonceaux, souvent avec son fils aîné Mercœur, tandis que le plus jeune, le duc de Beaufort, s'illustre aux armées. C'est un superbe cavalier... et il est l'amant de votre belle-mère...

1. Voir *Secret d'Etat*, tome I, *La Chambre de la Reine*.

— Monsieur le Gouverneur de Paris, mon auguste père, serait-il cocu, une fois de plus ?

— Avec éclat. Madame de Montbazon ne cache pas la passion que Beaufort lui inspire.

— J'aimerais le connaître, murmura Marie d'un ton où perçait un regret. Et bien sûr, il en est très épris ?

— En apparence, oui... mais il est évident pour qui sait regarder qu'il aime la Reine. Lorsqu'il vient la saluer, il a pour elle le même regard que, jadis, le malheureux duc de Buckingham.

— Et elle ?

— Elle l'accueille toujours avec grâce... un peu plus peut-être que d'autres seigneurs. Quant au Roi, lui, il ne cache pas qu'en dépit d'une bravoure éclatante, promise sans doute à la légende, il n'est pas loin de le détester. Que vous apprendre encore ? Le Capitaine des Gardes est Monsieur de Guitaut dont l'épouse fait partie du cercle le plus étroit de Sa Majesté auquel se joint souvent votre belle-sœur Madame de Guéménée. Elle vient chaque jour rendre compte à la Reine des potins de la place Royale...

— Cette chère Anne ! soupira Marie soudain mélancolique. Elle a le bavardage dans le sang... sauf avec moi. Je n'en ai plus de nouvelles depuis une éternité. Il ne fait pas bon être loin du soleil de la Cour, mon cher La Porte ! ajouta-t-elle avec amertume.

— Allons, Madame la Duchesse, vous auriez tort de désespérer. Les événements que nous vivons peuvent vous ramener plus vite peut-être que vous ne le pensez. Et à propos de ces événements, je voudrais vous demander une faveur.

— Si elle est en mon pouvoir...

— Me donner une chambre à l'hôtel de Chevreuse. Le Louvre où je garde tout ce qui sert à la correspondance secrète : les cachets, les encres sympathiques, les grilles des codes, le Louvre n'est plus sûr et si Monseigneur le Duc n'y voit pas d'inconvénient...

— Mon époux ne quitte guère Dampierre pour ce que j'en sais et je peux lui écrire pour l'avertir : je lui dirai que l'on fait des travaux là où vous logez et que je vous accorde l'hospitalité, eu égard à la proximité du Louvre.

— Grand merci, Madame la Duchesse. Comme j'ai décidé de prendre mes repas au Battoir, rue Fromenteau, j'aurai ainsi les coudées plus libres et pourrai me rendre au Val-de-Grâce sans avoir à franchir les corps de garde.

On régla les derniers détails. La Porte remit à Marie les nouveaux codes et les adresses nécessaires qu'elle pouvait encore ignorer, reçut d'elle une lettre pour son intendant de la rue Saint-Thomas-du-Louvre puis une, beaucoup plus longue, destinée à la Reine, et l'on se sépara enchantés l'un de l'autre. Marie surtout qui à présent allait vivre d'espoir. Elle était chargée particulièrement du courrier avec l'ancien ambassadeur Mirabel, retranché à Bruxelles, et, naturellement, le Cardinal-Infant. Avec l'Angleterre elle avait son propre messager qui n'avait d'ailleurs aucun besoin de se cacher puisque chacun savait les relations d'amitié déjà anciennes entretenues par la Duchesse avec le roi Charles et la reine Henriette-Marie. Ce qui n'était pas le cas des lettres d'Anne d'Autriche ! La Porte les remettait à un dénommé Auger, appartenant au personnel de l'ambassade à Paris, qui se chargeait de les transmettre à qui de droit. Quant à la Lorraine, depuis que le Duc, pratiquement expulsé par Louis XIII, avait cherché refuge chez les princes allemands, il devenait plus difficile à atteindre. Ce qui ne veut pas dire que Marie n'y parvenait pas. Son petit réseau était assez bien organisé.

Renonçant à ses amours champêtres – non sans un certain regret mais il était plus prudent d'abandonner son beau berger en espérant qu'il finirait par croire avoir vraiment eu affaire à une fée –, elle se réinstalla à Tours pour la plus grande joie de l'Archevêque et le plus grand dépit des dames de la ville qu'elle continuait à éclipser. Ainsi de cette représentation du *Cid* que les comédiens parisiens vinrent donner à la demande des Echevins et en l'honneur de la visite de Monsieur. Car il avait fini par venir voir « les dames du lieu », comme il disait : en réalité pour les beaux yeux d'une jolie fille dont il était tombé amoureux.

Le Cid était à la mode comme, curieusement, tout ce qui était espagnol : les manteaux, les chapeaux, le noir, les mantilles, etc., peut-être justement parce que l'on était en guerre avec Philippe IV. On avait joué *Le Cid* au Louvre et au Palais-Cardinal bien que Richelieu éprouvât envers l'auteur, Pierre de Corneille, une confraternelle jalousie puisqu'il était auteur lui-même. Il couvrait de fleurs le père de Rodrigue mais renâclait à le faire entrer à l'Académie française toute fraîchement créée.

Marie parut au spectacle en robe de satin doré, parée de quelques-uns de ses plus beaux diamants. Le jeune Craft, arrivé la veille, l'accompagnait avec un air de dévotion qui exaspéra les autres femmes moins somptueusement parées. De quel droit, à trente-six ans, se permettait-elle d'être plus envoûtante que toutes les autres réunies ?

Monsieur, qui au fond n'avait cessé d'être son complice que depuis peu, lui fit l'honneur de venir la saluer et lui promit de lui rendre visite le lendemain. Ce qu'il ne manqua pas, quitte à écrire ce soir-là à l'un de ses familiers que cette visite avait été la plus courte qu'il eût jamais faite et que ni lui ni les dames de la ville ne seraient tristes si Marie voulait bien retourner dans sa campagne...

Elle n'y retourna pas, voulant se trouver au plus près des événements même si Tours était à cinquante lieues de Paris. On y était, en tout cas, plus vite informé qu'à Couzières et les nouvelles étaient passionnantes. Car si la guerre avait débuté à l'avantage des Français, elle se mit à tourner si mal que la chute de Corbie aux mains des Espagnols leur ouvrit la route de Paris. Corbie était la dernière place forte. Et l'on vit alors refluer vers la Loire, cherchant un refuge, ceux qu'épouvantait l'idée de voir la soldatesque de Philippe IV piller leurs biens et occuper leurs maisons. Un instant la Reine – Régente de France cependant, ce qui rend sa conduite inadmissible – put croire que le pays allait tomber aux mains de son frère et cachait mal sa joie. Marie ne la cachait pas du tout, dans sa maison du moins où, recevant le cher Montaigu, elle leva son verre à la défaite d'un Roi incapable et d'un Ministre détestable ainsi qu'à son prochain retour à Paris.

A sa surprise, l'Anglais ne s'associa pas à ce toast :

— Une invasion génère trop de cruautés, trop de misère pour qu'il y ait lieu de s'en réjouir, Marie. Vous devriez, chère tête folle, oublier les intérêts de Madame de Chevreuse. Quant à la Reine, malgré la respectueuse amitié que je lui voue, je réprouve son attitude : elle est reine de France et cela oblige...

— Mais jadis, avant de se séparer d'elle dans les Pyrénées, son père lui a fait promettre de s'opposer à toute guerre entre leurs pays et surtout, quelles que soient les circonstances, de rester étroitement liée à sa famille. Cela aussi oblige !

— Non, pas cela. Dès l'instant où elle a épousé Louis XIII, elle devenait française et malheureusement elle ne l'a jamais compris !

— Quel rabat-joie vous faites, mon ami ! s'insurgea Marie. Mille tonnerres, il me semble que depuis des années vous travaillez dans le même camp que nous ? Alors que signifie cette soudaine crise de vertu ?

— Moi c'est différent. Je travaille pour l'Angleterre mais je refuse de travailler pour l'Espagne !

— C'est stupide ! Votre Reine est une fille du roi Henri IV comme celle d'Espagne !

— Certes, mais l'idée ne lui viendrait pas d'agir contre son époux et pas davantage à la reine Isabelle contre le roi Philippe. Pour une femme, la couronne est parfois un poids écrasant mais c'est aussi une auréole. Garder des liens familiaux est une chose, trahir en est une autre. Surtout quand on bafoue les serments prêtés devant Dieu au jour de ses noces.

Mais Marie se contenta de hausser les épaules avec dédain :

— Vous devenez ennuyeux comme un frère prêcheur, mon cher. Que ne prenez-vous l'habit !

— Prêcher ne me tente pas mais servir Dieu, oui. Et je me sens de plus en plus attiré vers Lui.

Cependant, la joie des conspiratrices fut de courte durée. Le Roi et le Cardinal suscitèrent un véritable sursaut national. De toute part on s'enrôla ; Paris prit les armes et même Monsieur, agissant pour une fois en prince français, leva des troupes à ses frais et dans son apanage, ce qui lui valut le commandement de l'armée de Picardie... qu'exerçaient en réalité, quoique avec les formes de respect dues à son rang, les maréchaux de La Force et de Châtillon... Mais du moins il avait le titre et il était content.

Le Roi combattant en première ligne, coude à coude avec ses soldats, et Richelieu présent sur le champ de bataille, ce qui était d'une grave imprudence puisque leur mort conjointe aurait livré la France à l'ennemi, l'invasion fut rejetée, Corbie délivrée et, en Bourgogne où les Impériaux avaient pris Saint-Jean-de-Losne, un renfort de mille hommes et une crue de la Saône sauvèrent en même temps les frontières de l'Est.

C'en était fini du cauchemar mais la gloire enveloppant le Roi et le Cardinal réveilla les mauvais instincts de Monsieur et de son cousin, le comte de Soissons. Jugeant que le détestable Cardinal leur faisait trop d'ombre et s'estimant mal récompensés de leur bel effort, tous deux complotèrent l'assassinat de leur ennemi : le meurtre devait se passer après le Conseil d'où Richelieu sortait habituellement seul. Monsieur donnant lui-même le signal, on l'entourerait et on le poignarderait. Par deux fois celui-ci fit manquer l'occasion, son peu d'audace le retenant toujours au moment décisif. Ensuite, s'imaginant que le complot était éventé, les deux princes [1] prirent la fuite et allèrent se réfugier à Sedan d'où, en compagnie de la Reine Mère aussitôt accourue, ils voulurent lancer un manifeste réclamant la paix avec l'Espagne et la révolte du peuple contre Richelieu. Louis XIII et son Ministre qui ignoraient tout du complot ne laissaient pas de s'interroger sur cette double fuite inattendue. Alors qu'il pouvait reprendre sa place auprès de son frère, l'incroyable Altesse était de nouveau à l'étranger ?... Mais avec lui, n'est-ce pas, il fallait ne s'étonner de rien.

Tandis que Marie s'adonnait, avec plus d'ardeur que jamais, au jeu délicieux de la conspiration à grande échelle, il lui fallut bien s'apercevoir qu'elle commençait à manquer d'argent. Aussi écrivit-elle à son époux pour lui en demander. Couvert de dettes de son côté,

1. Le comte de Soissons que l'on appelait Monsieur le Comte était un Bourbon donc prince du sang.

Chevreuse répondit que non seulement il n'en avait pas mais qu'il comptait sur elle pour lui en procurer. Qu'attendait-elle pour demander pardon de ses fautes, mettre son orgueil sous ses pieds et revenir à la Cour, cette corne d'abondance pour qui savait s'en servir ?

Furieuse, Marie demanda conseil à l'un de ses... amis : le Lieutenant criminel de Tours, Monsieur de Saint-Julien. Il était beau mais fort imbu de sa personne. L'oracle qu'il rendit n'avait rien d'apaisant mais Marie se hâta de le mettre en pratique : elle entama une action en séparation de biens, réclamant le règlement de ses dettes, une somme de 500 000 livres, deux pensions de 100 000 livres plus des pensions de 6 000 livres pour ses filles – toujours à l'abbaye de Jouarre – et l'hôtel de Chevreuse en libre propriété, étant donné que son époux n'avait jamais payé les 300 000 livres représentant l'achat de l'ex-hôtel de Luynes. Procès qu'elle gagna grâce à l'intervention discrète de la Reine. Claude fut prié de payer les 500 000 livres, mais les pensions furent réduites à 8 000 et 6 000 livres. L'hôtel de Chevreuse revenait à la Duchesse qui devait, en contrepartie, rembourser à son époux les travaux qu'il y avait effectués. Quant aux dettes, le Parlement laissait le couple s'en débrouiller comme il l'entendrait.

Naturellement, Claude ne paya pas un sol, continua d'habiter rue Saint-Thomas-du-Louvre et, quand les créanciers se présentèrent, il les envoya tout simplement à Couzières. Heureusement pour Marie, le cher Archevêque restait indéfectiblement prêt à lui venir en aide. Comment refuser à de si beaux yeux quand les larmes les font scintiller ?

Pendant ce temps à Paris, Louis XIII vivait un immense déchirement : Louise de La Fayette, se jugeant incapable de résister plus longtemps à son amour pour lui ainsi qu'aux instances feutrées du Cardinal, choisissait de se retirer au couvent. Le 19 mars 1637, elle faisait ses adieux au Roi, puis à la Reine, enfin à toute une Cour pour une fois saisie d'émotion... Avant de partir, elle était rentrée dans sa chambre du Louvre pour y achever ses préparatifs quand, de la fenêtre, elle vit Louis monter en carrosse et quitter le palais à bride abattue : il courait réfugier sa douleur à Versailles. Sa douleur et sa résignation :

« Il est vrai qu'elle m'est bien chère, avait-il écrit peu de temps auparavant, mais si Dieu l'appelle en religion, je n'y mettrai point d'empêchement... »

De son côté, la jeune fille le regarda s'éloigner en pleurant :

— Hélas ! Je ne le reverrai jamais...

Elle le reverrait au contraire souvent, mais derrière les grilles d'un parloir de couvent. Celui de la Visitation-Sainte-Marie, rue Saint-Antoine [1]. En attendant, ils étaient définitivement séparés et le chagrin du Roi le rendait plus irritable, plus méfiant aussi envers « sa famille ». Entre la Reine et lui, une sorte de mur de glace s'élevait. Louis savait que sa femme donnait de ses nouvelles à ses frères et en recevait d'eux, mais il n'imaginait pas que cet échange de courrier dépassât le plan familial. Comment aurait-il pu supposer qu'elle osât révéler en même temps la totalité de ce qu'elle pouvait apprendre : les noms des agents secrets, les plans de défense, l'état des négociations en cours avec les Etats extérieurs ? Et qu'au Val-de-Grâce, elle se livrait à une tout autre activité que la prière ?

Richelieu, lui, s'en doutait. Ses espions lui rapportaient des bribes d'informations, sans réussir cependant

1. Il n'en reste que la chapelle, aujourd'hui temple protestant.

à trouver une preuve formelle. Ce qui n'empêchait pas les bruits de répudiation de se répandre et l'atmosphère du Louvre de se charger. Naturellement, le Cardinal n'avait garde d'oublier « la » Chevreuse mais le réseau était assez habilement monté pour qu'on ne pût concrétiser les soupçons. C'est alors qu'un premier coup de chance arriva : un billet confié par La Porte à un messager qu'il croyait sûr fut intercepté. Il était de la main de la Reine et conseillait à Madame de Chevreuse de ne point venir déguisée ainsi qu'elle l'avait proposé, le moment paraissant mal choisi.

C'était sans doute insuffisant pour frapper : il ne s'agissait après tout que d'une sorte de mascarade, tout à fait dans le style de la Duchesse et comme aimaient à en concocter des amies séparées. Cependant, cela donnait une indication précise : c'était La Porte la cheville ouvrière des relations entre la Reine et la Duchesse. On le surveilla davantage.

Le 10 août, La Porte à qui la Reine avait confié une lettre pour Madame de Chevreuse se rendait chez l'un de leurs « fidèles », un certain La Thibaudière qui devait partir pour Tours. Or, il le rencontra dans la cour du Louvre et voulut lui donner la lettre mais l'autre lui conseilla de la garder encore un peu, son départ étant retardé de vingt-quatre heures. La Porte remit donc la missive dans son pourpoint pour l'y conserver jusqu'au lendemain. Mais, ce soir-là, il devait se rendre dans le quartier Saint-Eustache, envoyé par Anne d'Autriche afin de prendre des nouvelles de son Capitaine des Gardes Monsieur de Guitaut qui avait reçu une balle dans la cuisse.

Vers dix heures, le fidèle portemanteau sortait de chez le blessé et, pour rentrer chez lui, emprunta le coin de la rue des Vieux-Augustins et de la rue Coquillière entre un mur et un carrosse qui tenait les trois quarts de l'espace. Tout se déroula très vite : attaqué par-derrière, saisi en même temps aux jambes, La Porte fut jeté dans le carrosse qui démarra à fond de train et ne s'arrêta que... dans la cour de la Bastille. Durant le trajet le malheureux croyait avoir affaire à des malandrins plus ou moins stipendiés, mais quand on le descendit du véhicule, qu'il put voir où il était, force lui fut de constater qu'il se trouvait au milieu d'un peloton de Mousquetaires et que c'étaient deux d'entre eux qui l'avaient enlevé. Les Mousquetaires, cela voulait dire le Roi, et La Porte se sentit perdu mais c'était un homme couragcux : il décida de se battre.

Naturellement, on le fouilla, on trouva la lettre, après quoi on l'enferma dans un cachot qu'il partagea avec un soldat chargé de le garder. Pendant ce temps on perquisitionnait dans sa chambre de l'hôtel de Chevreuse mais on ne trouva rien : les codes, les encres, le chiffre de la Reine étaient au fond d'une cachette qu'il avait creusée dans un mur.

Le lendemain, le chancelier Séguier, Garde des Sceaux, se rendait au Val-de-Grâce en compagnie de l'Evêque de Paris Monseigneur de Gondi, investissait le couvent, fouillait le pavillon de la Reine et soumettait la Mère de Saint-Etienne à un interrogatoire en règle, toutes opérations qui ne donnèrent pas grand-chose : quelques lettres de Madame de Chevreuse ou d'amis mal appréciés du Roi mais rien qui eût trait à l'Espagne. En fait Monseigneur de Gondi, fort ami des Vendôme et peu suspect de tendresse envers le Cardinal, avait prévenu la Supérieure qui avait fait le ménage. Ce qui n'empêcha pas qu'on l'envoyât dans un autre couvent avec trois de ses moniales.

Tout cela fit du bruit et, à Chantilly où elle s'était résignée à rejoindre son époux qui le lui avait déjà ordonné par deux fois, la Reine vivait dans les transes... et dans un isolement qui semblait s'amplifier d'heure en heure – les courtisans prenant toujours soin de respecter le sens du vent – et qui mettait Marie de Hautefort en fureur. La jeune fille était plus que jamais décidée à défendre sa souveraine bec et ongles. Elle en offrit une belle démonstration quand le chancelier Séguier vint au château interroger la Reine par ordre du Roi. Couvert de son mépris, Séguier eut toutes les peines du monde à obtenir qu'elle le laisse parler. Il prétendait obliger Anne à reconnaître sa collusion avec le marquis de Mirabel. C'est alors que celle-ci commit une lourde faute :

— Je n'ai jamais écrit à Monsieur de Mirabel depuis qu'il a été renvoyé de France, assura-t-elle avec hauteur.

Sans s'émouvoir, le Chancelier tendit la main vers le greffier qui l'accompagnait. Celui-ci lui remit un papier plié.

— Qu'est-ce alors que ce billet, de votre main et adressé au marquis de Mirabel ? Ce qu'il contient n'est pas vraiment de nature à apaiser la colère du Roi.

Soudain épouvantée, la Reine fit une folie. Elle arracha vivement la lettre et la fourra dans son décolleté. Séguier lui demanda de la rendre, ajoutant qu'il avait tout pouvoir pour fouiller l'appartement royal... et jusqu'à la personne de la souveraine. Sous la honte celle-ci défaillit, cependant que Hautefort hors d'elle se jetait sur le Chancelier toutes griffes dehors. Par malheur elle ne réussit pas à l'empêcher de récupérer le billet... là où il était mais ensuite appela la Garde pour le faire sortir.

A la suite de cette scène affreuse, Anne quasi inconsciente resta au fond de son lit, gardée par sa dame d'atour et quelques femmes dévouées, tandis que Monsieur de Guitaut, suffisamment rétabli, interdisait l'entrée de ses appartements. Il n'eut d'ailleurs pas beaucoup de mal à se donner : on fuyait les chambres de la Reine comme si elle avait la peste.

Aussitôt après, Séguier se faisait tancer d'importance par le Cardinal :

— Vous avez osé porter la main sur la reine de France ? Mais vous êtes devenu fou ? Pour cette insulte dont l'Espagne pourrait nous demander un compte sanglant je devrais vous faire sauter la tête. D'autant que votre billet n'était qu'un faux imitant son écriture... et c'est moi qui, à présent, vais devoir réparer votre sottise !

Il pria, en effet, le Roi de lui permettre d'aller s'entretenir en personne avec son épouse qui vivait pratiquement recluse dans ses appartements. A l'exception de la messe du 15 août, fête de l'Assomption de la Vierge, où elle apparut aux côtés de son époux, plus belle que jamais et sereine, en apparence tout au moins car son angoisse ne cessait de grandir. Elle savait La Porte embastillé et tremblait de peur à l'idée de ce qu'il pourrait dire. Le bruit courait qu'il faisait bonne contenance face à ses interrogatoires, défendant sans faiblir l'innocence de la Reine, même en présence des instruments de torture que l'on se borna en fait à lui montrer. Sans obtenir autre chose qu'un haussement d'épaules dédaigneux.

Ce jour-là, Marie de Hautefort décida d'agir. Sous le prétexte d'aller distribuer dans les couvents les aumônes traditionnelles de la Reine le jour de l'Assomption, elle partit pour Paris, se rendit chez une de ses amies, Madame de Villarceaux, qui avait le privilège de pouvoir visiter son cousin, le commandeur de Jars, alors détenu à la Bastille depuis la Journée des Dupes. Celle-ci y alla dès le lendemain, accompagnée d'une servante portant un panier de douceurs. La servante, c'était l'Aurore affublée d'une perruque brune et grimée. Elle put remettre au Commandeur une lettre de la Reine pour La Porte contenant ses instructions sur ce que savaient ou ne savaient pas ses persécuteurs, sur ce qu'il convenait d'avouer ou de ne pas avouer. L'opération pleinement réussie, la belle Hautefort regagna Chantilly où elle apporta un peu d'apaisement.

Le lendemain, le Cardinal se rendait chez la Reine ainsi qu'il l'avait annoncé. Face à lui, celle-ci commença, assez sottement, par protester de sa parfaite innocence et, dans son affolement, jura sur le Saint-Sacrement qu'on la soupçonnait à tort. Mais elle avait affaire à trop forte partie. Doucement, patiemment, il fit tomber une à une toutes ses défenses jusqu'à ce qu'elle finisse par avouer qu'elle avait écrit à ses frères, bien sûr, mais aussi à Mirabel « qui lui avait toujours montré respectueuse amitié et dévouement ».

Satisfait du résultat et d'ailleurs ému devant le chagrin et le trouble d'une aussi haute dame, Richelieu l'assura qu'il ne venait pas en justicier, qu'il ne souhaitait que son bonheur et celui du Roi auprès de qui il allait intercéder sans délai afin que cette vilaine histoire soit vite effacée et que l'harmonie revienne dans le couple royal.

Surprise d'une mansuétude tellement inattendue, la Reine murmura :

— Quelle bonté faut-il que vous ayez, Monsieur le Cardinal !

Et elle lui tendit une main sur laquelle il s'inclina avec respect. En se retirant, il traversa une galerie, à demi déserte à son arrivée mais qui s'était singulièrement remplie. En passant entre deux rangs d'échines courbées il lança, avec un froid mépris :

— Je suis heureux de voir, messieurs, que vous venez enfin prendre des nouvelles de Sa Majesté la Reine. Je vous les donne moi-même : Sa Majesté se sent encore lasse mais peut-être demain vous fera-t-elle la faveur d'accueillir vos hommages.

Pour cette brutale remise à l'heure, Marie de Hautefort l'eût volontiers embrassé. Restait à convaincre le Roi et ce fut moins facile. En face des aveux de sa femme, Louis n'avait guère le choix : la traiter en criminelle d'Etat était impensable, la répudier serait dangereux car l'Espagne crierait bien haut à la machination. Il n'y avait plus guère que le pardon mais le Cardinal ne l'obtint pas sans peine. Le Roi exigea des aveux écrits assortis de la promesse formelle de ne plus recommencer. Ce qui fut fait et la paix revint, du moins en apparence, dans le ménage royal.

Mais si Louis XIII acceptait de passer l'éponge pour obéir à la raison d'Etat, il n'avait aucune raison de ménager les comparses. La Porte resta à la Bastille encore neuf mois, après quoi la Reine réussit à le faire élargir, mais sur toute cette sombre affaire planait l'ombre charmante et maléfique de Madame de Chevreuse...

Marie n'était pas sans avoir appris une partie de ce qui s'était passé et s'en épouvantait d'autant plus qu'il ne lui était pas possible de recevoir confirmation ou réfutation : la Reine n'écrivait plus, La Porte était en prison et les intermédiaires choisissaient de garder un mutisme prudent. Ce soudain silence lui fut intolérable et elle caressa un instant l'idée de fuir en Angleterre ainsi que Craft l'en suppliait à sa façon romantique, afin de « vivre enfin leur amour dans un cadre apaisé »... Et puis arriva une lettre du Cardinal :

« Madame, écrivait Richelieu, j'ai prié Monsieur du Dorat de vous aller trouver pour une affaire que vous jugerez assez importante. Comme je désire vous y rendre de nouvelles preuves de mon affection et de mon service, je vous supplie de m'en donner de votre franchise et de vous assurer qu'en usant ainsi vous sortirez de l'affaire dont il s'agit sans déplaisir quelconque ainsi que vous avez été tirée par le passé d'autres qui n'étaient pas de moindre importance... »

En dépit de l'apparente bénignité de l'épître, Marie sentit le froid de la mort se glisser dans ses veines. Elle connaissait un peu ce Dorat, ou plutôt l'abbé du Dorat, trésorier de la Sainte-Chapelle et qui avait longtemps servi la maison de Lorraine. Il était habile, patelin, et il n'y avait pas à se tromper sur sa mission : il venait l'interroger et l'appel à « la franchise » du Cardinal ne lui disait rien de bon. Force fut cependant de le recevoir.

Il vint, accompagné d'un autre ecclésiastique, l'abbé de Cinq-Mars que la Duchesse ne connaissait pas, et comme celui-là n'était pas annoncé, son entrée en scène acheva de la terrifier. Les exemples de Chalais, Boutteville et Montmorency ne démontraient que trop le poids de l'impitoyable justice royale. Elle nia en bloc.

Commença alors une sorte de dialogue de sourds où, sur des questions précises, Marie éludait ou répondait à côté. Les interrogatoires se firent plus pressants, plus sévères aussi. Certes, ils ne se déroulaient pas dans les locaux du Lieutenant criminel de Tours – pas encore du moins ! – mais à certaines allusions, la jeune femme croyait voir se profiler l'horrible appareil de la question.

Elle finit par reconnaître qu'elle avait songé à rejoindre la Reine sous un déguisement parce qu'elle souffrait trop d'en être écartée, mais qu'elle n'avait pu mettre son projet à exécution car on l'en avait dissuadée. Quant au duc de Lorraine, elle n'avait plus depuis longtemps la moindre intelligence avec lui, ne sachant même pas ce qu'il était devenu. On lui parla de dépêches saisies en Bourgogne, donc aux approches de la Comté Franche tenue par les Espagnols, mais elle répondit qu'elle ne savait de quoi on parlait. Pour ce qui était de ses relations avec l'Angleterre, elles étaient fort minces, les souverains anglais ayant trop à faire pour se soucier d'une ancienne amie. Avec un art consommé, elle tenta d'attendrir ses interrogateurs sur le sort d'une femme réduite à faire un procès à un époux oublieux de ses devoirs, mais elle eut le tort de laisser percer à plusieurs reprises le ressentiment que lui inspirait le Cardinal. Aussi l'abbé du Dorat écrivit-il au Ministre : « Votre Eminence me permettra, s'il lui plaît, de lui dire que cette dame est la plus grande ennemie qu'elle ait et qui l'a le plus désobligée... »

Finalement, le 24 août, les deux prêtres lui firent signer les quelques aveux si péniblement obtenus et repartirent pour Paris, emportant cette déclaration boiteuse en assurant la Duchesse qu'elle aurait bientôt de leurs nouvelles. Ce qui lui laissa une impression bizarre : certes, dans sa lettre le Cardinal l'avait assurée de son affection, mais il lui avait tout de même envoyé deux inquisiteurs qui en partant ne semblaient pas particulièrement bien disposés. Pourtant, peu après, elle reçut une lettre de Dorat plutôt rassurante : il lui écrivait de ne pas se tourmenter, que tout ce qu'on lui avait demandé n'avait d'autre but que mesurer sa franchise et que, certainement, les choses s'arrangeraient. Sa Majesté, ajoutait-il, étant disposée à lui pardonner quoi qu'elle ait fait. Cela paraissait presque trop beau et Marie gardait un doute dont elle ne pouvait se défaire : si tout allait si bien, pourquoi la Reine la laissait-elle sans nouvelles ? Qu'elle fût surveillée était évident mais il n'y avait pas qu'elle : Marie de Hautefort à qui le Roi était revenu plus ou moins après le départ de Mademoiselle de La Fayette avait, elle, une entière liberté de la renseigner. Et on ne lui disait rien...

Bientôt le silence se fit étouffant. Dorat n'écrivait plus et les lettres que Marie lui envoyait restaient sans réponses. Comme celles qu'elle écrivit à Anne d'Autriche, à Hautefort, à l'amie de celle-ci Madame de Villarceaux que l'on savait du complot. Même sa belle-mère, Marie de Montbazon, avec qui elle avait entretenu les meilleures relations, ne donnait plus signe de vie. Quant à Hercule, il n'y fallait pas songer : écrire la moindre ligne lui donnait de l'urticaire. Enfermée dans Couzières, Marie vivait des journées fébriles, des nuits d'angoisse que ne venaient adoucir les caresses d'aucun amant. Craft, Montaigu, François de La Rochefoucauld, tout ce monde semblait avoir disparu de la surface du globe.

Un matin cependant, un billet arriva. En courtes phrases rapides, l'Aurore lui faisait savoir que l'on ne savait trop ce qu'il allait advenir et qu'elle devait se tenir prête à toutes les éventualités, mais que, dans les huit jours, on lui ferait parvenir un livre d'heures. Si la reliure était verte, ce serait le signe qu'il n'y avait pas à s'inquiéter et qu'il lui faudrait seulement un peu de patience, mais si elle était rouge, il ne lui resterait plus qu'à chercher son salut dans la fuite parce que son arrestation serait imminente.

Bien que guère rassurante, la lettre remonta le moral de Marie. Avant de la recevoir elle se croyait perdue : à présent, il lui restait cinquante pour cent de chances et elle s'efforçait de s'y raccrocher. Pourtant, à mesure que passaient les jours, elle sentit l'angoisse revenir.

Le 5 septembre vers onze heures du matin, un messager remontait la grande allée de Couzières, remettait un petit paquet en criant :

— Pour Madame la duchesse de Chevreuse !

Puis, sans désemparer, faisait volter son cheval et repartait comme il était venu, laissant pantois le valet auquel il s'était adressé. Mais celui-ci n'eut pas le temps de revenir de sa surprise : Herminie accourue lui avait déjà enlevé l'objet et, remontant l'escalier quatre à quatre, elle le déposa sur la table à coiffer devant laquelle Marie était assise tandis qu'Anna procédait à sa coiffure :

— C'est sûrement ce que nous attendions !

— Tu crois ? murmura Marie qui regardait le colis sans oser y toucher.

— Je ne vois pas ce que ce pourrait être d'autre, souffla la jeune fille aussi tremblante qu'elle. Vous ne... voulez pas l'ouvrir ?

Marie ne répondit pas, continuant à regarder l'enveloppe d'épais papier portant des sceaux sans armoiries remplacées par une simple lettre : un S dont la signification échappait aux deux femmes. C'était d'ailleurs cette absence de signe distinctif qui étranglait Marie : une bonne nouvelle n'avait aucun besoin de secret...

— Il faudrait se décider à voir ce qu'il y a là-dedans, grogna Anna en posant son peigne pour se saisir du livre dont elle arracha l'emballage entre ses fortes mains avant de le lâcher au milieu des pots à fards comme s'il l'avait brûlée : la reliure était rouge.

Marie devint blême, perdit connaissance et s'écroula sur le tapis.

Réclamant à grands cris un linge mouillé, des sels et un cordial, Anna se jeta à genoux près d'elle et appliqua deux ou trois claques à ses joues blanches. Cependant Herminie, après avoir pris une profonde respiration, s'emparait du livre fatal dont s'échappa une feuille sans signature : « Sa Majesté vous fait savoir qu'au reçu de ce billet, vous vous sauviez de quelque façon que ce soit. Votre arrestation a été ordonnée pour... le 6 de ce mois de septembre... »

— Le 6, c'est demain ! s'écria la jeune fille. Il n'y a pas de temps à perdre. Ma cousine, ce n'est pas le moment de vous coucher !

D'une main ferme, elle appliqua deux claques supplémentaires sur les joues de la Duchesse avant de lui mettre le flacon de sels sous le nez. Le traitement fut efficace : Marie éternua, ouvrit les yeux puis avala docilement le cordial qu'Herminie portait à ses lèvres. Quelques instants plus tard, bien réveillée elle prenait connaissance de l'avertissement :

— Mes chevaux, ma voiture ! Il faut que j'aille à Tours...

— Pensez-vous que ce soit le moment de faire des visites ?

— Au moins une ! J'ai besoin d'argent et je ne vois qu'une seule personne à qui le demander...

Quand elle arriva à l'Archevêché, on lui dit que Monseigneur était alité depuis cinq jours, souffrant d'un refroidissement, mais avec l'audace d'une familière, elle passa outre, s'engouffra dans la chambre du prélat et vint s'asseoir au bord du lit, compromettant l'équilibre d'un bol de lait de poule que le vieil homme buvait précautionneusement :

— Monseigneur, je suis perdue, souffla-t-elle. Il n'y a que vous dont je puisse attendre secours !

Bertrand d'Eschaux devait approcher de la guérison car, sans s'émouvoir, il acheva son bol et le remit à son domestique avec un geste de la main qui l'éloignait. Puis, se réinstallant dans ses oreillers, il sourit à sa visiteuse :

— Me voilà tout prêt à vous aider, ma chère enfant ! Confiez-moi ce qui vous trouble à ce point.

— Il faut que je quitte la France au plus vite. Demain on doit venir m'arrêter...

— Diable ! émit Monseigneur avec un remarquable manque d'à-propos.

Mais Marie était bien au-delà de la casuistique. En quelques mots elle eut raconté l'affaire du livre d'heures, montra le billet :

— Je dois fuir ! Fuir ! s'écria-t-elle presque en larmes. Je n'ai plus un sou vaillant !

— Cela peut s'arranger. Où comptez-vous aller ? On parlait ces temps-ci de votre départ pour l'Angleterre...

— C'est de ce côté-là que l'on me cherchera en premier. Je veux passer en Espagne. Si je me souviens, vous avez de la famille en Béarn ?

— Pas en Béarn, au Pays basque : mon neveu, le vicomte d'Eschaux, est sur notre terre familiale à quelque six lieues de Bayonne... mais c'est un très long chemin ?

— Il ne me fait pas moitié aussi peur que les prisons de Son Eminence.

— Partez-vous seule ?

— Non mais je vais voyager déguisée en homme et je prendrai Peran, mon cocher, le seul dont je puisse être sûre...

Un moment plus tard, nantie d'une somme rondelette en or, d'une lettre pour le vicomte d'Eschaux et d'un itinéraire approximatif pour gagner les environs de Bayonne, elle rentrait à Couzières, soupait légèrement puis réunissait ses femmes et ses serviteurs. Avec des larmes dans les yeux, dans la voix aussi, elle leur dit qu'elle était obligée de s'enfuir pour éviter la prison mais qu'elle avait confiance en eux pour faire traîner les choses quand on viendrait les interroger : elle avait seulement besoin de deux jours et demi d'avance. Tous jurèrent de faire pour le mieux. Restait Herminie :

— Je voudrais t'emmener mais tu m'es nécessaire ici, ou plutôt à Tours. Tu iras demain et tu t'enfermeras dans La Massetière en indiquant à Gonin (le major-dome) de faire comme si j'étais au logis mais malade et ne pouvant recevoir personne. Tu seras là pour donner de mes nouvelles à ceux qui se présenteront. Je fais pleine confiance à ton imagination...

— Vous voulez me laisser là ? se plaignit la petite, prête à pleurer. Mais je ne veux pas vous quitter, moi !

— Crois-moi : tu me seras plus utile ici... et puis quand je serai parvenue à destination je vous enverrai chercher, toi et Anna.

— Vous dites cela pour me consoler mais je sais bien que je ne vous verrai plus...

Et cette fois de pleurer à gros sanglots qui impatientèrent Anna :

— Si c'est toute la foi que vous accordez à Madame ! Est-ce que je pleure, moi ? fit-elle avec rudesse. Allons, Mademoiselle Herminie, séchez vos larmes, nous ne tarderons pas à rejoindre Madame la Duchesse.

Marie prit le relais :

— Comprends donc que si l'on vous voit à Tours, toi et Anna, on sera persuadé de ma présence. Et si d'aventure l'on vous cherchait noise, appelez-en à Monseigneur : il prendra soin de vous.

Il fallut bien en passer par là. Après avoir ordonné à Peran de se trouver au fond du parc à neuf heures et demie avec deux chevaux dont le sien et un bagage aussi réduit que possible, elle se prépara. Elle n'emportait rien, sinon des rouleaux d'or dans ses poches et ses bijoux.

Cela fait, elle se fit apporter un mélange de suie et de brique pilée finement qu'elle avait déjà employé pour sauver Gabriel et s'en enduisit le visage et le dos des mains, ce qui lui donnait un teint beaucoup plus foncé que le sien. Après quoi elle revêtit un costume d'homme entièrement noir : casaque, chausses, pourpoint, bottes et manteau. Cela fait elle se coiffa d'une perruque blonde qu'elle assujettit au moyen d'une bande de taffetas noir qui lui barrait le front comme si elle avait à cet endroit une blessure...

— Suite d'un duel ! lança-t-elle, toute sa bonne humeur revenue au seuil de cette aventure dangereuse mais qui à présent lui semblait excitante.

Certainement davantage que la vie étriquée qu'elle laissait derrière elle...

— Vous êtes méconnaissable ! souffla Herminie émerveillée par le résultat.

— C'est bien ce que j'espère, fit Marie en se pavanant devant son miroir. Et maintenant, je vous dis à toutes « au revoir ». A vous deux, Herminie et Anna, j'ajoute « à bientôt ».

Ayant mis la dernière touche à son déguisement en bouclant un baudrier et un ceinturon de cuir noir soutenant une épée et une dague, elle planta sur sa tête un feutre orné d'une plume discrète, prit des gants épais, son manteau et enfin quitta le château escortée par Herminie armée d'une bougie jusqu'à une porte de service que la jeune fille devait refermer derrière elle.

Là, elle se tourna une dernière fois vers sa cousine :

— Je ne t'embrasse pas pour ne pas te salir mais c'est comme si je l'avais fait. Courage, Herminie ! Je t'écrirai...

Sur ces derniers mots, elle prit sa course à travers le parc obscur avec un bizarre sentiment de liberté, ce qui était étonnant alors qu'une si lourde menace pesait sur elle. Si elle était reconnue, elle serait enchaînée, ramenée de force, enfermée dans un cachot de la Bastille, de Vincennes ou autre prison en attendant un jugement sans doute implacable. A moins qu'on ne l'envoie comme le pauvre Châteauneuf dans une lointaine forteresse, où on l'oublierait tranquillement. Mais c'était bon de se sentir jeune, alerte, et pleine de projets dont une voix intérieure lui soufflait qu'il restait encore beaucoup de temps pour les réaliser.

Naturellement, Peran était à son poste, avec en main leurs deux montures et toujours aussi flegmatique :

— Où allons-nous ? demanda-t-il.

— En Espagne... si Dieu le veut !

Il se signa vivement avant de lui tenir l'étrier pour qu'elle pût monter sans effort.

— Tu as peur ? lui lança-t-elle goguenarde.

Il se contenta de hausser les épaules et d'enfourcher son cheval. Sortis du parc, les deux cavaliers plongèrent dans la nuit en direction du sud...

CHAPITRE XI

L'AVENTURE

On marcha toute la nuit et tout le jour jusqu'à un bourg, Couhé, non loin de Poitiers, où l'on passa la nuit pour repartir à l'aube jusqu'à Ruffec. Là, à l'Auberge du Chêne Vert, Marie arriva recrue de fatigue mais prit seulement deux heures de sommeil, un souper puis repartit. Il fut cependant vite évident pour l'œil pénétrant de Peran qu'elle n'irait plus très loin à cette allure. Non seulement elle mais sa jument qui donnait des signes certains de fatigue. Il le lui dit alors qu'ils faisaient halte à une croisée de chemins. Marie venait de s'apercevoir qu'elle avait oublié à l'auberge les papiers de l'Archevêque. Retourner signifierait allonger encore la route, avec le risque de se faire prendre si on les avait trouvés.

Peran arrêta un paysan qui passait :

— Ce château là-bas ? Qu'est-ce que c'est ?

L'homme ôta son chapeau avant de répondre :

— C'est Verteuil, Monsieur, qui est à Monseigneur le duc de La Rochefoucauld...

Marie eut un cri de joie. Elle allait être sauvée. Elle savait en effet que François y résidait avec sa femme et sa mère. Il ne refuserait pas de l'aider mais il n'était pas question qu'elle se rende près de lui accoutrée comme elle était. Elle prit l'écritoire qu'elle emportait toujours avec elle et rédigea une lettre demandant qu'on lui envoie un carrosse et des chevaux. Peran la laissa dans une hutte et emmena la jument exténuée.

La réponse fut immédiate et au-delà de ses espoirs : Marcillac lui envoya un carrosse attelé de quatre chevaux, lui conseilla d'aller au petit manoir de La Terne situé non loin de là, qui lui appartenait, de s'y installer comme chez elle : il y viendrait la visiter le soir même...

Oh ! le bonheur de se retrouver au calme, dans une aimable demeure pourvue d'une terrasse dominant la Charente. De pouvoir se déshabiller, se laver, dormir enfin en toute tranquillité : n'avait-elle pas reconnu dans le concierge du château Potet, l'un de ses anciens valets, au temps où elle était duchesse de Luynes, et qui pleura de bonheur en la reconnaissant ? Elle possédait le don, plutôt rare, de se faire aimer de ses serviteurs parce qu'elle était pour eux bonne et généreuse.

A la nuit François accourut. Il apportait un sac contenant du linge frais – Peran lui avait raconté leur départ brusqué ! – des vêtements de rechange et, délicate attention d'un amant, un flacon de senteur. Ils soupèrent ensemble dans la chambre de Marie et, naturellement, le grand lit dont les draps sentaient la verveine les accueillit. Ces instants d'amour rendirent toute sa force et tout son courage à la fugitive. Volontiers cynique et railleur, François savait se montrer tendre. Peut-être même n'avait-il jamais aimé autant Marie qu'à cet instant où elle avait besoin de lui et demandait son aide.

Il tenta de la convaincre de rester à La Terne, assurant qu'il saurait la protéger, mais elle refusa :

— Oubliez-vous que vous êtes exilé ? Ce serait vous mettre en danger, vous et les vôtres, et, ainsi, reconnaître bien mal le secours que vous m'apportez de façon si spontanée...

— J'aimerais tellement faire davantage ! Je vous aime, Marie...

— Cela aussi il faudra l'oublier car, en vérité, je ne sais quand nous nous reverrons... ou si nous nous reverrons.

— Je veux le croire ! Ne plus contempler votre sourire, vos yeux si beaux, serait ôter à la vie une partie de son charme !

Il fallait cependant songer à repartir : la frontière espagnole était encore loin. En outre, l'itinéraire et les recommandations de Monseigneur d'Eschaux allaient faire cruellement défaut.

— D'autant, dit François, que vous pénétrez à présent en terre de langue d'oc. Ni vous ni votre domestique ne la parlez mais Potet, vous vous en souvenez peut-être, est né près de Bayonne. Il ne demandera pas mieux que de vous accompagner, avec mon valet de chambre Thuilin qui mènera la voiture. En outre, je peux vous conseiller quelques points de chute : à Condour, par exemple, chez un de mes obligés, puis, quand vous serez en Périgord, au château de Cahuzac qui est à nous et où, sur une lettre que je vais vous donner, notre intendant Malbati se mettra à votre service. Mieux vaut, selon moi, éviter le Pays basque et voyager sous l'apparence d'un jeune seigneur désireux d'aller soigner une blessure reçue en duel aux eaux de Bagnères...

— François ! murmura Marie émue. Je vivrais cent ans que je n'oublierais pas ce que vous faites pour moi...

— Si c'était moi le fugitif, agiriez-vous autrement ? En échange promettez-moi de m'écrire ! Je veux savoir ce qu'il advient de vous !

— Je vous le jure... mais seulement lorsque je serai hors du royaume. Ce qui sera bientôt, j'espère...

Au matin, Marie quittait La Terne avec au cœur un pincement. Durant quelques heures elle avait retrouvé ce bien merveilleux : la protection d'un homme, sa chaleur, son amour. Que c'était donc difficile de s'en écarter, à un moment où elle avait l'impression d'être abandonnée du monde entier, mais il eût été ingrat de ne pas reconnaître l'aide apportée en se faisant prendre sur ses terres avec toutes les conséquence qui en découleraient.

Arrivée en Périgord, qui était à cette époque huguenot, elle renvoya le carrosse dont elle n'avait plus besoin, étant suffisamment remise pour continuer à cheval. Seul Potet resta avec elle et Peran. A Cahuzac, ainsi que l'avait indiqué François, elle alla demander une chambre à l'intendant Malbati. C'était un homme d'une soixantaine d'années avec une bonne figure ronde et un embonpoint faisant honneur à la cuisine de Madame Malbati son épouse. Après avoir lu la lettre du prince de Marcillac, il invita le « jeune gentilhomme » à passer à table. Marie alors lui raconta que s'étant battue en duel, ce qui lui valait d'être recherchée et de voyager sous un nom d'emprunt, elle allait soigner à Bagnères la blessure reçue à cette occasion.

— Magnifique ! s'écria le bonhomme. Je dois moi-même me rendre prochainement près de là pour accomplir un vœu fait à Notre-Dame de Garaison...

— Prochainement ? Mais quand ?

— Dans une semaine...

— Quel dommage ! Ne pourriez-vous avancer votre voyage ? Ainsi nous ferions route ensemble ?

Elle fit tant et si bien que le bonhomme, fasciné, décida de l'accompagner, encouragé par sa femme qui trouvait charmant ce jeune seigneur de si haute mine. Comme il connaissait bien le chemin – et la langue du pays –, Marie put renvoyer Potet avec quelques pièces d'or. Ce ne fut pas sans peine que celui-ci se sépara de son ancienne patronne et elle fut obligée de couper court à une désolation qui risquait de compromettre son incognito.

On partit donc mais, à mesure que l'on avançait vers le sud, Malbati se sentait de plus en plus intrigué par son jeune compagnon. Outre la beauté que le teint ocré ne parvenait pas à dissimuler, il lui trouvait une grâce inhabituelle chez un garçon. Aussi s'efforça-t-il de poser des questions qu'il croyait fines mais que Marie n'avait aucune peine à éluder.

Un soir, comme on arrivait à l'étape, il remarqua une tache de sang sur la selle du « jeune seigneur » :

— Qu'est-ce donc ? fit-il en la regardant dans les yeux.

Elle ne broncha pas :

— Il faut, dit-elle, que ma blessure se soit rouverte !

— Vous êtes blessé... là ?

— On est blessé où l'on peut, mille tonnerres ! riposta-t-elle avec humeur puis, comme il continuait à la regarder fixement elle ajouta : Je suis blessé au ventre, cela a coulé, voilà tout !

— Voulez-vous que je vous panse ? J'ai en médecine des lumières...

— Merci mais c'est inutile. Peran mon serviteur sait ce qu'il faut faire.

Malbati n'insista pas mais il n'était pas satisfait. Un autre jour, il s'enhardit jusqu'à demander de lui dire son « véritable » nom, ajoutant qu'il avait dans l'idée qu'elle pourrait être une femme déguisée.

— Qu'allez-vous chercher ? fit-elle avec impatience. Puisqu'il faut l'avouer, je suis le duc d'Enghien, le fils du prince de Condé. Ce qui vous explique mon visage imberbe...

Toujours pas convaincu, le Malbati, même s'il se mit à lui donner du « Monseigneur » long comme le bras, ce qui agaça prodigieusement Marie. Elle finit par le lui interdire en spécifiant qu'elle entendait préserver son secret et qu'en agissant ainsi il la mettait en danger. Il se le tint pour dit mais ses soupçons se confirmaient, surtout après qu'une servante d'auberge qui avait regardé Marie dormir sur un banc se fut extasiée sur sa beauté :

— Le plus beau garçon que j'aie jamais vu ! Même une femme serait heureuse d'être faite comme lui.

Cela devint une obsession, surtout quand, un beau matin, le pauvre s'aperçut qu'il était bel et bien en train de tomber amoureux de « Monseigneur » ! Lui, un homme véritable qui n'avait jamais servi que les dames ! Un soir où il avait un peu trop bu, il se mit à pleurer, confessant du même coup à Marie ses doutes, son tourment... et son amour. Elle vint s'asseoir près de lui et prit sa main dans la sienne.

— Si vous me promettez d'être raisonnable, de mon côté, je vous promets de vous dire la vérité le jour où nous nous séparerons...

— La... vraie... vérité ?

— La vraie ! Sur mon honneur ! En attendant rassurez-vous ! Vos goûts sont toujours conformes à la nature !

Au sourire béat qu'il lui offrit, elle sentit qu'elle lui avait ôté un grand poids et leurs relations se firent plus faciles. Persuadé cette fois qu'il avait affaire à une dame, Malbati qui, auparavant, truffait son langage de formules plutôt crues telles qu'en employaient volontiers les hommes entre eux, prit soin de ménager les oreilles délicates d'un « compagnon » qu'il ne savait plus du tout comment appeler !

Enfin les voyageurs atteignirent les bords de l'Adour et, à l'entrée de la vallée de Campan, le gros bourg de Bagnères, cerné de collines et de forêts. Les eaux et les bains étaient célèbres depuis les Romains. C'était un lieu prospère, bien pourvu en auberges et où il y avait du monde en permanence. On trouva néanmoins à se loger dans la meilleure hostellerie, proche de la maison des bains. Malbati s'en alla faire son pèlerinage et Marie promit de l'attendre. Elle n'y avait aucun mérite : il lui fallait à présent se trouver un guide pour franchir les Pyrénées.

Le lendemain, après une bonne nuit de sommeil, elle sortait de l'auberge d'un pas vif dans l'intention de faire une promenade au bord du fleuve quand elle heurta rudement de l'épaule un homme qui s'apprêtait à entrer. Celui-ci poussa un cri de douleur.

— Quel fichu maladroit ! Vous ne pouvez pas regarder où vous allez ? s'écria-t-il.

Celui que Marie venait d'agresser si involontairement était vêtu avec une élégance sobre annonçant un personnage de qualité et la Duchesse, fort ennuyée car elle ne se voyait pas avec un duel sur le dos, voulut s'excuser :

— Croyez, Monsieur, à tous mes regrets ! Je ne l'ai pas fait exprès.

— Il ne manquerait plus que cela...

Et soudain, tous deux s'immobilisèrent, face à face, figés par la surprise :

— Mon Dieu ! souffla l'inconnu, mais vous êtes...

Il n'alla pas plus loin. Marie, d'ailleurs, le reconnaissait au même instant :

— Aramitz ! Que faites-vous ici ?

Mais déjà, il l'avait saisie par le bras pour rebrousser

chemin avec elle et l'entraîner sous les arbres de la promenade tracée au bord de l'Adour.

— C'est à vous qu'il faudrait le demander. Moi je suis venu soigner les suites d'une balle de mousquet reçue en Picardie.

— Si loin alors que...

— Vous oubliez que je suis de ce pays. Ma terre, près d'Oloron, n'est qu'à une vingtaine de lieues... à vol d'oiseau. Je m'y suis retiré après ma blessure qui ne me permet plus guère de tirer l'épée. J'ai vu là un signe de Dieu et dès mon entière guérison je rejoindrai l'Eglise. Mais je parle de moi, ce qui est indigne alors qu'il ne devrait être question que de vous. J'ai appris votre exil.

— Cette fois, c'est plus grave. La Reine m'a fait savoir que je devais prendre la fuite. C'est pourquoi vous me voyez attifée de la sorte...

— Cela vous va à ravir ! Moins éclatante sans doute que dans vos superbes atours mais bien charmante tout de même ! Le plus joli garçon qui se puisse ! Et vous n'imaginez pas à quel point je suis heureux de vous voir ! Si souvent j'ai pensé à vous ! Surtout depuis notre aventure pour sauver le pauvre Malleville...

— Auriez-vous de ses nouvelles ? reprit Marie en effaçant son sourire. Il s'est enfui de Lésigny sans prévenir personne.

— Je sais. Il a agi ainsi dans le seul but de préserver ceux qui vivaient avec lui. En particulier cet étrange Basilio. Et un peu sur mon conseil. Quand on ne sait rien on n'a rien à dire lorsqu'on vous questionne. Je suis allé le chercher après avoir reçu sa lettre et c'est moi qui l'ai emmené...

— Où ?

— Chez Monsieur de Tréville qui n'avait jamais admis sa condamnation. Et comme Malleville, incapable de rester enfermé où que ce soit, fût-ce dans l'une de vos demeures, désirait par-dessus tout combattre encore pour le Roi...

— Le Roi qui allait l'envoyer à l'échafaud ? Tête de mule !

— Si vous voulez... mais c'est sa façon d'être et on ne le changera pas. Notre capitaine l'a fait engager sous un nom d'emprunt, dans la compagnie de Chevau-Légers que le maréchal de Châtillon était en train de constituer et à cette heure il doit être en train d'en découdre contre l'Espagnol...

— En d'autres termes il cherche à se faire tuer ? murmura Marie, saisie de tristesse. Vous voyez, mon ami, c'est quand on sait qu'on ne les reverra peut-être jamais que l'on sent le prix que l'on attache aux gens ! J'aimais beaucoup Gabriel !

— Quelle chance il a ! Mais pourquoi en parler comme s'il n'était déjà plus ? Vous le reverrez un jour ?

— Là où je vais ? Il m'étonnerait fort. Car c'est en Espagne que je me rends, cher Aramitz, et ne sais quand j'en reviendrai ni même si j'en reviendrai. A ce propos, il faut que je me mette à la recherche d'un guide qui me mène au-delà des montagnes. Un guide sûr, si possible, qui n'aille pas m'égorger au détour d'un rocher...

— Et où comptez-vous le trouver ? fit Aramitz avec un sourire ironique. Dans ce parc ?

Marie eut un geste d'impuissance qui trahissait sa lassitude :

— Je ne sais pas. A l'auberge peut-être...

— Et pourquoi pas sur la place publique ? Confiez-moi ce soin, voulez-vous ?

— Oh ! avec bonheur ! Vous me soulagez d'un poids énorme.

— Et moi je suis heureux de pouvoir vous servir !

En attendant, venez dîner avec moi ! Ensuite je me mettrai en quête !

Il en fut ainsi. Peran montra une joie discrète de leur rencontre. En bon Breton, tous ces gens du Sud au milieu de qui l'on ne cessait d'évoluer ne lui inspiraient pas confiance. Aramitz c'était autre chose : ils avaient combattu ensemble. Dès l'instant où il se mêlait de l'entreprise, ses craintes s'évanouissaient.

L'ancien Mousquetaire disparut la majeure partie de l'après-midi mais à son retour il était satisfait : il avait trouvé un Basque qui en épousant une fille de Campan s'était acquis un petit bien dans le pays. Moyennant deux cents pistoles, il se faisait fort de conduire les voyageurs à bon port.

On fêta l'heureuse nouvelle au souper tout en préparant la journée du lendemain. Afin de ne pas éveiller les soupçons, la Duchesse partirait dans la matinée, dès que Malbati serait rentré : Marie avait l'intention de lui dire que, réflexion faite, elle préférait les eaux de Barèges et qu'elle s'y rendait. Elle savait qu'il la suivrait, croyant toujours la fable de la blessure, mais au lieu de prendre la route qui y menait elle remonterait la haute vallée de l'Adour, à peu près sûre qu'il n'y verrait que du feu. Aramitz la rejoindrait avec le guide en pleine montagne, à un point convenu. Cela fait, chacun se retira dans sa chambre : celle de Marie était voisine de celle du futur abbé et, au seuil, elle le retint, certaine de ne pas se tromper sur l'expression de ses regards durant le repas...

— Vous n'êtes pas encore ordonné, que je sache ? murmura-t-elle presque dans ses cheveux tandis qu'il baisait sa main avec une ardeur fort explicite.

— Non... mais le serais-je que cela ne changerait rien à ce que j'éprouve pour vous... et depuis si longtemps !

— Ce qui veut dire que nous n'en avons que trop perdu ? Alors il faut se hâter de réparer cette erreur, ajouta-t-elle en l'entraînant à sa suite.

L'instant suivant, elle était dans ses bras.

Ce fut une nuit si délicieuse que Marie ne devait jamais l'oublier. Elle avait la chaleur des choses rares et d'autant plus précieuses. Pour Henri d'Aramitz elle était la dernière avant son entrée dans les ordres et, lui qui avait tant aimé les femmes, qui avait tant désiré celle-ci, il sut en faire une sorte d'œuvre d'art toute en douceur, en tendresse :

— Vous êtes mon adieu à ma jeunesse, dit-il à Marie au moment de la quitter peu avant l'aube.

Remuée jusqu'au fond de l'âme et au bord des larmes, elle voulut savoir :

— Pourquoi ? Mais pourquoi ? Vous êtes encore si jeune !

— L'âge ne fait rien à l'affaire. Quand Dieu appelle, il faut répondre quelle que soit l'heure. Il a besoin de serviteurs en pleine force et lui offrir un vieillard cacochyme serait un bien pauvre présent ! Croyez aussi que vous serez mon plus beau souvenir...

Et il s'esquiva sans faire plus de bruit qu'un chat. Marie ne se rendormit pas : elle voulait garder présente à sa mémoire chaque minute qu'elle venait de vivre...

Le milieu de la matinée la trouva à cheval, remontant vers les sources de l'Adour entre un Malbati un peu surpris de se retrouver en route alors qu'il venait juste de rentrer et un Peran plus silencieux que jamais. A travers les pâturages en terrasses, le chemin devenait grandiose à mesure qu'il montait vers les cimes. Si obnubilé qu'il fût par son étrange compagnon, Malbati finit par réagir :

— Etes-vous sûr, Monseigneur, d'être sur la bonne route ? Barèges n'est pas si haut pour ce que j'en sais ?

— Nous n'allons pas à Barèges mais là-haut. Au col d'Aspin. C'est à cet endroit que nous rejoindrons le guide et les mulets qui me feront franchir les Pyrénées...

— Franchir les Pyrénées ?

— C'est là aussi que je vous dirai qui je suis. Plus un mot à présent, s'il vous plaît !

Au col, on s'arrêta pour passer la nuit dans une sorte de grange comme cela était arrivé souvent durant le voyage. Fatiguée par le parcours et une nuit trop bien employée, Marie s'enveloppa dans son manteau et tomba dans un profond sommeil mais l'aurore la trouva debout, suivant du regard la progression de deux hommes, l'un à cheval l'autre à dos de mulet tenant en bride deux autres bêtes. En se retournant, elle vit Malbati qui se dirigeait vers elle.

— Voilà le guide ! dit-elle, c'est ici que nous nous quittons. Je peux vous dire à présent que je suis la duchesse de Chevreuse qui a dû fuir ceux qui voulaient l'arrêter bien qu'elle n'eût rien fait contre le service du Roi ni celui du Cardinal. Je suis victime d'une machination et je préfère aller attendre hors des frontières que l'on me rende justice. Voyez-vous, je préfère me jeter au feu plutôt qu'en prison...

Eperdu, il la regardait sans rien trouver à dire. Elle reprit :

— Vous pourrez raconter tout cela quand vous rentrerez. Et voici deux lettres que je vous confie : l'une est pour le prince de Marcillac, l'autre pour l'Archevêque de Tours. Maintenant, laissez-moi vous offrir ceci en dédommagement de vos peines...

Elle tendait un rouleau de pistoles que Malbati refusa avec dignité :

— Oh non ! Certainement pas... Je n'ai voulu que vous aider...

— Dans ce cas, acceptez au moins cela !

Et, lui jetant ses bras autour du cou, elle lui donna un baiser qui le fit trembler... puis s'avança vers ceux qui prenaient pied sur le plateau. Le guide était un petit homme brun, sec comme un cep de vigne, avec des cheveux noirs, un visage dur et buriné mais sous le bonnet noir qui bâchait sa tête des yeux aussi bleus que le ciel.

— Voilà Sébastien ! présenta Aramitz. Vous pouvez avoir entière confiance en lui... Il me reste, Monsieur le Duc, à vous souhaiter bon voyage et, surtout, prompt retour parmi nous.

Il l'aida à enfourcher son mulet puis, reculant de trois pas, s'inclina profondément en balayant l'herbe rase des plumes noires de son chapeau. S'efforçant de cacher son émotion, Marie lui répondit d'un sourire, craignant que le tremblement de sa voix ne la trahît. A cet instant, ce parfait gentilhomme lui était infiniment cher...

Elle et Peran suivirent le guide qui, déjà, s'engageait dans le chemin accidenté des sommets que le soleil levant enveloppait de sa belle lumière neuve. Côte à côte, Aramitz et Malbati regardèrent s'éloigner le petit groupe jusqu'à ce qu'il fût à peine visible. Alors seulement, ils se disposèrent à redescendre vers Bagnères, emmenant avec eux les chevaux.

Quelques heures plus tard, en prenant pied sur le sol espagnol, Marie poussa un soupir qui était à la fois de soulagement et de regret. Elle quittait peut-être pour toujours à peu près tout ce qu'elle aimait. Elle n'avait revu ni son époux ni ses enfants, ni son délicieux Dampierre ni tous ceux qui lui étaient chers. En échange il lui fallait aller droit devant elle à la rencontre d'un destin dont elle ignorait s'il lui serait favorable ou désastreux... puisqu'elle n'avait pas non plus revu

Basilio ! A celui-ci, elle en voulait un peu. Son devoir n'était-il pas de la rejoindre dans son exil ? Ce n'était qu'un ingrat plus attaché à son agréable retraite qu'à celle à qui il la devait ! Cette pensée lui arracha des larmes que, d'un geste furieux, elle essuya d'un revers de manche !

Le pire – mais elle ne le sut que bien plus tard – était qu'aucun ordre d'arrestation n'avait été lancé contre elle, ainsi que le Roi l'assura à son fidèle Chevreuse quand, au château de Conflans, il vint à ses genoux implorer une fois de plus sa clémence.

— Il faut, dit le souverain, qu'elle ait obéi à un faux bruit...

— Monsieur le Cardinal peut-être ?

— On ne se saisit pas d'une duchesse de Chevreuse sans un ordre de moi. En vérité je ne sais ce qui s'est passé.

Marie de Hautefort aurait-elle pu répondre à cette question ? S'était-elle trompée de couleur en envoyant le livre rouge... ou avait-elle saisi cette occasion unique de se débarrasser – de débarrasser la Reine ! – d'une amie de plus en plus compromettante donc encombrante ? Surtout à un moment singulièrement délicat. L'Aurore, en effet, ayant mesuré le fond du gouffre où Anne d'Autriche avait manqué se perdre, s'était mis en tête de donner un héritier au royaume par tous les moyens avec la complicité involontaire du Roi et celle, entièrement lucide, de Louise de La Fayette que Louis visitait souvent au parloir de son couvent. Dans la trame délicate qu'elle tissait, elle redoutait par-dessus tout les foucades et les « grandes idées » de Madame de Chevreuse. La jeune fille avait donc saisi cette occasion inespérée de l'expédier beaucoup plus loin que

Tours[1]. En choisissant l'Espagne, la Duchesse était allée dans le sens de ses espérances : on ne la reverrait pas avant longtemps !

Sur le versant espagnol des Pyrénées, Marie, Peran et leurs mulets furent reçus par les religieux de l'Hospital avec la charité dont ils étaient coutumiers, mais on ne fit que se reposer chez eux deux nuits et un jour. La Duchesse avait hâte maintenant de retrouver des terres moins austères. De là on gagna San Esteban, une petite ville fortifiée où l'on put remplacer les mulets par des chevaux, après quoi l'on poursuivit sur Saragosse, la capitale de l'Aragon.

Marie s'y fit reconnaître du Gouverneur, prit logis dans la meilleure hostellerie de la ville et se remit à écrire. Chose étrange, sa première lettre fut pour Richelieu afin de lui expliquer sa conduite. A sa façon. Depuis l'emprisonnement du marquis de Châteauneuf, elle s'était efforcée de vivre honnêtement en prenant grand soin d'éviter tout ce qui pourrait déplaire. Or, elle avait été prévenue qu'on allait l'arrêter pour répondre « de choses à quoi elle n'avait jamais pensé en lui disant que l'on avait en mains la vérité ». Cela lui avait fait imaginer qu'on la voulait perdre et elle était partie droit devant elle pour éviter la honte.

Elle écrivit aussi à son cher Archevêque pour lui dire qu'elle était bien arrivée et comptait se rendre à Madrid. Enfin, elle traça quelques lignes à l'intention de Boispillé, l'intendant de Chevreuse, pour lui donner de ses nouvelles et lui demander plusieurs objets.

La réponse, si on pouvait l'appeler ainsi, fut décevante ; en tout et pour tout, Marie reçut ce message : « Nous ne faisons point de réponse en Espagne. »

1. Voir *La Chambre de la Reine*.

Elle en fut désagréablement affectée : ces mots lui faisaient comprendre – enfin ! – qu'elle était en pays ennemi et, comme telle, coupée de toutes ses sources d'information comme de ravitaillement. Il lui restait l'or qu'elle avait pu emporter, ses bijoux... et l'espoir dans la munificence de ceux qu'elle venait rejoindre. Or, même si elle pouvait se prévaloir de l'amitié d'Anne d'Autriche, même si elle avait connu jadis la reine d'Espagne, même si elle avait fait tout son possible pour œuvrer pour la cause espagnole, elle n'en risquait pas moins d'être prise pour une espionne plus que pour une victime de Richelieu, donc de ne pas recevoir l'accueil chaleureux qu'elle espérait.

De Saragosse encore, elle écrivit au roi Philippe IV, à la Reine, pour leur demander les moyens de se rendre auprès d'eux et pendant quelques jours vécut une pénible attente. Et puis, elle crut voir le ciel s'ouvrir : le Roi lui envoya un carrosse et des gens pour la servir en l'invitant à venir rejoindre sa Cour.

A Madrid, Madame de Chevreuse fut reçue comme devait l'être la plus proche amie de la reine de France. On lui fit des présents importants, on la logea aux abords du palais... et le bruit courut même que le roi Philippe IV s'était montré sensible à son charme. Ce que les espions du Cardinal se hâtèrent de lui rapporter et Louis XIII, un beau matin, vint annoncer à sa femme que son amie avait couché avec son frère. Ce qui la choqua beaucoup... mais choqua encore plus Marie quand la nouvelle lui revint. Elle devait déclarer plus tard à Madame de Motteville que le Roi ne lui avait jamais dit de douceurs sauf une seule fois en passant... Ce qui ne saurait indiquer les prémices d'une brûlante passion mais on ne prête qu'aux riches : Philippe IV était connu pour sa sensualité. Quant à Marie, sa réputation était solidement ancrée. La conclusion allait de soi.

Elle comprit qu'il restait des frontières quand, ayant demandé une charge de « dame du palais », on la lui refusa. Courtoisement sans doute mais on la refusa tout de même. En outre, la cour d'Espagne rigide, gourmée, arrogante, sanglée dans ses fraises et ses vertugadins d'un autre âge, arborant des joyaux fabuleux, quasi barbares, sur des vêtements le plus souvent noirs, ayant sans doute le goût des beaux jardins mais aussi celui des autodafés – il y en avait eu la veille de l'arrivée de Marie et Madrid empestait encore l'affreuse odeur des corps calcinés ! – cette Cour-là ne tarda pas à lui peser. Au point qu'elle finit par ne plus regretter le refus essuyé même si, sur le moment, il l'avait blessée. Vivre avec ces gens était vraiment au-dessus de ses forces et elle n'arrivait pas à comprendre comment la fille du joyeux Henri IV pouvait s'en accommoder. Elle osa, un jour, lui poser la question.

— Toute couronne a son prix, lui répondit Isabelle. Et le Roi est un époux merveilleux. Il fait construire pour moi un palais plus aimable que celui-ci[1]. La vie y sera pleine de charme. Vous verrez !

Mais justement Marie n'avait aucune envie de voir. En mars 1638, la nouvelle arriva comme un éclair dans les ténèbres. Anne d'Autriche était enceinte de trois mois et, cette fois, tout donnait à penser qu'elle mènerait sa grossesse à son terme. La décision de Marie fut prise aussitôt : elle devait quitter l'Espagne au plus vite afin de ne pas aggraver sa position et rester à l'écart de la grande espérance des Français. Elle demanda et obtint – sans peine – son congé, annonçant son désir de gagner l'Angleterre.

Philippe IV fut parfait : il lui donna toutes les facilités nécessaires à son voyage et chargea même l'un

1. El Retiro.

de ses gentilshommes, don Domingo de Gonsalvo, de l'accompagner jusqu'à Londres.

Et, par un gris matin d'avril, Marie, son mentor et l'inaltérable Peran s'embarquaient à Santander, Accueillie avec émerveillement par le capitaine du gros trois-mâts marchand qui ne put moins faire que lui offrir sa propre chambre à la poupe du navire, c'est du pont que Marie regarda fondre dans les brumes de soleil les côtes de cette Espagne en qui elle avait mis sans doute trop d'espérances.

Le dimanche 25 avril, elle débarquait à Portsmouth après une traversée éprouvante par un temps affreux. Elle eut la joie de trouver sur le quai le cher Walter Montaigu venu l'attendre en compagnie de Lord Goring, l'un des proches du Roi, avec mission de l'accompagner à Londres. A les revoir Marie se sentit revivre : dans ce pays, elle n'avait que des amis... et même davantage. Derrière les visages aimables de ces deux hommes elle croyait déjà apercevoir l'inoubliable, l'inoublié Henry Holland !... La seule pensée de fouler le même sol que lui, de respirer le même air chargé de pluie lui mettait des frissons dans le dos et des fourmis au bout des doigts.

On la conduisit à Greenwich où la Reine l'attendait dans la demeure neuve dont sa belle-mère avait commencé la construction en place du vieux palais de Placentia et que l'architecte Inigo Jones venait d'achever l'année précédente. C'était une vaste maison blanche ouvrant par de larges fenêtres sur les jardins étendus jusqu'à la Tamise. En dépit du mauvais temps, l'endroit ne manquait pas d'un certain charme maritime : de beaux vaisseaux y jetaient l'ancre et, en y arrivant, Montaigu apprit à Marie que le roi Charles aimait venir respirer l'odeur de goudron et de bois, infiniment plus agréable que les puanteurs de la City.

Henriette-Marie accueillit avec un plaisir évident cette amie d'autrefois qui l'avait connue enfant, s'était trouvée mêlée aux tractations de son mariage et l'avait conduite jusqu'à son époux puis était restée auprès d'elle les premières semaines si difficiles. Marie aussi était heureuse de la revoir, surtout en d'aussi bonnes dispositions pour elle, mais eut peine à cacher sa surprise : en treize ans, Henriette-Marie avait beaucoup changé à son avantage. La frêle – quasi osseuse ! – adolescente n'avait qu'à peine grandi mais s'était étoffée. De charmantes rondeurs, un teint éblouissant offrant un ravissant contraste avec d'immenses yeux noirs, des lèvres bien pleines dissimulant joliment des dents légèrement saillantes, elle était devenue une vraie beauté, partageant désormais avec son mari un amour sans faille conforté par la naissance de quatre enfants : deux fils et deux filles. Marie nota aussi qu'elle s'habillait avec une élégance raffinée : en bleu et or le plus souvent avec des touches de rouge qui lui seyaient à ravir.

Le couple royal ne se séparant pas volontiers, Marie vit le Roi le soir même et le trouva lui aussi à son avantage, dans tout l'épanouissement de sa vigueur naturelle. N'ayant jamais été malade, sauf d'une petite vérole au cours de laquelle sa femme l'avait veillé constamment et qui n'avait pas laissé de traces, sa santé était excellente au contraire de celle de son cousin. Et s'il lui ressemblait un peu par la gravité qui était l'expression habituelle de son visage, il lui arrivait de montrer une grâce et un charme dont Louis XIII était plutôt dépourvu. Il reçut Madame de Chevreuse comme une amie très chère et l'assura de son entier soutien dans la période difficile qu'elle vivait. Puis, la laissant à son installation, lui et Henriette-Marie repartirent pour le palais de Westminster où des affaires importantes attendaient le Roi.

Le premier soin de la Duchesse fut de se précipiter sur son écritoire. N'étant plus en pays ennemi, elle allait peut-être recevoir des réponses ? Sa première lettre fut pour Anne d'Autriche :

« ... Les soupçons injustes que l'on a donnés de moi m'ont nui et contrainte à passer en Espagne où le respect de Sa Majesté m'a fait recevoir et traiter mieux que je ne le méritais. Mais celui-ci [le respect] m'a fait taire jusqu'à ce que je fusse en ce royaume lequel étant en bonne intelligence avec la France ne me donne pas sujet d'appréhender que vous ne trouviez bon de recevoir les lettres qui en viennent. Il m'a fallu priver de la consolation de soulager mes maux en les disant à Votre Majesté jusqu'à cette heure que je puis me plaindre à elle de ma mauvaise fortune espérant que sa protection me garantira de la colère du Roi et des mauvaises grâces de Monsieur le Cardinal... »

En conclusion, elle se plaignait de manquer d'argent, ne touchant plus depuis son départ les revenus des biens que le procès gagné contre son époux lui avait rendus...

La deuxième lettre fut pour son mari à qui, bien sûr, elle réclamait des subsides. Et la troisième pour Herminie qu'elle invitait à venir la rejoindre avec Anna. Tous ces mois sans ses deux fidèles « lui étaient apparus comme une éternité ». Et elle entendait briller à la cour d'Angleterre, ainsi d'ailleurs qu'on l'y invitait.

Cela fait, elle convoqua tailleurs, modistes, lingères, chausseurs et ainsi de suite afin de retrouver le lustre convenant à sa beauté. La mode espagnole ne l'ayant guère inspirée, elle n'y avait fait que les emprunts juste nécessaires pour paraître convenablement à la Cour. Ses joyaux qu'elle avait su conserver faisaient le reste, mais en Angleterre il en allait autrement : la Cour était brillante, élégante, voire fastueuse et même débridée. Or elle entendait y jouer un rôle important...

Au lendemain de son arrivée, elle vit Henry Holland. Il apparut au cercle de la Reine, dans l'après-midi, menant par la main avec désinvolture une très jolie femme qui le couvait d'un regard ardent et dont il ne s'occupa plus après qu'ils eurent ensemble salué la souveraine. Celle-ci l'attira près d'elle et le fit se courber pour lui parler longuement à l'oreille avec une sorte d'abandon dénotant une grande habitude. L'œil vif – et déjà jaloux ! – de Marie remarqua aussitôt qu'il portait les mêmes couleurs qu'Henriette-Marie : pourpoint de velours bleu brodé d'or avec un nœud de ruban écarlate à la garde de son épée. Lorsque l'aparté, apparemment amusant, prit fin, Holland se laissa glisser sur un coussin aux pieds de la Reine dans une attitude qui pouvait être celle d'un favori reconnu.

Marie n'eut cependant pas le temps de s'étendre sur ses impressions. Elevant la voix, Henriette-Marie disait :

— Vous allez avoir une surprise, Henry ! Une visiteuse nous est arrivée hier venant d'Espagne et j'ai tout lieu de penser que vous serez heureux de la revoir. Approchez, Madame la Duchesse !

Celle-ci, qui s'était tenue en retrait derrière deux dames, rejoignit ce qu'elle n'était pas loin d'appeler le couple. A sa vue, Holland se releva en hâte :

— Madame la duchesse de Chevreuse ici ? Par quel miracle ?

Le sourire était froid, le ton aussi. Blessée, Marie paya de la même monnaie :

— Miracle est un grand mot pour une visite d'amitié, Mylord ! Ce n'est pas d'hier – et vous devriez le savoir ! – que Leurs Majestés et moi-même sommes liées par des sentiments profonds. Votre surprise est mal venue !

Le dédain qui vibrait dans la voix de Marie fit froncer les sourcils de Holland :

— Monsieur de Chevreuse est avec vous, sans doute ?

— Le duc de Chevreuse est auprès du roi Louis. Mais je ne vois pas Lady Holland ? Encore aux prises avec une grossesse peut-être ? A moins qu'elle ne se prépare à être grand-mère ? Le temps passe si vite !

L'entrée du Roi mit fin à la joute. Marie nota que, cette fois, Holland restait debout légèrement en retrait, puis qu'ayant salué Charles Ier, celui-ci lui répondit d'un simple signe de tête, d'où Marie conclut que s'il était au mieux avec la Reine, il n'en allait pas de même avec son époux : un détail dont il faudrait tenir compte. Elle remarqua aussi que le beau gentilhomme – il était toujours superbe en dépit de ses quarante-huit ans ! – ne s'attardait pas. Il alla reprendre la main de la jeune dame de tout à l'heure et partit avec elle en riant. Ce qui mit Marie au supplice : la fille était belle, jeune, et il n'était pas difficile de deviner qu'elle et Holland se rencontraient peut-être plus souvent dans un lit que chez la Reine. Elle n'eut aucune peine à apprendre qu'il s'agissait de Lady Olivia Buckridge, mariée à un barbon, et qu'elle était en effet la maîtresse déclarée de Holland dont elle était folle.

Durant la semaine qui suivit, la Cour se transporta à Hampton Court où Marie avait jadis donné le jour à celle de ses filles qui était aussi sans doute celle de Holland. Elle l'y vit à plusieurs reprises mais ne le rencontra pas grâce au soin qu'ils prirent l'un comme l'autre de s'éviter. Il était parfois – mais pas toujours ! – accompagné d'Olivia Buckridge et elle-même traînait partout après elle le jeune Craft qui était accouru à sa rencontre au soir de son arrivée en jappant de joie tel le bon toutou qui retrouve sa maîtresse. Comme il était extrêmement décoratif, elle se garda bien de doucher son enthousiasme dont il reçut maintes fois sa récompense. Marie l'affichait sans vergogne et trompait avec lui ce désir brûlant que la seule vue d'Henry faisait naître en elle.

Il n'était d'ailleurs pas son unique souci. A sa surprise, Anne d'Autriche ne lui répondit pas. Ce fut Richelieu qui s'en chargea. En quelques phrases, il fit savoir à Madame de Chevreuse que sa tentative de correspondance n'avait pas été mal accueillie et qu'elle pouvait continuer à écrire. La Reine que sa grossesse obligeait à de multiples précautions lui répondrait plus tard. Il ajoutait qu'il n'avait rien compris à sa fuite éperdue en direction des Pyrénées alors qu'elle n'était en rien menacée par qui que ce soit.

Cette lettre donna fort à penser à Marie. Elle ne douta pas un instant de ce qu'on lui écrivait, or, le livre rouge venait de chez la Reine... la Reine qui ne lui envoyait pas la plus petite lettre. Il fallait donc que le mauvais tour vînt de chez elle !

Décidée à en apprendre davantage, elle reprit sa plume sur-le-champ et écrivit au Cardinal :

« Ayant appris que vous recevrez agréablement cette lettre je vous la fais avec beaucoup de contentement. J'espère que le malheur qui m'a contrainte de sortir de France s'est lassé de me suivre si longtemps... J'ai cru être obligée de m'éloigner pour gagner ce qu'il m'était seulement besoin pour ma justification, à savoir le temps. Les assurances que l'on m'a données ici de votre bonté pour moi me font espérer le succès que je me suis promis... »

A savoir son retour immédiat en France. Et, le billet cacheté, elle alla aussitôt prier Charles et Henriette-Marie d'intercéder pour elle. On lui promit alors que l'ambassadeur à Paris demanderait son retour sans plus tarder.

En fait, cette grande hâte de quitter, à peine arrivée, un pays où elle se sentait si bien, où elle ne comptait apparemment que des amis, venait surtout de la cruelle déception que lui infligeait Holland. Elle mourait d'envie de le reprendre et c'était tout juste s'il semblait s'apercevoir de sa présence. Marie avait beau parader avec ses nombreux soupirants – elle en traînait toujours une kyrielle derrière elle ! – Holland, lorsqu'il consentait à la remarquer, se contentait d'un salut, un rien désinvolte, et passait son chemin pour rejoindre, soit Lady Olivia, soit la Reine qui lui montrait une telle bienveillance que Marie se demanda sérieusement si elle n'était pas amoureuse de lui.

Cependant, en Angleterre, le pouvoir royal commençait à s'affaiblir. Grâce à l'habile politique économique de Stafford, Charles depuis neuf ans avait renvoyé le Parlement et gouvernait seul en monarque absolu. En même temps, sous l'influence de sa femme, il se montrait de plus en plus tolérant pour le catholicisme dont l'Eglise anglicane elle-même semblait se rapprocher sous l'impulsion de l'archevêque Laud. En 1637, l'année précédant l'arrivée de Marie, Laud – donc le Roi – chercha à imposer à l'Ecosse une nouvelle liturgie, fondée sur un livre de prières commun à tous, qui souleva une première révolte dans la cathédrale d'Edimbourg et entraîna le regroupement des presbytériens qui étaient en majorité en Ecosse. Ce fut la première de ce qu'on appellerait les « guerres presbytériennes ». Il fallut prendre les armes et, pour obtenir l'argent nécessaire, Charles Ier rappela le Parlement...

On n'en était pas encore là quand une nouvelle en forme de bombe atterrit à Londres : le dimanche 5 septembre, un peu avant midi, au château de Saint-Germain, Anne d'Autriche après un travail de douze heures... et vingt-trois ans de mariage, avait donné le jour à un beau petit garçon « vif et bien membré » qui reçut les prénoms de Louis-Dieudonné... Le tout en présence de Monsieur qui voyait s'écrouler ses espérances. Le royaume explosa de joie et, en Angleterre, les souverains adressèrent des félicitations chaleureuses. Marie envoya les siennes avec l'espoir que l'heureux événement lui vaudrait son retour immédiat. Ce fut encore le Cardinal qui lui répondit et il ne mâchait pas ses mots : Madame de Chevreuse pourrait revenir en France à une simple condition : qu'elle reconnût ses fautes, singulièrement ses incessants contacts avec la Lorraine. Hors de là, point de salut. Si elle voulait que le Roi lui accorde son pardon, elle devait d'abord donner des gages de son repentir et de sa sincérité.

Cette lettre mit Marie hors d'elle. Elle répondit que n'ayant commis que des fautes imaginaires elle n'avait pas à en demander pardon et ce fut, entre elle et Richelieu, le début d'une correspondance qui ressemblait à un dialogue de sourds : en effet, plus on lui refusait et plus Marie demandait. Avec son époux, les choses n'allaient pas mieux : il n'acceptait toujours pas de lui envoyer ce qu'elle réclamait parce que, à présent, il avait toutes ses filles à sa charge depuis la mort de sa sœur, l'Abbesse de Jouarre chez qui les jeunes Luynes et Chevreuse étaient élevées. Or, il avait espéré que l'on donnerait la survivance de l'abbaye à Anne-Marie de Luynes qui, d'ailleurs, y était toute préparée, mais, par mesure d'hostilité envers Marie, on renvoya les quatre filles à Dampierre.

Cependant, pour l'aînée un mariage digne d'elle était envisageable : il s'agissait de son cousin Louis de Bretagne, frère de Madame de Montbazon. Marie alors fit preuve d'une dureté de cœur que l'on a peine à lui pardonner : non seulement elle s'opposa au mariage, mais elle pressa sa fille d'entrer au couvent le plus tôt possible. C'était surtout pour ne pas être obligée de la doter et de payer les frais d'un mariage. Docile, la jeune fille – elle avait vingt ans – s'inclina. Restaient les trois autres, âgées de treize à sept ans. Marie souhaita qu'elles entrent à l'abbaye Saint-Antoine et écrivit en ce sens au Cardinal qui refusa, alléguant qu'avec trois rejetons de la Duchesse la vie y deviendrait impossible. Ne sachant plus à quel saint se vouer, le pauvre Claude réussit tout de même à caser les deux plus âgées à Issy où elles prirent le voile sans plus tarder... et sans qu'on leur eût demandé leur avis. La jeune Charlotte, elle, resta auprès de son père...

A ce propos, Chevreuse fit savoir à sa femme qu'elle devait renoncer à faire venir Anna et Herminie de Lénoncourt. La première venait de mourir et quant à la « cousine », touchée par le sort des filles, elle s'était attachée à Charlotte auprès de laquelle Claude entendait qu'elle reste.

Marie en pleura de fureur, de déception aussi : elle croyait tellement qu'Herminie l'aimait ! La lettre de Claude exprimait le contraire. Quant à Anna, elle était auprès de Marie depuis toujours. Celle-ci ne l'avait pas vue vieillir et l'idée qu'elle pût mourir ne l'effleurait même pas. Peut-être parce que, comme Peran, elle était faite de ce granit breton capable de défier les siècles. Mais la réalité cruelle était là... et à nouveau Marie pleura... mais de chagrin.

Sur ces entrefaites, Londres s'apprêtait à recevoir Marie de Médicis avec un enthousiasme mitigé. Elle était la mère d'Henriette-Marie et encore plus catholique qu'elle, ce qui n'était pas peu dire. Certes c'était avec sa dernière fille qu'elle avait entretenu les relations les plus affectueuses, mais si elle venait en Angleterre ce n'était pas vraiment par choix délibéré.

Les gens de Bruxelles en avaient plus qu'assez d'elle, de son caractère impossible, de son train de vie délirant, des factures qu'elle ne payait jamais. En outre, si le Cardinal-Infant et l'Espagne avaient augmenté jusqu'à vingt-mille livres par mois la pension qu'on lui accordait, les revers subis durant la guerre contre la France avaient fini par soulever la colère contre la mère de Louis XIII : il était scandaleux de devoir l'entretenir quand l'argent se faisait rare et, après quelques tractations, on la poussa doucement vers la Hollande d'abord où le prince d'Orange lui fit honneur mais ne la garda pas longtemps, et le 4 novembre Charles Ier venait à Gravesend accueillir une belle-mère secouée par une traversée de sept jours agrémentée d'une tempête qui avait failli l'envoyer par le fond. La veille, il avait accusé Madame de Chevreuse, en termes assez vifs, d'avoir fait venir cette ruineuse mégère. Celle-ci n'y étant pour rien n'eut guère de peine à se défendre, aidée en cela par Henriette-Marie.

Faisant contre mauvaise fortune bon cœur, Charles offrit à la voyageuse l'orgueilleuse satisfaction d'une entrée solennelle à Londres et la conduisit en personne au palais Saint James où la Reine avait aménagé pour sa mère un bel appartement tendu de tapisseries précieuses et orné de meubles italiens. On lui apprit en même temps qu'elle recevrait une pension de cent livres par jour, ce qu'elle jugea mesquin étant donné le nombre de personnes qu'elle traînait en permanence à sa suite.

De son côté l'ambassadeur de France, Monsieur de Bellière, vint lui faire une visite cérémonieuse mais qui n'eut pas de suivante. Il avait reçu en effet des directives très précises de Louis XIII : « Voyez-la chez elle et dites-lui que vous êtes trop assuré du respect que je lui porte pour ne pas le trouver bon mais après cela vous n'y retournerez plus ! » On n'est pas plus clair !

Marie, naturellement, accourut pour saluer sa marraine et en reçut l'accueil aigre-doux habituel. Sans s'émouvoir : elle la connaissait trop. Elle découvrit vite que la vieille Reine comptait sur elle pour l'aider à réaliser son projet le plus cher : rentrer en France et jouer, auprès du Dauphin Louis, les grands-mères gâteaux afin de prendre emprise sur son esprit le plus tôt possible. Ne disait-on pas que la santé de Louis XIII était pire que jamais et que celle du Cardinal ne valait guère mieux ? La Reine Mère voyait s'ouvrir devant elle un avenir doré sur tranche dans son beau palais du Luxembourg retrouvé !

Marie se garda bien de lui expliquer qu'elle avait suffisamment à faire pour sa propre situation et aucune envie de s'encombrer de la sienne, mais à la rigueur elle pourrait peut-être s'atteler à ce char-là s'il se trouvait pour lui une quelconque ouverture favorable. Or, il fut rapidement évident qu'il n'en était rien : le retour de la Reine Mère, débattu – à peine ! – en Conseil des ministres déboucha sur une unanimité : la France avait suffisamment souffert de ses manigances pour que l'on envisage de l'y ramener. Quant à son entretien, le royaume ne l'envisagerait qu'à une seule condition : son retour à Florence comme on le lui avait proposé maintes fois.

On devine aisément l'explosion de fureur dont Marie fut le témoin à la fois « compréhensif » et impavide. Elle avait, pour sa part, reçu le jour même une lettre d'un Richelieu toujours aussi fermement assis sur ses positions. La contrition ou pas de retour : « Si vous êtes innocente, votre sûreté dépendra de vous-même et si la légèreté de l'esprit humain, pour ne pas dire celle du sexe, vous a fait relâcher à quelque chose dont Sa Majesté ait sujet de se plaindre vous trouverez en sa bonté ce que vous pouvez attendre et que vous devez désirer. » Le Cardinal ajoutait « que l'entêtement n'avait jamais servi à rien et qu'il était stupide de se condamner soi-même à l'exil quand en échange de quelques mots d'écrit il serait si facile de retrouver tout ce qu'on avait perdu »...

Cette fois Marie fit attendre sa réponse. Elle voulait réfléchir, et surtout l'agréable paysage de la cour de Londres se couvrait de noirs nuages.

Charles Ier avait pris lui-même les armes et marchait vers les Ecossais commandés par Alexandre Leslie, un homme de guerre confirmé. Pendant ce temps, sa femme accouchait d'une petite Catherine qui ne vécut pas, mais avant cette épreuve, elle avait arraché à son mari le commandement de la Cavalerie au bénéfice du cher Holland qui n'y connaissait pas grand-chose tandis que le commandement général allait au comte d'Arundel qui ne valait guère mieux. Le résultat fut piteux : devant Kelso, Holland qui, en fait de cavalerie, commandait trois mille fantassins et seulement trois cents cavaliers, se trouva en face d'une armée deux fois supérieure. Il n'essaya même pas de combattre et battit en retraite le plus simplement du monde. C'était peut-être la sagesse ; ce n'était pas faire preuve d'une bravoure folle et Charles Ier qui, de son côté, avait rencontré Leslie sans beaucoup de dommages mit un terme à ces premières hostilités qui avaient tourné à l'avantage d'une Ecosse qui entendait se régir seule à l'avenir.

Holland rentra à Londres se faire consoler par la Reine. Sa retraite précipitée l'avait couvert de ridicule et Marie pensa en mourir de honte. Se pouvait-il que, depuis des années, elle, Marie de Rohan, eût aimé passionnément un lâche... et même l'aimât encore ? La réponse allait lui être donnée sans tarder.

Un soir où il y avait concert chez la Reine, Marie qui souffrait depuis le début de l'après-midi d'une légère migraine que la musique n'arrangeait pas prit le bras de William Craft pour rentrer chez elle par les jardins. Le temps de septembre était encore doux mais une fraîcheur dans l'air annonçait déjà l'automne. Après la touffeur des salons illuminés de bougies et irrespirables de parfums mélangés, elle se sentit mieux. Ils marchèrent à pas lents le long de la Tamise dont le satin noir reflétait un mince croissant de lune. Fidèle à son habitude, William parlait de son amour dont, à l'entendre, chaque jour qui passait augmentait l'intensité :

— Je vous voudrais toute à moi dans une demeure enfouie sous les arbres et les fleurs, dans un lieu si bien caché que nul ne pourrait nous y venir chercher. Marie ! Merveilleuse Marie ! Dites-moi qu'un jour vous me rejoindrez afin de réaliser ce rêve...

— Tu peux toujours rêver, mais tout seul ! gronda une voix qui semblait sortir d'un buisson.

Et soudain, Holland fut là. Entièrement vêtu de noir, il se confondait avec la nuit, mais la faible lumière tira un éclat de l'épée qu'il tenait à la main. Marie serra plus fort le bras de son cavalier tandis que son cœur se mettait à battre la chamade. Craft, lui, ne s'émut pas :

— Comment l'entendez-vous ? laissa-t-il tomber avec dédain en couvrant de sa main celle de Marie pour la rassurer, mais elle n'avait pas peur.

Au contraire, elle se sentait frémir d'une excitation qu'elle n'avait pas connue depuis longtemps.

— C'est élémentaire. Cette femme est à moi et je viens la reprendre comme...

L'éclat de rire de Craft lui coupa la parole :

— Vous ? La reprendre ? Encore faudrait-il qu'elle le souhaite ! Vous êtes un lâche, Mylord, et chacun le sait ici. Cette belle dame ainsi que les autres, et comme j'ai l'immense bonheur d'être son amant, ce n'est pas le triste héros de Kelso...

Il n'en dit pas plus. Holland, grinçant des dents, venait de se jeter sur lui les mains en avant après avoir laissé tomber sa rapière, prêt à l'étrangler. Il était de taille plus élevée, plus fort que William qui faisait de vains efforts pour desserrer la poigne de fer. Marie que l'assaut avait fait tomber se releva et, ne sachant comment les séparer, saisit la dague pendue à la ceinture de Holland et lui en piqua les côtes.

— Lâchez-le ou je vous tue ! siffla-t-elle entre ses dents serrées.

Sous la morsure de l'acier, Holland desserra l'étau, laissant choir Craft qui se mit à tousser en se raclant la gorge :

— Vous le défendez ? fit Holland avec une sombre amertume.

— Non mais nous ne sommes pas dans les bas-fonds de Londres et je ne suis pas une fille publique que l'on se dispute à coups de poing ! Si vous voulez vous battre, que ce soit de la façon qui sied à des gentilshommes : l'épée à la main.

L'instant suivant c'était chose faite : les deux hommes s'affrontaient avec une furie suant la haine. Ils étaient à peu près de force égale. Sans cesser de se battre, Craft lança après une passe particulièrement chaude :

— Bravo ! Que n'avez-vous montré tant de brio face aux Ecossais au lieu de fuir devant tel un lièvre poursuivi par les chiens !

— Ils étaient dix mille et nous seulement trois. C'eût été un massacre...

— Si vous le dites ! fit l'autre pas convaincu, mais qui presque simultanément s'écroulait, un pouce de fer dans le côté...

Marie avec un cri voulut se porter à son secours, mais Holland l'en empêcha :

— Mes gens vont prendre soin de lui, dit-il en désignant un long bachot qui avait abordé pendant le duel. Vous, je vous emmène !

Elle n'eut pas le temps de demander où. Déjà il l'enlevait de terre comme si elle n'eût rien pesé, prenait sa course vers le logis de la Duchesse. Elle n'avait pas besoin d'autres explications. Son cœur chantait de bonheur et son corps ne demandait qu'à en faire autant. Avec un soupir, elle glissa ses bras autour du cou d'Henry et se laissa emporter vers ce paradis qu'elle avait cru perdu à jamais.

Holland traversa la maison comme une tempête sous l'œil ensommeillé des serviteurs en criant :

— Que l'on ne nous dérange sous aucun prétexte !

La porte de la chambre claqua, repoussée par lui d'un coup de talon. Puis, avec une douceur inhabituelle chez lui, il laissa Marie glisser à terre mais sans la lâcher et, alors seulement, prit ses lèvres pour un baiser si long, si profond que, bouleversée, elle eut l'impression qu'il cherchait son âme...

Elle défaillait quand avec une hâte fébrile il la déshabilla, arrachant ce qui ne cédait pas assez vite à son impatience, puis il la porta sur le lit autour duquel il rassembla tous les candélabres de la chambre :

— Que fais-tu là ? Tu veux que nous brûlions ensemble ?

— Je veux te voir ! Dieu que tu es belle ! Le temps n'a aucune prise sur toi...

Tout en parlant, il se dévêtait rapidement avant de la rejoindre :

— Aucun brasier ne brûle plus que moi depuis que je t'ai revue.

— Pourquoi, dans ce cas, ce jeu stupide que tu as mené depuis mon arrivée ?

— Tu m'avais repoussé. Je voulais te le faire payer... et aussi tenter de me déprendre de toi mais c'était impossible car nulle femme au monde ne te ressemble !

Il s'empara d'elle sans ajouter un mot et Marie éblouie laissa s'épanouir en elle les jouissances à la limite de la douleur que lui seul savait lui offrir. La passion qu'elle croyait éteinte et qu'elle avait tant recherchée dans d'autres bras reprenait possession d'elle avec une éblouissante intensité.

Quand la vague ardente leur laissa un instant de répit, elle entendit Henry chuchoter :

— Tu comprends à présent pourquoi j'ai fui, à Kelso ? Car ce n'était rien d'autre qu'une fuite dont tu es la cause. Engager le combat, c'était aller à une mort certaine, que d'aucuns diraient glorieuse et moi stupide. Je ne voulais pas mourir sans t'avoir reprise. Tu vois, Marie, je t'aurai aimée jusqu'au déshonneur ! Tu es mon enfer et mon paradis...

Durant quatre jours et autant de nuits les deux amants vécurent enfermés, ne laissant approcher leur refuge que pour la nécessaire nourriture et quelques ablutions qu'ils traitaient comme autant de prétextes à de nouvelles caresses. Autour d'eux tout était silence. La Reine, la Cour, le monde entier, ils les avaient oubliés...

Mais à l'aube du cinquième jour, la vie réelle reprit ses droits avec l'arrivée de l'abbé du Dorat qui, depuis des mois, s'efforçait d'amener Madame de Chevreuse à composition. Il revenait de Paris pour la énième fois. A son dernier départ, il avait pu emporter ce qu'il était persuadé être une victoire. Marie, en effet, un peu lasse d'une vie qui s'étriquait depuis que la guerre occupait le roi Charles, avait fini par « reconnaître sincèrement la mauvaise conduite qu'elle avait prise dans le passé et s'en repentait de tout son cœur »... Ce n'était pas très explicite mais à Paris on avait bien voulu s'en contenter : ce que l'Abbé venait annoncer à la Duchesse c'était, enfin, la permission de rentrer.

Tandis que Holland s'esquivait par la porte de la cuisine en promettant de revenir à la nuit close, Marie recevait l'Abbé avec toute la dignité dont elle était capable :

— Ainsi donc, lui dit-elle, Sa Majesté et Monsieur le Cardinal reconnaissent le bien-fondé de mes demandes ?

— On ne m'en a pas dit autant mais la lettre que voici vous en apprendra davantage. Elle est de la main du Cardinal.

— Voyons sa prose !

En quelques lignes Richelieu faisait savoir à Madame de Chevreuse qu'elle était autorisée à revenir en son château de Dampierre pourvu qu'elle promît d'y demeurer paisiblement et de ne plus cabaler. L'abbé du Dorat avait pour mission de la ramener dans les jours suivants...

Sans le retour tellement inespéré d'Henry, Marie se fût contentée de ce demi-succès et eût ordonné que l'on prépare ses coffres, mais il était là, de nouveau, l'amant tant aimé, et cette fois, elle entendait rester auprès de lui le plus longtemps possible.

— Voilà qui est bien, l'Abbé, et vous me voyez fort heureuse des bonnes dispositions que m'annonce Monsieur le Cardinal. Malheureusement, je ne peux plus quitter Londres...

— Mais pourquoi ?

— Des dettes, l'Abbé ! Des tas de dettes que j'ai dû contracter puisque Monsieur de Chevreuse me laisse manquer du nécessaire.

— Mais la reine Henriette-Marie et le roi Charles ne veillent-ils pas à votre quotidien ?

— Le Roi est loin et la Reine, malade à la suite de ses dernières couches et aussi d'être séparée de lui, ne se soucie plus de personne. Mes créanciers le savent : ils ne me laisseront pas partir. Il faut payer ou crever !

Déconfit, Dorat prit congé pour aller référer sur-le-champ de ce nouveau problème, ce qui enchanta Marie. Cela accordait à son bonheur au moins quelques jours et peut-être même davantage une fois que ses dettes seraient payées. On trouverait bien une idée pour retarder encore ce retour qu'elle désirait si ardemment, peu de temps auparavant.

La réponse du Cardinal fut plus rapide qu'elle ne le pensait : il envoyait à Marie l'intendant de Dampierre, Boispillé – dont elle ignorait qu'il était passé au clan du Cardinal ! – avec dix-huit mille livres, quand elle n'en demandait que douze mille. On n'était pas plus généreux ! En outre, celui-ci lui fit savoir qu'elle devrait prendre toutes dispositions pour le voyage de retour que l'on souhaitait aussi agréable qu'il se pourrait. La route de Dieppe était choisie et le gouverneur de ce port comme celui de Rouen recevraient des ordres pour qu'elle fût accueillie avec honneur. De son côté, l'Angleterre mettait à sa disposition l'un de ses vaisseaux les meilleurs. Quant au duc de Chevreuse, il enverrait à Dieppe carrosses et chevaux, ne pouvant se déplacer lui-même à cause d'une cruelle crise de goutte, cette malédiction des grands buveurs.

Décidément, tout allait vite, trop vite même au goût de Marie. Elle voulait continuer à gagner du temps quand Holland lui annonça qu'il devait rejoindre le Roi en Ecosse. On lui donnait, à lui aussi, une nouvelle chance sous peine de perdre tous ses biens.

Devant les larmes qu'elle ne pouvait retenir, il brusqua les adieux :

— Il est mieux que tu repartes, dit-il, ne fût-ce que

pour ta propre sûreté. Ce royaume, crois-moi, n'en a pas fini avec la guerre. Le Parlement demandera bientôt des comptes difficiles à rendre. En France tu seras à l'abri.

Un dernier baiser, et il était parti. Marie prévint Boispillé qu'elle partirait au jour fixé. Elle alla faire ses adieux à la Reine. Mais, la veille de son départ, elle fit venir son ancien intendant et, très troublée, lui tendit deux lettres qu'elle venait de recevoir. L'une, anonyme, lui disait que sa perte en France était assurée : on ne l'attirait à Dampierre que pour s'emparer d'elle plus facilement. L'autre émanait du duc de Lorraine en personne :

« Je suis certain, écrivait Charles IV, du dessein qu'a fait le Cardinal de vous offrir toutes choses imaginables pour vous obliger de retourner en France et aussitôt de vous faire périr... Si je croyais pouvoir peser assez sur votre esprit pour vous détourner de prendre cette résolution, j'irais me jeter à vos pieds pour vous faire connaître votre perte absolue et vous conjurer par tout ce qui peut vous être au monde de plus cher d'éviter ce mal trop cruel, au moins plus insupportable que tout le reste au monde... »

— Vous comprendrez sans peine que je renonce à partir ! Il ne me reste que ma vie mais elle m'est précieuse. Dites à Monsieur le Cardinal que son piège est éventé...

Il fut impossible de l'en faire démordre et Boispillé s'en alla rendre compte, ainsi qu'il venait d'en recevoir l'ordre.

Suivit un nouvel échange de lettres, qui était aussi un nouveau dialogue de sourds. Cependant, Marie, avide de vengeance, reprenait de plus belle ses relations non seulement avec ceux que la rigueur de Richelieu avait chassés de France mais de nouveau avec l'ambassadeur d'Espagne, le marquis de Velada, et celui de Savoie.

Exaspéré, Richelieu finit par céder aux instances du mari abandonné depuis si longtemps : Claude proposait d'aller en personne chercher Marie. Ne serait-ce pas pour elle la meilleure des garanties ? Richelieu ayant accepté, il écrivit à sa femme une longue lettre lui annonçant son arrivée... mais dans laquelle il ne résistait pas à l'envie de lui faire savoir qu'il était las de ses nombreux amants et qu'il souhaitait seulement vivre auprès d'elle et de sa fille Charlotte dans une paix à laquelle il aspirait, n'étant plus d'âge à rien espérer d'autre. « Il serait le 4 mai à Calais pour passer la mer. »

La réponse qui lui arriva la veille l'étourdit plus qu'à moitié : le 1er mai, Marie avait quitté Londres, accompagnée pour l'honorer de Craft, de Montaigu, de l'ambassadeur d'Espagne et de plusieurs autres émigrés. Le roi Charles Ier lui avait fait porter, en guise d'adieu, un diamant d'environ dix mille livres.

Ce que Claude ne sut pas, c'est que par crainte de le rencontrer elle avait embarqué nuitamment à Rochester. Une fois encore elle fuyait...

CHAPITRE XII

L'AUTRE CARDINAL

A Dunkerque, alors ville étrangère, où elle débarqua avec Peran et Ketty Dawn, la seule femme de chambre qui eût consenti à la suivre, Marie se trouva désemparée. Elle avait pris pied sur ce sol comme n'importe quelle voyageuse anonyme. Elle ne connaissait personne et, en dehors de ses bijoux et du diamant du Roi, elle manquait d'argent. En vérité elle ne savait que faire, réfugiée dans la première auberge qui lui avait paru convenable. Se rendre à Bruxelles, c'était en quelque sorte reprendre du service chez les Espagnols alors qu'elle désirait par-dessus tout rentrer en France. A sa rude manière, Peran lui avait exposé son point de vue :

— Pourquoi n'avez-vous pas attendu Monseigneur le Duc ? Vous en avez toujours fait ce que vous vouliez et il voulait vous ramener

— Pour m'emmener où ? Dans une prison quelconque ? As-tu oublié la route du Verger ? C'est lui qui m'a conduite dans ce piège...

— Mais il n'en savait rien. Cette fois, il fallait lui faire confiance et nous serions en route pour Dampierre...

— Tu le crois vraiment ?

— Sur le sang versé du Christ, oui je le crois...

— En ce cas, je vais écrire que l'on vienne nous chercher. Ici ou Londres, c'est tout un. Le chemin sera même moins long.

Et l'écritoire reprit du service. Quatre lettres seulement. La première au Roi : « Je suis venue ici avec autant de peine que j'en avais eu d'entrer en Espagne et avec la même résolution d'en sortir aussitôt que la nécessité qui m'y amène le permettra. » Après quoi elle l'assurait de son respect et de son affection...

La deuxième suppliait Anne d'Autriche de ne pas l'abandonner, d'avoir pitié de ses peines et, en souvenir d'un autrefois si cher, de plaider sa cause auprès du Roi.

La troisième, pour Richelieu, adjurait le Cardinal de lui rendre son amitié, de l'assurer contre les dangers que lui avait fait courir le prétendu voyage de son époux. Elle disait avoir peine à s'enfoncer plus avant en terre espagnole et désirer par-dessus tout rentrer en France pour retrouver la paix.

La quatrième fut pour Claude à qui elle expliquait les raisons de sa « fuite » dont elle était persuadée qu'il en était complètement ignorant... Et puis elle attendit. Or, rien ne vint.

Louis XIII après une rapide lecture avait détruit sa lettre.

Celle de la Reine, interceptée au passage, avait été portée au Roi qui l'avait fait passer à sa femme sans l'avoir ouverte. Marie sut plus tard que sa grande amie avait refusé de la lire en disant qu'« elle se garderait bien d'ouvrir la lettre d'une personne qui se gouvernait comme Madame de Chevreuse. Elle ne savait quelle fantaisie ou artifice avait poussé cette personne à lui écrire »...

Richelieu ne répondit pas. Quant à Chevreuse, il alla porter, sans l'ouvrir, le message de Marie au Secrétaire d'Etat Chavigny... et ne répondit pas.

Ce silence absolu, en exaspérant Marie, lui rendit du même coup son ardeur combative. Puisqu'on la rejetait, elle allait rejoindre sans plus hésiter le camp ennemi et tous ces gens qui la méprisaient si ouvertement n'auraient pas trop de leurs yeux pour pleurer :

— La faute de tout cela revient à ce maudit Cardinal qui ne m'a cajolée que pour mieux me tromper. Quant à mon époux...

— Il avait peut-être quelque raison de se plaindre ? hasarda Peran qui détestait en bloc l'Espagne et les Espagnols.

— De quoi ? Mille tonnerres ! Peran, ne vois-tu donc pas qu'il a juré ma perte afin de ne pas payer ce qu'il me doit ? N'importe, ma décision est prise : nous allons à Bruxelles ! N'oublions pas que la guerre fait rage non loin d'ici et qu'on ne nous laisserait pas franchir les lignes...

En effet, le siège d'Arras était commencé quand Peran engagea les chevaux sur la route du Nord. Marie apprendrait plus tard qu'en passant ainsi à l'ennemi, elle tournait le dos à son propre fils : le jeune duc de Luynes, Mestre de camp d'un régiment de cavalerie, combattait glorieusement pour Arras... Mais Marie se souvenait-elle seulement qu'elle avait des enfants ? Elle n'était plus que haine et fureur...

A Bruxelles, ainsi qu'elle l'espérait, elle fut reçue aussitôt par le Gouverneur, don Antonio Sarmiento, avec courtoisie mais une sorte de réticence au premier abord. Le noble hidalgo, sachant qu'elle arrivait, aurait préféré qu'elle allât s'installer à Liège plutôt que dans sa ville. Mais Marie était toujours Marie en dépit de la quarantaine qu'elle était sur le point d'atteindre :

éclatante, pulpeuse, charmeuse, elle dégageait ce que nous appellerions un sex-appeal proprement irrésistible et l'Espagnol, conquis, subjugué, se retrouva le plus fidèle soutien de l'enchanteresse... et naturellement son amant : la même horreur du vide habitait toujours la Duchesse.

On se hâta de la loger dans une jolie maison proche de la Grand-Place et on lui donna tous les serviteurs qui convenaient. A peine installée, sa plume infatigable lui fit reprendre contact avec le roi Philippe IV et le duc d'Olivares, son inusable ministre, s'offrant à servir d'intermédiaire entre l'Espagne et certains émigrés de Londres comme son cousin Soubise et La Valette qui promettaient contre de l'or de soulever la Guyenne contre la France. La mort de Madame du Fargis laissait une place à prendre.

Pour ses amis d'Angleterre, l'horizon s'assombrissait : le roi Charles Ier avait été battu à Newburn par les Ecossais révoltés. Aux abois financièrement, le souverain n'allait pas tarder à voir se dresser contre lui un Parlement de moins en moins malléable et travaillé par les questions religieuses qu'agitaient les puritains au milieu desquels on verrait bientôt surgir un certain Oliver Cromwell...

Une autre nouvelle : le 21 septembre, Anne d'Autriche avait donné le jour à un second fils, Philippe, titré duc d'Anjou. La succession au trône était désormais bien assurée. Ce qui ne faisait pas l'affaire des candidats éventuels, Monsieur et son cousin Louis de Bourbon, comte de Soissons...

Celui-ci, réfugié à Sedan depuis trois ans, était en train de rassembler des troupes à la frontière pour envahir la Champagne. Il envoya à Madame de Chevreuse qu'il connaissait de longue date l'un de ses gentilshommes, Alexandre de Campion, beau garçon d'une trentaine d'années et de fière tournure, pour lui demander de s'entremettre avec l'Espagne. La Duchesse se hâta de prévenir Sarmiento et tous deux en appelèrent à Olivares. En même temps, Marie donnait à Campion des lettres pour le duc de Lorraine après une entrevue dont le héros, rien moins que discret, devait se vanter à plusieurs reprises. Ou plutôt vanter les « charmes incomparables » qu'il avait dû, à l'évidence, examiner d'assez près.

Et c'est ainsi qu'au printemps 1641, le comte de Soissons quittait Sedan à la tête d'une armée de trois mille hommes, vite doublée par les Impériaux. Il rencontra, à La Marfée, sur la Meuse, le maréchal de Châtillon... et un instant on put croire qu'allait s'écrouler le bel édifice monté par Richelieu à force de génie. Châtillon se fit battre. Vainqueur, Soissons se mit à parcourir le champ de bataille, comptant les morts et les blessés. On était en juillet : il faisait chaud et le Prince avait soif. Il réclama à boire puis, d'un geste qui lui était familier, il releva la visière de son casque du bout de son pistolet. Le coup partit. Soisson glissa de son cheval, raide mort ! Accident, ou quelqu'un avait-il su profiter de l'instant ? On ne le sut jamais. Cependant, le danger avait été réel. « Si Monsieur le Comte n'avait été tué il eût été bien reçu de la moitié de Paris », devait soupirer l'un des secrétaires du Cardinal. Pour une fois, Monsieur n'avait pas trempé dans le complot mais pour Marie la mort de Soissons représentait la dernière catastrophe ; trop engagée à présent dans le camp ennemi, elle ne pouvait plus attendre le moindre soupçon d'indulgence du Cardinal. N'avait-elle pas écrit à Olivares pour lui conseiller de redoubler son effort de guerre en lui expliquant que très certainement la maladie qui rongeait le Roi ainsi que son Ministre ne tarderait plus à les abattre et lui livrerait la France au seuil de laquelle la Reine accueillerait ses frères avec joie ?

Cependant, la situation de la Duchesse perdait de son éclat. L'Espagne essoufflée par des années de guerre, contrairement à la France grâce à l'économie sévère du Cardinal, se montrait moins généreuse pour elle qui n'était plus qu'une réfugiée ne disposant guère d'informations. Elle songea un instant à retourner en Angleterre, mais la guerre civile s'annonçait et le Parlement avait exigé que Marie de Médicis quitte le royaume. Avec une poignée de fidèles, elle traversa les Pays-Bas pour se rendre à Cologne, n'ayant plus grand-chose pour vivre. Aucun doute que le même sort eût attendu Marie. Mieux valait rester, attendre...

Sans autres nouvelles que celles qui arrivaient à Sarmiento – elle apprit de la sorte la mort du Cardinal-Infant en novembre, celle du vieux Sully, le grand ministre d'Henri IV, en décembre –, Marie rongeait son frein, d'autant plus que son hidalgo semblait se lasser quelque peu... Un nouvel espoir quand, au début de 1642, elle sut que l'Espagne s'était trouvé un allié de choix dans le jeune, le beau Cinq-Mars, favori de Louis XIII couvert de bienfaits qu'il payait en ingratitude. Avec Monsieur... et l'approbation discrète de la Reine, un nouveau complot se forma pour jeter bas les deux colonnes du royaume de France. Mais Richelieu était parfaitement renseigné. Monsieur comme d'habitude s'en tira en livrant ses complices et le Roi, désolé mais ferme, signa la condamnation à mort de Cinq-Mars et de Thou... Autre nouvelle : Marie de Médicis avait fini par mourir à Cologne, presque dans la misère... Le Roi avait repris Sedan. Les armées françaises étaient au mieux et Marie, inquiète de ce qui se passerait si elles parvenaient à remonter jusqu'à Bruxelles, ne savait plus trop où diriger ses pas. Madrid, avec sa Cour sinistre peuplée de monstres, les bûchers de l'Inquisition et les interminables cérémonies religieuses ? Triste fin pour une coquette avide de liberté ! Elle songea même aux îles d'Amérique où s'implantait la France...

Ce furent des jours très sombres.

Et puis soudain, début décembre, « la » nouvelle si longtemps espérée : épuisé par la maladie, le cardinal de Richelieu s'était éteint, le quatrième jour du mois, dans son beau Palais-Cardinal... à deux pas de la rue Saint-Thomas-du-Louvre.

Sur l'ordre de son Gouverneur, Bruxelles illumina. Il y eut bal, bombance, actions de grâces, comme si ce prince de l'Eglise qui venait de s'éteindre eût été l'Antéchrist. Marie exulta et avec elle ceux que la rigueur tenait hors des frontières. Nul ne doutait que cette mort ne fût le signe du retour de tous les exilés puisque, de l'avis général, le Roi n'était guère qu'un pantin. De toute façon, on savait que l'état de santé de Louis XIII n'était pas plus brillant que celui du défunt. Marie prépara ses bagages, persuadée d'être reçue à bras ouverts, à présent que son « bourreau » n'était plus.

Or, il fallut déchanter. Même si c'était une opinion désagréable à caresser, Louis XIII était toujours le Roi intransigeant et sans faiblesse qu'il n'avait jamais cessé d'être. Il fit savoir à tous les gouverneurs de province que la mort du Cardinal ne modifiait en rien la politique du gouvernement. Ceux qui étaient en place y resteraient, et il en irait de même pour les bannis. Plus que tous, Madame de Chevreuse que le Roi à présent appelait « le Diable ». Et par écrit, devant le Conseil, il lui fit défense formelle d'entrer dans le royaume.

De même, Châteauneuf était maintenu dans sa prison d'Angoulême.

Cependant, il allait vers la mort et le savait. A contrecœur il prescrivit la Lieutenance générale pour son frère. Quant à la Régence, il ne put se résigner à la remettre pleine et entière à sa femme, craignant par trop qu'elle ne fît revenir la maudite Chevreuse qui avait l'honneur de hanter ses cauchemars. C'est le Conseil qui devait régner au nom du jeune Louis XIV. Le Roi se doutait que son testament, comme la plupart des testaments royaux, serait cassé, mais il recommandait vivement à Anne d'Autriche de ne pas se séparer du cardinal Mazarin, tant apprécié par Richelieu, en qui il voyait un véritable homme d'Etat.

A Bruxelles, Marie retenait son souffle comme tous ceux qui brûlaient de rentrer en France. Enfin la nouvelle arriva : le 14 mai 1643, Louis XIII s'était éteint. Anne d'Autriche ne perdit pas une seconde pour faire casser le testament par le Parlement devant lequel, Régente, elle se rendit afin de lui présenter le petit Roi d'à peine cinq ans... que Claude de Chevreuse, son Grand Chambellan, portait dans ses bras. Cela aussi, Marie l'apprit et en conçut les espoirs les plus fous : elle allait rentrer, reprendre sa place auprès de la Reine, cette pâte molle ! Elle allait régner après si longtemps !

Elle s'étonna même de n'être pas rappelée dès le lendemain, mais attribua ce retard à l'effervescence qui devait agiter Paris à l'annonce de la grande victoire de Rocroi, remportée par le jeune duc d'Enghien, fils du prince de Condé, cinq jours après la mort de Louis XIII. Cela n'avait rien à voir, mais elle ne le sut que plus tard. Et puis, en juin, elle vit arriver... Boispillé qui venait la chercher. Elle ne s'étonna pas trop de la minceur du personnage : après tout, c'était l'intendant de Dampierre et c'était Chevreuse qui faisait rentrer sa femme. En outre, elle était toujours en terre ennemie.

Exultant de joie, elle partit donc, accompagnée jusqu'à Notre-Dame de Hal par une vingtaine de carrosses de la société bruxelloise tenant à honorer cette émigrée un brin dédaignée dans les derniers temps mais dont chacun pensait qu'elle allait redevenir une puissance. Sa voiture traversa les lignes espagnoles, ce qui lui permit de voir de près les ravages de la guerre. Elle dormit à Mons cette ultime nuit hors de France puis gagna Cambrai et la frontière où, cette fois, elle trouva le marquis d'Hocquincourt, Maréchal de camp, venu l'accueillir cérémonieusement pour la conduire à Péronne dont il était le Gouverneur et où l'attendait une réception magnifique. Elle eut la surprise d'y retrouver son ex-beau-frère, le duc de Chaulnes, l'oncle de son petit duc de Luynes dont elle ne savait plus rien depuis une éternité. L'ancien « homme aux cadenettes [1] » et sa femme lui apprirent, au cours d'un dîner qu'ils tinrent à lui offrir dans leur château de Chaulnes, qu'il était à présent marié. Même si ces nouvelles avaient un léger goût d'amertume puisqu'elles lui faisaient sentir combien, avec ces années loin d'eux, elle s'était exclue des siens, elle apprécia cet instant familial, s'étant toujours assez bien entendue avec ce beau-frère-là ! Et elle reprit son chemin.

A Roye l'attendaient deux hommes chers à son cœur : Montaigu d'abord, puis Marcillac dont l'aide lui avait été si précieuse dans sa fuite. Si en celui-ci elle ne trouva guère de changement, Montaigu, lui, n'était plus le même. Converti au catholicisme, il avait fui l'Angleterre et était devenu Abbé de Saint-Martin, près de Pontoise. A sa surprise, il venait lui apporter les salutations et même des offres de service... de la part du Cardinal. Elle sursauta :

1. Voir *Marie des intrigues.*

— Le Cardinal ? Il n'existe plus, il me semble ?

— Richelieu non mais le cardinal Mazarin, oui.

— Le petit « Monsignore » ? Il est cardinal ?

— Depuis un peu plus d'une année... et il est le plus proche conseiller de la Régente !

— Ne vous y trompez pas, reprit Marcillac : il est loin d'être sans importance, d'autant qu'il paraît décidé à poursuivre la politique de l'Homme rouge... avec peut-être quelques adoucissements !

— Peuh ! Il ne devrait pas peser bien lourd si j'en crois les avances qu'il me fait. A-t-on sorti mon pauvre Châteauneuf de prison ?

— On l'a sorti, mais...

— Alors c'est à merveille car il est l'homme qu'il nous faut ! s'écria Marie pleine d'enthousiasme. La Reine suivra sûrement mon conseil de se débarrasser de l'Italien...

— Il n'est plus italien mais français...

— Qu'il soit ce qu'il veut, il faut qu'il cède la place à Châteauneuf !

— N'allez pas trop vite, et surtout ne décidez d'aucune ligne de conduite avant d'avoir vu la Reine.

— Vous trouverez de grands changements, reprit Marcillac, singulièrement dans les goûts de Sa Majesté. Au contraire du Cardinal duc de Richelieu qu'elle détestait, elle apprécie beaucoup Mazarin avec qui elle peut s'entretenir en castillan. Ensuite, c'est un homme aimable qui jusqu'à présent n'a fait sauter la tête de personne... et qui est, je crois, le seul à être au fait des affaires étrangères...

Marie balaya l'avertissement d'un joli geste de la main :

— Nous verrons ! Ce qui m'importe, c'est de savoir si Madame de Hautefort continue à jouer les chiens de garde !

— Non. Elle a quitté la Cour peu de temps après la naissance du Dauphin. Vous savez que lors du départ de Mademoiselle de La Fayette, le Roi avait repris de l'attirance pour elle – sans plus de succès qu'auparavant d'ailleurs – mais ensuite il s'est entiché du jeune Cinq-Mars qu'il traitait en enfant chéri et comblait au-delà de ses rêves. Or l'influence de l'Aurore sur la Reine déplaisait à ce trop séduisant étourdi qui n'a su remercier son prince qu'en conspirant contre lui. Il a obtenu son départ. Je dois dire que lorsqu'elle a fait ses adieux au Roi, celui-ci en lui tendant la main lui a dit : « Mariez-vous ! Je vous ferai du bien ! »

— Donc il la regrettait ? Mais ce Cinq-Mars, j'ai appris qu'il avait porté sa tête sur l'échafaud ?

— Une décision cruelle pour le Roi qui a fait preuve d'une immense force d'âme en la circonstance. Quant à la Reine, qui trempait plus ou moins dans le complot, elle lui devait la naissance du petit duc d'Anjou. Cinq-Mars avait suivi l'exemple de votre défunt époux, le connétable de Luynes : il avait obligé le Roi à rejoindre la Reine en le menaçant de quitter la Cour sur-le-champ s'il ne s'y résolvait point.

— L'important pour moi est que Hautefort ne soit plus là. Elle était ma seule rivale dans l'affection de la Reine...

— ... qui ne l'a guère défendue, reprit Montaigu. Je connais bien Anne d'Autriche à présent : elle n'est pas constante dans ses affections et même volontiers ingrate si l'on risque de la faire souvenir d'une période qu'elle aimerait oublier.

Ce sages conseils firent sourire Marie. Elle seule connaissait la Reine à fond et ne doutait pas qu'elle n'eût qu'à paraître pour renouer les liens d'autrefois...

En attendant, il s'agissait aussi de renouer avec son époux. Elle le retrouva au château de la Versine, sur les bords de l'Oise, où il était venu l'attendre. Cette fois les retrouvailles furent fraîches : il y avait entre eux le contentieux du procès, les affaires d'argent toujours pendantes et une certaine rancune mutuelle. Chevreuse reprochait à sa femme d'avoir quasiment fui devant lui lorsqu'il voulait aller la chercher. Marie digérait mal qu'il l'eût laissée si longtemps sans nouvelles pour plaire à Richelieu. Cependant une procédure de séparation définitive eût été aussi nuisible à l'une qu'à l'autre. Mieux valait reformer le couple, du moins en apparence. Cette nuit-là Marie ferma soigneusement sa porte, mais personne ne vint frapper...

Côte à côte les deux époux rentrèrent rue Saint-Thomas-du-Louvre que Marie retrouva avec joie : elle y avait tant de souvenirs ! En outre, elle y vit accourir vers elle une foule de gens, dont certains lui étaient quasiment inconnus mais qui la confortèrent dans sa conviction qu'elle allait reprendre son influence sur la Reine et la débarrasser du « signore Mazarini » que les Condé, Vendôme, Guise et autres Grands détestaient déjà tout en le méprisant. Personne ne comprenait que l'ex-Infante ait pu s'enticher de ce faquin ! Le cher Châteauneuf le premier : Marie le revit avec joie tout en constatant qu'il avait « bien vieilli » mais qu'il était encore assez vert pour jouer le rôle qu'elle lui assignait !

Vint enfin le moment tant attendu de se rendre chez la Reine. Ce ne fut pas sans un battement de cœur que Marie gravit le Grand Degré du Louvre et se fit annoncer par un gentilhomme qu'elle ne connaissait pas. Le cher La Porte, tiré de la Bastille, avait rejoint sa province comme Marie de Hautefort. Elle fut reçue comme autrefois dans la chambre de la Régente, sourit en reconnaissant Madame de Senecey, et ne cacha pas sa surprise en identifiant une certaine Madame de Motteville qui n'était autre que cette petite Françoise Bertaut qui, à sept ans, parlait espagnol avec Anne d'Autriche et qui avait été exilée jadis avec sa mère, femme de chambre privilégiée... Enfin, sa révérence étala sa robe de pourpre et d'or aux pieds d'Anne d'Autriche à laquelle son deuil somptueux, éclairé de ses célèbres perles, conférait une majesté accrue. Sa bouche étroite se pinça devant les atours éclatants de son ancienne amie. Alors que Marie les avait choisis comme un rappel des heures joyeuses d'antan, de sa propre vitalité, l'Espagnole les recevait comme un souvenir de ses folies passées. Cependant elle se décida à sourire :

— Vous voici donc, Duchesse ? Il y a longtemps que je n'ai eu le plaisir de vous voir !

— Dix ans, Madame, qui pour moi furent une éternité mais qui semblent n'avoir guère pesé sur Votre Majesté ?

Elle mentait. Anne d'Autriche était devenue différente : elle avait gardé son teint clair, ses mains admirables et ses yeux verts, mais elle s'était alourdie et, dans son attitude un rien hiératique, Marie, stupéfaite et désorientée, crut déceler une vague ressemblance avec Marie de Médicis. Elle eut une envie soudaine de la prendre aux épaules et de la secouer pour faire craquer cette espèce de glaçure qui élevait entre elles deux un obstacle tellement inattendu. Elle avait envie de lui crier :

— Mais enfin, c'est moi, Marie, votre « Chevrette » ! Ne me reconnaissez-vous plus ?...

La Régente reprenait la parole d'un air embarrassé :

— Vous ne doutez pas, j'espère, de la joie qui serait la mienne à vous rendre auprès de moi votre place de jadis mais... nous sommes toujours en guerre et les alliés de la France pourraient concevoir un soupçon si, incontinent après votre retour de Flandre, ils vous savaient à mes côtés. Pour cette raison, mieux vaudrait que, pour un temps au moins, vous vous établissiez à Dampierre. Que vous devez avoir hâte de retrouver, lâcha-t-elle avec un sourire où entrait du soulagement : elle avait dit ce qu'elle devait et c'était une bonne chose de faite.

Marie était trop fine pour ne pas le sentir, trop déçue aussi pour ne pas discuter :

— Votre Majesté ne doute pas de mon obéissance, j'espère, mais je la supplie de considérer que toute l'Europe à ce jour sait les persécutions dont j'ai été l'objet pour l'amour de la Reine et ce serait peut-être faire tort à elle-même si elle m'éloignait si promptement ? J'en appelle à Monsieur le Cardinal, continua-t-elle en opérant une brusque volte-face pour saluer le prélat qu'elle venait de voir entrer.

Il avait bien changé, le petit Monsignore pétillant d'autrefois. Lui aussi avait pris de la majesté dans les bruissantes moires pourpres agréablement parfumées qui accompagnaient ses pas. Son visage était plus plein, mais il n'en avait que plus de charme. Ses beaux cheveux bruns encadraient harmonieusement sa physionomie fine, ornée d'une moustache soyeuse, et ses yeux noirs avaient quelque chose de caressant. On sentait que le sourire lui venait naturellement.

Ainsi pris à partie, il s'en tira en disant qu'il se sentait tout à fait indigne de trancher entre la Reine et sa plus ancienne amie. La Régente ne répondant rien, Marie, retenant des larmes de rage, déclara qu'il était en effet dans ses intentions d'aller revoir ses terres et ses gens mais qu'ensuite, elle reviendrait avec joie servir une souveraine qu'elle n'avait pas cessé d'aimer. Puis elle se retira.

En réalité, les deux femmes ne se reconnaissaient plus. Marie n'arrivait pas à comprendre que l'Espagne eût cessé d'être la préoccupation majeure d'Anne et qu'elle n'était plus la même. Mère du Roi, en charge de la Régence et conseillée désormais par Mazarin, elle avait enfin compris qu'elle appartenait à la France. Surtout, elle voyait Marie avec d'autres yeux, ne trouvant plus en elle les agréments qui la charmaient jadis et qui, donc, avaient perdu leur pouvoir.

Le lendemain, accompagnée de Claude, la Duchesse se rendit à Dampierre qu'elle trouva plus séduisant que jamais, ce qui mit du baume à son cœur ulcéré. En outre, quelques surprises l'y attendaient. D'abord, son unique fils Charles de Luynes et son épouse. A vingt-trois ans, le jeune Duc ressemblait à son père, du moins physiquement : il était grand, beau mais, à la surprise de sa mère, manquait de la séduction dont Luynes avait fait sa meilleure arme. Sa physionomie était grave et il souriait rarement. Marie découvrit avec stupeur qu'il était pieux, et même dévot et que s'il avait élu domicile à Dampierre avec l'agrément de son beau-père alors que les châteaux de Luynes ou de Lésigny eussent été plus naturels, cela tenait à la proximité de l'abbaye de Port-Royal-des-Champs où les Solitaires étaient revenus [1]. Attiré par leur doctrine, le fils de Marie s'y rendait aussi souvent que possible.

Du même coup, la Duchesse fit connaissance de sa femme, Louise, fille du chancelier Séguier. Elle était relativement jolie encore que dans le genre insignifiant,

1. Cette ancienne abbaye cistercienne proche de Chevreuse avait été reprise et sévèrement réformée par la Mère Angélique Arnaud mais, vers 1625, l'endroit étant insalubre et marécageux, elle avait transporté sa communauté à Paris. Cependant, sous l'impulsion de l'abbé de Saint-Cyran, quelques hommes que l'on appela les Solitaires s'y étaient un moment établis.

mais aussi bigote que son mari : elle ne prit guère la peine de dissimuler l'espèce de répulsion que lui inspirait une belle-mère sulfureuse. Celle-ci s'en plaignit à son époux :

— Vais-je vraiment devoir vivre avec ces diseurs de patenôtres ? Mille tonnerres, mon ami, ils ne manquent pas de demeures où exercer leurs talents ! Que font-ils chez nous ?

Un peu embarrassé, Chevreuse, qui d'ailleurs avait de l'affection pour son beau-fils, expliqua que pour remettre un peu à flots ses finances toujours embrouillées, il lui avait vendu sa charge de Grand Fauconnier dont, avec un roi d'à peine cinq ans, il n'avait plus l'usage.

— Fort bien ! En ce cas, que ne vont-ils s'installer dans leurs marécages ? S'ils ne le font pas, c'est moi qui irai emménager à Lésigny...

— Prenez patience ! Et préparez-vous à une surprise dont j'espère que celle-là vous sera agréable. Nous aurons ce soir des hôtes que j'ai fait prévenir de votre arrivée...

— Qui cela ? Pas monsieur mon père, j'espère, qui doit à présent menacer ruine ?

— Je n'aurais pas parlé d'une surprise agréable...

Peu avant le coucher du soleil, un carrosse de voyage couvert de poussière vint décrire une courbe dans la cour d'honneur et s'arrêta devant le perron. Un homme dont un grand chapeau gris couvrait le visage en descendit lestement puis se retourna pour offrir sa main unique – la manche gauche était vide ! – à une jeune femme qui l'en remercia d'un tendre sourire, puis tous deux gravirent lentement les degrés du perron où le couple Chevreuse les attendait. Avec un cri de joie, Marie reconnut Herminie et la reçut dans ses bras.

— Ma petite ! Mais où étiez-vous passée ? Depuis

que je suis arrivée tout à l'heure je vous cherche en vain.

— Me voici, ma cousine. Légèrement en retard mais notre route était longue.

Elle tendait la main vers son compagnon mais il ne la prit qu'après avoir salué, de sa main unique, en balayant le sol des plumes de son couvre-chef. Cette fois, Marie pensa qu'elle rêvait

— Malleville, vous ?... Dieu me pardonne, mais je vous croyais mort.

— Moi aussi je l'ai cru, Madame la Duchesse, sur ce champ de gloire de Rocroi où Loyancourt, l'un des aides de camp de Monseigneur le Duc, m'a trouvé, reconnu, ramené céans... J'y ai reçu les soins les plus tendres, dit Gabriel en tournant vers Herminie son regard souriant. Cette jeune dame m'a rendu le goût de la vie et Monseigneur a fait le reste afin que je puisse reprendre au grand jour mon nom et mes quelques biens. Ce dont je lui serai toujours profondément reconnaissant. Ensuite, il a fait encore mieux : il nous a mariés.

— Mariés ? Et je n'en ai rien su ? On ne m'a rien dit ?

— Là où vous étiez fourrée, ma chère, il était difficile de vous tenir au courant de notre vie quotidienne, bougonna Claude. Moi j'avais toute latitude, étant de la famille, pour recommander à Madeleine de Lénoncourt une union qui lui a convenu en tout point ! Elle s'est même déplacée pour le mariage.

Aucun reproche dans cette mise au point, pourtant, elle fit mesurer à Marie la distance qui s'était établie entre elle et les siens. Ce dont elle éprouva quelque chose ressemblant à un remords, encore qu'elle fût reconnaissante à Claude de l'avoir si bien suppléée :

— Il ne me reste plus, soupira-t-elle, qu'à faire un présent à la mariée.

Et, ôtant le collier de saphirs, de diamants et de perles que le soleil faisait étinceler sur sa gorge, elle le passa au cou d'une Herminie rougissante et qui faisait de son mieux pour l'en empêcher :

— C'est trop, ma belle cousine ! A Malleville nous vivons avec simplicité et les grandes fêtes sont rares...

— Eh bien, vous le porterez ou vous le transmettrez à vos enfants... car j'espère que vous en aurez ?

Herminie devint rouge comme une pivoine. Gabriel vint à son secours en époux attentif :

— Le premier pourrait être là dans sept mois, fit-il calmement. Et nous en sommes infiniment heureux...

— Pourtant vous vous êtes risqués sur les mauvais chemins pour parvenir jusqu'à nous ?

— Rien n'aurait pu empêcher Herminie de venir vous saluer. Et puis, si les chemins ne sont pas bons, notre voiture l'est grâce à des ressorts qui atténuent les cahots...

— Comme d'habitude vous avez réponse à tout, Gabriel ! Il n'empêche que je ne me consolerai jamais de n'avoir pas accompagné la mariée à l'autel...

— Moi j'y étais, Madame ma mère, et j'espère vous avoir représentée de façon fort convenable, s'écria une voix juvénile qui se rapprochait.

Et Marie eut soudain devant elle sa fille Charlotte qui, en riant de ses dents blanches, lui faisait sa révérence. Elle avait seize ans : elle était ravissante, blonde comme un champ de blé avec les immenses yeux outremer de Marie. Elle semblait avoir hérité de la vitalité de sa mère, dansant plus qu'elle ne marchait et riant à tout bout de champ. Que cette jolie créature fût sa fille stupéfiait Marie tout en lui inspirant de l'orgueil : celle-là, elle en était sûre, était vraiment de son sang... Encore ne savait-elle pas jusqu'à quel point !

Les quelques jours que l'on passa tous ensemble à

Dampierre furent délicieux, même si les mines confites du jeune duc de Luynes et de son épouse tentèrent vainement d'y mettre un bémol. Marie raconta ses aventures. Une version expurgée, naturellement, mais que sa belle-fille assaisonnait à la dérobée de signes de croix aussi rapides que furtifs qui mettaient Marie en joie et lui donnaient envie d'en dire davantage. Cependant, elle s'abstint par respect pour le reste de son auditoire. Elle parla longuement avec Charlotte, découvrit que sa fille ne rêvait que de la suivre, plus longuement encore avec Herminie que les années avaient transformée en une charmante jeune femme. Un peu ronde peut-être mais cela ne devait pas déplaire à son époux. Tel qu'il était, le couple filait le parfait amour et Marie, avec un soupçon d'envie, considérait cette plante rarissime éclose en son absence sous son propre toit : un couple heureux, soudé par un amour mutuel évident et solide. Aussi se garda-t-elle d'y apporter la moindre touche d'ombre en reprochant à Herminie de ne pas l'avoir rejointe. C'était son sort, apparemment, de voir ses suivantes la quitter pour plus haut qu'elle : après la mort de Chalais, Elen du Latz avait rejoint Dieu par le truchement des Ursulines de Nantes. Quant à l'ancienne terreur des couvents de Lorraine, c'était l'amour qui la lui avait prise. Elle se consola de bon cœur : en Charlotte, elle trouvait une compagne idéale et plus proche d'elle que quiconque. Aussi laissa-t-elle les Malleville reprendre le chemin de leur château du Cotentin où, à les entendre, il faisait si bon vivre. Puis n'y pensa plus : la page était tournée, et elle avait largement de quoi s'occuper.

Revenue rue Saint-Thomas-du-Louvre, elle commença par se rendre auprès de Monsieur, devenu Lieutenant général du royaume ainsi que l'exigeait le protocole de cour. Il vivait à présent au palais du Luxembourg, hérité de sa défunte mère, avec Marguerite, sa nouvelle duchesse d'Orléans qu'à la veille de sa mort Louis XIII lui avait enfin permis d'épouser officiellement : cela ne faisait jamais que la troisième bénédiction nuptiale pour ces deux-là, les précédentes, celles de Nancy et de Malines, ayant été déclarées non valables !

Ce que Marie voulait savoir, c'était ce que pensait le Prince de la Régente et de son Ministre mais, pour une fois, Gaston resta dans une réserve prudente : il en était encore à attendre dans quel sens le vent allait tourner. En revanche, Marie retrouva la jeune épousée avec plaisir : elle l'avait connue fillette au palais de Nancy et reçut d'elle l'assurance qu'elle serait toujours la bienvenue au Luxembourg.

Elle en sortait quand, regagnant son carrosse, elle se trouva soudain nez à nez avec César de Vendôme qu'elle n'avait pas revu depuis que, ensemble, ils animaient le « parti de l'Aversion », destiné à empêcher Monsieur d'épouser Mademoiselle de Montpensier. Il y avait à cela une raison simple : durant tout ce temps, le séduisant bâtard d'Henri IV et de Gabrielle d'Estrées n'avait quitté le donjon de Vincennes où son frère, le Grand Prieur, avait trouvé la mort, que pour divers refuges, comme l'Angleterre ou autres lieux d'exil d'où l'avait ramené le double trépas de Richelieu et de Louis XIII. Il était devenu une sorte de curiosité, depuis le temps que l'on parlait de lui sans jamais le rencontrer. Et c'est à grand fracas qu'il avait enfin réintégré son magnifique hôtel du faubourg Saint-Honoré[1]. Il parut enchanté de revoir Marie :

1. La place Vendôme en occupe actuellement l'emplacement.

— Ma chère Duchesse, lui dit-il, vous êtes plus belle que jamais ! Et j'espère que vous nous rapportez intact cet esprit vif qui savait nous galvaniser jadis car en vérité nous en avons un énorme besoin !

Se gardant de lui retourner son compliment parce qu'il ne possédait plus que des traces de son ancienne splendeur physique, Marie lui offrit son plus charmant sourire :

— Besoin de moi ? Mais... pourquoi ?

— Voilà une question qui m'étonne venant de vous. N'êtes-vous pas allée au Louvre ? N'avez-vous pas rencontré la Régente ?

— Si fait ! Cependant, je n'ai pas reçu l'accueil que j'étais en droit d'espérer après tant d'années d'aveugle dévouement. Elle m'a « conseillé » de me retirer à la campagne afin de ne point contrister les alliés du royaume par une présence aussi notoirement attachée à l'Espagne ! C'est à n'y rien comprendre... Elle tourne le dos à son pays bien-aimé ?

— Eh oui ! Pour plaire à ce faquin de Mazarin que lui a légué Richelieu, son pire ennemi cependant. Et il est le premier des Ministres, choyé par elle, écouté par elle, prôné par elle alors qu'après la mort du Roi mon frère, nous avons tous cru qu'allait commencer le règne de François de Beaufort, mon fils dont j'aurais juré qu'elle était éprise !

— Ah oui ? Contez-moi cela ! fit-elle, vivement intéressée tout à coup. N'oubliez pas que j'arrive pour ainsi dire de la lune...

— Dans ce cas accordez-moi l'hospitalité de votre carrosse ! Je vous accompagne jusque chez vous après quoi il me ramènera ici. Je préviens mes gens.

Un instant plus tard, ils descendaient ensemble la rue de Tournon et César expliquait à Marie que, depuis longtemps, Beaufort son cadet était épris de la Reine.

N'étant pas frappé d'exil et combattant même dans les armées du Roi où sa vaillance faisait merveille, il était vu d'un œil assez doux par Anne d'Autriche à chacun de ses retours...

— Il est pourtant l'amant de ma belle-mère, Marie de Montbazon ?

— Certes... et d'autres aussi. François ne compte plus ses maîtresses mais au fond de son cœur, seule existait la Reine, même si la jalousie de mon royal frère obligeait à la prudence...

— Vous voulez dire qu'il aurait été... son amant ? souffla Marie abasourdie.

Vendôme prit un air fin qui ne lui allait pas du tout :

— Je ne dis rien... sinon que Mademoiselle de Hautefort, si elle voulait rompre son silence, pourrait peut-être nous en apprendre plus ! Quoi qu'il en soit, à la mort du Roi, elle a confié ses enfants et elle-même à mon fils qu'elle proclamait « le plus honnête homme de France ». Elle ne voyait que par lui et il entrait chez elle à toute heure. Il en était assez fier, ce qui l'a conduit à une belle sottise : un matin, il a pénétré dans l'appartement de la Reine sans se faire annoncer comme cela lui arrivait fréquemment. Or, elle était au bain et, au milieu de ses femmes, elle l'a chassé avec de grands cris de fureur... et, à partir de ce moment, s'est rapprochée de ce cuistre d'Italien ! Vous devinez la douleur, l'indignation de Beaufort ? Il a juré de tirer la Régente des griffes de ce Cardinal pour rire qui n'est même pas gentilhomme ! Au moins l'autre, Richelieu, était un seigneur... Vous devriez vous entendre avec François : je sais qu'il vous admire énormément...

— De loin alors ? fit Marie en riant. Il y a si longtemps qu'il ne m'a vue qu'il ne doit plus savoir à quoi je ressemble. Mais dites-moi ce qu'il cherche, lui ? ajouta-t-elle plus sérieusement. Est-ce le gouvernement ? Veut-il être le premier des Ministres ?

— Non. L'Amirauté lui suffirait comme à moi de retrouver mon gouvernement de la Bretagne. La mer est l'élément favori de mon fils et, à condition qu'il y ait aux commandes un autre personnage que ce triste sire...

— Le marquis de Châteauneuf lui agréerait-il ?

— Pourquoi pas ? Il est des nôtres et il est temps que la Régente nous rende, à nous les Grands, ce que Richelieu nous a volé...

— En ce cas je recevrai avec plaisir Monsieur le duc de Beaufort...

Il vint le soir même et Marie eut un éblouissement. Il était superbe. Beau tel un héros de roman avec ses longs cheveux d'un blond nordique, son regard bleu étincelant, son visage énergique mais volontiers souriant, son corps d'athlète et certaine désinvolture séduisante au possible. Ce n'était pas un intellectuel – loin de là, mais Marie non plus ! – il cultivait volontiers le calembour et mettait facilement un mot à la place d'un autre. Galant et courtois de nature il pouvait être d'une effroyable grossièreté mais les femmes en raffolaient et le peuple qui l'appellerait bientôt « le roi des Halles » l'adorait.

Marie, pour sa part, eût apprécié peut-être un intermède avec ce magnifique garçon de vingt-sept ans mais elle sentit qu'à tenter de le séduire elle perdrait son temps : quelqu'un d'autre occupait son esprit et son cœur. Pour tâter le terrain, elle parla de Madame de Montbazon et il sourit à l'image évoquée. Puis elle parla de la Reine et François de Beaufort se ferma comme une huître avec, dans le regard, un reflet douloureux qui la renseigna : il aimait Anne d'Autriche. Elle en eut confirmation en évoquant Mazarin car alors il donna libre cours à sa colère :

— Ce rustre, ce faquin, ce plat valet qui ose traiter

d'égal à égal la plus noble des reines, comment n'en a-t-on pas encore débarrassé le Louvre ?

— Vous ne l'aimez pas beaucoup, dirait-on ? fit Marie suave.

— Je le hais, je l'exècre ! Sans lui je serais...

Il s'arrêta au bord du mot que la prudence, ou la pudeur, lui faisait retenir. Mais Marie était impitoyable :

— Vous seriez...

— Rien ! Veuillez me pardonner ! Quoi qu'il en soit, sachez, Madamc la Duchesse, que je ne suis pas seul à vouloir en purger la terre. La haute noblesse est de mon avis. On haïssait Richelieu parce qu'on le redoutait et que, d'une certaine façon, il était grand. Celui-là n'est rien qu'un ancien gratte-papier affublé d'une simarre cardinalice. Se soumettre à un tel homme, c'est manquer à l'honneur ! Notre petit Roi mérite meilleur mentor que cet histrion ! Nous ne tolérerons pas qu'il l'élève !

Ce qu'elle entendait était pour Marie plus que révélateur :

— Il est déjà suffisamment triste, murmura-t-elle, qu'il ose dresser une barrière entre la Reine et ses plus fidèles amis... Après tout ce que j'ai subi, c'est pour moi plus qu'une déconvenue : une vraie douleur.

— Elle ne vous reçoit plus ?

— Si, mais du bout des lèvres et comme n'importe quelle dame. L'élan d'autrefois, la confiance n'existent plus, fit-elle au bord des larmes, prise qu'elle était à son propre jeu.

De cet instant, l'alliance fut conclue. Elle allait donner naissance à ce que l'on appellerait la Cabale des Importants, rassemblant autour de Marie, de Beaufort et de Châteauneuf les Vendôme et leurs amis, les

Guise, les Rohan et d'autres encore, à une seule exception mais de taille : la princesse de Condé, une Montmorency qui n'avait jamais pardonné à l'ancien Garde des Sceaux d'avoir fait condamner son frère. Sa fille, la belle duchesse de Longueville, partageait son indignation et, pour Mazarin, c'était une aide de poids. Cependant, il tenta de s'entendre avec Madame de Chevreuse qu'il pria de le recevoir, et vint rue Saint-Thomas-du Louvre. Ce qui était une concession : il aurait pu la convoquer.

D'emblée, il exposa le but de sa visite : effacer le malentendu qu'il sentait s'installer entre eux et dont la Reine lui avait fait part :

— En le déplorant, ajouta-t-il avec un sourire dont il espérait beaucoup. Nous ne souhaitons que vous plaire, Madame la Duchesse. Voyons, vous avez beaucoup perdu ces dernières années. Voulez-vous de l'argent ? Cinquante mille ? Cent mille ? Deux cent mille livres ?

La somme était superbe, ô combien tentante, mais Marie tenait à se donner les gants de l'élégance en face de ce prélat qui parlait comme un maquignon...

— Merci, Monsieur le Cardinal, mais c'est non. En revanche, mes amis ont à se plaindre.

— De quoi, mon Dieu ?

— Je vais vous le dire : le duc de Vendôme réclame son gouvernement de Bretagne qu'il tenait d'héritage et que Richelieu lui a enlevé, Monsieur de Beaufort souhaiterait l'Amirauté. Le duc d'Epernon s'indigne qu'on ne lui rende pas ses charges d'autrefois. Quant au prince de Marcillac, il désire le gouvernement du Havre...

— C'est très difficile : il faudrait enlever Le Havre aux héritiers du défunt Cardinal. Et en ce qui concerne la Bretagne, elle est à Monsieur de Brézé, son parent lui aussi...

— Le Cardinal est mort, que je sache ! fit Marie brutalement. Je ne vois aucune raison pour que ses héritiers se partagent la moitié du royaume. Il est juste que ceux qui ont eu à souffrir de lui reçoivent des compensations...

— Sans doute, pourtant ce n'est pas aussi simple que vous le pensez... Je verrai... je verrai...

Il n'avait pas dit non. Encouragée par ce qui lui semblait un succès, Marie multiplia les visites à la Reine sur laquelle, visiblement, elle essayait de reprendre son influence, alternant les grâces et les critiques voilées contre Mazarin, mêlées à des louanges pour Châteauneuf qui ne quittait plus guère sa maison de Montrouge. Têtue, mordante, fébrile parfois, elle ne se rendait pas compte qu'elle commençait à importuner. Mazarin lui fit savoir qu'elle devait perdre tout espoir de revoir Châteauneuf revenir aux affaires...

C'est alors que se produisit l'incident qui mit le feu aux poudres.

Ce jour-là, Madame de Montbazon étant souffrante recevait dans sa chambre en présence de Marie avec qui elle entretenait à présent les plus étroites relations. Après le départ des visiteurs, elles trouvèrent deux lettres non signées, fort tendres, perdues par le marquis de Coligny. Des lettres de femme bien entendu. Aussitôt, elles décrétèrent que l'auteur en était Madame de Longueville, la ravissante sœur du Grand Condé, et en firent des gorges chaudes, profitant même d'un rassemblement de la Cour lors des noces d'Elisabeth de Vendôme et du duc de Nemours.

Ce mariage était célébré dans l'ancien Palais-Cardinal devenu récemment Palais-Royal : le Louvre devenant impossible, la Reine et ses enfants venaient d'y emménager.

La princesse de Condé jeta feu et flammes, criant à

l'insulte publique et à la calomnie, ce qui apporta à ces noces une animation inattendue. A l'indignation de Marie, la Reine lui donna raison. L'imprudente Montbazon dut se rendre à l'hôtel de Condé afin d'y présenter des excuses publiques. Dans un salon bourré de monde, la belle maîtresse de Beaufort s'exécuta mais dans un style bien personnel, lisant, à la manière d'une mauvaise comédienne et avec un sourire de mépris, un texte épinglé à son éventail qu'elle jeta ensuite dédaigneusement.

Quelques jours plus tard, inquiète tout de même de la tournure prise par les événements, Marie invita la Reine et les dames de la Cour à une collation dans ce que l'on appelait le Jardin Renart, un agréable endroit situé au bout des Tuileries où il était de bon ton de venir se divertir. Elle avait aussi invité la princesse de Condé. Celle-ci accepta parce qu'on lui avait assuré que Madame de Montbazon, souffrante, n'y serait pas. Or, en arrivant avec Anne d'Autriche, la première personne qu'elle vit fut son ennemie qui recevait en compagnie de Madame de Chevreuse. Elle voulut se retirer. La Reine l'en empêcha :

— Ce n'est pas à vous de quitter les lieux !

Et elle envoya Madame de Senecey prier la coupable de la tirer d'embarras en s'éloignant. Madame de Montbazon refusa, alléguant qu'elle était chez sa belle-fille. Indignée, Anne d'Autriche repartit, entraînant après elle la majeure partie des invitées. C'était le scandale.

Fou de rage, Beaufort se rua chez la Reine :

— Madame de Montbazon a fait ce que vous ordonniez, lança-t-il. Vous n'aviez pas le droit de l'humilier de nouveau...

— Il y a façon de faire les choses, mon cher Duc. Vous le ressentiriez comme moi si votre Duchesse ne vous était si chère...

Le malheur voulut qu'à cet instant Mazarin fît son apparition armé de son sourire que Beaufort jugea mielleux. Sa colère s'en trouva augmentée :

— On dirait que les temps sont révolus, Madame, où vous saviez entendre la voix de vos vrais amis. Celle des nouveaux l'étouffe sans que vous vous rendiez compte de leur peu de valeur...

Et, sans saluer, il sortit comme un ouragan et se rendit droit chez Marie où se réunirent les « Importants ». La nouvelle qu'apporta Beaufort mit l'agitation à son comble : Madame de Montbazon venait de recevoir un ordre du Roi l'exilant dans son château de Rochefort en Yvelines...

— Le Roi ! gronda Beaufort. Le Roi a cinq ans ! Ne nous y trompons pas, c'est Mazarin qui ose exiler l'épouse du Gouverneur de Paris ! Allons-nous supporter cela sans réagir ?

— Que proposez-vous ? fit Marie.

— Il faut nous en débarrasser ! Il est moins brutal que le défunt Richelieu mais il est sournois. Non seulement il continue la politique de son prédécesseur, mais c'est sur nos dépouilles qu'il espère s'élever et continuer de bâtir une fortune déjà respectable. Il faut lui arracher la Reine... et aussi notre Roi bien-aimé !

Le plus simple étant évidemment le meilleur, on décida de supprimer Mazarin de la façon qui, jadis, avait si bien réussi au jeune Louis XIII pour éliminer du royaume Concino Concini, autre Italien. Ce fut Marie qui rappela cet événement dont son premier époux, Luynes, avait été la cheville ouvrière : Concini avait été abattu d'un coup de pistolet à l'entrée du Louvre. On ferait de même. Le Cardinal dont on connaissait les habitudes se rendait chaque soir au Palais-Royal pour conférer avec la Reine – il habitait alors l'ancien hôtel de Clèves. Il suffirait que le duc d'Epernon, Colonel des Gardes Françaises, fasse fermer les portes et ordonne à ses soldats de ne pas bouger, quelque bruit qu'ils entendent. Et Mazarin ne tomberait pas bien loin de l'endroit où Vitry avait fait feu sur le favori de Marie de Médicis. Marie voyait là un symbole, juste retour des choses d'ici-bas.

Le soir venu – qui était le 30 août –, les conjurés se réunirent sur le quai du Louvre à l'Auberge des Deux Anges. Seulement, la vue d'une dizaine de chevaux, sellés, bridés et armés, à deux pas de la demeure royale parut insolite. On prévint la Reine qui envoya immédiatement avertir son Ministre de ne pas sortir de chez lui...

Le coup était manqué.

Le lendemain, Monsieur de Guitaut, Capitaine des Gardes, arrêtait le duc de Beaufort et le conduisait au donjon de Vincennes.

Madame de Chevreuse dut se retirer à Dampierre mais n'y resta pas. On lui fit savoir qu'on la préférerait à Couzières où elle serait surveillée. Il fallut s'exécuter, la rage au cœur et emmenant avec elle sa fille Charlotte qui refusait de la quitter... et sans avoir revu son époux, résolument rangé dans le parti de Mazarin. Elle ne repartit pas cependant sans viatique : on lui donna deux cent mille livres pour qu'elle se tienne tranquille.

A cela près, l'histoire recommençait...

CHAPITRE XIII

LE COMPAGNON

Que faire à Couzières, sinon conspirer ?

En se retrouvant au point de départ de son périple hispano-britannique, Marie éprouva d'abord un sentiment de découragement. Tant d'aventures vécues, tant de peines dépensées pour en arriver là ! Seule différence positive, cette fois elle ne manquait pas d'argent encore qu'elle n'eût accepté celui de la Régence qu'avec un rien de répugnance : on la payait pour qu'elle se tienne tranquille, qu'elle laisse Anne d'Autriche et son Mazarin ourdir leurs petites affaires loin de ses oreilles et de ses yeux ? Eh bien, on allait voir !... Et ce fut la colère qui lui rendit sa combativité.

L'encrier était plein, le papier abondant et la main de la Duchesse toujours aussi alerte au service d'un esprit en ébullition. Elle organisa sa correspondance : d'abord avec les Vendôme, ce qui n'était guère difficile, Chenonceaux n'étant pas loin, mais aussi avec Lord Goring, Ambassadeur d'Angleterre, sans grand pouvoir d'ailleurs, le pays plongeant dans une guerre civile qui serait destructrice, mais surtout avec l'Espagne, son cheval de bataille, la seule puissance capable d'en finir avec les ministres en simarre rouge et, en organisant la paix, de rendre à elle et à ses pareils le rang et le pouvoir qu'on leur avait pris. Elle se persuadait même que la Régente, en quelque sorte captive de l'Italien et de son charme – ne lui trouvait-elle pas jadis une ressemblance avec Buckingham ? – redeviendrait elle-même dès qu'elle serait délivrée du maléfice.

Or, la Reine avait changé beaucoup plus que Marie ne l'avait constaté : Régente de France, mère du Roi et d'un second fils, elle avait enfin compris qu'il lui fallait penser français et admettre que désormais sa chère Espagne n'était plus l'ennemie d'un époux détesté mais d'un fils qu'elle aimait et dont elle était fière. Et cela, c'était l'œuvre de Mazarin, le petit Italien sans naissance... Il lui avait ouvert les yeux.

Il n'était pas interdit à Madame de Chevreuse de se rendre à Tours. Elle ne s'en fit pas faute mais s'aperçut vite qu'elle n'y était pas la bienvenue. Le cher Archevêque avait rendu son âme candide à Dieu et son successeur ne manifesta pas les mêmes dispositions. En outre, la réputation de Marie l'ayant précédée comme d'habitude, les dames de la ville, qui déjà ne l'aimaient pas, lui fermèrent carrément leurs portes. Elle ne trouva pour l'aider dans ses projets que des gens modestes, éblouis par son titre et sa beauté encore réelle.

— Tu ne vas pas t'amuser beaucoup, dit-elle à sa fille, et moi non plus !

— Ces gens-là n'en donnent guère envie. Mais, si nous nous ennuyons trop, pourquoi ne pas voyager ? Nous rendre... hors de France ? Et puis nous n'en sommes pas à ce point : il nous reste des amis, j'espère ?

Ce fut François de La Rochefoucauld qui apporta la réponse. Après le départ de Marie, il s'était rendu chez la Reine pour plaider la cause de l'exilée. Or, Anne lui avait à peine laissé le temps d'ouvrir la bouche :

— Je vous prie instamment de ne plus avoir commerce avec la Duchesse et de cesser d'être l'instrument de ses amis ! intima-t-elle sévèrement.

Sans s'émouvoir, le prince de Marcillac répondit :

— Je ferai de mon mieux pour vous obéir, Madame, mais je ne peux, avec justice, cesser d'être l'ami de Madame de Chevreuse tant qu'elle n'aura commis d'autre crime que de déplaire au Cardinal...

Marie fut enchantée :

— Vous lui avez dit cela ? Oh ! mon ami, comme je vous aime ! Et qu'a-t-elle répondu ?

— Que je pouvais retourner chez mon père, à Verteuil !

— Elle vous a exilé ?

— Sans hésiter. Aussi ne suis-je ma chère amie que de passage, conclut-il avec bonne humeur. Cependant, ajouta-t-il en changeant de ton, méfiez-vous ! Je sais que la noblesse et les gens un peu importants de la région reçoivent des ordres qui leur interdisent d'entrer en relations avec vous sous peine d'ennuis sérieux...

Cette fois, Marie accusa le coup :

— Ce n'est pas possible ! Elle s'est mise à me haïr, alors ? Après ce que nous avons été l'une pour l'autre ?

— Je ne sais si elle est capable d'un sentiment aussi fort. C'est une pâte molle que le Mazarin modèle à son gré. En ce qui vous concerne, je crois que vous lui rappelez trop de souvenirs ! De ceux, justement, qu'elle voudrait oublier.

Quand il eut repris son chemin, Marie mesura sa solitude. François l'avait avertie aussi qu'on la faisait surveiller, à Tours comme à Couzières, et à mesure que passait le temps, elle se sentait de moins en moins en sécurité, ne quittant plus le château dont chaque nuit Peran vérifiait toutes les fermetures. Elle ne savait même pas si les lettres qu'elle s'obstinait à écrire et qui, à présent, étaient autant d'appels au secours, parvenaient à leurs destinataires...

Si elle eut des nouvelles d'Angleterre, ce fut par William Craft qui arriva un soir comme un fantôme noir sorti de la nuit. Et ces nouvelles étaient désastreuses. Le Parlement mené par Oliver Cromwell passait à l'action. Les guerres contre les puritains écossais avaient coulé sur l'Angleterre comme la lave d'un volcan, allumant les vieilles haines papistes. La reine Henriette-Marie et sa dernière fille s'étaient, à la demande expresse de Charles Ier, réfugiées à Paris.

— Ce ne fut pas sans déchirement ! soupira le jeune Lord. Vous savez comme moi combien le couple est uni et, au fond, la Reine n'a accepté de fuir que dans l'espoir d'obtenir l'aide de la France afin de sauver son époux et ses autres enfants.

— La France, c'est Mazarin, un ladre fort occupé à s'enrichir. Richelieu eût peut-être accepté car je dois bien admettre qu'il avait de la grandeur... mais celui-là !

Elle essaya cependant d'écrire à Henriette-Marie pour lui porter le témoignage de son affection mais sa lettre lui revint : il n'était pas question de remettre à la souveraine en exil une lettre d'une personne qui, pour sa mauvaise conduite, connaissait la disgrâce.

Aussi Marie fut-elle à peine étonnée de voir arriver, un matin d'avril, un exempt des Gardes du Corps nommé Riquetti qui venait la chercher de la part de la Reine pour la conduire à Angoulême. C'était l'arrestation, avec en point de mire la prison : le donjon même où Châteauneuf avait vécu dix années affreuses... Mademoiselle de Chevreuse serait, elle, ramenée à son père qui la réclamait. Marie eut peur, une peur qu'elle n'avait encore jamais éprouvée et qui lui nouait le ventre alors que son cerveau fonctionnait à toute vitesse. S'efforçant au calme, elle pria l'officier de lui consentir quelques heures afin de préparer le double départ. Il y consentit galamment.

Tout en rassemblant ses possessions, argent et pierreries, elle cherchait comment s'évader quand Peran vint la trouver :

— Cette nuit, à une heure du matin, je tiendrai le carrosse de voyage prêt sous les arbres au bord de la rivière...

Charlotte n'hésita pas :

— Je ne veux pas être ramenée chez mon père. Il me mettrait au couvent. Je veux vous suivre...

— Comprends-tu ce que cela veut dire ? Tu seras proscrite...

— Nous le serons ensemble ! dit-elle en embrassant sa mère.

L'amour de sa fille était pour Marie une vraie consolation. Elle croyait se voir renaître en elle et leur entente parfaite lui était infiniment douce. Mais ce n'était pas l'heure des épanchements et l'on hâta les préparatifs. Marie avait choisi minuit plutôt qu'une heure du matin et en avait informé Peran. A l'heure dite, les deux femmes le rejoignirent, emmenant avec elles la seule Ketty, la femme de chambre anglaise dont Marie n'avait qu'à se louer.

Quand le jour se leva, elles étaient déjà loin. Par La Flèche et Laval, elles gagnèrent Saint-Malo où Marie souhaitait s'embarquer pour l'Angleterre, non pour y rester – la révolution y faisait rage et elle ne l'ignorait pas – mais pour obtenir un passeport à destination de Dunkerque et de Bruxelles.

En débarquant dans la ville corsaire, Marie paya d'audace en allant voir le Gouverneur afin de lui demander de lui trouver un bateau à destination de Dartmouth, port important de la côte du Devon. Celuici, Monsieur de Coetgon, était un parfait gentilhomme et se montra assez sensible aux charmes de ces femmes. Sachant pertinemment à qui il avait affaire, il trouva en effet le navire désiré, y embarqua ses visiteuses puis, rentrant chez lui, écrivit sans désemparer à Mazarin pour lui rendre compte de ce passage. Sous Richelieu il eût mis tout simplement les dames de Chevreuse sous les verrous mais, avec l'Italien, on pouvait en prendre à son aise !

Par extraordinaire pour un mois d'avril, la Manche se montra clémente : il pleuvait et les flots restèrent calmes. Marie, toujours un peu superstitieuse, y vit un heureux présage. Dieu apparemment était avec elle...

Dieu peut-être mais pas les hommes. Ses illusions s'envolèrent quand elle vit venir droit sur eux deux navires de guerre battant pavillon, non plus du Roi, mais du Parlement. En déclinant ses noms et titre Madame de Chevreuse comprit vite que les choses avaient changé. En place des sourires et des révérences, elle trouva des visages fermés et, au lieu de les débarquer à Dartmouth, on conduisit Marie et son petit monde dans l'île de Wight où, sans plus de manières, on les enferma à Carisbrooke Castle, une forteresse du XIe siècle auprès de laquelle le vieux château de Chevreuse faisait l'effet d'une aimable villégiature. Il fallait y attendre la décision du Parlement...

Or le Parlement, dont les troupes venaient de battre par deux fois à Newbury puis à Marston Moor celles de Charles Ier, n'avait que faire d'une femme presque aussi connue de ce côté-ci de la Manche que de l'autre. Il envoya un émissaire à Mazarin, proposa de lui livrer la Duchesse et sa fille. Ce que le Cardinal se hâta de refuser : Madame de Chevreuse était bien où elle était et il n'avait aucune envie de la revoir en France.

Vus d'une espèce de prison, le printemps anglais et même le panorama admirable de la côte rocheuse et de la mer immense n'avaient guère de charme. Marie eut un moment de découragement cependant que Charlotte, en digne fille de sa mère, séduisait l'un des officiers du château pour passer le temps.

Les abattements de la Duchesse étant en général suivis de période d'intense activité, elle se remit à l'ouvrage. Par l'amoureux de Charlotte, elle sut qu'il y avait encore un ambassadeur d'Espagne dans ce pays abandonné de Dieu qui était en train de s'en prendre à son Roi. Elle avait toujours sa fidèle écritoire et s'en servit pour envoyer un appel au secours audit ambassadeur, lui demandant de l'aider à gagner les Pays-Bas. Et cette fois, elle réussit : le diplomate obtint pour les deux femmes l'autorisation de quitter, après quatre mois, une Angleterre devenue si peu hospitalière.

On partit donc, par une belle matinée baignée d'un soleil générateur de toutes les espérances. L'été était installé et la mer paisible... Un solide bateau de pêche conduisit la mère et la fille à Dunkerque d'où elles gagnèrent Liège, alors principauté indépendante et où Marie espérait contre toute évidence pouvoir reprendre sa correspondance avec la Reine. Elle écrivit une fois, deux fois, trois fois. Aucune réponse. En revanche, il fut vite évident que la maison était surveillée par des agents de Mazarin :

— Nous ne pouvons pas demeurer ici, ma mère, dit Charlotte. Nous y sommes presque aussi captives qu'à Wight, à cette différence près que nous risquons d'être enlevées par les espions du Cardinal sans que quiconque bouge un doigt pour nous défendre... Le Prince-Evêque doit penser qu'il mettrait son salut en danger en refusant ce petit service à un Cardinal...

Même si le Cardinal en question n'était pas prêtre, c'était une éventualité qu'il fallait prendre en considération. De toute façon, l'Espagne par le truchement de son ambassadeur s'étant déjà portée au secours de Madame de Chevreuse, c'était vers elle qu'il fallait chercher le seul refuge possible !

Ce ne fut pas sans un soupir que Marie revit Bruxelles. Elle retrouva sa maison de la rue Héraldique et fut accueillie avec distinction par l'archiduc Léopold, alors Gouverneur des Pays-Bas. Elle reprit contact avec les quelques amis qu'elle s'y était faits mais sentit rapidement que la ville n'était plus ce qu'elle était lorsqu'elle l'avait quittée pour la dernière fois : le lourd climat de la guerre qui durait depuis si longtemps [1] et dont on ne voyait pas la fin pesait sur une ville que la longue occupation espagnole n'avait pas réussi à rendre triste. Le prince de Condé venait, en Bavière, de remporter la victoire de Nördlingen et ses troupes remontaient vers les Flandres. Nombre de familles comptaient des morts.

Sans hésiter, Marie accepta les propositions de l'Archiduc lui offrant de se mettre au service des Habsbourg, qu'ils soient d'Espagne ou d'Autriche. Non seulement elle était très connue pour son esprit d'intrigue et ses aventures, mais on savait, en outre, que son époux gardait fermement sa place à la cour de France, restant immuablement fidèle au Roi qu'il s'était choisi même si celui-ci n'était qu'un enfant. Cela pourrait être utile. On la mit aussi en relations avec un certain comte de Saint-Ibal – Henri d'Escars de Saint-Bonnet – qui était la cheville ouvrière de toute conspiration visant à éliminer Mazarin. L'archiduc Léopold l'avait commis à la liaison avec les émigrés. Il ne tarda pas à en avoir une avec la Duchesse.

C'était un homme séduisant mais cyclothymique, passant presque sans transition de la plus franche

1. La guerre de Trente Ans.

gaieté à la plus noire mélancolie, brave d'ailleurs, cousin du pire ennemi de Mazarin, le coadjuteur de l'Evêque de Paris, Jean-François-Paul de Gondi [1], et plus ou moins confident des Condé, ce qui était plutôt étrange étant donné les victoires du Prince contre les Espagnols et les Impériaux.

Ensemble, ils concoctèrent un plan faramineux : Marie se faisait fort d'avoir avec elle le duc d'Epernon, les gens de La Rochelle et les huguenots grâce à Tancrède de Rohan, le fils posthume de l'indomptable Duc dont on s'emparerait pour le mettre à la tête de ses coreligionnaires. Conjointement, l'Espagne débarquerait dans l'estuaire de la Gironde tandis que Saint-Ibal se rendrait à Münster auprès du duc de Longueville. En résumé, un assemblage de vues de l'esprit aussi peu réaliste que possible mais auquel tout le monde semblait croire. En même temps, Marie que tenaillait la nostalgie du pays écrivait à son époux pour le presser de la faire revenir auprès de lui. En dépit de leurs brouilles et de leurs chicanes, elle sentait, elle savait qu'il n'avait jamais cessé de l'aimer...

Cependant, à Paris, quelqu'un pensait à Marie. Ce n'était pas son époux – encore qu'il eût fait quelques tentatives pour la ramener – mais le coadjuteur de Gondi qui voyait en elle un brandon capable de faire exploser la mèche et la poudre qu'il était en train d'allumer sous les pas de Mazarin. Il lui envoya l'un de ses amis avec une consigne précise : la séduire, devenir son amant et ainsi la lier entièrement à leur cause. Il s'appelait Geoffroy, marquis de Laigues et baron du Plessis-Paté, ancien Capitaine aux Gardes Françaises qu'il avait quittées afin de pouvoir régler des comptes personnels.

1. Il sera le célèbre cardinal de Retz.

Lorsqu'il se présenta à Marie, elle le jugea « quelconque ». Peut-être parce que le charme, un rien sulfureux, de Saint-Ibal agissait encore sur elle. C'était tout de même un bel homme de trente-quatre ans, de haute taille et bien bâti, portant avec une certaine arrogance un visage rond et frais orné d'un nez légèrement retroussé sous d'abondants cheveux blonds bouclant naturellement et offrant un heureux contraste avec des yeux bruns volontiers dominateurs.

Il eut le tort d'aborder Marie avec une mine conquérante qui eut le don de l'exaspérer. Elle ne se gêna pas pour le lui faire comprendre :

— Je suis heureuse, Monsieur, que vous ayez de moi si bonne opinion que vous souhaitiez... comment avez-vous dit ?... me servir en toutes choses ? Mais en dehors des nouvelles que j'attends de vous puisque vous arrivez de Paris, je ne vois rien en quoi vous puissiez m'être utile...

— A défaut d'utilité j'espérais vous être agréable, répondit-il en frisant sa moustache.

— Comment l'entendez-vous ?

— Mais... je ne sais trop ! Il y a si longtemps que je vous admire !

— De loin alors, de très loin, parce que moi je ne me souviens pas de vous avoir jamais vu. Donnez-moi plutôt ces nouvelles !

Elles étaient d'importance. Pour avoir voulu continuer la politique de Richelieu sans en avoir l'énergie, Mazarin et Anne d'Autriche s'étaient mis Paris à dos et en particulier le Parlement qui avait pris sous son bonnet – alors qu'il n'était qu'une simple cour de justice ! – de jouer au souverain, de révoquer les intendants et de diminuer les tailles. Pris de court et effrayés par ce qui se passait en Angleterre où le Roi était en train de perdre sa couronne, le couple choisit d'atermoyer.

Encouragées, les cours souveraines s'unirent pour résister à la création de nouvelles charges. Soutenu par le peuple de Paris qui détestait Mazarin d'instinct, le Parlement s'enhardit et entreprit de réformer le royaume. Ce que la Régente ne pouvait accepter. Elle fit arrêter le Conseiller Broussel, l'un des plus enragés. En une nuit, Paris se couvrit de barricades, enfermant la Reine, le Roi et le Ministre dans le Palais-Royal...

Marie, fascinée, écoutait de toutes ses oreilles. Se pouvait-il que son rêve se réalisât, que le peuple se charge d'abattre le Mazarin exécré pour avoir osé lui voler sa place, à elle ? Comme un rideau de théâtre, les lourds nuages masquant l'avenir commençaient à se lever...

— Dites-moi, Marquis ! C'est une révolution que vous m'annoncez là ?

— Pas tout à fait, Madame la Duchesse. Disons une révolte mais qui a déjà trouvé son nom : on l'appelle la Fronde !

— A cause de ce jouet d'enfant...

— Qui peut devenir une arme meurtrière ? Oui, Madame.

— Le nom me plaît ! Vive la Fronde ! Mais... dites-moi encore ! S'est-elle donné un chef ?

— Le plus déclaré est Monsieur le coadjuteur Paul de Gondi mais elle va en recevoir un beaucoup plus prestigieux : le duc de Beaufort s'est évadé du donjon de Vincennes ! Eh bien, Madame, êtes-vous satisfaite de moi ?

— Vos nouvelles sont passionnantes. Apportez-m'en d'aussi agréables tous les matins et nous serons amis...

— Amis seulement ? Oh ! Madame, si vous saviez seulement...

— Mais je ne veux pas savoir ! Il faut que je

commence à préparer mon retour et cette fois, sans la permission de qui que ce soit ! Portée sur les balles de la Fronde, je serai reçue en triomphe !

— Ne précipitez rien ! Il est encore trop tôt ! Songez que le prince de Condé vient de remporter une nouvelle et brillante victoire à Lens et qu'il a aussi repris Dunkerque. Laissez les choses se décanter. Quand il n'y aura plus péril...

— Mais j'en veux ma part, de ce péril ! Si je dois participer à la victoire, il me faut être au combat. N'êtes-vous pas d'accord ?

— Jusqu'à un certain point ! Ne hâtez rien et remettez-vous-en à moi... à moi qui ne rêve que de vous protéger, devenir votre appui, votre épée...

— Et pourquoi pas mon amant ? s'écria-t-elle goguenarde. Dites-moi un peu, mon beau Monsieur ? Vous ne seriez pas par hasard chargé de me séduire ?

Il parut blessé, ne répondit pas tout de suite, se contentant de la regarder avec une intensité qui la fit rougir. Enfin, il soupira :

— Quand on vous a vue une seule fois, Madame, on n'a besoin d'être poussé par personne. On ne peut que vous aimer...

Ayant dit, il salua et sortit, laissant Marie interdite, vaguement émue. Elle alla se regarder au grand miroir vénitien placé au-dessus d'une commode. Le miroir était ancien, l'image un peu floue, mais cela ne changeait rien à l'éclat de son teint, de ses yeux d'outremer, même si de légères rides apparaissaient sur son front. Elle restait belle et cette constatation ranima son courage et lui rendit foi en l'avenir. Elle imaginait déjà le moment où elle reverrait le ciel de Paris, peut-être au lendemain de l'arrestation... ou de la mort de Mazarin ? Si, comme elle le pensait, il était l'amant de la Régente, celle-ci aurait besoin d'une épaule pour le pleurer et Marie était toute prête à lui offrir la sienne. Ce qui lui permettrait de reprendre son influence... Enfin, elle pourrait se réaliser !

Elle sortait de table avec Charlotte, ce soir-là, quand on vint lui annoncer qu'un voyageur venu d'Angleterre demandait à lui parler en privé. Elle pria alors sa fille de la laisser seule et donna ordre d'introduire l'arrivant. C'était un homme entre deux âges, entièrement vêtu de noir sous la poussière du voyage et dont le visage empreint de tristesse n'était pas inconnu à Marie. Il semblait las mais salua comme il convenait.

— Qui êtes-vous, Monsieur ? demanda Marie.

— Madame la Duchesse ne me remet pas ? Je suis Higgins, le valet de Mylord Holland, et c'est lui qui m'envoie...

— Lui ? Donnez-moi vite de ses nouvelles ! Comment va-t-il ? Mais asseyez-vous ! Vous semblez fatigué...

Il accepta volontiers, ainsi que le verre de vin que Marie lui porta elle-même. Ce fut seulement quand il eut bu qu'il tira une lettre de sa poche et l'offrit à la Duchesse :

— Mylord ne va pas bien, Madame, et il vous réclame... Il vous envoie ceci.

Quelques mots seulement sur l'étroit papier que l'on avait plié plusieurs fois afin qu'il tînt le moins de place possible : « Si vous m'aimez encore un peu, Marie, vous suivrez Higgins que je vous envoie ! Il faut à tout prix que je vous revoie mais, par pitié, ne posez aucune question !... »

C'était la dernière chose à écrire car justement Marie brûlait d'en savoir plus :

— Mylord me demande de ne pas vous interroger. Voulez-vous m'accorder deux questions, très petites ?

— C'est selon...

— Est-il malade ?

— Non.

— Où m'emmenez-vous ? Naturellement, je vous suis dans l'instant !

— A Londres. J'ai un bateau à Ostende. Veuillez vous vêtir avec simplicité et le noir serait le mieux. Les usages ont changé chez nous ! A présent je ne répondrai plus.

— Le temps de prévenir ma fille, de me changer, et je vais avec vous...

Tout en troquant ses atours contre la robe de laine noire sans autre ornement qu'une guimpe blanche qu'elle réservait aux offices de la Semaine Sainte, Marie prévint sa fille de son départ sans entrer dans les détails, se contentant de dire qu'elle allait à Londres. Charlotte eut le bon goût de ne pas chercher à en savoir davantage. Elle connaissait trop sa mère à présent pour se tromper sur l'expression tendue de son visage. Elle l'aida à chausser des bottes souples et à endosser une épaisse mante à capuchon doublée de fourrure noire : on était en janvier, et s'il n'y avait pas de neige, si le temps restait sec, le froid n'en était pas moins mordant. Puis, au dernier moment, elle l'embrassa avec une chaleur qui émut la Duchesse.

— Prenez soin de vous et que Dieu vous garde à mon affection, ma mère !

Marie la serra dans ses bras sans répondre. Dans la cour, elle rejoignit Higgins qui parlait avec Peran. Celui-ci était équipé pour le voyage et il y avait trois chevaux. Marie ouvrit la bouche pour protester mais le Breton ne lui en laissa pas le loisir :

— Je vous empêcherai de partir sans moi. Il y a trop de dangers de l'autre côté de la mer !

En dépit de la saison, le voyage fut étonnamment

rapide. Higgins avait tout préparé avec soin. Un bateau solide monté par trois pêcheurs attendait en effet à Ostende. Il tenait bien la mer et les vents furent favorables : quelques heures après son départ, Marie posait à nouveau le pied sur la terre anglaise près de Rochester, d'où elle avait fui l'arrivée de Claude. Non sans y mettre des précautions : les « Têtes rondes », comme l'on avait surnommé les nouveaux maîtres à cause de leurs cheveux courts, surveillaient les côtes mais Higgins semblait disposer de connivences et l'on put rejoindre Londres sans autre inconvénient que le froid.

En abordant la capitale, la nuit tombait et Marie eut peine à la reconnaître. Les quais du port gardaient quelque animation mais on y voyait aussi des soldats casque en tête et mousquet sur l'épaule. Les rues étaient tristes, silencieuses si l'on se souvenait du charivari d'autrefois. Les tavernes étaient fermées...

— Et pas seulement les tavernes, dit Higgins, répondant à son œil interrogateur, mais également les maisons de jeu, les maisons de prostitution, les théâtres. Combats de coqs et courses de chevaux sont interdits et le dimanche on doit rester chez soi à chanter des cantiques...

— Ce n'est pas possible ? souffla Marie abasourdie. Même les maisons de commerce sont fermées ? interrogea-t-elle en montrant les volets clos d'un drapier.

— Non... mais hier le Roi a été décapité sur un échafaud construit sous ses fenêtres à Whitehall. Le peuple, même s'il l'a voulu, doit avoir un peu de peine à s'en remettre...

— Mon Dieu ! gémit Marie en fermant les yeux et en joignant ses mains qui tremblaient... Le Roi exécuté ? Ce n'est pas possible, c'est un cauchemar ?

— C'est hélas un cauchemar qui dure, mais prenez garde de montrer trop d'émotion. Nous arrivons !

Elle laissa retomber ses mains et vit que l'on abordait l'Auberge du Lion d'Or qui était l'une des meilleures de Londres, située au carrefour toujours animé de Charring Cross. Là il y avait du monde mais le soupir de soulagement qu'allait pousser Marie en se préparant à entrer dans l'hôtellerie s'étrangla dans sa gorge : tous ces gens étaient en train de regarder un échafaud s'élever au centre de la place. Elle devint si pâle que Higgins craignit de la voir s'évanouir et, aidé de Peran, la fit entrer dans l'auberge. Dixon, l'aubergiste, pour qui la Duchesse n'était pas une inconnue, vint la recevoir mais fit semblant de ne pas la reconnaître. Visiblement, il mourait de peur.

— Menez-moi dans une chambre, souffla Marie, je voudrais m'étendre...

Puis, se tournant vers Higgins qui la suivait de près :

— Est-il là ?

— Pas encore mais il doit venir...

Elle hocha la tête, rassurée. Tout était bien. Ainsi elle pourrait prendre du repos. Elle en sentait le besoin en songeant qu'elle devait être affreuse après ce voyage mouvementé. Il ne fallait pas qu'Henry soit déçu en la revoyant...

L'aubergiste ouvrit devant elle la porte d'une chambre mais sans s'incliner comme il l'eût fait autrefois. On était à présent en terre d'égalité : tous frères et sœurs comme on l'était aux yeux du Seigneur ! En entrant, Marie vit contre la fenêtre une silhouette noire, celle d'une femme sans visage, celui-ci étant tourné vers l'extérieur obscur.

— Vous faites erreur, dit Marie avec nervosité. Cette chambre est occupée !

— Non. Elle est pour vous. Cette dame vous attendait...

La femme à cet instant se retourna et fit face à l'arrivante qui ne put retenir un cri devant ce fantôme d'autrefois... un autrefois vieux d'un quart de siècle. Croyant à une illusion de ses yeux fatigués, elle les essuya du bout des doigts. La femme, alors, se rapprocha de la lumière jaune d'une chandelle posée sur la table et Marie l'entendit rire. Un rire sec, sans la moindre gaieté :

— Allons, Madame la Duchesse, reconnaissez-moi ! Je n'ai pas conscience d'avoir tellement changé !

— Elen ! murmura Marie. Elen du Latz... ici !

— Ici, oui ! C'est moi qui vous ai envoyé chercher.

Le ton acerbe de son ancienne suivante remit Marie debout. Elle tira de son corsage le billet d'Henry :

— Et ceci ? C'est vous peut-être qui l'avez écrit ?

— Mais oui ! Je connais parfaitement son écriture ! Il y a longtemps, vous savez, que je vis auprès de lui !

— Vraiment ? La dernière fois que je vous ai vue vous entriez chez les Ursulines de Nantes pour y trouver la paix du Christ et le renoncement ! Cela n'y ressemble guère ?

— Oh, j'y suis entrée... pour y faire une simple retraite. Ensuite je suis venue à Londres. Je ne supportais plus l'idée de vivre loin de lui... et il l'a compris au point de me donner une maison au bout du parc de Chiswick où nous nous étions aimés la première fois... Il y venait quand il voulait, quand il avait besoin du réconfort d'un véritable amour, et nous avons eu des heures merveilleuses... Il est mon idole, mon maître.

Marie regardait Elen avec une stupeur mêlée de colère. Avec son visage étroit et ses yeux sombres habités par un feu fanatique, elle ressemblait à ces folles de Dieu qui hantent parfois les cloîtres. L'homme qu'elle appelait « Lui » l'avait enchaînée de telle façon qu'il avait effacé tout autre sentiment... sinon peut-être la haine qui vibrait dans sa voix.

— Sans parler de son épouse, comment vous arrangiez-vous de ses maîtresses ?

— Elles comptaient si peu ! Il ne les gardait guère et revenait toujours à moi. Parfois nous riions ensemble de leurs simagrées...

— Et moi ? gronda Marie. Vous ai-je beaucoup amusés ? Vous a-t-il appris qu'un jour il est venu à Dampierre pour me supplier de le suivre en terre d'Amérique ? Qu'auriez-vous fait si j'avais accepté ?

— Je vous aurais tuée... mais je n'ai jamais redouté de vous voir apparaître. Vous ? Abandonner votre vie brillante, vos titres, votre position, vos ambitions, votre luxe, pour ne plus garder que l'amour ? Voyons ! Vous êtes trop égoïste, trop calculatrice ! Vous avez l'intrigue dans le sang. Qu'en auriez-vous fait chez les sauvages ?

— Vous avez peut-être raison, fit Marie avec dédain. Cela signifiait cependant qu'il m'aimait vraiment. Et je suis la seule qui puisse s'en vanter...

— Aussi êtes-vous la seule que j'exècre. A cause de ces moments où il ne pouvait s'empêcher de parler de vous. Pourtant, moi aussi il m'aimait. Il savait me le prouver à la perfection...

Marie avisa un fauteuil de simple bois noir et s'y laissa tomber :

— Admettons !... Ce que je comprends mal, c'est la raison qui vous a poussée à me faire venir ? Pour me raconter votre histoire, une lettre aurait suffi ! A présent, dites-moi où il est et laissez-moi me reposer ! Vos confidences me fatiguent plus que le voyage et puisque aussi bien Lord Holland ne viendra pas...

— Mais si il viendra ! Demain matin sans faute !

— Je ne sais pas ce que vous cherchez mais je ne vous crois pas ! Le Roi vient d'être assassiné et votre dieu à cette heure doit être loin !

— A la Tour ! Et demain il sera là, sur cette place, parce que l'échafaud que l'on monte est pour lui ! Demain il mourra sous nos yeux et c'est la raison pour laquelle je vous ai appelée.

Le coup fut si brutal que Marie sentit son esprit chanceler. Repoussant Elen, elle alla à la fenêtre qu'elle ouvrit sur la nuit pluvieuse. Les charpentiers travaillaient toujours, éclairés par des lanternes, et leurs coups de maillet résonnaient dans les oreilles et le cœur de Marie...

— Pourquoi le tuerait-on ? Il haïssait le Roi...

— Certes... et je peux vous apprendre qu'un temps, il a été l'amant de la Reine. C'est elle qui le protégeait mais à jouer sur tous les tableaux, il arrive qu'on se perde. Henriette-Marie réfugiée en France, il a donné des gages à la révolution pour sauver ses biens sans pour autant rompre avec les tenants de Charles Ier au cas où...

— ... où la roue de la Fortune se serait décidée en sa faveur ?

— C'est de cela qu'il va mourir... sous vos yeux, à deux pas de vous...

— Non ! décida Marie. Je refuse... et je m'en vais immédiatement...

— Il n'en est pas question !

Plus rapide qu'elle, Elen s'était jetée en avant et barrait la porte de son corps. En même temps, un pistolet fit son apparitions dans sa main.

— Vous resterez... ou je vous tue ! Et ne comptez pas sur l'assistance du brave Peran qu'on a dû enfermer comme je l'avais ordonné. Ni de Higgins. Celui-là m'appartient... Allez vous asseoir et ne bougez plus !

Marie s'exécuta, sentant à l'expression d'Elen qu'il n'y avait rien d'autre à faire. Celle-ci, sans cesser de la menacer de son arme, prit place en face d'elle. Sur la table entre elles, il y avait un pot de bière, du pain et des harengs fumés.

— Mangez et buvez ! Il va vous falloir prendre des forces. Nous allons finir la nuit ainsi et je ne tiens pas à ce que vous perdiez connaissance !

La Duchesse mangea un peu de pain et but quelques gorgées de bière bien qu'elle ne l'aimât pas. Laissant sa tête aller contre le dossier du siège, elle ferma les yeux pour donner l'impression de dormir, pensant que son exemple serait suivi et qu'elle pourrait profiter d'un instant d'inattention. Mais elle comptait sans sa fatigue et elle sombra dans le sommeil...

Quand Elen l'éveilla en la secouant, il faisait grand jour et des bruits de foule montaient de la place.

— On dirait que vous avez bien dormi ! Je croyais que c'était l'apanage des consciences pures ? Venez, à présent ! Il est temps de nous approcher !

— Vous voulez que nous descendions ? La foule va nous piétiner !

— Elle n'est pas si dense qu'il y paraît. Le condamné n'est qu'un comparse à ses yeux mais un spectacle de choix ne se refuse pas. Et je veux que nous soyons aussi près que possible, afin qu'il nous voie ensemble comme autrefois ! Vous n'êtes plus aussi belle, vous savez ? ajouta-t-elle méchamment.

Force fut d'obéir. Le pistolet dans les reins, Marie descendit l'escalier, traversa l'auberge déserte : tout le monde était dehors. Elle vit Higgins qui, sans lui accorder un regard, leur fraya un passage jusqu'auprès de l'échelle donnant accès à l'échafaud. Un roulement de tambour encore lointain se faisait entendre. Il ne pleuvait plus, un vent aigre chassait les nuages au-dessus de la ville. Autour des deux femmes la foule restait silencieuse mais ce silence avait quelque chose de menaçant. En dépit de son épais manteau, Marie tremblait de froid, d'angoisse aussi. Son regard s'était rivé sur le bourreau habillé et cagoulé de rouge, qui lui parut gigantesque, sur la hache à long manche où il s'appuyait des deux mains, sur le billot verni par des coulures de sang à peine sec peut-être... Les tambours se rapprochaient, étouffant le pas ferré des soldats cuirassés et casqués de fer. Enfin, Marie vit Henry...

Vêtu de daim noir souillé sur une chemise blanche au col ouvert, il marchait calmement, les mains liées derrière le dos, la tête haute, le visage dur, fermé. Bouleversée, Marie vit que ses cheveux étaient devenus blancs ce qui, étrangement, rajeunissait sa face creusée de rides nouvelles. Aucun religieux ne l'accompagnait. Il allait seul, accompagné de ces hommes de fer, les lèvres arquées par le mépris...

Il monta les degrés d'un pas ferme et resta debout un instant pendant que le bourreau lui ôtait son habit, rabattait sa chemise sur les épaules et lui coupait les cheveux. Elen, alors, cria en français :

— Regarde, Mylord Holland ! Je t'ai amené ta Duchesse !

Les yeux clairs qui survolaient la foule revinrent sur les deux femmes, sur Elen dressée comme une statue de la vengeance, sur la figure tendue, inondée de larmes, de Marie. Elle espérait un tressaillement, un mot, un vague sourire peut-être mais le condamné se contenta de la regarder sans que ses yeux s'adoucissent. Ils étaient aussi froids que le vent et, comme le bourreau le maniait pour le faire agenouiller, il eut un dernier haussement d'épaules... Un instant plus tard, sa tête tombait et Marie, avec un sanglot, se laissa choir à genoux... le dos courbé, le visage dans ses mains.

Ce fut ce qui la sauva du coup de pistolet qu'Elen

tira tout juste une seconde après. Elle n'y prit même pas garde, pas plus qu'aux remous de la foule derrière elle, enfouie dans une douleur qui la ravageait...

Combien de temps resta-t-elle là ? Elle n'en eut aucune idée. Une minute, une heure, un siècle ?... Et puis deux mains puissantes la prirent aux épaules, l'obligèrent à se relever. Un bras entoura sa taille et l'entraîna sans qu'elle tentât de s'y opposer. Elle en eût été incapable...

Elle se laissa emmener sans regarder celui qui venait à son secours. Les larmes lui brouillaient la vue...

Ce fut seulement quand elle fut assise près du feu dans la salle de l'auberge qu'elle reconnut Geoffroy de Laigues. Accroupi devant elle, et armé d'un mouchoir, il tamponnait doucement son visage. Ensuite, il prit un gobelet qu'on lui tendait et l'approcha de ses lèvres tremblantes :

— Buvez, cela vous fera du bien !

Le rhum brûla la gorge de Marie mais la réchauffa et ramena la vie dans son regard. Elle demanda :

— Comment... êtes-vous ici ?

— Votre fille d'abord et puis l'homme qui est venu vous chercher. Entre une menace d'arrestation et une pièce d'or il a choisi... et je suis arrivé au Lion d'Or avant vous. Quand vous serez remise, nous partirons. Votre Peran que l'on avait enfermé dans la cave est dans la cour avec nos chevaux... Vous sentez-vous mieux ?

— Je crois... oui. Mais... Elen, la femme qui...

— Elle s'est donné la mort. Un coup de poignard au cœur. Buvez encore... il fait si froid !

Elle hocha la tête sans rien dire. C'était bon de se confier à cette force tranquille, de la laisser décider pour elle. Se levant avec effort, elle prit le bras qu'il lui offrait pour rejoindre Peran, pesant dessus de toute sa lassitude :

— Pourquoi ? souffla-t-elle enfin. Pourquoi faites-vous tout cela ?

— Parce que je vous aime ! C'est simple ! Je vous l'ai dit mais vous ne m'avez pas cru. Depuis notre rencontre, vous êtes devenue le centre de ma vie, le seul bien désirable... Laissez-moi veiller sur vous. Je ne demande en échange que le bonheur de rester à vos côtés ! Vous êtes trop seule !

Frappée par ce qu'il venait de dire, elle leva la tête pour rencontrer son regard grave et cependant plein d'une chaude lumière...

— C'est vrai, soupira-t-elle. Je suis très seule et je me demande si je ne l'ai pas toujours été...

Et elle se laissa emmener.

ÉPILOGUE

Il avait quatorze ans de moins qu'elle, pourtant ce fut le début d'un très grand amour qui ne se démentit plus. Geoffroy de Laigues fut non seulement le dernier amant mais la dernière passion de Marie, la plus durable, celle qui balaya le souvenir de Holland dont elle ne sut jamais, au fond, s'il l'avait réellement aimée.

Cependant, le génie de l'intrigue l'habitait toujours. Les inextricables méandres de la Fronde en lui offrant le terrain idéal la ramenèrent sur le devant de la scène, avec des fortunes diverses. La Reine et Mazarin sortis vainqueurs du tumulte, elle sut faire sa paix avec eux mais sans retrouver la place incomparable d'autrefois. On se méfiait d'elle. Elle eut le bon goût de ne pas insister : Louis XIV commençait son règne et elle sut, très vite, qu'il serait un maître inflexible.

Hercule de Montbazon, son père, mourut à quatre-vingt-six ans, suivi à seulement trois ans de distance par sa belle épouse, victime d'une mauvaise rougeole. Mais, trois mois avant cette fin pénible, une crise d'apoplexie emportait Claude de Chevreuse, le 21 janvier 1654. Il avait quatre-vingts ans. Marie hérita du duché qu'elle transmit à Luynes, son unique fils, ne gardant pour elle que Dampierre, où elle eut l'orgueil de recevoir Anne d'Autriche, sa vieille amie, avant de s'en défaire à son tour.

Depuis la Fronde, le cher Lésigny n'existait plus. Les troupes du comte de Grancey l'avaient incendié, sans dommages corporels. Pourtant, Marie ne put savoir ce qu'était devenu Basilio, son mage. On ne retrouva de lui qu'un pompon rouge posé sur un gros herbier, intact comme le livre...

Devenue veuve, Marie épousa secrètement Laigues dont la vie n'avait plus cessé d'être mêlée à la sienne. Elle eut la douleur de le perdre vingt ans après et, brisée, se retira dans un petit prieuré près de Gagny, ne cherchant plus d'autre correspondant que Dieu mais, avec Lui, point n'était besoin d'écrire et la plume de l'infatigable épistolière avait séché depuis longtemps.

Enfin, après tant d'errances, Marie prit le chemin du Divin Refuge. C'était le 12 août 1679...

Saint-Mandé, 13 avril 2005

TABLE

Première partie

MARIE ET LE CARDINAL

Deuxième partie

LES CHEMINS DE L'ERRANCE

Composé par Nord Compo Multimédia
7, rue de Fives, 59650 Villeneuve-d'Ascq

Imprimé en France par

BRODARD & TAUPIN

à La Flèche (Sarthe)
en février 2010

POCKET – 12, avenue d'Italie - 75627 Paris cedex 13

N° d'impression : 56648
Dépôt légal : mars 2006
Suite du premier tirage : mars 2010
S15684/05